北京外国语大学王佐良外国文学高等研究院出品
北京外国语大学"双一流"建设项目成果

外国文学研究文库·第三辑

創造された古典——
カノン形成·国民国家·日本文学

被创造的古典：
经典建构·国民国家·日本文学

何　何　铃　白
卫　卫　木　根
红　红　登　治
　　　　美　夫
导　译　编
读

外语教学与研究出版社
FOREIGN LANGUAGE TEACHING AND RESEARCH PRESS
北京 BEIJING

京权图字：01-2020-3342

图书在版编目 (CIP) 数据

被创造的古典：经典建构·国民国家·日本文学 ／（美）白根治夫，（美）铃木
登美编；何卫红译、导读. —— 北京：外语教学与研究出版社，2020.9
（外国文学研究文库. 第三辑）
ISBN 978-7-5213-2053-4

Ⅰ. ①被… Ⅱ. ①白… ②铃… ③何… Ⅲ. ①日本文学－古典文学研究－文集
Ⅳ. ①I313.062-53

中国版本图书馆 CIP 数据核字 (2021) 第 047417 号

出 版 人　徐建忠
项目负责　姚　虹　徐　宁
责任编辑　徐　宁
责任校对　周渝毅
封面设计　奇文云海
出版发行　外语教学与研究出版社
社　　址　北京市西三环北路 19 号（100089）
网　　址　http://www.fltrp.com
印　　刷　三河市北燕印装有限公司
开　　本　650×980　1/16
印　　张　28
版　　次　2021 年 7 月第 1 版　2021 年 7 月第 1 次印刷
书　　号　ISBN 978-7-5213-2053-4
定　　价　69.00 元

购书咨询：（010）88819926　电子邮箱：club@fltrp.com
外研书店：https://waiyants.tmall.com
凡印刷、装订质量问题，请联系我社印制部
联系电话：（010）61207896　电子邮箱：zhijian@fltrp.com
凡侵权、盗版书籍线索，请联系我社法律事务部
举报电话：（010）88817519　电子邮箱：banquan@fltrp.com
物料号：320530001

前　言

　　由北京外国语大学王佐良外国文学高等研究院策划、外语教学与研究出版社出版的"外国文学研究文库"就要与读者见面了。近年来，我国外国文学学界同仁一直在积极探索有效途径，引进国外学者的学术著作，以提升我国的学术研究水平，增强我国学者的国际学术话语权。但由于国外文学研究领域发展迅猛，以及国内出版经费缺乏等一系列问题，国外文学研究领域许多经典的和最新的研究成果无法得到及时传播与出版。为了弘扬我国老一辈学者外国文学研究的优秀传统，促进我国外国文学研究的深入开展，我们组织策划了这套"外国文学研究文库"，旨在将国外文学学界的学术成果及时引进和介绍给我国外国文学学者、学生及爱好者，反映外国文学研究领域在世界范围的发展趋势与前沿探索，使我国学界更好地与国际学界接轨与对话，以此推进我国外国文学研究的发展。

　　"外国文学研究文库"定位于对国外文学研究重要成果展开的

引介，将采用购买原作版权、组织国内该领域有影响的学者撰写导读的方式进行。这些导读将有助于读者把握作品的脉络，掌握其思想要点，更全面、更深入地理解作品要义。鉴于英语之外其他语种作品的受众问题，除以英语撰写的著作以原文的形式出版之外，我们拟将其他语种的国外学者著作翻译成汉语，并附以专家导读。该"文库"是一套开放性的系列丛书，我们将陆续推出国外具有影响力的学术著作，内容范围包括以下四个方向：外国文学理论、外国文学批评、比较文学理论与批评，以及文化批评研究。

北京外国语大学王佐良外国文学高等研究院邀请到了我国重要学者参加编委会，推荐挑选国外学界具有影响力的研究著作。国内这一领域的资深学者将为著作撰写导读，并为非英语著作确定译者。我们希望通过这套"文库"，为拓展和深化我国的外国文学研究，为帮助我国外国文学学者拓宽批评视野、开拓研究思路，尽我们的微薄之力。

这套"文库"的出版，得到了我国外国文学研究领域众多学者的鼎力相助和大力支持，也得到了外语教学与研究出版社的全力配合，特此表示衷心感谢！

金莉

北京外国语大学教授

王佐良外国文学高等研究院院长

导　读[1]

何卫红
北京外国语大学日语学院

一、概述

这本著述是1997年3月末在美国哥伦比亚大学举办的国际学术研讨会"经典建构：社会性别·国家认同·日本文学"（Canon Formation: Gender, National Identity, and Japanese Literature）的成果结集。日文版于1999年由日本新曜社出版，所收论文和各论文结构均有异同的英文版《创造古典：现代性、民族身份与日本文学》（*Inventing the Classics: Modernity, National Identity, and Japanese Literature*）由美国斯坦福大学出版社于2001年出版，此次收入"外国文学研究文库"的中文版则是译自日文版。该书的两位编者白根治夫、铃木登美在美国哥伦比亚大学东亚语言文化系担任教授，自二十世纪八十年代以来一直在美国的大学用

1　在日文版著作中，"古典"和"经典"被有意图地区分使用，其中"经典"是使用来自英语的外来语，"古典"一词则使用汉语词，所以在译稿中也进行了区分。在日文版的语境中，"古典"大致等同于"文学性经典"。

英语教授日本文学。二位编者的这一跨境者身份，使得这本日本古典文学研究论著与日本本土的古典研究具有本质的不同，其以现代西方文论的基本原理切入东方古典世界的研究视角，为我们考察古典以及古典研究史提供了极具价值的研究方向。

铃木登美在论集的结语中指出，"所有的文学经典实际上都是在极具政治性属性的话语斗争中建构而成"，对于文学经典的这一姿态一方面显示其关注点不在于文学经典本身，而是在于经典何以成为经典，因而具有了结构主义的特质，同时另一方面又显示其目标在于对文学经典这一建构及其神圣性进行消解，因而又具有了解构主义的性质。同时，经典建构这一概念的引入也成为这本著述的最主要特质，白根治夫为论集撰写的总论即名为《被创造的古典——经典建构的范式与批判性展望》。

考察任何一国的"古典"都可以发现，其中的经典作品、文学史结构图等总体而言都非常稳定，因而由此形成的"文学传统"往往会被认为是自然存在的实体，从古至今一直存续。但关注其中经典建构的历史过程可以发现，所谓"文学传统"的建构，以及构成其最核心的所谓"古典"的经典建构，都与其背后的社会历史和权力关系具有紧密的关联，而对于上述的经典建构的历史过程进行考察正是这本著述的目标所在。整体而言，在基本的研究路径上，论集所收论文大都与以往文学研究中的"接受史"研究具有重合部分，但论文所关注的焦点及基本的问题意识却完全不同。首先，各篇论文所关注的焦点不是通览某一作品的解读历史，从而对于解读的对错、发展方向等进行评定，而是从与社会历史和权力关系的关联中探究其话语建构的原动力，并且尤其关注近代国家主义的历史发展如何最终促成了今日之"古典"的建构。其次，各篇论文所呈现的问题意识则主要包括：在特定的历史时点特定的文本或文本群作为有价值的经典被特权化是出于怎样的理由，由怎样的集团（个人）以怎样的目的怎样生产和传达怎样的价值，它反映、规定、产出或者是改变了怎样的社会、政治、经济和文化的关系。

由于将经典建构这一概念作为基本出发点，论集中的各篇论文大都在以上问题意识下聚焦于对象文本的经典化过程，既关注对象文本各自曾经拥有的意义、过程等全都各不相同的某种古典化的历史，同时更主要着力于针对对象文本在近代的经典化过程的探究，即着力于探究文本的经典建构过程与近代国民国家"日本"的建构过程的关系。在这个意义上可以说，由经典建构这一概念的引入所触发的崭新的关注焦点和问题意识，同时也为各对象文本的研究提供了不同以往的考察视角。

二、"古典"被创造的历史语境

为了更清晰地理解在日本古典研究中引入经典建构这一概念的意义及具体考察时的关注点，有必要对于今日之"日本古典"在何种历史语境下被创造出来进行概略性的考察。

两位编者在前言中首先指出，《古事记》《万叶集》《源氏物语》等今日被视为"古典"的这些作品，"容易给人其价值似乎亘古不变的印象"，但它们成为日本代表性的古典文学经典，"实际上只是明治二十年代以来迄今百余年的事情"。他们进而提出，"本书特别对焦近代国民国家构建与文化创造的力学关系"，探究"在此以前一直发挥作用的数种经典究竟如何相互竞合、变迁"。

明治二十年代以来迄今百余年，是今日的日本文学经典的建构过程，同时又是与"日本文学"或者"日本"这一范畴的建构相互重合的历史过程，而所谓"日本"这一范畴的建构实质上正是"日本"作为近代国民国家的建构过程。

众所周知，作为近代国民国家的"日本"始自明治维新。但明治维新主要是在政治体制上昭示了近代国民国家"日本"的成立，对于明治"日本"而言更为重要的是与近代国民国家"日本"相关的话语体系的建构，而"日本文学"这一概念的建构正是上述话语体系建构中的重要一环，其中的"日本文学经典"的建构则尤为重要。

白根治夫在总论中指出，西方关于经典的理论大体上有两种方法论：基础主义者（foundationalist）认为，"包含在经典中的文本体现着某种普遍的、不变的或绝对的价值"，而反基础主义者认为，"文本本身并无基础性根据，被选为经典的文本，只不过是反映了某一时代某一特定集体或者是社会集团的利益诉求、兴趣所在"。后者同时使用"经典"一词取代"古典"，而"经典"具有斗争和变化的含意。总论进而引用反基础主义立场的约翰·吉约里（John Guillory）的观点指出，"经典内文本的意识形态价值或者是文化价值不在于文本自身，而在于为这些文本赋予价值的过程以及制度、机构"。在此意义上，今天被称之为"日本古典"的所有文本，其意识形态价值或者是文化价值的赋予都与近代国民国家"日本"的建构过程、制度、机构密不可分。

白根治夫在总论中指出，书中所收各篇论文所探讨的各个制度、机构的实践涉及多方面，其中主要包含以下内容：（一）某一文本或其异本的保存、校勘、传承；（二）广博的注解、解读、批评；（三）文本在学校课程体系中的使用；（四）文本用作遣词、文体或语法的范本的情况，或者是用作引用或参照的依据的情况；（五）文本用作历史先例、制度先例（"因循古例"）相关知识依据的情况；（六）体现宗教信仰的一系列文本的选用；（七）文本入选诗文集的情况；（八）家谱、家系图的建构；（九）文学史的建构；（十）文本被纳入制度话语特别是国家意识形态的情况。各篇论文对于对象文本的探究都是纵观式的考察，但最终大都落脚于其经典化过程与近代国民国家"日本"的建构过程的相关性，其中（五）对于朝廷政治、武家政治都极为重要，（九）是进入明治时期才兴起的活动,（十）的最为明显的例子是《古事记》,而这些更是与近代国民国家"日本"的建构过程密切相关。各篇论文的探究都不同程度地揭示了在建构近代国民国家"日本"这一历史语境中,"古典"作为相关话语体系的一部分究竟是如何被创造的。

简而言之,今日之"古典"被创造的历史语境就是文本在近代的经典化问题,是与近代国民国家"日本"的建构的相关性问题。在言语层面上,近代国民国家"日本"这一话语至少包含三大要素:近代性、国民性、国家认同。事实上,无论是白根治夫在总论中对于经典建构这一概念及其相关话语的阐释,还是各篇论文对于经典内具体文本的经典化过程的探究,其中对于相关的社会历史和权力关系的考察都主要围绕着近代国家"日本"、国民国家"日本",以及对于"日本"的国家认同这三方面而展开。

三、经典建构概念的引入

如前所述,引入经典建构这一概念是这本著述的最主要特色,而"这个概念意味着文本的分选（认知和排除）、圣化、规范化,也包含斗争和变化的含意",其中文本的"圣化"最显著地体现在《古事记》的经典化上,其圣化与其被纳入制度话语特别是国家意识形态密切相关。正如神野志论文所论述的,在以天皇为中心的近代国民国家的创建中,《古事记》的神话传说被作为形成日本历史根基的经典收入了教科书,日本的历史被阐释为始于"神代",特别突出了皇统始祖太阳女神"天照大神"的存在。这些神话原本是为确立奈良朝廷统治的正统化而撰写,在此之前仅为极少数知识精英团体所熟知。在第二次世界大战之后,以天皇为中心的国家主义失去效力,经历上述经典化的《古事记》被剥夺了作为天皇帝国历史一部分的神圣地位。但是,由于柳田国男（1875—1962）、折口信夫（1887—1953）等民俗学家们早已建构了"民俗文学"这一范畴,《古事记》又被作为"民俗文学"的起源再次得到经典化，其中的众神、神话传说等被与日本各地村庄中"活态"口承的地方传统产生了相关性。

白根治夫在总论中指出，近代的经典化的结果是，"在中世的和学、江户时期的国学中处于核心地位的（以天皇为中心的）贵族文化，与被明治时期的国文学者、民俗学者等第一次经典化，进入战后又再次被扩充的（特别是中世、江户时期的说话文学、町人文学等）大众文学产生了混合"。而在政治领域貌似对立的两种文化之所以在经典化之后产生混合，本质上与近代国民国家"日本"这一话语的建构过程密切相关。对于国民国家"日本"的国家认同，一方面是政治上的国家主义，即在制度层面上推动的以立于国民统合之上的天皇这一高层级权威核心为基石的皇国观，另一方面则是以"民俗"概念为基础的、民众的国家主义，贵族文化、大众文学的经典建构则分别与上述两种国家主义潮流相对应。经典中的某些文本由于兼具上述两方面的特质，在近代的经典化中往往备受青睐，除上述的《古事记》的经典化之外，被视为国民歌集的《万叶集》的经典化也是一例，同样是文本的持续的"圣化"。

经典建构中的另一重要问题是文类的排列。在进入明治时期才兴起的文学史的建构中，作为近代话语体系的一部分，文类的重新排序成为了彰显近代国民国家"日本"之近代性的手段。十二世纪末由学僧澄宪撰写的佛教文本《源氏一品经》中，列出了平安后期至中世初期存在的文章类别，其等级大体上从上向下的排序是：（一）佛教的经典（"内典"）；（二）儒教的经典（"外典"）；（三）类似于《史记》的历史书（"史书"）；（四）类似于汉诗文选集《文选》的中国文艺（"文"）；（五）和歌[1]；（六）物语和草子（用假名撰写的日记等其他文章）。上述的文类排序毫无疑问是遵从了中国文论的模式，即重视宗教和哲学的文本、历史、诗，而虚

---

1 和歌是指用日语创作的诗歌，是与"汉诗"相对应的文类名称，在进入近代之前，一直被视为"和文学"（用日语创作的文学）中最高层级的文类。

构作品则被置于最低层级。正如黑住真论文所指出的，近代以前处于日本多样性话语中心的是汉学，"学问"一词在近代以前往往意味着汉学。但进入明治时期之后，欧洲以浪漫主义为中心的十九世纪的"文学"（literature）概念被引入日本，novel、essay、drama、poetry、epic等西方的文类概念也同时被引入，而"小说"这一概念被视为最高层级的文学类别，后来被用于指称物语、说话、御伽草子、假名草子、浮世草子、黄表纸等相当大范围的文本[1]。《源氏物语》在此之后被视为日本古典文学的代表性作品，甚至被赞为世界最早的写实小说，但在十二世纪至明治时期，至少在中世的和学传统中，《源氏物语》一直是被作为和歌创作的入门书、学习歌语或比喻手法的范本。

白根治夫在总论中同时指出，在进入明治时期之前，中世的和学者、德川时期的国学者们，都未考虑将能剧、狂言、净瑠璃、歌舞伎[2]等舞台艺术作为注释、考证的对象。但是，受到西方的戏剧文学的概念特别是希腊悲剧、莎士比亚戏剧、欧洲歌剧的影响，戏剧作为文学特别是国民文学的纪念碑性质的类别，即便不是最重要，也开始被视为不可或缺的一部分，其地位也被从单纯的艺能提升成了艺术。将能剧、狂言、净瑠璃、歌舞伎等舞台艺术作为西方戏剧文学的等价物加以推崇，一方面是彰显明治"日本"近代性的需要，另一方面由于上述艺能天然具有民众性色彩，因而将其推上文类的高位也成为了建构国民国家话语体系的一部分。

---

1 近代以后被归入"小说"文类中的日本古典文本有很多种，其中最为人熟知的是"物语"，其次是以佛教故事为起源的"说话"。而"御伽草子、假名草子、浮世草子、黄表纸"等虽是流行于不同时期的具有时代性的文类名称，但以近代西方的文类概念而言都属于日本式小说。

2 能剧、狂言、净瑠璃、歌舞伎分别盛行于日本的不同时期，同时也各具特征，但总体上都是以观众为对象进行表演的舞台艺术，因而在进入明治时期之后被一并归入"戏剧"门类，并受到了空前的推崇，被称为日本四大古典戏剧。

能剧如今被视为日本古典戏剧的瑰宝，但事实上其前身"猿乐"[1]伴随着德川武家政权的崩溃在江户末期几近消亡，是在进入明治时期之后才得以重生，并变成了更具权威的"能乐"[2]。正如先行研究早已指出的，"这一变更反映了一种国家主义性质的渴求，即力图发现足以匹敌欧洲歌剧传统的本国经典"。在此意义上可以说，"日本戏剧文学"这一文类的建构包含了近代国民国家"日本"这一话语的三大要素，即近代性、国民性及国家认同。

相对于上述的文类排序、新文类的建构而言，近代的经典建构中最为重要的问题其实是"文学"这一概念的建构。众所周知，"文学"一词最初出自孔子的《论语》，在文中的含义是指学问、研究或学者特别是儒教的学者。白根治夫在总论中指出，"文学"一词在日本最早用于表示创作性文学，或者说由想象力所创造的文学是在十九世纪七十年代初，明治初期的西方学学者西周（1829—1897）在《百学连环》（1870）中将"文学"一词用于十九世纪西欧的literature一词的翻译，而在近代以前，佛学、（包含儒学、汉诗、中国史的）汉学及（以和歌为中心的）和学都属于广义的文学范畴。白根治夫进而指出，"文学"一词在明治时期包含了两个概念，一是"与上述传统的学问概念相互重合的人文学的"广义概念，一是"重点表达人类情感的、由想象力创作的著作"这一狭义概念。众所周知，欧洲的文学概念从十八世纪至十九世纪发生了意义的转换，而日本在这期间同样发生了向后者意义的急速

1　"猿乐"是中国散乐传入日本后形成的一种表演艺术，在平安时代包含两类内容，即源自中国的散乐类节目及取材于日本当地风情的滑稽节目。但之后中国散乐类因素逐渐消失，而后者在进入镰仓时代之后也开始具有了戏剧性质的内容，并发展为组合性的表演艺术，即滑稽小品性质的"狂言"及以歌舞为中心的内容严肃的"能"。"狂言"最初是"能"与"能"之间的即兴演出类节目，后发展为独立的表演艺术，与能剧、净瑠璃、歌舞伎共同称为日本四大古典戏剧。

2　"能乐"即"猿乐"，是进入明治时期之后替代"猿乐"而使用的文类名称。由于"能乐"在近代之后被归为戏剧门类，所以一般也被称为"能剧"。

转换。

由于上述的"文学"概念的建构，诞生了"国文学"这一新领域，特别是由狭义的"文学"所定义的"国文学"。近代以前的汉学、国学领域，涵盖了包括历史、哲学、宗教、语言、政治学的研究等广泛的领域，但"国文学"的成立从根本上改变了上述各领域的文学经典的地位，将原本在汉学、国学这两个领域都地位极低的虚构作品提升至最高的地位。同时，正是由于这一新的"文学"概念的建构，文学经典进一步向新文类开放，比如前述的"日本戏剧文学"。另一新文类则是叙事诗。戴维·比亚洛克（David Bialock）在其论文中指出，《平家物语》之前一直被视为历史书，进入明治时期之后才被定位为文学，特别是在第二次世界大战以后，更是被作为国民叙事诗而加以经典化。

四、对于经典建构中社会性别问题的特别关注

除上述内容之外，白根治夫在总论中围绕经典建构的问题进行了多方面的阐释，其中对于经典建构与社会性别之间关系的特别关注对于日本古典研究而言具有特别的意义。

一般而言，经典建构中的社会性别问题主要是针对文学经典的男性中心主义性质，被女性主义研究者视为经典建构的中心性问题之一。白根治夫在总论中指出，由于文学经典的男性中心主义性质，批评家们指出女性著述往往是"双性文本的"（bitextual），与男性和女性双方的传统进行对话，而"'日本式经典'在广义的中国式经典的内部处于被认为具有'女性性'的位置，因此'双性文本性'这一概念适用于男女双方的著述"。所谓"日本式经典"是指"和"的话语，而"中国式经典"是指汉学的话语。特别在平安时代，后者是政治、行政、哲学、宗教的公用话语，因而是男性话语，前者则被定性为女性话语。事实上，平安时期的男性宫廷人物会使用"女性性"的平假名、采用女性常用的文类撰写著

述，其中最好的例子是纪贯之撰写的《土佐日记》（934—935）。

同时，由于与宫廷文化的"女性性"关联颇深，平安时期古典文学的经典化往往伴随着相对特殊的社会性别问题。例如国学的主要创立者之一贺茂真渊（1697—1769），他认为《万叶集》以及古代是"雄浑风"并加以肯定，同时认为平安时代是"柔美风"并加以否定，进而认为伴随着都城从奈良（平城京）迁至京都（平安京），和歌由"男性性"转为"女性性"，发生了历史性的衰退。品田悦一在其论文中指出，真渊从社会性别视角所归纳的和歌史，是对于长期以来与平安女性文学关联颇深的和歌进行重新评价的手段。真渊认为和歌在古代原本是属于男性的文学类别，因而更胜一筹。与此相对照，真渊的主要弟子本居宣长则对于平安文学的女性性和柔美性进行了肯定性解读，将其评价为"物哀"、毫不造作的表达形式、吐露真情的表达形式等，另一方面则认为男性性等同于"汉"以及浅薄性，将二者进行对照。

本居宣长对于平安文学的女性性的肯定，在明治时期的经典建构中受到了挑战，并被按照当时的外部环境进行了价值重构。铃木登美在其论文中指出，明治时期对于平安时代的矛盾心理，明显表现在芳贺矢一（1867—1927）和立花铣三郎（1867—1901）等编著的《国文学读本》（1890）中。这个读本是根据新的日本文学的定义出版的诗文集最早读本之一，在书中编者们流露了对于平安时期"国语"的不满，批评平安时期的"国语"过于柔弱，过于女性性。他们一方面决定将汉文文本排除在读本之外，另一方面却又认可中国文化和佛教对于中世和江户时期文学的影响，认为它们带来了高迈的思想。同时他们对于中世以来所使用的"和汉混用文"也给予了高度的评价，认为"和汉混用文"比平安时期的平假名文更具活力且男子气十足[1]。芳贺和立花是在突出中世、德川

---

1 芳賀矢一・立花銑十郎『国文学読本』芳賀矢一選集委員会編『芳賀矢一選集』第二巻、国学院大学、一九八三年、p. 13－28。

时期文学通过吸收和升华之前"女性性"而具有的强有力的"男性性"一面，以此强调这一时期国文学（国家）实现了进步。这一态度在中日甲午战争期间，进而在日俄战争期间得到了进一步强化，"武士道"在日本内外开始被作为国民精神大力宣传。与此相对，日俄战争刚结束的1905年所撰写的《国文学全史 平安朝篇》中，近代的平安文学研究先驱藤冈作太郎（1870—1910）称，要令国民强大，必须是基于武士道的男性性，但要真正实现文明化，则必须从平安文学所展现的女性性和文化教养中汲取营养。对于平安文学所展现的女性性的上述不同评价，显示了经典建构过程中社会性别问题的复杂性，对于男性性与女性性的价值评价均与国家发展程度具有相关性。

讨论经典建构中的社会性别问题，必然会论及平安时代的女性文学传统。但正如铃木登美论文所指出的，平安女性撰写的假名日记是在二十世纪二十年代之后才作为广义的私小说话语的一部分被收入到了"自照文学"的谱系中，而所谓的平安时代的女性文学传统其实是在进入近代之后伴随"女性文学"这一范畴的登场才得以建构。

五、对于经典建构过程的多方位考察

这本著述对于经典建构的具体考察由关系相对松散的四部分构成，分别是"近代国民国家与文学类别的构建""文字·口承·起源叙述""美学·国家主义·传统构建""教育制度与经典"，在围绕着近代国民国家"日本"的建构这一核心问题加以展开的同时，呈现出多样化的考察视角，也为各对象文本的研究史添加了新成果。

日本在十九世纪后半叶以后加入到近代国民国家体制这一世界体系之中，而打造日本的"国语"和"国文学"或"国民文学"是构建作为"想象的共同体"的"国民""国家"的关键，成为当时最为紧迫的课题。第一部分"近代国民国家与文学类别的构建"聚焦于日本的"国语"和"国文学"或"国民文学"的建构问题，即在十九世纪西方文学概念，特别是文学类别及文学史这一近代西欧文化制度的强大影响下，亘古不变、永续发展的"日本文学"究竟是如何被打造出来的，"国文学"或"国民文学"又是如何深度参与作为近代国家"日本"支柱的"国民"的塑造之中的。收入这一部分的三篇论文所考察的文本分别是作为国民歌集的《万叶集》、"女流日记文学"文本群，以及在近代"被成为"国民叙事诗的《平家物语》，其中"女流日记文学""叙事诗"都是近代之后在西欧文化制度的强大影响下而生成于"日本文学"之中的新文类。所收论文的考察结果同时显示，《万叶集》作为国民歌集的经典化、《平家物语》作为国民叙事诗的经典化，都是"国民文学"建构的一部分，是塑造近代日本之"国民"的政治需求的产物，而"女流日记文学"这一文类概念的登场，则与为了描述"日本"国民传统的发展进程而被打造出来的"日本文学史"这一历史记述体系相关。

在一般逻辑上，经典的建构必然要求对于自身传统的正统性和起源进行叙述，并要求进行相关叙述的创造，而进行叙述创造的前提是文字作为载体的发明和使用。由于日本的起源叙述是以汉字为载体的，所以在近代以前处于多样性话语中心位置的往往是广义的汉文、汉学。但在十九世纪末以后，在西方语音中心主义思想的影响下，作为创建近代国民国家"日本"的基石，一国国民的语言"国语"或"日语"这一理念制度被逐渐建构而成。在上述建构过程中，与文字（汉字）相对的口承（orality）（"国语"或"日语"）问题围绕着"日本"国家认同的起源和永续性问题变成了起源叙述的中心。第二部分"文字·口承·起源叙述"共收入三篇论文，对于上述问题分别从三个不同的角度进行了重新把握。神野志隆光论文在古代律令制国家、中世、近代国民国家三大历史阶段中纵览了《古事记》《日本书纪》的被经典化过程，在历史视野中客观考察了"日本神话"作为现代"古典"的制度性、经典性的特质。黑住真论文则在纵览汉学的作用及其定位变迁的基础上指出，汉学从根本上决定了日本语言文化传统的架构，孕育了复合性或融合性的语言文化结合体，同时往往处于这一结合体的中枢位置。虽然"国语""国文学"完成建构之后汉学在历史上所具有的中心性作用变得模糊，但是近世末期之后在政治和伦理意义上利用汉学统合各地各阶层的人们为国民国家的建设打造声势，以及将汉学用作快速吸收欧美知识和制度的手段，都在很大程度上受益于汉学的普及。村井纪论文的考察则聚焦位于"国语"这一理念制度核心的"言文一致"意识形态，认为它是被作为"国民"塑造的基石创造出来，不只是最终促成了文学改革或语言改革，还在广泛的范围内造就了近代日本的学问、文化、政治方面的实践，促成了由柳田国男创设、折口信夫发展的"日本民俗学"的学问建构。论文进而指出，柳田、折口等所追求的"口承"世界向日本周边各民族的不断拓展，貌似非政治性、反权力性，实质上在很大程度上促成了向帝国主义国家不断发展的、近代日本的政治性国民意识和国民想象力的基底形成。

与前两部分着力于文学领域的考察不同，第三部分"美学·国家主义·传统构建"将美学这一专门领域作为考察对象，探究其与国家主义、传统构建的关系。相比文学领域而言，美学似乎是更为远离政治的领域，但这一部分所收论文的研究结果表明，在试图通过文化认同实现"国民"统合的近代国民国家的构建过程中，这些专门话语领域并不逊于政治制度、法律制度等，其话语建构同样带有政治性。柄谷行人的论文聚焦东京美术学校的创设者费诺略萨与冈仓天心，对于明治时期日本的美术及其相关话语的特殊意义进行了探究，指出在明治日本的政治制度、学问体制等全部被西方化的情况下，由于冈仓天心针对费诺略萨的美术话语斗争，唯有"美术"这一领域由"传统派"占据近代制度的中枢。乔舒亚·莫斯托（Joshua Mostow）的论文虽然是以文学文本《伊势物语》为研究对象，但其特别关注并进行探究的是围绕作品而被建构和不断更新其含义的美学概念"MIYABI"[1]，在此基础上指出，拥有漫长古典化历史的《伊势物语》在明治以后直至战后现代作为近代的、现代的古典不断地被再建构、被再古典化，而其在近代、现代的文本解读话语，不仅反映了与社会性别机制联动的社会变化、对于变化的反动等，甚至与天皇制近代国家，以及战后象征性天皇制国家中的国民文化认同相关话语发生关联。堀切实的论文则围绕俳风美学的变迁考察了始于十八世纪末的芭蕉神格化[2]，以及近代全国性的芭蕉崇拜、俳句经典化，指出这一神格化或宗教化的倾向是中世以来各学问、各艺能流派等正统化的共通过程，与政治上的国家主义氛围互为补充和强化。

　　前三部分所收论文在对于经典内文本进行考察时，或多或少都会论及与文本的经典化相关的制度、机构等，而第四部分"教育制度与经典"则直接聚焦于为经典内文本赋予意识形态价值或文化价值的教育制度本身。作为建构近代国民国家"日本"的一环而被创造出来的"日本文学"的经典，是近代以前由不同集团分别建构的功能、性质等各异的诸类经典，被基于新的社会权力关系而重新编制的复合体，而绝不是由单一经典构成的、自古一直存续下来的"日本文学"。并且，经典建构的过程、媒介、规模、功能等都

1　"MIYABI"是日本古典文学中特有的美学概念，而且在不同的时代具有不同的内涵，在英文论文的原文中音译为"MIYABI"，因此中文版同样采用了音译的方式，以显示其内涵的多义性。在日本现存最早的和歌集《万叶集》中，"MIYABI"是与汉语词"风流"相对应的和语词，因而被认为其概念或起源于对"风流"一词的美学意义的理解，但其内涵在平安时代之后有了多方向的发展。

2　日本俳人松尾芭蕉在当代被视为日本的俳圣，但事实上在十八世纪末之前芭蕉及其门下俳人并不具有全国性的影响力。十八世纪末，身为时宗净土僧的俳僧蝶梦仿照佛教树立宗派祖师的模式，为芭蕉在寺院中修建了芭蕉堂，并以佛教的宗派祖师传为范本编制了《芭蕉翁绘词传》，成功地将芭蕉树立成了"正风俳谐"（俳句创作的正统）的宗派祖师，芭蕉才因此成为神格化的"俳圣"。

会因不同的社会权力关系而呈现多样化。这一部分收入的白根治夫的论文主要聚焦于教育制度与经典建构的关系，通过探讨近代以前建构的互相竞合的数个经典的功能、性质等，对于今天的"日本文学"经典的特质、历史建构过程等在新的视野下进行了客观考察。

六、主要的问题和借鉴性意义

这本论集的主体部分由总论和关系相对松散的四大部分组成，各篇论文所涉及的题材、切入点等尽管相当广泛，但各个论考都围绕着共通的问题意识而相互紧密关联，总论则是对于各篇论文的共通的问题意识、研究逻辑、研究路径等的整体性阐释，相当于这本著述的总纲。虽然所收论文对应其相互的逻辑关系被分为四大部分，但各篇论文之间的内在关系相对松散，因此在阅读总论之后，任何一章都可以独立阅读。必须注意到，由于各篇论文采用基本相同的研究路径，即对于对象文本的经典化过程的纵览性考察，使得整本著述在研究方法，甚至撰述方法上呈现趋同性，容易使阅读者失去新鲜感。但对于不熟悉经典建构的概念及其话语体系的阅读者而言，可以通过不同的对象文本体悟和理解经典建构的话语体系以及引入经典建构概念的意义，倒也算利弊相抵。

一般而言，经典在本质上是为了将本国作为历史的和社会的统一体区别于其他各国而加以强调的"固有"的国民文化传统，而对于近代国民国家"日本"而言，这样一种经典建构又必须与国家主义的国民国家体制这一世界体系相呼应，并且要与以西方为中心的文学艺术表现体系相呼应，这其实是相当复杂和困难的事情。可以推想，同样复杂和困难的事情已经出现或正在出现在与日本相同的许多后发现代化国家的经典建构中，在这个意义上，由两位跨境者编著的这本著述具有非常重大的借鉴性意义。

前　言

今天说到"日本古典"时，日本国内外的很多人都会自然而然地想起《古事记》《万叶集》《源氏物语》《枕草子》《平家物语》《徒然草》、能剧以及西鹤、近松、芭蕉等人的作品，并且或许还有很多人，从这些作品中发现日本人的心理以及思维方式、感受方式的特征或源泉。

说到"古典"，容易给人其价值似乎亘古不变的印象，但这些作品通过教科书、文选、文集、文学史等真正在广泛范围内成为日本代表性的古典文学经典，实际上只是明治二十年代以来迄今百余年的事情。这同时又是与"日本文学"或者"日本"这一范畴的建构相互重合的历史过程。正如接下来本书将要阐明的，今天我们一般所知道的"日本古典"形象，与近代国民国家"日本"的构建过程具有无法切断的联系。

被视为重要古典的文本，也并非天然地就成为有价值的"古典"。在这里，持续不断的话语体系建构过程一直在发挥着作用，包括文本的创造，加上文本的价值的创造、流通、再生产、再编成等等。并且，这一过程带有极具政治色彩的属性。正如总论将要详细阐述的，本书为探究这一历史过程，将引入"经典"或者经典建构这一概念，而这个概念意味着文本的分选（认知和排除）、圣化、规范化，也包含斗争和变化的含意。"古典"暗示着静态的、永远不变的普遍性价值，但实际上它是在极具政治性的话语斗争中在历史中建构而成，本书希望阐明它的动态过程。

今天被一般人视为日本文学（或"日本"）代表性古典的作品或者作者，究竟是在怎样的历史状况下，由怎样的一些人，作为有价值的重要作品、作者而被挑选、被经典化？在经典化的过程中，原本是什么样的价值被关注、是什么样的力量关系在发挥作用？这样的文本经典化，完成了怎样的政治性和社会性功能，产生了怎样的作用或效果？它与更为广泛的政治状况、社会状况、历史状况是如何相互关联的？并且，这样的过程与今天的我们又究竟具有怎样的关联？

本书特别对焦近代国民国家构建与文化创造的力学关系，并进一步探究其背景——在此以前一直发挥作用的数种经典究竟如何相互竞合、变迁，力图从各种角度透过历史探明上述各个问题。据此面向未来而重新发问：今天的我们与过去的文本究竟会在何处产生关联？

白根治夫

铃木登美

目　录

第一部分　近代国民国家与文学类别的构建

第二部分 文字·口承·起源叙述

第四部分 教育制度与经典

总　论

被创造的古典

——经典建构的范式与批判性展望

白根治夫
（转译自衣笠正晃日文译文）

1　经典建构中的诸问题

今天说到日本文学的古典时，我们想到的是《万叶集》《古事记》《源氏物语》《枕草子》《平家物语》《徒然草》、能剧、松尾芭蕉或井原西鹤等的作品。这些作品或作者现在被认为是日本代表性的主要文学文本，在日本国内外被反复收入教科书、文选、文集等。但这些"古典"，一方面继承了日本首次生成经典（作为正典、古典而被选中的文本集群）之时，即中世时期的受容方式，另一方面也是文学、学问等概念被从根本上重新建构的十九世纪到二十世纪历史作用的产物。本书所收录的各篇论文的目的在于，对于这些经典进行历史化（historicize），就是说，探究将前述文本及作者进行特权化，将其树立为日本"传统"的文化"圣像"的复杂的社会政治过程，特别是与国家主义的发生相关联的过程。

今天经典（canon）一词一般是指，（特别是在学校的课程体系中）被树立为权威的文本，被广泛视为值得解读、模仿的文本。相对狭义上的经典类似于标准的保留剧目，即在各个剧种或组织机构中获得最高评价的、常被阅读和演出的作品。与此相对照，相对广义的、相对具有政治意味的经典（本书即以此义使用），则意味着是被确立的，或者是由强有力的制度和机构所认定的文本。

从历史上来看，西方关于经典的理论大体上有两种方法论。在文本中发现基础性根据或者是基本原则的基础主义者（foundationalist）认为，包含在经典中的文本体现着某种普遍的、不变的或绝对的价值。其中最好的例子，是1850年由夏尔–奥古斯丁·圣伯夫（Charles-Augustin Sainte-Beuve）撰写的著名随笔《什么是古典作家？》。其中写道，"真正的古典作家是指（中略）丰富人的心灵的作家，（中略）发现绝不暧昧的某种道德性心理的，或者是获得某种永远的热情的（中略）作家"[1]。第二种方法论（这种方法论在今天较为普遍）是反基础主义的，认为文本本身并无基础性根据，被选为经典的文本，只不过是反映了某一时代某一特定集体或者是社会集团的利益诉求、兴趣所在；从反基础主义者的立场上，对于令人假定某种不变的不言自明性质的所谓"古典"及"传统"的概念进行了含蓄的批判，同时使用"经典"一词取代上述概念，而"经典"具有斗争和变化的含意。这里的前提性认识是，传统与文学上的古典相同，不单是存在而已，而是由占统治地位的团体或者是制度、机构进行建构。但另一方面，基础主义立场也有一定的道理。就是说，断言认定，成为古典的文本本身完全不存在本来的含义，而只不过是等待由下一所有者填充其含义的空箱子，其实也有问题。正如以下所要考察的，形成经典的各个文本不仅含有某种伦理的或者是美学的价值，同时包含被社会性别化的作者性，还具备形态上的某些特征，而这些特征与各种价值性相结合，对于经典或传统的建构、再建构过程产生了很大的冲击。

采取反基础主义立场的约翰·吉约里（John Guillory）论述道，经典内文本的意识形态价值或者是文化价值不在于文本自身，而在于为这些文本赋予价值的过程以及制度、机构。他认为，"与经典相符（canonicity）这一资质不是作品本身所固有的，而是其传承所固有的"，是它们与学校等制度、机构的关系所固有的[2]。吉约里的理论核心来自皮埃尔·布尔迪厄（Pierre Bourdieu），而后者指出，生产具有两个基本形式，即作品的生产和文本价值的生产。实际上，对于布尔迪厄而言，"关于艺术作品的（批评性的、历史性的等）话语的产出，是作品被生产时的条件之一"[3]。在这个意义上，经典内的文本一直被"再"生产。

如上所述，经典建构的问题不是只与作品的直接的生产者（作者、书写者、印刷者等）相关，也与生产或者是"再"生产文本的价值，并推动消费者或听众去认识且希望获取文本价值的相关方、制度、机构（例如注解者、资助者、寺院、学校、博物馆、出版社、政治团体等）相关。在这里重要的问题是，这些价值究竟是由谁，以何目的，如何被制造、保存和传播。

经典的建构是无终点的过程。已经获得作为经典的地位的文本，终究也还是接受（再）被评价、被改造乃至被排除的命运。因此，本书所收录的论文都采用了以时间为横轴或纵轴的论述方式，目的在于不只是考察论证文本的不同接受方式，也要考察论证各个文本被进行某种特定解读、受到改变的理由。这一研究路径需要共时性、历时性两方面的动向，据此我们可以观察处于变化中的期待值，探查构成经典的不同话语或社会政治性布局。

与不断变化的文学经典不同，在欧洲的传统中圣典类经典大体稳定，具有封闭性。其理由在于，圣典类经典通常是由宗教机关（比如基督教会）对于成为经典（正典）的文本的选定进行管理，限制文本的解读，并对文本的解读教授者进行训练。比如《圣经》，早已不能加以变更或追加。但是在日本，圣典类经典主要是佛教的经典，但也包含神道、儒教或混合形式的经典，表现出相当程度的多样性和流动性。神道的经典是在中世登场，至十八世纪才与国学密切结合，继而在明治时期被用作一种国教，但最终却可以将各种文本（比如曾是国家正史的《日本书纪》的首卷）变成正典（神典），这一点应当大加着墨。当代的评论家佐伯彰一甚至指出，用日语撰写的文学全部成为了神道的经典[4]。就是说，《古事记》《源氏物语》《伊势物语》、谣曲及其他日本文学的文本，一代一代地传承和体现了（崇拜死者灵魂、祈望净化等）神道信仰。

那么在日本，经典究竟是如何被确立下来的？这些文本究竟是如何变成名符其实的经典的？以下各篇论文所探讨的各个制度、机构的实践涉及多方面，也有重复，但其中主要包含以下内容：（一）某一文本或其异本的保存、校勘、传承，这在十七世纪印刷术产生以前极为重要；（二）广博的注解、解读、批评；
（三）文本在学校课程体系中的使用；（四）文本用作遣词、文
体或语法的范本的情况，或者是用作引用或参照的依据的情况，
上述两方面对于中世和歌经典的建构起到了决定性的重要作用；
（五）文本用作历史先例、制度先例（"因循古例"）相关知识依
据的情况，这对于朝廷政治、武家政治都极为重要；（六）体现
宗教信仰的一系列文本的选用；（七）文本入选诗文集的情况；
（八）家谱、家系图的建构，对于各种艺能的流派、学者的族望
等而言，这是一项重要的技能；（九）文学史的建构，这是进入
明治时期才兴起的活动；最后是（十）文本被纳入制度话语特别
是国家意识形态的情况，最为明显的例子是《古事记》。正如以
下所要考察的，上述这些过程的大部分，都特别强调系谱及"起
源"。包括从"氏""家""门"（学派）的起源，到"国民""国
家"的起源，建构了权威和正统性的源泉。

2 文类及相互竞合的经典

经典建构中的另一重要问题，是文类的排列。经典建构的
历史，至少在欧洲的传统中，屡屡表现为文类或样式的兴亡史。
《源氏一品经》是十二世纪末由学僧澄宪撰写的佛教文本，书
中列出了平安后期至中世初期存在的文章类别，其等级大体而
言是从上向下如此排序：（一）佛教的经典（"内典"）；（二）儒
教的经典（"外典"）；（三）类似于《史记》的历史书（"史书"）；
（四）类似于汉诗文选集《文选》的中国文艺（"文"）；（五）和

歌；（六）物语和草子，即用假名撰写的日记等其他文章。这里的文类排序遵从了中国的模式。就是说，宗教和哲学的文本、历史、诗受到重视，另一方面虚构作品则被置于最低层级。至少从僧侣的立场而言，最受重视的经典是佛教的经典，接下来是儒教的经典。其次，则是在中国被置于最高层级的两大文学类别，即历史和诗。处于最低层级的是以假名撰写的两大类别，和歌和物语。其中和歌，则被赋予远高于以假名撰写的虚构作品的更高地位。文化上的认同也是文类排序的重要因素。最具权威的文类即最高层级的四大范畴，都起源于外国，主要与"唐"（中国）相结合。与此相对照，最低层级的两大类别则与本地文化"和"（日本）相结合。

在十八世纪，国学者们开始攻击被认为是受到外国影响的某些因素，他们尝试以自认为是纯粹日本的文本为基础，开拓不同的学问领域，对于《源氏一品经》等文本所展现的排序进行颠覆。他们将以日语撰写的和歌、物语置于顶点，另一方面对于特别是最高层级的四大范畴，即佛教、儒教及中国的历史、诗，试图将其从经典中予以排除。但最终实现上述的颠覆，则不得不等到进入明治中期后，近代国家主义的勃兴、西方语音中心主义的影响、对于"国语"的强调、甲午战争中中国败北等一系列事件发生之后。"学问"一词，在近代以前往往意味着汉学。正如黑住真在其论文中所指出的，近代以前处于多样性话语中心的是汉学，日本文学成为主要（尽管也有例外）将其基础置于假名的文学，则是明治中期"国文学"确立以后的事情。

这里特别令人感兴趣的是，一直被低看的某些文类或文本的撰写者、注释者，大多试图通过给予那些文类或文本以更高层级文类或经典的特征，来提升其地位。例如在《古今集》假名序中，纪贯之（868—945）为了给一直被视为低层级、"私人性质"形式的和歌提升权威，引用了中国的诗或诗论。《源氏物语》和《伊势物语》最终登上了文学类经典的顶峰，但更大程度上不是因为二者的物语类别，而是由于与被视为更符合经典之名的文类"和歌"关系较深，另一方面也是因为二者都被作为历史（传记）进行了重新排位，而后者则一直与诗、佛典等共同被视为处于最高层级的类别。再举一个例子，连歌最初是边缘性质、民众性质的文学类别，但也曾试图利用二条派宫廷和歌所代表的正统权威，以提升自身的地位。同样地，芭蕉也曾努力以紧紧依存于古典和歌、汉诗的方式，将一直被视为下等游戏的俳谐变为更高层级传统的一部分。并且，正如堀切实的论文所阐明的，众所周知的蛙之名句，被芭蕉的追随者将其作为更高层级的佛教传统的一部分进行了经典化。

　　某一文本无法吸收被视为更高层级的文类的特征时，或者是无法获得新功能时，同样也会发生从经典中脱落的情况。例如《狭衣物语》（1058—1080）和《和汉朗咏集》（1012）这两部平安朝古典作品就是此类情况。《狭衣物语》是十一世纪撰写的假名宫廷物语，被中世歌人和江户时期国学者视为仅次于《源氏物语》《伊势物语》的极为重要的作品，歌人和连歌作者双方都将它作为和歌、诗性比喻的丰富源泉而加以尊重。但是进入近代，对诗歌创作有用这一目的变得不再重要，而《狭衣物语》并不具备足以存续至近代的作为散文类虚构作品的趣味性[5]。同样的命运也在等待着平安时期的文本《和汉朗咏集》，后者在近代以前大概是最为广泛传诵的文本。《和汉朗咏集》是精心组合的和歌与汉诗句的选集，一直以来被用于各种各样的目的，作为"歌谣"的选集，作为读写的入门教科书，特别是作为书法的入门书。这些教育性、社会性的实用目的在进入近代以后消失殆尽，同时汉诗的价值被贬低，该书因此失去了之前在许多方面所具有的魅力。

与此相对照，《源氏物语》中称之为"物语始祖"的《竹取物语》（910），在整个中世时期事实上一直都被视而不见。《伊势物语》被进行了数目庞大的注释，而《竹取物语》与此完全不同，它与获得最高评价的三大文类"和歌、历史、教典"的任何一类都无密切关联。但进入近代，随着小说获得青睐，《竹取物语》也开始受到关注，成为了最为人所知的古典之一。在最早的平安文学史专著《国文学全史　平安朝篇》（1905）中，藤冈作太郎（1870—1910）认为小说"位于文学上最为高尚的地位"，称赞《竹取物语》是"我国最早的小说"[6]。

进入明治时期，与欧洲以浪漫主义为中心的十九世纪"文学"literature等概念一同，novel、essay、drama、poetry、epic等西方的文类概念同时被引入，由此产生了决定性的变化，而小说地位的上升构成了上述变化的一部分。在斯宾塞之类社会进化论的框架中，"小说"这一概念被视为最进步的文学类别，后来被用于指称相当大范围的文本。物语、说话、御伽草子、假名草子、浮世草子、黄表纸等，开始被称为中世小说、近世小说。这些文本在此之前被认为彼此之间毫无关系，除平安时期的物语以外，其他都不被认为是正经书籍[7]。元禄时代的俳谐、浮世草子作者井原西鹤（1642—1693），在德川时期末期就已经寂寂无闻，明治初期他的作品已经绝版，几乎不可能入手。时至十九世纪八十年代末，日本的作家、知识分子等开始从自己的传统中探寻欧洲的写实主义作家的等价物，终于这位长时间被遗忘的元禄时期作家被挖掘，被认为是江户时期首屈一指的小说家，被宣传为"日本的写实作家西鹤"。

从十二世纪至明治时期，《源氏物语》至少在中世的和学传统中，是作为和歌创作的入门书、学习歌语或比喻手法的范本被阅读。即便是强调《源氏物语》作为散文类虚构作品价值的本居宣长（1730—1801），也是将古典和歌的"物哀"理论用于了《源氏物语》，而这一理论的基础是诗歌抒情式的表达方式。与此相对，近代的《源氏物语》研究可以说一直在尝试从长期的和歌式阅读中逃脱，就是说从作为名符其实的经典形式而受到千年关注的和歌的支配权中逃脱，而不断尝试将《源氏物语》作为写实小说、之后又作为心理小说进行重新解读。在明治初期，《源氏物语》由于卷首数帖描绘了由（醍醐、宇多朝）天皇实施的理想化亲政，被认为是反映了推动明治维新的"对于天皇统治的回归"。但是，在之后激进西化和世界范围内的国家主义勃兴的时期，《源氏物语》则被赞赏为世界最早的写实小说，为了成为"世界文学"的一部分而被译成了英语。

与此相同，新从欧洲引入的"诗歌"概念，与"散文"这一新概念同样都对种种不同的文类进行了统合。就是说，和歌、俳谐、歌谣及新产生的"新体诗"等都成为了同一门类。松尾芭蕉

（1644—1694）在此之前一直被视为"俳人"，这时也被冠以"诗人"这一崭新的更具广泛意义的称呼，成为了其他诗人们的灵感源泉。比如曾是浪漫派新体诗诗人的岛崎藤村（1892—1943），就将芭蕉看作是被排斥的诗人艺术家。这样一来，芭蕉作为俳人的名声进入明治时期虽然一时受损，但至少在部分程度上他以诗人的身份复活了。

在进入明治时期之前，中世的和学者、德川时期的国学者们，都未考虑将能剧、狂言、净瑠璃、歌舞伎等舞台艺术作为注释、考证的对象。但是，受到西方的戏剧文学的概念特别是希腊悲剧、莎士比亚戏剧、欧洲歌剧的影响，戏剧作为文学特别是国民文学的纪念碑性质的类别，即便不是最重要，也开始被视为不可或缺的一部分，其地位也被从单纯的艺能提升成了艺术。出自近松门左卫门（1653—1724）之手的净瑠璃、歌舞伎等在元禄时期以后也一直在持续上演，但通常台本会被随意改写，往往经过相当多人之手，一直未被认为是戏剧文学的一种形式，就是说未被认为是由特定剧作者创作的理应尊重的作品。上述状况进入明治时期之后发生了变化，由坪内逍遥率领的国文学者、戏剧改良家们，受到西方模式特别是莎士比亚的强大影响，将近松改造成了重要文学家、日本代表性剧作家。在这个过程中，近松面向一般大众的上演剧目，也实现了从之前以受欢迎的娱乐性"历史题材剧"为中心，转向聚焦于其"现代剧"的经典化蜕变。逍遥认为，后者在描述人的情感和社会时，更为"进步"，更为"写实"，忠实于真实，即更为符合"文学"这一新概念。另外，在江户时代成为古典戏剧的能剧，伴随着德川武家政权的崩溃几近消亡，但此时也得以重生，其名称也由"猿乐"或"能"，变成了更具权威的"能乐"。这一变更反映了一种国家主义性质的渴求，即力图发现足以匹敌欧洲歌剧传统的本国经典[8]。

发生了最为重要的文类变更的，大概在于文学本身的定义。"文学"一词最初出自孔子的《论语》，在其中的含义是学问、研究或学者特别是儒教的学者。到了十九世纪七十年代初，明治初期的西方学学者西周（1829—1897）在《百学连环》（1870）中将"文学"一词用于十九世纪西欧的literature一词的翻译，这是以创作文学、想象力所创作的文学这一含义在日本首次使用。在近代以前，佛学、（包含儒学、汉诗、中国史的）汉学及（以和歌为中心的）和学都属于广义的文学范畴，就是说，文学意味着拥有足以作为学问对象、纳入课程体系之中的高度评价的著述。在明治时期，"文学"一词包含了两个概念，一是与上述传统的学问概念相互重合的人文学的广义概念，一是重点表达人类情感的、由想象力创作的著作这一狭义概念。在这期间，发生了向后者的急速的意义转换，但这是因应欧洲的文学概念的转换而发生的变化，欧洲十八世纪作为人文学的文学概念，转换成了由想象力创作的著作这一十九世纪的文学概念。

近代以前的汉学、国学领域，涵盖了包括历史、哲学、宗教、语言、政治学的研究等广泛的领域，而（特别是由狭义的"文学"所定义的）"国文学"这一新领域，对于上述的文学经典施加了根本性的改变：对于以往学习文学时一直被视为不可或缺的文类进行切割舍弃，同时提升了在汉学、国学这两个领域都地位极低的虚构作品的地位。这一新的文学概念，更是进一步将经典向叙事诗、戏剧等新文类开放。正如戴维·比亚洛克在其论文中所提出的，之前一直被视为历史书的《平家物语》，进入明治时期才被定位为文学，特别是在第二次世界大战以后，更是被作为国民叙事诗而加以经典化[9]。在今天，松尾芭蕉、井原西鹤、近松门左卫门等大众文学、戏剧文学作者，作为"元禄三巨人"被认为是十七世纪的代表性文学家，但在元禄时期，代表这一时代的文学家是伊藤仁斋（1627—1705）、新井白石（1657—1725）、契冲（1640—1701）等汉学及和学领域的学者、历史学家、汉诗人或歌人。这些学者、文人占据着江户时期经典的中心，在明治末期文学定义变为狭义的文学之前，在明治时期的经典中也处于醒目的位置。正如本人在关于课程体系的论文中所提出的，西鹤的作品进入初中、高中的课程体系，实际上是第二次世界大战以后的事情。

　　明治时期的新的文学概念，还在撰写内容与各种物质性表现媒体之间划下了分界线。早从平安时代起，撰写（特别是诗歌）、书法及绘画往往密不可分。与此相对照，在明治时期的制度话语中，撰写被与视觉性或者是物质性形态相分离，后者属于"美术"这一新的学问领域。正如佐藤道信所提出的，在十九世纪八十年代出现了这样一种转换，从以往的书与画不作区分的"书画"一词，转换成了单指画而不含书的"绘画"[10]。书法在此之前是三大教养（诗歌、音乐、书法）之一，千年以来都被认为与诗歌创作活动密不可分，但就这样在新的学问领域构建过程中失去了地位。

3　社会性别与经典建构

特别是在女性主义研究者中，西方文学经典的男性中心主义性质，一直被视为经典建构的中心性问题之一。例如埃伦·弗里德曼（Ellen Friedman）曾指出，近代的男性文本具有向经典诉求父权或权威的倾向，而近代的女性文本大多认为将自古以来的父系秩序作为文化认同的源泉并不恰当，大都不会流露文化乡愁[11]。另外，其他的批评家们也指出，女性著述往往是"双性文本的"（bitextual），与男性和女性双方的传统进行对话。就是说，男性著述只需将自身与统治性经典加以关联即可，而女性著述则要回顾男性和女性双方的经典[12]。这里特别令人感兴趣的一点是，"日本式经典"在广义的中国式经典的内部处于被认为具有"女性性"的位置，因此"双性文本性"这一概念适用于男女双方的著述。

例如在平安时代，"唐"即汉学的话语在当时是政治、行政、哲学、宗教的公用话语，但在汉学话语之外，再掌握被定性为女性话语的"和"的话语，对于男性宫廷人物而言是值得赞赏的事情。平安时期的男性宫廷人物，会使用被称为"女手"的平假名，采用与女性关系紧密的文类撰写著述，出演女性的角色。其中最好的例子，是纪贯之撰写的《土佐日记》（934—935）。在后代也是同样，男性乐于出演女性的角色，比如能剧中的"女物"、江户歌舞伎中的"女形"就是如此。但这里特别引人关注的一点是，女性几乎可以说绝对未曾进入过男性的、官方的、与中国相关联的话语，大都未曾出演过男性的角色。女性倘若试图进入男性的领域，则如同《源氏物语·帚木》卷雨夜品评中登场的卖弄才识、散发蒜味气息的女子，会被以轻蔑和厌恶的眼光看待。另一方面，女性作者中也有像清少纳言、紫式部这样的，巧妙地展示汉诗文的知识，作为提高自身社会地位的手段。正如三田村雅子所指出的，女性大体上被封闭在自身的领域中，而男性则不只限于自身的领域，还强烈地希望控制女性的领域，实际上也曾力图实现控制[13]。

女性与平安文学关系紧密这一事实，在通常是男性且深受儒教的社会性别建构影响的中世和江户时期的注释者中，引发了极端的矛盾情绪。朱子学者林罗山这样的江户时期注释者、教育者，之所以被吉田兼好的《徒然草》所吸引，原因不只是由于作品是用平假名撰写，满足了教育町人庶民这一新听众的必要条件，也因为作品是由男性撰写，被认为是出自女性之手的平安时期假名文本的有效替代品。并且，《徒然草》在十七世纪获得了重要古典作品的地位，成为了"町人的论语"。

平安时期的古典文学，特别是它与宫廷文化的女性性的紧密关联，引起了关于日本文学起源、文化认同起源的争论。例如国学的主要创立者之一贺茂真渊（1697—1769），他一方面将"雄浑风"与《万叶集》以及古代进行结合并加以肯定，另一方面将"柔美风"与平安时代进行结合并加以否定，认为伴随着都城从奈良（平城京）迁至京都（平安京），由男性性转为女性性，发生了历史性的衰退。对于真渊而言，《古今集》尽管逊于《万叶集》，但相比其后的敕选集所显示的更进一步的衰退，尚可容忍。

正如品田悦一在其论文中所提出的，真渊从社会性别视角归纳的和歌史，是对于长期以来与平安女性文学紧密关联的和歌进行再评价的手段，认为和歌原本是男性的文学类别，因此是更胜一筹的形式。与此相对照，真渊的主要弟子本居宣长，则对于女性性和柔美性进行了肯定性解读，将其作为"物哀"、毫不造作的表达形式、吐露真情的表达形式等而赋予价值，从而与他自身认为等同于中国及浅薄性的男性性形成了对置性关系。

正如铃木登美在其论文中所提出的，明治时期对于平安时代的矛盾心理，也明显表现在《国文学读本》（1890）的编者芳贺矢一（1867—1927）和立花铣三郎等所抱持的不满中。作为根据新的日本文学的定义出版的诗文集，上述读本是最早的读本之一，在书中编者们流露了对于平安时期"国语"的不满，在他们看来，平安时期的"国语"过于柔弱，过于女性性。他们一方面决定将汉文文本排除在外，但对于中国和佛教对中世和江户时期文学的影响则进行高度评价，认为它们带来了高迈的思想，另一方面对于中世以来所使用的"和汉混用文"也进行了高度评价，认为它比平安时期的平假名文更具活力且男子气十足[14]。芳贺和立花是在通过突出中世、德川时期文学在吸收和升华之前"女性性"而具有的强有力的"男性性"一面，来强调这一时期国文学（国家）实现了进步。这一态度在中日甲午战争期间，进而在日俄战争期间得到了进一步强化。当时日本内外，"武士道"开始被作为国民精神大力宣传，而与此相对，日俄战争刚结束的1905年所撰写的《国文学全史　平安朝篇》中，近代的平安文学研究先驱藤冈作太郎论述称，要令国民强大，必须是基于武士道的男性性，但要真正实现文明化，则必须回顾平安文学所展现的女性性和文化教养。

今天我们认为，平安时代是出自女性之手的假名文学所代表的时代。但是，正如黑住真的论文所提出的，用平假名撰写的作品（实际上其中很多为男性所写）不过是由汉学即汉语话语所统治的更为广泛的文本集成体的极小一部分。平安时期由女性撰写的所有散文文本中，仅仅只有《源氏物语》在中世初期实现了经典化，而这一经典化是由宫廷男性（俊成、定家及其他男性歌人）将其作为和歌创作的入门书而进行的经典化。中世初期的经典建构者们都是男性，对于《枕草子》《和泉式部日记》《蜻蛉日记》等无一触及。女性歌人在《百人一首》（藤原定家撰）及其他著名歌集中都有所登场，但对于女性的散文作品，除了因为《源氏物语》的关系而被认可的《紫式部日记》之外，大都未有提及。应该关注的是，今天被称为"平安日记文学"的作品中，最早登上经典之位的并非女性的日记，而是由男性撰写的假名日记——纪贯之的《土佐日记》。正如铃木登美所指出的，时至二十世纪二十年代，平安女性撰写的假名日记才终于作为值得研究的重要文学而被认知，作为广义的私小说话语的一部分被收入到了"自照文学"的谱系中。今天我们所思考的平安时代的女性文学传统，实际上在很大程度上是以这样一种形式建构而成：进入近代之后"女性文学"这一范畴登场，在围绕其登场产生批评性讨论的过程中开始追根溯源。另外，战后至今天的经典建构中的社会性别问题，在乔舒亚·莫斯托考察《伊势物语》在近代的意义变迁的论文中有所探讨。

4 经典与国民塑造

在后殖民主义批评家们的论述中，占统治地位的经典作为国家主义特别是官方国家主义或国家推行的国家主义的结果，一方面制造广泛的文化同质性的社会意识，制造将分散的个人或团体凝成一体的权威或核心标准，另一方面屡屡对于特定的社会性别、阶级、下层团体的自我认同加以否定，由此可以发挥作为掠夺或政治统治工具的作用。明治时期的日本，所谓"国民"，是在政治上及宪法中（1889年颁布的明治宪法）规定的nation概念，是将国家（nation-state）与新近成为国家市民的各种不同的人民连为一体的概念[15]。国民的概念，被用在崭新的明治国家之下，对人民进行文化的、政治的、社会的统合，建构本尼迪克特·安德森称之为"想象的共同体"的意识，即对于实际上未必具有共通的历史、宗教、人种或语言起源的分散团体或地域加以涵盖的统一国家意识[16]。

正如神野志隆光在其论文中所阐明的，《日本书纪》《古事记》两书都是奈良朝初期的国家迫于这样一种必要性而产生，即必须确立大和一族（天皇家族）的世界观及对其他氏族的盟主权，并加以正统化。不过，在之后数个世纪，特别是在近代，上述两个文本都被进行了重新解读，被用作将日本人确立为固有民族、确立为近代国民国家的国民的手段。品田悦一的论文指出，《万叶集》同样是古代文本，在明治中期却被作为"国民歌集"进行了经典化，即上自天皇下至最底层庶民的所有人所歌咏的国民诗文集。从这一观点看，实际上是由奈良时期贵族歌咏和编纂的

《万叶集》，成为了反映和完善新的国民统一特别是近代天皇制的诗文集，近代天皇制则认为天皇和庶民都属于同一统合体。

　　但另一方面，从其他侧面看，经典建构又一直是抵抗文化统治的手段，一直是用于确立不同民族认同、国家认同、社会性别认同的手段。北美许多新的学问领域，比如"加拿大研究""非洲裔美国人研究""美国原住民研究""女性学"等，都在致力于建构新的文学经典（比如以新文集的形式），但其目的是为了置身于在传统上一直排除这些团体或共同体的更大的欧洲中心主义和男性中心主义话语的最中心，将建构经典用作确立自身人种认同、民族认同或社会性别认同的手段。与此相同，日本的国学运动进入十八世纪后才变得引人注目，奠定了近代的国文学经典的基础，但它不光是力图将日本从中国的文化影响中加以解放的尝试，也是主要由町人组成的学者团体力图确立自己身份认同的尝试，他们面对着贵族的属于朝廷中心主义和学传统的"堂上歌人"，同时面对着由武士阶级学者领导的统治着当时思想界和幕府意识形态的朱子学。建构国民主义的"传统"，特别是建构以俗语文学为根基的传统，在力图建构与殖民者强加的身份认同完全不同的新的国民身份认同的印度、朝鲜半岛及其他地区的反殖民地运动、国民解放运动中也极为重要。总而言之，作为统治和解放这两方面的手段，经典建构都一直发挥了作用。

　　江户时期的国学运动，是属于国家主义前一阶段的国内性质的现象，其中心主要是放在与想象中的"唐"（中国）构成对立关系的"和"（日本）的概念上。与此相对照，明治时期的经典建构则成为全球范围的国民主义国家主义的一部分，是作为国民国家的日本与其他可能成为对手的国民国家直接相互竞争。与近代化的努力如影相伴的，是改写过去和强调过去的拼命努力。在这一过程中，"国文学"与"日本美术"等其他新生领域一样，演绎了重要的角色。国民传统的建构，特别是在面对西方列强的情况下，在构建强有力的国民国家时具有重大的意义。西方列强是近代化的样板，但不能成为确立国民身份认同的直接样板。在近代化的关键阶段，新兴国民国家必须将自身与其他国家加以区别，为此需要用心描绘出其固有的、超越时间的国民特征，特别是被认为在受到外国影响之前已经存在的自身的国民特征。

文学史是进入明治时期之后才开始撰写的，向世人展示了对于新经典的划分和叙述，但它不只是力图明确超越时间的国民统一、文化认同等，也是要力图描述国民性、国民精神等的内涵。围绕这一新经典的性质、内容等，当时一直在反复进行争论（例如，中世以武士为基石的经典与平安时期的贵族性经典，应该将重心放在哪一边等问题），而在争论的过程中，多样性的社会共同体、时代等在被作为国民性的表征进行重构时，分别都被赋予了不同的意义。就是说，近代的经典建构与"文学"的定义具有相关性，同时也与"日本国民性"的定义具有相关性。并且，正如本人关于课程体系的论文所阐明的，今天我们所知道的"日本古典文学"，其中大部分都是在二十世纪特别是战后才被决定，这样说并不为过。

正如埃里克·霍布斯鲍姆（Eric Hobsbawm）等国家主义研究者所阐明的，美学、文学、伦理学等乍看非政治性的领域，在必须以建构共通的"文化"认同的方式对其成员进行统合的国民国家的构建过程中，发挥着不逊于政治制度的极为重要的作用[17]。其结果之一是，某一地区及社会共同体或某一时代所特有的文化现象，超越时间，与日本这个国家、与日本全体国民进行了结合，这样的例子颇为多见。比如歌舞伎，曾经被看作是面向町人的、粗野卑微的、民众性质的娱乐，但在后来被作为国剧受到了重视。各种不同时代的艺术作品，被宣扬为"国宝"，被作为体现"日本文化"的展品陈列在了美术馆中。一直被视为一次性装饰品的浮世绘，突然被作为代表"日本美术"的艺术作品而开始受到珍视。正如柄谷行人在其关于美术馆的作用一文中所指出的，冈仓天心（1862—1913）这样的批评家，将日本美术特别是未受西方影响的传统美术，作为显示日本以及"东洋"卓越性的标志进行了宣传。但正如冈仓自身已经洞察到的，虽然十九世纪末以来日本的视觉艺术经典在海外成为了日本的象征，但正如浮世绘的事例所显示的，真正起决定性作用的实际上是西方的商品宣传、日本趣味（Japonisme）的嗜好或需求。换句话说，文化传统的认同，原本的意图在于将日本与其他各国加以区分，赋予历史统一、社会统一的意识，但实际上其中相当多的部分是为了应对西方的模式或市场而建构。欧洲的文学、戏剧等模式，也为日本的文学传统的建构带来了同样强烈的影响。

　　近代的经典建构的意识形态中，处于核心地位的是语言国家主义，即坚信主要在口语基础上形成的共通语"国语"具有国民的基础[18]。在国语概念的建构上发挥了指导性作用的是近代国语学的创始人上田万年（1867—1939），他在1894年的论述中称，"忠君爱国"和国语是将日本统一为国家的两大力量，"国体"

体现于日语之中[19]。由于西方语音中心主义思想的传入，以及言文一致运动的发生，上述的国语的概念被进一步强化，被与和中国紧密关联的书面语即汉文进行了对比。中国在当时由于西方列强的侵略而在衰退，中日甲午战争（1894—1895）最终败于日本。结果，发生了对于儒教古典的急剧背离，之前汉文体日语一直是宗教、政治、学问等所有领域的语言，但其价值被降低，作为人文学中心领域的汉学迅速丧失了以往的地位[20]。文学史将中心放在国语撰写的文学上，对于汉文学和佛教这两方面的历史都进行了裁除或削减。但正如黑住真在其关于汉学的论文中所阐明的，汉文书写体系和汉学传统这两方面，特别是作为对于构建近代国民国家绝对重要的伦理和道德教育手段，对近代的日本文化一直保持着深远的影响。另外，为了寻求在因外国（儒教、佛教）的影响而变得驳杂之前的"纯粹的"和语，江户时期的国学者会回溯古代，而与此形成对照，明治的研究者是依照进化论的、启蒙主义的历史模式，强调所有时代都在进步，对于中世、德川时期的文本，特别是"和汉混用文"承认其价值，认为它对汉文的影响进行了吸收和扬弃，由此将国文学的经典扩大到了比国学更广的范围；并且，历史上第一次，将古代的贵族文学与中世和德川时期的大众文学共同作为一种文学，用芳贺矢一的话说，都作为"国民之宝"一视同仁。

5 精英文化与大众文化

围绕经典建构的另一中心问题是，经典建构所具有的作为排除权和控制权的功能，或是用作对抗民众文化及大众文化的侵蚀，以守护和强化精英文化的手段的功能。拥有与经典相关的知识，可以接近经典，特别是可以接近体现在经典上的语言，这些在历史上往往被用作维护社会阶层或等级的手段。试举一例，正统连歌的创始人二条良基（1320—1388）这样的"堂上歌人"所代表的精英文化，通过"地下歌人"从大众文化中汲取了灵感或刺激。与此同时，贵族在古典文学的经典作品（《伊势物语》《古今集》《源氏物语》等）周围划下了明显的界线，目的是为了对它们作为文化资本的价值进行控制、强化、传授。其终极例子是"古今传授"。

区分被经典化的文本与非经典的文本的密钥之一是，被经典化的文本会成为广泛的注释、考证的对象，被广泛地用作学校教科书，而非经典的文本或者是文类，无论如何受欢迎都不会有上述待遇。同样的情况也适用于近代产生的类别区分，适用于大正末期以后日益显著的精英文学团体（文坛）所培育的"纯文学"与"大众文学"的概念区分。这里必须小心区分"人气"与"权威"，前者意味着平易近人、更广泛的听众，后者则意味着特权和血统纯正。同样重要的是经济资本与文化资本的区别，前者是往往由于受欢迎、广泛的听众而可能产生的商业价值，后者恰是产生于其分配受到限定。近松门左卫门在元禄时代颇有人气，其剧作或许还为作者或其赞助者带来了收入。但近松的剧作在进入近代被经典化之前，未曾是文化特权或者是权威的标志。

经典在今天一般被认为是作为维护权力已经确立的体制利益的工具，对于统治集团的价值或者是意识形态进行再生产。但是，正如芭芭拉·赫恩斯坦·史密斯（Barbara Herrnstein Smith）

所指出的，"哪部作品会幸存，并非只是完全取决于在共同体中在文化或者是其他方面处于统治地位的成员的需求、损益、目的。日常生活中的谚语、民间故事、儿童的语言游戏及我们称之为'民间创作'的整个现象自古至今都长期幸存，这或多或少地证明，与手握政治权力的某些人所统治的组织、制度并无关联"[21]。

在中世末期，发生了迥然相异的两种类型的经典建构。一种是由与朝廷有关联的贵族歌家开展的一对一的文本或知识的传授，其终极例子是"古今传授"。同时我们看到，平安朝的宫廷文化、文学人物等，通过各种媒介，通过能剧、连歌、俳谐、御伽草子等艺能而逐渐为民众所熟知。来源于平安古典文学的故事、出场人物，由行旅艺人、舞台艺人、僧侣等一一传播，如同与季节、名胜等相关的联想一样，往往以被省略被短缩的形式而不断地向不同的社会阶层、地方广泛传播[22]。这一过程与"古今传授"的完全封闭的性质形成对照，完全是开放式的，生产了无数的变种，而其中多数都是典据不确定的作品。人麻吕、小野小町、在原业平、和泉式部、清少纳言、西行及其他传说中的人物，其受欢迎的载体，不只是宫廷贵族保存的被经典化的文本，还有"说话文学"、御伽草子、歌谣、平曲（琵琶伴奏的说唱本《平家物语》）等包含视觉媒体、听觉媒体在内的非经典的类别。这些类别，往往对于被剥夺权力或被社会排斥的人们寄以同情。中世末期，作为传说故事出场人物的清少纳言，比《枕草子》的文本更为人所知。和泉式部、小野小町，也可以说是同样的情况。正如在这里所看到的，大众文化往往是由为向文盲听众弘法而采用非经典的类别或媒体进行说教的弘法僧所主导，对于经典建构的大方向产生了非常大的影响。这一进程，与"古今传授"这种力图对经典的规范性价值进行强化和保存的体制方的尝试，形成了正面的对峙。同样的现象在近代也有发生。正如乔舒亚·莫斯托在其论文中所提出的，整个战前战后以社会性别为基础的消费社会的发展，对于《伊势物语》在近现代的经典化产生了直接的影响。

近代围绕大众文化与经典建构而展开的最重要事项，大概是明治末期、大正初期的"民俗"（folk）概念的登场。也就是这样一种信仰的登场，确信民族的精神会在民众中被发现，且往往以先行于著述的口承形式在庶民文化中被发现。在此之前的明治中期的国民文学建构动向，力图强调天皇与国民的一体性，但与此形成对照，明治后期、大正初期的国民文学运动，以《帝国文学》（1895—1917）之类的杂志为中心，在德国浪漫主义、海因里希·海涅、（雅各布、威廉）格林兄弟等民俗学家的影响下，认为国民文学具有自下而上由民俗迸发产生的性质。对于民俗文学、民俗歌谣、传说、神话的关注度迅速高涨，这些都被认为体现了自古以来的（作为民族共同体或国民的）日本民族的精髓。在平安时代的大部分时期，《万叶集》都是因为两位宫廷歌人即人麻吕和赤人的关系而为人所知，但在明治末期、大正初期《万叶集》被重新经典化时，正如品田悦一在其论文中所阐明的，第一次开始关注无名庶民的歌作，即当时被视为"民谣"的"东歌""防人歌"。

这一运动在明治末期登场，于二十世纪三十年代迎来鼎盛期，二十世纪六十年代至七十年代又被再次盛行的"民俗学"向前推进了一步。民俗学由柳田国男（1875—1962）创立，也被称为"新国学"，但主要是力图为非经典性质的作品赋予价值，认为其不受确立"国文学"的学院派、国家机构的控制。因此，民俗学在"文学以前的文学"、口头形式的传承、（"山人"、女性、孩童等）被边缘化的集团中探求文化，柳田国男认为这些是日式传统的无意识的基石。这一问题，在村井纪关于民俗学和语音中心主义的论文中有所探究。以民俗为目标的上述国民文学运动，以及被纳入以折口信夫（1887—1953）为代表的国文学研究的柳田民俗学，二者不断发展的结果，是数量庞大的非经典性质的类别，特别是通过口承传统而传承的说话文学类，最终被文学经典所吸收和同化。这种为口承（有时是视觉）媒体赋予价值的倾向，随着战后重新强调大众文化的重要性而被加速，由此可以理解，（被视为大众文学的）说话文学、御伽草子等类别，为何会被迅速地纳入现代的国文学课程中。

近代的经典化的结果，并未止于某种文化国家主义所显示的，是规范的高层级文化对于多彩的地方性民俗文化复合体的强迫[23]。其结果反倒是，在中世的和学、江户时期的国学中处于核心地位的（以天皇为中心的）贵族文化，与被明治时期的国文学者、民俗学者等第一次经典化，进入战后又再次被扩充的（特别是中世、江户时期的说话文学、町人文学等）大众文学产生了混合。总而言之，近代的文学经典的相当多部分，是通过国民这一概念，特别是通过政治上的国家主义而被建构，而政治上的国家主义则以立于国民统合之上的天皇这一高层级权威核心为基石；同时另一方面，经典的另一侧面，至少相当多的部分是以"民俗”的概念为基础，由民众的国家主义所推动，而民众的国家主义则与十八、十九世纪浪漫主义的、赫尔德式的民俗或者是民众的概念具有很多共通点，认为其体现上古以来的国民精神[24]。

20世纪初以来，上述两种国家主义的潮流，在政治领域往往貌似对立，但又相互结合、相互补充强化。试举一例，正如神野志论文所论述的，《古事记》的神话传说原本是为确立奈良朝廷统治的正统化而撰写，仅为极少数知识精英团体所知，但在以天皇为中心的近代国民国家成立的同时，却被作为形成日本历史根基的经典收入了教科书。日本的历史被阐释为始于“神代”，特别突出了延年不绝的皇统的始祖太阳女神“天照大神”。但是，第二次世界大战之后，以天皇为中心的国家主义被宣告无效，《古事记》就被剥夺了作为帝国历史一部分的神圣地位。但是，虽然不再是近代天皇制国家的“历史”基础，《古事记》却又成为了广义的“民俗文学”的起源。民俗文学的基石早已由民俗学家们建立完成，他们让《古事记》的众神、神话传说等与日本各地村庄中“活态”的、口承的、根植于地方的传统产生了相关性。

本书所收的各篇论文，一方面涉及历史上的广泛范围，但另一方面又围绕着以上所论述的主要批评性问题点而相互紧密关联。这些问题，不只与日本具有相关性，也与普遍的（包含处于其前期阶段的国家）国民共同体具有相关性，与共同体为建立国民身份认同而建构文化记忆的记忆政治学具有相关性。本书的各篇论文在分别考察具体事例的同时，也都在探究这样一些问题。首先，是什么样的文化力量、社会力量、政治力量，在历史中的特定时点以什么样的形式为某一特定的文本或文本群赋予了特权性地位？在文化差异、区分及相互作用等方面，特别是在精英文化与大众文化之间的这些方面，上述问题到底会阐明什么？文本的认知、选定以及解读，如何在对其他利益进行排除或边缘化的同时，对于某一特定的利益进行保护和强化？较大的意识形态斗争或紧张关系，对于经典建构的进程究竟如何发挥作用？日本的经典建构与国民身份认同、社会性别等重大问题具有怎样的相关性？本书对于上述这些问题，围绕今天被称为"日本古典"的文本群，将从以下各种角度进行探究。

那些被"日本文学"这一思想所特权化或者是被减低价值的文本，历史上是在什么样的话语空间被创造，又创造了什么样的话语空间？本书将在探讨这一问题的同时再次发问：今天的我们与过去的文本，究竟在何处产生关联？

注

1　Charles-Augustin Sainte-Beuve, "What Is a Classic?" in David Richter, ed., *The Critical Tradition: Classic Texts and Contemporary Trends* (New York: St. Martin's Press, 1989), p.1294.

2　John Guillory, *Cultural Capital: The Problem of Literary Canon Formation* (Chicago: University of Chicago Press, 1933), p.55.

3　Pierre Bourdieu, *The Field of Cultural Production* (New York: Columbia University Press, 1993), p.35.

4　佐伯彰一『神道の心』日本教文社、一九八九年。

5　《狭衣物语》在室町时代极受欢迎，甚至被绘成《狭衣物语绘卷》，被改编为能剧。芳賀幸四郎『東山文化の研究』第二巻、思文閣、一九八一年、pp. 124－126。

6　藤岡作太郎『国文学全史　平安朝篇一』秋山虔ほか校注、東洋文庫、平凡社、一九七一年、p. 138。

7　Tomi Suzuki, *Narrating the Self: Fictions of Japanese Modernity* (Stanford: Stanford University Press, 1996)第一章 "Position of the Shosetu"。

8　竹本裕一「久米邦武と能楽復興」西川長夫・松宮秀治編『幕末・明治期の国民国家形成と文化変容』新曜社、一九九五年、pp. 487－510。

9　江户时期用汉文编纂的国史编纂工程《大日本史》多处依据《太平记》之类的历史书，而明治时期的新历史学派力图以此类史书具有"劝惩""名教"性质为理由将其排除在外。由于这一新学派的影响力，《太平记》与被视为有失客观性和真实性、以《平家物语》为代表的其他历史年代记一同被从历史范畴移入了新生的想象力创造的文学，在这里被与物语、近代小说等同等对待。兵藤裕己「歴史研究における『近代』の成立——文学と史学のあいだ」『成城国文学論集』第二五号、一九九七年三月、p. 256。

10　佐藤道信『「日本美術」誕生』講談社、一九九六年。

11　"Where Are the Missing Contents? (Post)Modernism, Gender, and the Canon," *PMLA* (March, 1993), Vol.108, No.2.

12　Naomi Schor, "Dreaming Dissymmetry: Barthes, Foucault, and Sexual Difference," in Alice Jardine and Paul Smith, eds., *Men in Feminism* (London and New York: Methuen, 1987), p.110.

13　三田村雅子「ジャンル、代筆、性転換」『日本近代文学』第五〇号、一九九四年。女性未能站在能剧的舞台，也被歌舞伎几乎排除在外。宝塚歌剧这种大众性的、非经典的形态所呈现的女扮男装的诞生，是进入近代之后女性地位上升以后的事情。

14　芳賀矢一・立花銑十郎『国文学読本』芳賀矢一選集委員会編『芳賀矢一選集』第二巻、国学院大学、一九八三年、pp.13－28。

15　安东尼·D. 史密斯（Anthony D. Smith）在*The Ethnic Origins of Nations* (Cambridge, MA: Blackwell, 1986)中论述道，近代的国民是近代以前的民族身份认同与近代"市民"要素的混合物，在世俗化显著发展的时代，为催生连带感和目的意识，需要可以形成民族核心的象征物、神话、记忆等。关于"国家""国民""民族"的区别，参照凯文·多克（Kevin Doak）的 "What Is a Nation and Who Belongs? National Narratives and Ethnic Imagination in Twentieth-Century Japan," *American Historical Review* (April, 1997)，pp.183-309 。

16　Benedict Anderson, *Imagined Communities: Reflections on the Origins and Spread of Nationalism* (Revised Edition; London and New York: Verso, 1991).（日译本 Benedict Anderson『想像の共同体』白石隆・白石さや訳、リブロポート、一九八七年。）

17　Eric Hobsbawm and Terence Ranger, eds., *The Invention of Tradition* (Cambridge: Cambridge University Press, 1983).（日译本 Eric Hobsbawm、Terence Ranger編『創られた伝統』前川啓治・梶原景昭ほか訳、紀伊國屋書店、一九九二年。）

18　正如帕塔·查特吉所指出的，"仅以语言定义国民，是十八、十九世纪欧洲作家特别是赫尔德、施莱格尔、费希特、施莱尔马赫等的创造，之后为东方的国家主义者知识分子所接受"。Partha Chatterjee, *Nationalist Thought and the Colonial World* (Minneapolis: University of Minnesota Press, 1986), p.9.

19　上田万年「国語と国家と」(一八九四年)『落合直文・上田万年・芳賀矢一・藤岡作太郎』明治文学全集第四四卷、筑摩書房、一九六八年、p. 110。

20　近代的"国文学"的概念，也包含不是对于中国文学的模仿这一含意。汉诗、以汉文形式撰写的日本著作，因而从经典中脱落。其中最显著的例子是最早的汉诗文集《怀风藻》，被视为是对于中国诗文特别是对于六朝诗和初唐诗的模仿。

21　Barbara Herrnstein Smith, "Value," in Robert von Hallberg, ed., *Canons* (Chicago and London: University of Chicago Press, 1983), p.34.

22　特别是连歌，在连句时依赖于古典式联想，对于《源氏物语》《伊势物语》《古今集》，与其是将其作为阅读的文本，其实是将其作为联想的源泉，特别是作为以自然和四季为主的文化联想的源泉进行了经典化。这一代码化虽然始于平安时期，但有组织地进行则是始于室町时期的连歌作者，之后为江户时期的俳谐作者所继承。事实上，松永贞德、北村季吟等贞门俳人认为，俳谐对于町人而言是通往古典的教育悬桥。这一工作在近代也是由俳句作者接受和继承。现代的俳句作者，为了了解季节联想的体系，则仰仗于"岁时记"或者是"季语集"。其结果是，和歌类经典被作为代码编入了自然、季节、名胜、广义的风景中，成为了文化记忆的媒介。拙著Haruo Shirane, *Traces of Dreams: Landscape, Cultural Memory, and the Poetry of Basho* (Stanford: Stanford University Press, 1998)。

23　这一国家主义的模式，埃内斯特·格尔纳(Ernest Gellner)在*Nations*

and Nationalism (Oxford: Basil Blackwell, 1983)中有所描述。

24　约翰·戈特弗里德·赫尔德（1744—1803）关于民俗作用的见解，对于格林兄弟、德国浪漫派产生了很大的影响。赫尔德在一七七八年至一七七九年编纂了*Volkslieder*（《民谣集》）。

◆

第一部分

近代国民国家与文学类别的构建

I

作为国民歌集的《万叶集》

品田悦一

1 《万叶集》的国民性价值

在被称为日本古典的众多书籍中,《万叶集》被认为具有特别高的价值。这部歌集常常被称作"日本文化的伟大遗产""日本人的心灵故乡"等。但多少反省一下就会明白,它实际上是奈良时代的贵族编纂的作品,自出现以来长达一千多年间,对于居住在日本列岛的绝大部分人而言是无缘无故的存在。必须看到,尽管平安时代的宫廷歌人们、中世的学僧和连歌师、近世的国学者和民间歌人们都一直在开展活动,但至少到明治时代中期以前,一般人甚至连它的书名都不知道。

另一方面,在现代的日本,几乎所有人都拥有关于《万叶集》的基本知识,谙熟其中数首秀歌的人也不少见。那么,人们究竟是在何处获取相关知识的呢?毫无疑问,学校大概是其中的主要场所。实际上,在高中阶段的"国语"课上,在精选的佳作之外，还在教授以下的内容：

> **万叶集** 现存的日本最古歌集。二十卷。歌作数
> 量大约四千五百首。关于编者及成书年代存在各种说
> 法，其中最有说服力的说法是，在奈良时代后期，由
> 大伴家持编纂成了与现存形态基本一致的形式。歌体
> 有短歌、长歌、旋头歌、佛足石歌体等，依据内容进
> 行了杂歌、相闻、挽歌等的分类。作者上至天皇下至
> 庶民，整部歌集以雄浑的格调歌咏了素朴的感动。作
> 品依据所创作的时期，一般分成四个阶段。第一阶段
> 到壬申之乱，第二阶段到迁都奈良，第三阶段到天平
> 初期，第四阶段到天平宝字三年（759）前后。〔下划
> 线出自品田，下同〕

上面的引文是解说文，见于一九九八年版某高中一年级的国
语教科书。该书在二十多种同类教科书中，号称占有最高市场份
额。在解说文的表述中，与《万叶集》价值有关的要素，一点是
最古老的大型歌集，一点是由多样性的歌体和内容组成，还有尤
为重要的一点，是作者阶层广泛且歌风健康。由"上至天皇下至
庶民"的各阶层的歌作结集而成，以"雄浑"的声调"真率"地表
达"素朴"的感动——诸如此类的评语实际上是这类解说文的常
用套句。明治后半期的文学史书赋予《万叶集》这种定位以来，
在长达一百多年间，此类评语被广泛用于国语教科书、文学史配
套教材、学习参考书、文学事典等等的表述中。古代统治阶级的

文化遗产，在向人们的脑子里反复灌输这些宣传语的同时，不断地宣传其自身的"国民性"价值。这一事态毋庸赘言发生在近代以后。

成为国民尊崇对象的《万叶集》，获得了以往不曾有过的众多读者。一八九一年（明治二十四年）最早的金属活字印刷版本（《日本歌学全书》第九至十一编，博文馆）刊行以来，廉价且便携的版本出现了数十种。附带解说的秀歌选也接二连三地被编辑出版。另一方面，精致的大型注释书也被多次出版。

其结果是，热心的爱好者、专门的研究者也自然是飞跃式增长。但即便如此，通读过整部歌集或精读过部分歌作的人，从日本人整体来看只是极少数。实际情况是，这样的读者大体上局限于文学、语学、史学等研究人员，国文系学生，国语教师，短歌创作者及文化中心的讲座听众等范围。即便是国文系毕业生，在近代文学专业的人当中，对于这部歌集敬而远之甚至不屑挂齿的人也相当常见。

要读懂《万叶集》的原典，当然需要充分了解上代语（七世纪、八世纪前后的近畿地区的语言）的语汇、语法等。不过，现代的日本人在高中毕业之前学习的古典语是以平安贵族的语言为规范的书面语，在正规的课程中并未系统地教授上代语。因此，大学入学考试也极少见到关于《万叶集》《古事记》的读解题。对于在学校未学习的内容特意进行自学，以达到通读古代大型歌集的目的，会有这种企图心的人一定是具有相当强目的意识的人，或者是多少具有特殊嗜好的人。读者受限反倒是自然而然的发展结果。

《万叶集》并不是由于被广为阅读而成为"国民性"歌集。倒不如说是完全相反，恰恰是由于预先被赋予了"国民性"价值，结果获得了比以前更多的读者。这一状况恐怕与日本在近代化的过程中所走过的特殊道路有关。加入世界体系下的国民国家体制是幕府末期以来的课题，经过明治维新这一国民（nation）尚欠成熟的情况下而断然进行的国家（state）近代化，尽管已经迟了大约一代，但终于迎来了新局面。通过借鉴西欧各国的经验，国民塑造进行了相当有作为的推进，打个比方说就是采用了这样一种程序：向作为容器的国家中注入作为内容的国民。《万叶集》是在这一运动中作为"国民的古典"——用本书的术语说就是支撑国家认同的经典——而发明[1]的各作品中最为典型的事例。

2 建构国民诗歌的梦想

近代俳句的创始人正冈子规（1867—1902）的名字，即便是在《万叶集》的阅读史上也被铭记为最大的功臣之一。子规的功绩的确与下面的事实具有关联性，但以往这一关联性在相当大程度上总是被片面强调。

通过一八九二年（明治二十五年）前后开始的俳句革新运动——将俳谐的发句这一传统的文艺形式变革为近代诗类别之一的实验——子规开始坚信短诗类文学的光明未来[2]。之后在发动短歌革新时，他在报纸《日本》上连载了著名的评论《与歌者书》，时间是一八九八年。他在该文中不光是对于当时执歌坛牛耳的桂园派（香川景树［1768—1843］的门派）的矫饰主义进行了笔锋尖锐的批判，更将首部敕选和歌集《古今集》从权威的宝座上拉下，认定这部近千年间被作为和歌规范而备受敬仰的歌集，是缺乏张力和真实性的无聊歌作的合集。这一轰动的宣言成为引子。在他身边除之前的俳句门徒之外，还聚集了伊藤左千夫（1864—1913）、长塚节（1879—1915）等新进歌人。他们结成了根岸短歌会，将《万叶集》作为创作食粮开展活动，向与谢野铁干（1873—1935）率领的明星派不断发起挑战，同时对于子规殁后的内部对立进行了清算，将其发展成为"阿罗罗木"派，最终在大正中期以后在岛木赤彦（1876—1926）、斋藤茂吉（1882—1953）等的主导下占据了歌坛的主流。这一歌坛动向也即刻反映在《万叶集》的研究上，学院派的《万叶集》研究迎来了兴盛期。

　　但是，子规对于万叶的尊重，只是对于同时代守旧派歌人们进行排斥和攻击的战略。实际上他在撰写《与歌者书》时，似乎尚未赏读《万叶集》，而且所谓《古今集》以来的和歌堕落这一评论框架本身，也绝不是他的独创。不过，之后的文学者们特别是"阿罗罗木"派的歌人们，由于仰慕带动近代短歌兴盛的这位先人，而时不时地回顾和彰显他的言论，结果形成了错误性的一般观念，认为实现《万叶集》文学价值再发现的是子规。

　　这个一般观念在以下两个意义上存在着错误。第一，正如最早由铁干所抗议的[3]，早在子规加入以前，数位歌人已经开始批判桂园派固守旧态，也在屡屡颂扬《万叶集》的价值。留下这种言辞的不只是歌人们。比如帝国大学[4]文科大学校长兼任贵族院议员的外山正一（1848—1900），早在一八九六年即子规加入两年前已经论述称，相比《古今集》的"人为（artificial）"表达,《万叶集》的"自然（natural）"表达更胜一筹，他甚至断言，这对于有见识的人而言早已经近乎常识[5]。他与井上哲次郎（1855—1944）、矢田部良吉（1851—1899）还同为新体诗的创始人，上述发言也是在阐释应从新体诗中排除虚饰这一语境下进行的。他们出版《新体诗抄》是在一八八二年，但时隔两年之后，后来作为官僚政治家而历任递信大臣、内务大臣的末松谦澄（1855—1920）撰写了《歌乐论》，认为与音乐的分离招致了平安时代以后的诗歌衰退。他的主张是，要以被认为多为口头歌咏的万叶歌作为依据，恢复诗歌的音乐性，创作出新时代的诗歌[6]。这样一来，《万叶集》的"再发现"这一事象，涵盖了十九世纪八十年代初叶以来开始进行近代国民诗歌创作探索的整个过程。

第二点错误则必须指出，所谓"文学性""再发现"这一既有认识本身，偏离了事象的真正中心。在国民诗歌的话语空间的中心，当时有外山、末松、井上等明治国家的指导者们的发言席。这一事实的意义绝不可小觑。井上曾出版《教育敕语》的官方注解[7]，是作为体制派理论家而活跃一时的哲学家。在下文将要论述的明治后期国民文学运动中，他还与其钟爱的弟子高山樗牛（1871—1902）同为处于领袖地位的人物。为制定标准语做出贡献的语言学家上田万年（1867—1937），也可以算作其中的一员。他也是热心的新体诗作者。国民诗歌的创作是"文学性"的课题，但在更大程度上是国民性的课题。在相对限定的范围内，它是"国民性"的课题，但在更大程度上甚至是国家性的课题。由西欧各国的文学史书所培育的这些指导者们依据其信念断定，文学是"国民之花"，未拥有灿烂辉煌的固有文学的国家不能称之为文明国家[8]。不过，在当时的日本完全看不见这样的文学。因此，无论井上等人的实际创作是多么粗糙的东西，或也不应将他们的创作热情视为故作姿态或沉迷不悟，并且相同的说法或也适用于外山、末松等对于戏剧改良的参与。而且，与为他们的热情提供支撑的相同性质的力量，在另一方面成为了《万叶集》国民歌集化的原动力。

理应到来的国民诗歌在当时被期待具有怎样的性质呢？首先它必须有益于国民在精神上的统一。对于被视为德国国民诗人的歌德和席勒及英国的莎士比亚，明治时期的知识分子是抱着多么深重的憧憬和渴慕，当翻阅《早稻田文学》《帝国文学》《国民之友》《太阳》等当时的文艺杂志或综合期刊时，随处可以感受到他们的内心渴望。他们罗列着这些文学家的名字，一次次呐喊着"伟大的国民诗人出来吧""为何戏剧诗还不出现"，散发着说不上是悲壮还是滑稽的一种独特的浓热气息。为全体国民所共有的、为老少贵贱所喜闻乐诵的诗歌，正是所有人都在渴望的[9]。前文已经提及，这样的诗歌的产生，是理应与列强并肩称霸于东方的祖国真正成为世界一流国家，无论如何都必须具备的条件。

被称为近代国文学之父的芳贺矢一（1867—1927），也是书写下这种渴慕的人之一。一九〇一年，作为东京帝国大学的教官在德国留学时，他从柏林给东京的友人写信，信中有这样一句：

　　进入当地而感受到的事情，全在于<u>上自王侯下至百姓</u>可以以同一文学、同一音乐为乐[10]。

　　他用了与用来评价《万叶集》的常用套句完全相同的语句。芳贺等人在《万叶集》中发现的"国民性"价值，实际上被认为是存在于二十世纪初叶的德国，而在同时代的日本并不存在。反过来说或是这样，这部歌集的所谓"国民性"价值，是一种幻影，是知识精英对于本不存在的国民诗歌的梦想或情结，投射于过去的书籍而形成的幻象。

　　据推测与芳贺是同窗的某人，在此六年之前用别名发表了一篇论文。参照这篇论文，事情则更加清楚明白。这篇论文以《关于文学史编纂方法》为题，其中的一节陈述着对于歌德抒情诗等的渴慕，同时向读者慨叹道，我国在古代也曾是自天皇至匹夫野人都与歌同在[11]。就是说，古代可以有的事情不可能在将来无法实现。在这里，古代的诗歌是由于笔者的使命感而被召唤，并不是其自身唤醒了使命感。

　　理应到来的国民诗歌，还必须具备与新时代的文学相符的内容和形式。当时出现的主张，主要在对于和歌的过去和未来的评价上出现了相当大的不同，但井上、外山等人的主张成为了评价的坐标轴。井上等人认为新时代的思想要求雄大的形式，因而全盘否定短歌形式，并进行了新体诗的倡议和实践。外山则进一步对五七音节的固定形式进行了否定。他们还提倡，为了歌咏复杂的内容，应当扩大用语的范围；同时指出，为了向社会进行普及，要将率直的表达作为目标；并强调，因此一定要去除雅语、虚饰这类东西。与此同调或反调的各类主张，在相互交错的同时构成了一连串的话语空间。

　　争论促进对于过往诗歌再探讨的结果是，《万叶集》的长歌成为了关注的目标，长期消失的这一诗形需要复活云云，在极端的情况下还派生了将其视为叙事诗的见解。万叶的歌作特别是长歌具有"雄浑"声调的评价，就在这一过程中定调。"真率"地表达"素朴"的感动这一点被颂扬也是由于相同的原动力。因此，论者们在提及枕词、序词等古代诗的惯用技法时，往往无法掩饰他们的犹疑。或是将《古今集》以后的和歌视为流于枝节末梢的技巧而失去活力，或是将其原因归为由于成为显贵的专有物而被切断了与一般庶民的接点，这些恰恰都是上述情形的反面。

或许会有人提出这样的质问：《万叶集》难道不是记载着东歌这一东部边境地区的歌作二百三十多首吗？不是也有防人歌这种从同一地区动员至西边戍边的士兵们的歌作吗？另外，不是甚至还有北方或南方偏远地区的歌作、营造藤原宫的人夫所咏的歌作，甚至是乞讨者街头卖艺之类的咏歌吗？实际上，这些歌作虽然一直被当作古代"庶民"的产物对待，但不应视而不见这样一个事实，这些作品大都无一例外地是由以五音节和七音节为韵律单位的诗歌形式组成，就是说是由与贵族创作的歌作完全相同的形式组成。《古事记》《日本书纪》中出现的歌谣性质的诗歌，也都尚未确立这种诗歌形式。作为不懂读写的"庶民"的作品，就是说作为以口头形式或歌咏或吟唱的作品，诗形不过于齐整吗？我们或许更应该提出这样的疑问：尽管只要正视事实就必然会浮现出上面的疑问[12]，但这样的疑问却被轻易放过，这究竟是因为什么？难道不是因为，将《万叶集》视为国民歌集的这一观点，原本并非事实而只是立足于愿望吗？

"文学性再发现"这一道具的使用并不恰当，理由或已清楚。

要使某物被"再发现",则那个"某物"必须原本实际存在。但是,无论是作者层面广,还是歌风健康,这些将《万叶集》与《古今集》以及其他歌集加以区别的特征,都是在国民诗歌被热切期盼的状况下被夸张、被宣传的特征,就是说是被制造出来的特征。反过来说,明治时期的知识分子、文学者是力图通过在《万叶集》中发现自己的祖先与歌同喜、与歌同泣的黄金时代,想象自己与这些天生的诗人们具有相同的血统,以此让自己坚信理应到来的国民诗歌的可能性。

所谓的国民歌集《万叶集》,总而言之,只是用于弥补不存在国民诗歌的心理等价物而已。正是愿望描绘了这一万叶像,上述特征即便是令其稳定的契机,也不是事象的本来要因。

与此一脉相通的事象,我们可以想起能剧的复兴。在江户时代被用于武家仪式的能剧,伴随明治维新而失去庇护者,一时间陷入了消亡的危机,但受益于一八八〇年前后起开展的以皇族、华族、财界名士为中心的保存运动,在"能乐"这一新名称下实现了再出发。深度参与运动的久米邦武(1839—1931)曾向一九〇二年创刊的月刊杂志《能乐》数次投稿,倡议在日本文化的基层探求能剧的源流。而且,他还力图阐释应将这一传统艺能发展为国民的艺术,屡屡举出欧洲的歌剧作为参照对象[13]。

另外,本书中戴维·比亚洛克论述《平家物语》的文章,在与《万叶集》的情形进行类比或进行对比时,都会成为颇具趣味的材料。

将《平家物语》或其他军记物语作为国民叙事诗进行把握的尝试,自一九〇六年首次出现以来(生田弘治《作为国民叙事诗的平家物语》,《帝国文学》第12卷3—5号），一直到发展为太平洋战争后的马克思主义方法论，虽然因论者立场的不同而被以各种各样的形式在反复进行，但在与强调平安宫廷文学（创作物语、历史物语）以来谱系的对立性见解的争斗中，总体上未能脱离流动性样态。同一作品在一定时期内引发了多样性评价，这一事实雄辩地证明了文学作品的价值不是内在于文本，而是被人为地制造。

而且，《平家物语》叙事诗化的尝试，与《万叶集》国民歌集化的情形相同，都有超越学院派框架的社会性背景。前文已经论及，对于亲近欧洲文学的那些人而言，日本的文学风土未能孕育雄大的诗篇是共通的烦恼之源。明治后期，取材于日本历史、传说等的长篇叙事诗的创作接连不断地出现，也是意图填补这一空缺。比如井上哲次郎，据说他在《帝国文学》和《太阳》上连载《比沼山之歌》的一八九六年前后，曾自比为日本的荷马并颇为自得。至于与《平家物语》直接相关的事例，则比如一九〇三年的《明星》杂志上曾连载与谢野铁干与后辈二人的合作作品《叙事长诗源九郎义经》。总而言之，在这里也是对于叙事诗这一西方文学类别的渴慕成为要因，一方面力争创作其具体等价物，另一方面愿望则发挥了向过去反转而将某某书树立为心理等价物的功能。

万叶国民歌集观与平家叙事诗观之间，会发现上述这样的平行关系。那么，二者在稳定度上的极端差异，前者的稳定性与后者的流动性是来源于什么呢？这个时候，即便是《平家物语》确实并未完全具备叙事诗应当具备的各种要素，但如果将其视为当前的要因，则等同于从反面承认《万叶集》具有足以称之为国民歌集的实际内涵。如果是这样，则与已述的论旨相抵触。

　　或许可以这样想，导致上述事态的真正要因，其实是在于人们的期待方式有所不同。应当说，《平家物语》的叙事诗化未能取得《万叶集》的国民歌集化那样的成功，是因为与对于一般国民诗歌的渴望完全相反，对于叙事诗的期待被某种因素所掣肘。这个掣肘性因素，我认为是"和平国民"这一自我形象。

　　日本在过去一百年间，针对日本人的国民性、日本文化的特性等展开论述的著作据说公开发行了五百种以上[14]。此类著作的早期畅销书，包括了一九〇七年出版的芳贺矢一的《国民性十论》。通过从《忠君爱国》到《温和宽容》的各章，芳贺在该书中论述称，日本人自太古时期起就过着以农耕为基础的生活，养成了不好争斗的风气；并且主张，天皇制不是力量的统治，而是从家庭式的结合发展而来，这一制度的优越性显著体现在，日本这个国家对于非我族类不是征服而是平静地接纳。正如著者自身也明确指出的，这是针对由于中日甲午战争、日俄战争而在欧美掀起的黄祸论所进行的有意识的反驳，同时也是对于日本的对外侵略加以正当化的论调，但却为当时的日本社会所广泛接受，也在相当长时间内成为日本人论的标准。

　　如果说荷马史诗是希腊民族从未开化走向文明的过渡期所经历的动乱时代的纪念物，并且，如同西欧的理论所教授的，这样的纪念物在所有的文化民族普遍存在，那么，理应是这些文化民族一翼的日本人，也理所当然地应当拥有叙事诗。但同时，倘若与认为日本人所拥有的"万邦无比"的"国体"相对照，那么

《平家物语》所描绘的战乱状况，则必须是有悖于国民本性的例外状态。相反，日本人的国民性被淋漓尽致地充分发挥的状态，或许只有万叶的世界才被感到是名符其实，后者被认为"上自天皇下至庶民"由同一文化结成了一体。

以上固然不过是假说，但是我想，关于被称作古典的经典在被建构时是什么力量在发挥作用，上述假说会给我们不少启发。

另外，被建构的万叶国民歌集观，主要是在中等教育阶段被用于国民塑造。根据文部省令，普通师范学校在一八九二年、中学在一九〇一年，分别在"国语"授课内容中被要求教授文学史（国文学史），以培养爱国心。关于高等女子学校在当时的省令中未见规定，但国语授课的实际状况与中学、师范学校似乎并无大的差别。《万叶集》在国语的"讲读"教材中通常不被收入，所以学生们接触万叶歌作的机会大都被局限于文学史的授课时间，他们在此与前面所引的常用套句邂逅，记住了对于国民歌集应当予以尊敬[15]。

在当时的日本，这些中等教育机构的入学率绝不是很高。但即便如此，在进入社会之前被灌输国民歌集观的人数，截至大正中期以前，少算也已经达到数十万人之众。我认为，明治时期仅仅只是小规模团体的"阿罗罗木"派，在大正时期得以急速膨胀，这是不易被关注却最具决定性的条件。成员中就职于学校的人不在少数这一事实，对于上面的判断而言或也会成为有利的材料。我认为，力图让明治时期国家主义所播撒的种子进一步开花结果的那些人，不久逐渐形成了歌坛的深厚根基。

3 国民歌集化的前史

国民歌集原本也并非是无中生有的胡编乱造。《万叶集》既不是伪书，也不是长期被藏而不用的书籍。正如屡次强调的，早从《后撰集》的编撰者们尝试训读时开始，歌人们中确实已经有些人在阅览和书写这部珍贵的最古老歌集，并且意图将其纳入自己的诗囊，正文评注、训诂注释等也早已开始进行。以木版印刷技术为基础的江户时代，出版文化达到了较高水平，可以令上述文献学成果的刊行实现商业化的运营，为国学的隆盛做好了准备。人才辈出的国学者们的著作，而且包括同时代未见刊行的著作，大多在明治时代变成金属活字版得到了普及。不断积累的知识见解和观念，特别是贺茂真渊（1697—1769）等人的复古思想，最终在某种意义上构成了《万叶集》国民歌集化的前提。

然而，关于这一点我的原则性观点如下：国民歌集观的本质在于，它实际上已成为全体国民的常识，已经渗入天皇至庶民的所有阶层的人们的脑里。倘若这一事态并未成立，则即便是出现上述种种事象，也至多或许可以成为文学史或思想史的特殊专题。上述事象能够是前提，只限于被近代这一时代所回收和利用的情形之下。

不光是如此。被认为以"回归万叶"为目标的近代以前的歌人或国学者们，根据各自的对峙状况，从各种不同的立场对这部歌集的价值进行了"发现"。这时候，世界被分割为大大小小的国民国家和列强统治的殖民地的状况，他们根本无从知悉。即便或是赞颂和歌的悠久传统，或是力陈"大和魂"的尊贵，他们的话语乍看是国家主义性质，但在根本上其实是面对中华文明时的劣等感和对抗意识。明治时期的国家主义，是与其层次不同的、全球规模的交流互通（intercourse）的产物。要了解二者的不同，只要考虑以下两点或已足够，一是近代的日本人一改对中国的态度，一是坚定地将日本的文化视为东方文化的代表。

再说一说前文提及的常用套句。这一常用套句在近代的日本大受欢迎，无疑是因为其中的以下寄语激励了人们。天皇和庶民都同为国民，虽然身份极端悬殊，但作为国民的资格并无轻重之分，这正是寄语的内容。所谓"上自天皇下至庶民"，其实是将君主加以国民化的表达方式，如果借用安德森[16]的说法，就是令君主"归化"国民国家的表达方式。尽管在现实中被各种不同的身份所撕裂，但在原理上被视为具有均质性，这样的人类集团就是国民。令国民成立的这一想象，毋庸赘言也是支撑国民歌集的支柱。

倘若如此，在常用套句的问题上即便认可近代以前的用例，或许也应该看到，这里存在着与近代的用法迥异的逻辑。实际上，这样的事例既可见于院政期歌人源俊赖（1055—1129）的歌论《俊赖髓脑》，在此之后也可以举出近世的民间歌人下河边长流（1627—1686）为自编歌集《林叶累尘集》所写的序文。

他们一方面心系《万叶集》，但同时又将上述套句广泛地适用于所有和歌。和歌是日本自古以来的表现形式，从神佛、天皇到低贱的樵夫、渔夫，任谁都会咏歌。当这样叙述时，所承袭的是《古今集》序文以来的万人咏歌观，即"万物生灵皆歌"的观念。这一观念，正如早已被指出的，来源于中国的《诗经》

《毛诗正义》等，成为为政者可通过了解人民的歌谣而把握治政状态这一政教主义歌谣观的一环。《古今集》接受和吸收这一观念，是因为这部歌集被构想成了支撑王权的文化道具，一代代敕撰和歌集都往往或多或少编入"作者未明"歌这一事实，也或许与这一点并非无关[17]。原本《万叶集》需要收录东歌、防人歌这一事情本身，应该就是基于这样一种空想性意图，意图在文化上虚立与中华帝国形成对置性关系的另一帝国，夸示自身包容东方βάρβαροι（蛮族）文化而成立的那种世界性。

　　而且，俊赖以这一观念为依据，不单单是因为它是传统。他将和歌视为神代以来的日本风俗，在对其普遍性进行夸张的同时，列举了孩童、乞食者、艺能者、盗贼等属于异类范畴的那些人的歌作，将它们与昔日的圣帝和神佛的歌作及神佛感应和歌的故事等共同作为赞叹的对象。这样一种奇迹，是和歌具有不可思议的神力的证明，确切地说是曾经拥有此等神力的证明，对于认为和歌史走向衰退的俊赖而言，它也意味着应当恢复的理想状态。正因为如此，他不能不附言，最近关于此类奇迹少有耳闻[18]。应当注意的一点是，这里存在着逻辑上的矛盾，就是说，对于普遍性的夸张，其实是将和歌乃贵族固有文化这种一般认识作为不言自明的前提。

　　在此五百数十年后的长流又是如何呢？他的言辞是在幕藩体制已经稳固，天皇、贵族等已经完全丧失政治实权的状况下发出。当时，宫廷已经变成以后水尾院（1596—1680）为尊的一种文化沙龙，歌坛被二条派宫廷歌人所控制，秘仪般的种种传授为他们赋予了权威。《林叶累尘集》收集了武士、商人、僧侣等无位无官之人的歌作，应当说也是民间歌人们对于上述状况进行示威抗议的书籍。编者是要对完全封闭的宫廷歌坛现状进行批判，将其不正常之处诉诸读者，才提出了万人咏歌观。连粗陋芦苇屋中的居民都吟咏和歌的古代，对于长流而言，具有与俊赖完全不同的含意，但也同样是被理想化的古代。

万人咏歌观被不断进行各种变奏的状况，从国学者们的言辞中也可以得到确认。荷田在满（1706—1751）一方面说"歌"与庶民的歌谣相同，本来是口头所歌，另一方面又强调，柿本人麻吕、山部赤人这两位万叶歌圣，都是无位或至多六位以下的卑官（《国歌八论》）。本居宣长（1730—1801）一方面将广义的歌仍视为万人咏歌，对和歌与俗间的流行歌进行总括而概说其普遍性，另一方面又认为和歌才是歌的正统，力图对于完全相反的两种见解进行调和。而且，当前传诵的古代和歌既然被看作是大致中流以上人们的歌作，那么所谓来源正统的歌，对于他而言，也是贵族歌风的事实上的同义语（《石上私淑言》）。

总而言之，即便说是万人咏歌，这个万人也绝不是均质性的存在。庶民不会是贵族的同胞，既然如此，将和歌视为万人之歌，虽然在某种意义上是必不可少的要求，但在其他意义上也会变成奇异怪事。万人咏歌观总是伴随着这种矛盾，与近代的万叶国民歌集观的决定性差异即在于此。

立足于以上的概观时，近代以前的"万叶回归主义"的王者贺茂真渊的言辞，会被如何定位呢？实际上，他不光是从未试图从作者层的广度论说《万叶集》的价值，作者层的广度这一思考本身也从未明确提出。当称赞古人的"直心"、古歌的"诚"的时候，他是将其作为社会性别问题进行了阐述。在他的想法中，和歌开始堕落是在《万叶集》的男性风为《古今集》以后的女性风所取代之后，而他将这一变化的原因归结为，都城从男性性的土地大和国迁至了女性性的土地山城国。要说这一荒唐无稽的解释为何居然被引入，大概是因为真渊的观点本是基于预断，他自身要力图修补其中的破绽。他认为，优秀的必须是男性性的。另一方面，和歌必须是优秀的。《万叶集》在他的眼中是男性性的歌集，就是在上述语境中。真渊是从和歌在社会上被冠以"女人所弄之戏事"（《新学》）的待遇现状出发，而力图打破这一现状。男性性的为何是优秀的，曾经存在的男性性的价值又为何丢失，诸如此类的问题原本就在他的问题意识之外。

另一方面，明治时期的知识分子们是从近代以前的多样性话语中抽取可以利用的要素，将其组合进自身的原有框架中。对于万人咏歌观，他们将原本是强调和歌具有世界性的这一观念，脱胎换骨成了国民统一性的表象。对于真渊所说的"雄浑风""直心""诚"，他们则将其作为国民诗歌的应有属性（雄浑、素朴、真率）进行了重读。这两件事情在被用于国民歌集观建构的过程中第一次被相互关联，并被建立在了原因和结果的关系上。即便是种种学问性积累，这些也不是单单被承袭而是被利用，而且只限于有益于国文学这一新学问的前提下。

4　"民谣"概念的引入与国民歌集观的确立

《万叶集》的国民歌集化，至少有两个局面。倘若将第2节所论述的明治中期至后期作为第一局面，那么本节作为对象的明治后期至大正初期的时期则相当于第二局面。二者尽管在年代上有所重合，但根据所发生事象的性质被加以区别。

这个时期，所谓的短歌革新运动出现了惊人的进展，也是一扫以往关于短歌未来的否定性评价的时期。其结果是，主张日本文学在根底上自古以来一直有和歌的见解浮上台面，为后来短歌的"永续性"与民族性质、天皇制等相结合打下了基础。不过，引领这个时期革新运动的明星派那些人，在将创作食粮广泛求诸东西方的同时，也号称新体诗和短歌、俳句分别构成明治诗歌的一翼。因此，他们虽然将《万叶集》作为日本古典予以尊重，但也并未奉为本派的唯一经典。相反，采取这种态度的子规的后继者们，在这一时期的歌坛则仍甘于少数派的地位。

在这个时期对于国民歌集观进行完善并最终完成的，是与新闻传媒具有密切合作关系的少壮学院派。在知识精英的群体中，最早从小学阶段就开始接受近代教育的一代逐渐抬头，成为了这一局面的主力。他们进一步从理论上并且有组织地追求国民诗歌的创作，由于他们活动的结果，"国民歌集"的具体形象焕然一新，前文套句中的天皇与庶民的位置关系发生了逆转。这一套句所唤起的作者层的广度，本来的形象是基于万人咏歌观的重读，即"发祥于（众神以及）皇族、贵族的文化在一般庶民间也得到了普及"，最终变化为这样一种形态，即"以民族的、民众的歌谣为文化基石，在此之上产生了与外来文明相融合的更高水平的诗歌"。是"民谣"这一来源于德语Volkslied的概念的移植和适用，带来了这一变化。而且，改变之后的形象，在此后八十多年间一直支配着万叶研究史，甚至影响到了最近的貌似依据前卫方法论的各种潮流。以下对上述情况的来龙去脉进行一下总览。

一八九四年（明治二十七年）十一月，帝国大学文科大学的学生、毕业生、教官一百八十余名，以创造理应成为国民精神支柱的"国民文学"为旗帜组织了"帝国文学会"，翌年一月发行了月刊《帝国文学》。恰逢中日甲午战争的捷报将整个社会卷入空前狂热的时期，对于这些会员的热情言论而言成为了时机恰好的东风。以该杂志为主要舞台，在日俄战争前后十多年间所开展的研究和评论活动，我称之为"明治后期国民文学运动"。

上述运动将以下三点作为了事实上的共同纲领：（ⅰ）对固有的国民性或民族性进行探究和发展；（ⅱ）对先进各国的精神和文化成就进行摄取和消化；（ⅲ）将后者与前者进行同化和融合。上述路线是根据已成为一种教条的德国文学史的知识制定完成。在曾经落后的欧洲国家不断涌现伟大文学家的情形，在不久的将来会在日本更加猛烈地再现，会员们共同梦想这一辉煌日子的到来。为了实现共同目标，他们制定了分工体制。在（ⅰ）的领域他们彰显日本的古典，建构文学史、文化史、思想史，并对谚语、民间传承等进行了搜集和分析，等等；关于（ⅱ），他们介绍欧洲古今的文学、艺术和思想，为创作界带来了一定的刺激；另外在（ⅲ）的方面，他们也进行了种种创作尝试，国语国字问题、新体诗论等充斥着杂志页面。

Volkslied作为凝缩会员们梦想的关键词之一，从运动的草创期开始就已经处于讨论的中心。将民族精神求诸民众文化的思想家赫尔德，于十八世纪七十年代最早认可了Volkslied的价值，并实际进行了搜集和出版；受他影响的歌德创作出Volkslied风的抒情诗，受到了广泛欢迎；另外，他们的事迹对之后的浪漫派文学家产生影响，促进了进一步的搜集。这些事情一次又一次成为了话题。特别是采用"俗谣"这一译词的早期论者们，连日本相当于"俗谣"的究竟是什么这一基本问题都尚未反省，就情绪激昂地宣称，总之它是国民性的精华，是优秀的文化。他们率先主张应当向新体诗吹入新风，一方面要求扩充诗语、改良诗形，另一方面从观念上提出了向"俗谣"学习以回应这一要求的主张。但是，"俗谣"一词原本意味着"卑俗的歌谣"，因此都市的艺人歌谣与农村的传承歌谣无论如何都会产生串线情况。

这一混乱状况，在当时主导第（ii）领域的英国文学学者上田敏（1874—1916）的努力下，暂时得到了解决。上田将森鸥外（1862—1922）曾经只用过一次的试译[19]"民谣"多次用于自己的文章，令其在读者中渗透，同时明确提出了这一概念不包括花柳界的产物。在投寄一九〇〇年六月《太阳》临时增刊《十九世纪》的文章中，上田对于欧洲文学过去百余年的历史进行概说，同时指出"民谣"产生的冲击在各地促进了国民诗歌的勃兴。更为重要的还有，他在四年之后投寄《帝国文学》的口述笔记[20]。口述笔记将真正形成国民音乐的基础求诸"民谣"，提倡应当尽早进行搜集，引起了"帝国文学会"内外的广泛关注。结果，上田不仅获得了被数个文艺讲演会邀请讲述"民谣"意义的机会，甚至有人信奉其学说而尝试"民谣"风诗歌的创作，还有人开始在全国范围内实际进行"民谣"的搜集[21]。

在上田的观察中，以往被拟作国民音乐候补的许多传统音乐（雅乐、筝曲、谣曲、三弦乐），实际上都不过是在部分阶层内获得了特殊的发展。但是，如果不是以民众的感性为依托的艺术，那么可能就无法实现国民一体感的产生。应当注意的一点是，对于上田而言，"民众"不是单指下层人的称谓，而是意味着民族文化的承担者[22]。"民谣"这一译词，具有分别与原词Volkslied的Volk和Lied相对应的"民"和"谣"的词语构成，其中"民"的部分，被寄寓了Volk所包含的"民众"和"民族"两个含义。不应忽视的一点是，在上田的思索中首先想到的至多是"国民"，而不是"民众"或"民族"。所谓民族/民众，正如赫尔德所主张的，是用于填补关于国民的理想与现实之间落差的概念，民族/民众之所以看起来好像是自太古时期起就已经存在并构成了国民的母体，是因为我们已经被动地适应了国民一体性这一梦幻被投影于历史时所形成的倒立像。并且，"民谣"也同样只是这一梦幻的产物。就是说，所谓"民谣"其实与通常被相信的相反，是特别近代的存在，只是国民国家在其构建过程中为打造成员间的精神纽带而要求的诸多"传统"的一环。

这里应当对照考察的一点或许是，在运动发展的过程中，对民间传承的关注度急速升高。这意味着对于国民性的探究带入了新观点。例如，第2节所引用的匿名论文《关于文学史编纂方法》，在运动开始当年就已经进行了以下建言：

> 自国民思想焕发之初，非悉由文字表彰〔"表达"之意〕之作，如脍〔脍〕炙人口之传说、赞歌、俗谚、俗谣，诗人采辑之而表彰于文学时，应入国民文学之范围，其于文学史之价值，分毫不让于高洁诗文。

如同被这一预言所引导一样，《帝国文学》杂志上相继发表了关于谚语、神话传说等的论考。在谚语方面，多位人物参与了搜集，但倾注最多精力的是藤井乙男（1868—1945）。他于一九〇六年将大约十年间的研究成果写成了《俗谚论》，于一九一〇年公开出版了大作《谚语大辞典》。另一方面，在神话传说方面，高木敏雄（1876—1922）非常活跃。高木从一八九九年起向《帝国文学》投稿的数篇论文，于一九〇四年被收入《比较神话学》，成为了日本近代神话学的出发点。《古事记》《日本书纪》中的叙述在此之前一直被视为古代的史实或者是其集合性记忆，在那以后常常被从叙述天皇统治正统性的原典语境中分离出来，作为日本的民族神话看待。

饶有趣味的一点是，同是《帝国文学》，高木于一九〇〇年三月发表了《羽衣传说之研究》，之后六月上田敏、次月英语学者冈仓由三郎（1868—1936）、次次月语言学者新村出（1876—1967）都相继追加了同类传说。另外，在高木著作问世的一九〇四年，文坛重镇坪内逍遥（1859—1935）出版了《新乐剧论》，提倡将西方的歌剧与日本的传统演剧和音乐进行综合。考虑到坪内逍遥曾试图以浦岛传说、羽衣传说等为素材具体实践其主张（《新曲浦岛》《新曲赫映姬》），那么或未必可以断言与高木著作的出版年份相符只是偶然。神话传说跨越不同的领域引起了众人的关注，这同样是因为，将国家认同的根源求诸民族/民众层面的思想正在不断地普及。

在以上的脉络下被移植、逐渐普及的"民谣"概念，要从国民歌集《万叶集》中发现自己的适用对象，在某种意义上或是必然的发展方向。

一九〇二年九月，芳贺矢一结束为期一年半的德国留学生活而回国，在文科大学的新学年课程中开设《日本诗歌学》。这个课程是对于日本诗歌在明确的组织架构和体系下进行总体把握的几乎最早的尝试，因此据说听讲的学生深受触动而铭记于心[23]。作为这一体系中的一环被特别强调的，是民族的/民众的诗歌"国民诗Volkspoesie"与艺术家的创作诗歌"技术诗Kunstpoesie"的区别。这两个概念最早由赫尔德提出，在当时的德国文学史书中也多有蹈袭。

因深受触动而铭记于心的听讲生之一志田义秀（1876—1946），在毕业论文中论述了Volkslied的问题，继而在一九〇六年的《帝国文学》上连载了《日本民谣概论》[24]。这篇论文第一次真正着手研究日本的"民谣"，《万叶集》因而第一次被指出了其中存在着"民谣"。

志田主张，为了追踪日本人国民性的发展过程，要对于过去的"民谣"进行发掘和集结成集。这个时候，从以往被忽视的材料中首先被指出的，是《万叶集》第十四卷的东歌。而且，他在将东歌判定为"东部地区的民谣"时，并未举出任何有意义的根据。倒不如说，面对二百三十余首东歌都由定型短歌组成这一既述事实，他尽管一度驻足、踌躇，但最终跨越了这一事实。就是说，若开始怀疑则永无尽头是他的判断标准。尽管如此，将东歌当作"东部民谣"的见解，在此后半个多世纪一直是万叶研究史上的通行说法。

志田的立场是，应当从以往日本的文献而且是尽可能古老的文献中，尽可能地发现大量的"民谣"。这是关系到运动之根本的重要任务，因此即便是多少有些勉强也需要敢于行动。因而他这样做了。于是，从《万叶集》的其他卷第十六卷中也发现了十一首"民谣"。从平安时代的宫廷歌集、中世近世的歌谣集中，也陆续发现了"民谣"。就这样，过去的"民谣"被接二连三地"发现"。准确地说，是被发明。需要才是发明之母。

这一"成果"最终为志田恩师的著述所回收。芳贺矢一在一九○八年公开出版的《国文学历代选》的绪论中，提出了《万叶集》中的作者不明歌或大多是"奈良以前的民谣"这一推测，并进行如下论述：

> 余看万叶集，与其说爱读人麻吕、赤人、家持等的技术诗，毋宁说爱读九卷、十一卷、十二卷等的作者不明歌。对于男女恋爱之情直截述怀，不似后世的雕琢之歌。有如读诗经之感。十四卷为东歌，此亦国民之声也。常歌咏恋爱之至情。此等盖在中国文化的影响之外。〔圈点为原文所加〕

芳贺将这篇绪论又在五年后的《国文学史概论》上转载，另一方面，在翌年一九一四年（大正三年）的讲演笔记《奈良朝时代的文学》中，同样将第十一、十二卷的歌作定位为"国民诗"，对其价值进行了彰显。无法忽视的两点是，一是志田的论文将"民谣"的范围只限定于第十四卷和第十六卷的一部分，但仅仅两年时间就膨胀了数倍；另一点是，而且在此期间未加任何实证，打个比方说，就是对一度被打开的突破口以放任自流的方式进行了扩张。

下面探寻一下芳贺见解的变化过程。在一八九〇年芳贺与立花铣三郎共同编著的《国文学读本》中，孕育《万叶集》的奈良时代被与平安时代统括成了"中古"。这里的"中古"，意味着奈良时代是文学中心在上流社会的时代，因此可以推定，这一时点的芳贺基本上尚未认为万叶歌作具有民众性的要素。另一方面，在以一八九八年讲习会原稿为基础于翌年出版发行的《国文学史十讲》中，可以看到将万叶的作者层描述为"上自天皇、皇子，下至僧尼等弃世者"的记述，隐约可见正逐渐受到国民歌集观的影响，但"僧尼等弃世者"这一措辞，与通常所说的"无名庶民"还是有着微妙的差别。而且这一记述，将两千余首作者不明歌的存在置于考量之外[25]。该书中又称"其作者中半数以上，仍是都人、在朝官人"，因而歌集定位的着力点最多在于贵族文化、宫廷风雅这一点上。书中认为，这样的和歌"向一般民众普及并呈现了盛况"，未必是在说民众的文化为贵族社会所汲取。定位方向发生逆转，着力点向民众一侧转移，一直等到《历代选》中的论述才首次被确认。

上述过程，根据佐佐木信纲（1872—1963）的论著也可得到印证。这位在当时已是著名歌人、之后实现《万叶集》文献学之集大成的人物，从志田的论文出现的前后时间一九〇五年开始，作为文科大学的讲师进行了和歌历史的讲授。作为其授课的副产品而诞生的论文集就是《歌学论丛》，于一九〇八年出版发行（博文馆）。一九一五年，更成体系的《和歌史的研究》也问世（大日本学术协会）。被前者收录的论文之一，就有彰显《万叶集》无名歌人的内容。论文将东歌定性为"庶民诗"[26]，与第十三、十六卷的歌作一同高度评价其异彩，但同时认为，即便是作者不明歌，第七、十、十一、十二卷的歌作，与有名歌人的歌作相比也不能说是非常有特色。不过，《和歌史的研究》中则发展到，第十一卷以下的六卷都被视为准"民谣集"，第十一、十二卷的歌作也被盛赞其"天真烂漫"的"异色"。就是说，《万叶集》的"民谣"，在佐佐木的头脑中也是自然增殖的。

　　被《万叶集》"发现"的"庶民"，已经不是承宫廷文化之余恩的下下民。倒不如说，他们才真正是民族歌声的光荣承担者。而且，就连贵族的创作歌，不是也拥有与这些"民谣"完全一致的形式吗？上古的宫廷人的体内，民族的传统应当是在不断地有力跳动着。他们绝不会是为外来文化所浸染的一部分特权阶层。立足于民众的文化而成书的《万叶集》，因此必须是民族魂的原乡，是日本文化的伟大遗产。

5　国民歌集观的完成形态

　　就这样，幻影甚至得到了学术圈的背书。结果，幻影的原形变得愈发难以辨明。不光如此，国民文学运动的"成果"，虽然伴有一定的延时，但切实地向学术圈外产生了波及效应：

　　　　万叶集是民族的歌。全体日本民族，在赤诚相对地促膝交谈，相互直率地歌咏作为人类的共通情感。上自天皇下至采盐女、乞食者皆是如此。天皇向采菜少女歌咏恋歌。同时，身份卑微的少女向身份高贵的人送上赤诚的恋歌。如上所述，所有阶级的人们，直面这个时代的现实问题，都同样以紧张的心态在歌咏，这才是首要特征。

上述引文是岛木赤彦的歌论[27]的一节。他曾是"阿罗罗木"派的领军人物，这篇文章是在一九一九年（大正八年）讲演录基础上撰写而成的。文中还描绘了这样一种情形，继承"万叶集之精神"的"民族歌谣"——"诸国民谣、马子呗、舟呗、捣麦呗等之类"——在平安以后闭塞的和歌世界之外实现了"民众性发展"。在这里，是从将"民族"与"民众"视为一体的思维方式出发，将万叶和歌的本质求诸民族性/民众性。

下面再稍微深入一步考察。赤彦的恩师伊藤左千夫，终生都未曾抱持这样的想法。对于一九一三年过世的他而言，"民族"和"国民"都不过是泛泛地指称"全体日本人"的近义词[28]，而且这里的"日本人"由于阶级制度的存在而在文化上被撕裂反倒是理所当然。他对于这一分裂不想作多深刻的思考，只是心仪于"趣味"之广这一点而对《万叶集》进行了颂扬。在他这里，万叶的歌作无疑是古代的贵族文化的一环，因此本质上是"雅"的文化[29]，而且同时也是所有种类的"日本人"应当回归的美的原点。这一充满矛盾的"日本人"观、万叶观，总之与国民歌集观在本质上完全不同，相比子规的见地而言事实上是在后退，而且不光如此，在某一方面也是在完全蹈袭真渊等人的思维方式。

即便假定这样的左千夫未接受"民谣"这一观点，或也不足为怪。以他所见，农渔村的传承歌谣即便会是应当鄙视的"俗谣"，也不可能是民族魂之声、民众的真情吐露之词。何况他还曾称[30]，"说万叶的一部分是俗谣，是言语道断，不足为论"[31]。

　　另一方面，比左千夫年少十二岁的赤彦，属于《万叶集》国民性价值被正式灌输的最早一代，被认为在与子规、左千夫等接触以前，在长野普通师范就学期间就已经接受了国民歌集观。这成为了他的底色。而且，他取代猝死的恩师成为《阿罗罗木》的实质主宰者。从这个时候起他加大了对于"民谣"——当初他用了"俚谣"的称呼——的关注，一方面在该杂志上登载《伊豆俚谣考》（1914年11月—1915年1月）、《万叶集古今集小呗》（1917年3月）、《民谣的性命》（1922年4月）等论文，论说"民谣"的妙味，另一方面，或是以棹歌、船谣等的歌词装点卷首（1917年1月—1917年7月、1922年3月），或是拜托读者报告"各地民谣"（1921年1月、1922年5月）。对于民族/民众这一思考方法的接受似乎也是在这一过程中，上面的《万叶集古今集小呗》中已经可见与本节开头所引内容趣旨相同的见解。

　　赤彦如此拼命论证他们自己的体内流淌着"万叶集之精神"，而且他自身也想要坚信这一点。但即便如此，他似乎也难以从内心认为《万叶集》中有"民谣"的实例。例如上面的《民谣的性命》，尽管论述"日本民族""从太古时期起"培育的"民谣中，<u>具备某种特殊形式的歌谣成为长歌短歌</u>，在万叶集时代得到了很大的发展"，但却巧妙地回避了将万叶歌作的一部分视为"民谣"本身。他对于这一讨论的存在早已熟知，这从当时的《阿罗罗木》上出现土屋文明（1890—1990）的《万叶集中民谣之研究》（1917年4月）一文上也几乎可以得到确证。但赤彦与这些讨论一直划清界限，最终在最晚年的《万叶集鉴赏及其批评》（岩波书店，1925）中，终于将东歌中的一首（卷十四·三四八一）当作"或为民谣风歌作亦未可知"。

赤彦的逡巡可以想到种种原因。左千夫的"俗谣"观、他自身的求道式作歌信条等等都是原因。无论如何，他一直喜爱万叶歌作，但在从《万叶集》中发现"民谣"一事上，他对于万叶歌作的实际感受似乎产生了抑制性作用。尽管如此，他最终接受了这一见地。他将其作为观念予以接受，这一观念在他们作为歌人进行实践的外部拥有着供给源。

在赤彦之后引领"阿罗罗木"派的茂吉、文明等人，早已与上述的迂回曲折无缘。他们不再力图特别称赞"民谣"的价值，对于东歌、作者不明歌等，毫不怀疑地将其中多数视为"民谣"。万叶的歌作立于民族的/民众的基石之上，对于他们而言是不证自明的事情。对于东歌、作者不明歌的无个性和类同性的表现方式加以否定[32]，也是因为他们在这些"民谣"上既看到了万叶和歌的基石，同时也看到了文学的极限。

下面再重新总结一下。万叶国民歌集观的完成形态，具有相互补充的两个侧面。一个侧面是与天皇制相互交织着被作为观念建构的国民性的一面，另一个侧面是对于国民性进行补强的作为观念的民族性/民众性的一面，就是前一节所论述的侧面。或可以说，在明治时期的国语教科书无不彰显万叶的尊皇思想时，在昭和时期的翼赞体制为激发斗志而采用万叶的歌句时，与国家要求直接相关的第一个侧面就被极端地推上了前台。这一侧面由于战争结束所伴随的政治体制的剧变，至少在表面上是被抽去了筋骨[33]。但即便如此，《万叶集》在战后半个世纪仍是日本古典的代表。而之所以如此无疑是因为，第二个侧面取代弱化了的第一个侧面而愈发地表面化了。我认为，正是因为预先拥抱只被打造为文化象征的这一侧面，国民歌集观才得以也与象征性天皇制和谐共处。

《万叶集》在二十一世纪仍然会继续保有以往的地位吗？或者是原本就应当继续保有吗？正如前述论旨所表明的，我本身预感到新局面将到来，我本身也期待新局面到来，但会不会到来则取决于今后的世代[34]。

注

1　"发明（invention）"的词语用法参照Eric Hobsbawm、Terence Ranger编『創られた伝統』前川啓治・梶原景昭ほか訳、紀伊國屋書店、一九九二年。

2　子规当初曾预见，俳句和短歌都已达到接近饱和状态，将会灭亡。

3　与謝野鉄幹談話「国詩革新の歴史」『こゝろの華』第三卷九号、一九〇〇年。

4　现在的东京大学的前身。一八八六年至一八九七年作为唯一的官立大学被称作"帝国大学"，一八九七年以京都帝国大学的设立为契机改称"东京帝国大学"，一九四七年转为了现行的名称。京都帝国大学开设文科大学是在一九〇六年。

5　外山正一「新体詩及び朗読法」『帝国文学』第二卷三・四号、一八九六年。

6　末松謙澄「歌楽論」『明治文学全集79　明治芸術・文学論集』筑摩書房、一九七五年（初出『東京日日新聞』一八八四年九月―一八八五年二月）。末松此后出版的《国歌新论》（哲学书院，1897）对于相同趣旨的主张进行了更为细致的展开，子规似乎也曾将此作为参考。参照小泉苳三『近代短歌史　明治篇』白楊社、一九五五年。

7　井上哲次郎著・中村正直閲『勅語衍義』敬業社、一八九一年。

8　井上哲次郎「日本文学の過去及び将来」『帝国文学』第一卷一―三号、一八九五年。在文章开篇有此类意思的发言。

9　对于这一期待可以多少有所回应的不是短歌、新体诗等"文学性"诗歌，而是学校歌曲、军歌。

10　寄给关根正直的书简（『芳賀矢一選集7』国学院大学、一九九二年）。以下除『国文学歴代選』（文会堂、一九〇八年）之外，芳贺著作的引用都出自上面的『選集』。

11　界川「文学史編纂方法に就きて」『帝国文学』第一卷五号、一八九五年。

12　明确提出这一疑问的早期著作包括，津田左右吉『文学に現はれたる
　　我が国民思想の研究　貴族文学の時代』東京洛陽堂、一九一六年。

13　竹本裕一「久米邦武と能楽復興」西川長夫・松宮秀治編『幕末・明治
　　期の国民国家形成と文化変容』新曜社、一九九五年。

14　南博『日本人論　明治から今日まで』岩波書店、一九九四年。杉
　　本良夫、ロス・マオア『日本人論の方程式』ちくま学芸文庫、一九九
　　五年。

15　明治后半期，以《日本文学史》或《国文学史》为题的书籍出版发行
　　了五十种以上。其中近半数是中等教育用教科书，余下的相当部分
　　则是大学或后被作为大学获得认可的私立学校的讲义笔记（或其改编
　　版）。我所见的是其中的三十六种，但相当于其中半数的十八种都将
　　"自天皇至庶民"之类的语句适用于《万叶集》。

16　Benedict Anderson『想像の共同体』白石隆・白石さや訳、リブロポ
　　ート、一九八七年。

17　松村雄二「〈読み人しらず〉論への構想」（『国語と国文学』第七三巻
　　一一号、一九九六年）也论及这一点。

18　錦仁『中世和歌の研究』桜楓社、一九九一年、第一篇第二章。田仲
　　洋己「子どもの詠歌」『文学』季刊第三巻二号、一九九二年。

19　森鷗外「希臘の民謡」『しからみ草紙』第三五号、一八九二年。

20　上田敏「楽話」『帝国文学』第一〇巻一号、一九〇四年。

21　一九〇六年至翌年，诗人前田林外（1864—1946）在自己主办的月刊
　　文艺杂志《白百合》上制作了"民谣"特集，将全国读者所投寄的歌
　　词分成六期，每期刊载数百首。这些歌词随即被出版发行，成为了
　　以"民谣"为名的日本最早的出版物（前田林外編『日本民謡全集』
　　正・続、本郷書院、一九〇七年）。

22　上田在此五年前所写的「文芸世運の連関」（『帝国文学』第五巻一号、
　　一八九九年）中有这样的论述，主旨是说平安时代的王朝文化既非

"民众"的文化，也非"民族"的文化，是外来的文化变形而成。

23　志田義秀「芳賀博士と日本詩歌学」『国語と国文学』第一四卷四号、
　　一九三七年。

24　志田義秀「日本民謡概論」『帝国文学』第一二卷二・三・五・九号、
　　一九〇六年。

25　该书将《万叶集》作者人数认定为五百六十一人，但这一计数是从
　　大和田建树《和文学史》（博文馆，1892）的借用。大和田书中写
　　道，"作者数为皇族百二十人。官吏三百五十五人。女七十一人。僧
　　尼十三人。<u>平民二人</u>。总计五百六十一人"。

26　所谓"庶民诗"，与芳贺的"国民诗"同为 Volkspoesie的译词。
　　在《和歌史的研究》中，被认为从其他角度看也可以说是"自然
　　诗"（Naturpoesie的译词），被与"艺术诗"（Kunstpoesie的译词）相
　　对立。

27　島木赤彦『歌道小見』岩波文庫、一九五四年（初版一九二四年）。

28　"万叶集不应单视为吾国之古代文学，正为<u>吾日本民族</u>之趣味思想之
　　根源，故而，正如凡为人类则必不可不知其祖先，为<u>日本人</u>者，无论
　　为何种人，则必不可不知万叶集，况于有志于文学者乎。为<u>一国之人
　　民</u>，不知本国之文学，不知本国思想之根源，其则无为<u>国民</u>之资格者
　　也，亦无有单为人之资格也。"（「万葉通解著言」『左千夫全集5』岩
　　波書店、一九七七年〔初出一九〇四年二月〕）。

29　伊藤春園「日本新聞に寄せて歌の定義を論ず」『左千夫全集5』
　　（一八九八年草稿）。这篇文章所展开的雅俗不一论，左千夫至最后
　　都未曾放弃。参照注31所引文章。

30　从将短歌的近代化和文学化作为国民化进行构想这一点看，从此时自
　　觉地依托于万叶国民歌集观这一点看，都可以说正冈子规远比左千
　　夫更有远见。但是，一九〇二年去世的他，无从接受民族/民众这一
　　思想。

31　伊藤左千夫「俗謡について」『左千夫全集5』（初出一九〇三年十二

月）。另参照，森田義郎「雅俗論」『こゝろの華』第六巻一〇号、一九〇三年。

32　斎藤茂吉『万葉秀歌』上・下、岩波新書、一九三八年。土屋文明『万葉集私注』第一巻―一〇巻、筑摩書房、新訂版、一九七六・七年。

33　以下是教科书内容一瞥。曾经常常一同出现的柿本人麻吕《吉野赞歌》(卷一·三六—九)、山上忆良《令反惑情歌》(卷五·八〇〇—一)、大伴家持《贺陆奥国出金诏书歌》(卷一八·四〇九四—七)在战后基本消失无踪。取而代之的，人麻吕是《石见相闻歌》(卷二·一三一—九)或《泣血哀恸歌》(卷二·二〇七—一六)，家持则是《春愁三首》(卷一九·四二九〇—二)之类多被采用。《万叶集》的单元杂有东歌、防人歌之类也是战后教科书的特征。另外，颇受学生欢迎的额田王与大海人皇子的《蒲生野唱和》(卷一·二〇—一)之类歌作，也是在战前基本未被采用的作品。万叶人的"忠君爱国精神"就这样被置换成了"普遍的人性""生动的生活气息""豁达的心境"等。

34　与本稿关联较深的已发表论文如下：

品田「国民歌集の発明・序説」『国語と国文学』第七三巻一一号、一九九六年。

同「〈民謡〉の発明」小島憲之監修『万葉集研究21』塙書房、一九九七年。

同「伊藤左千夫と『万葉集』」鈴木日出男編『ことばが拓く古代文学史』笠間書院、一九九九年。

II

文学类别·社会性别·文学史记述

——以"女流日记文学"的建构为中心

铃木登美

《蜻蛉日记》《和泉式部日记》《紫式部日记》《更级日记》等出自平安朝贵族女性之手的假名日记，今天一般称之为"女流日记文学"的这些作品，如今在日本文学史上作为重要的古典占据着牢固的位置。但是，虽说从千年以前传承至今，这些作品真正成为注释和研究的对象，并为一般人所广泛阅读，并非始于那么早。这些文本的"古典化"过程，与作为近代国民国家建构所必需的制度而被制造的"国语""国文学"的定位（特别是其中平安假名文学的定位），并且与之后"文学"概念的变迁都密不可分。正如下面将要考察的，这些作品的价值被高度认可大都是在进入二十世纪之后，而且，在日本古典中被赋予中心性地位，则是在大正末期即二十世纪二十年代中期"日记文学"这一概念登场以后。

上述出自平安朝贵族女性之手的作品，在大正末期被作为

"日记文学"一并获得文学价值的认可，随即开始被称为"女流日记文学"。恰逢此时，伴随女性读者层急速扩大，"女流文学"这一范畴在新闻媒体中作为一定的概念得以确立，二者可谓同轨。这些古典作品被以"日记文学"这一范畴赋予了很高的价值，而且最终被视为构成日本的文学传统的根干，除《土佐日记》（这部作品也是基于男扮女装这一伪装）之外它们全部出自女性之手，（男性）学者、知识精英们对于这一事实的矛盾心态，从"女流日记文学"这一文学史概念被制造当初就显而易见。并且，这一特有的矛盾心态，原本在贯穿"国语""国文学""国文学史"建构的几乎整个过程都可以发现：用一国"国民"的"固有语"＝"国语"撰写的"国文学"这一意识形态、制度，被作为近代国民国家建设之需于十九世纪八十年代末创设以来，"国语""国文学""国文学史"都是在以假名为基石而被建构，而在此前的历史上，假名具有很强的"女性性"的文化含意。即为证明"国民"身份认同而被发明的"国文学""日本文学"，在其根底流淌着"女性性"。

对于"女流日记文学"这一范畴的出现与在文学史记述上的定位，如果在历史上进行探讨，则明治二十年代以来被制造的"日本文学史"这一近代的文学史记述体系，甚至于从根底支撑"文学"这一话语体系的文学类别与社会性别（在文化上建构的性差规范体系）的价值结构及其意识形态含意，都会在新的历史视角下变得清晰。

1　日本文学史的诞生——国语·国文学与社会性别·文学类别

　　在对近代的"女流日记文学"建构过程进行考察时，首先要回顾一下其在明治时期以前的前史。

　　现在被称为"日记文学"的作品中，《土佐日记》和《紫式部日记》从很早开始，至少从十二、十三世纪藤原定家的时期以来就被赋予了很高的价值。这主要是由于纪贯之和紫式部在由定家打造并树立其权威的和歌规范传统中所具有的地位。就是说，《土佐日记》和《紫式部日记》分别出自《古今和歌集》和《源氏物语》的作者之手才是主要理由，而后两部作品是定家与父亲俊成共同指定的创作和歌时不可或缺的书。撰写于镰仓初期的纪行日记《十六夜日记》之所以受到重视，也是因为作者阿佛尼作为定家之子为家的妻子，是拥有权威的和歌家族的有力一员。实际上，《蜻蛉日记》《和泉式部日记》《更级日记》等作品的作者们（尽管《和泉式部日记》的情形称呼为作者还是问题），也都是作为敕撰集和歌的名手而广为人知，她们的名声并非来自日记作品。进入德川时代，《土佐日记》被朱子学者和国学者所广泛研究，市售版本也为数不少，出现了许多注释书。作为因循旧例的典据用书而受重视的《紫式部日记》，尽管未及《土佐日记》的程度，也成为了注释、考证的对象。与此相对，《蜻蛉日记》《和泉式部日记》《更级日记》等虽然考证、注释也多少有所进行，但加上传本多有缺损、错简等，大都未受到关注[1]。

　　这一状况在进入明治时期，十九世纪八十年代末"国文学"这一近代学问领域已经创设时，也基本上维持着原状。一八九〇年，在最早的"国文学"选文集上田万年的《国文学》、芳贺矢一和立花铣三郎的《国文学读本》之后，最早的近代性质的文学史——三上参次和高津锹三郎的《日本文学史》上下两册出版发行[2]。《国文学》收录了德川后期至明治初期的文章，《国文学读本》对于柿本人麻吕至《椿说弓张月》的韵文散文进行摘抄并附加了解说和文学史绪论，二者都是作为"国文学"的教科书编写而成，绪言中所体现的文学史视角和问题意识，都与三上、高津的《日本文学史》（这也同样是古代至德川后期小说的选文集）具有共通之处，而后者则明言受到了伊波利特·丹纳文学史的影响。

这些书共同认为，"一国之文学，乃一国之民依其国语，书写其特有之思想、感情、想象者也"[3]，又论述称"文学于其终极意义，乃一国生活之写照，乃人民思想之反照。……因社会之动力而生，亦为社会之动力，为果为因，促社会之发达进步者也"[4]，以相同的言辞论述了一国的"文学"与"国民"及"国家"的盛衰、命运之间的强大关联；并且认为，了解本国文学的沿革，即通过"文学史"了解"吾国文学整体"的实质和变迁，就是了解"日本国民"的"心性之发达"和"思想之变迁"，"令国民加深爱慕本国之观念"，强调了文学史对于国民国家的高远意义[5]。

这些草创期的近代国文学者、文学史家，强调"国民的精神""日本国民的心性"，无不对于江户时期以来国学者所称的"和文""和文学"在规定范围上的"狭隘""不完全"进行严厉的批判。他们指出国学的局限在于对汉文、佛教等外来影响度量狭窄地进行否定，"国学者夸称和文，乃唯指吾古文学，将之仅与中国文学相比较，故而其比较区域狭小"，提出"今，余辈，将吾邦二千数百年间所现之诸般文学予以总辖，以此为吾国文学之全体，将其与西方各国文学对照比较，不及彼之处虽不少，亦见其特长多"，论述了"国文学""国文学史"应当真正象征和代表"吾国文学之全体"的总括性和意义[6]。在斯宾塞的社会进化论和十九世纪西欧文学史特别是丹纳文学史的强大影响之下，他们强调，日本自古以来一贯地、从不间断地保有着反映"国民精神"的"国文学"，中途虽有迂回曲折但总是在"发展、进步"——即具备作为"文明之国"的前提条件——并且今后通过与西方各国的"交流互通"，还应当进一步发展、进步。

丹纳在其《英国文学史》（1864）的序文中，将他的文学史方法论或者是文化历史理论，以"人种、环境、时代"三大要素说为中心进行了归纳，但丹纳所特别关注的，是环境以及他称之为"人种"的英国、法国、德国等欧洲主要各国的"持续的""国民心性"——"国民性"[7]。仿照丹纳，芳贺、立花和三上、高津都共同指出各国的文学反映了其国民的特性[8]，并论述称，相对于"中国文学""豪逸/雄壮"、"西方文学/泰西文学""长于精致"，"日本文学/吾邦文学"首先是"长于优美"[9]。应当关注的是，这一赋予性特征包含双义性，同时最终长期支配此后所有的日本文学史记述以及日本文学观。

这里并未直接给出将"日本文学的特性"定为"长于优美"的根据，但理由可以想到两个。

一是与三上、高津所说的"文学"的概念的关联。日语中"文学"一词像今天这样被作为literature的等价词开始使用，正是在这个时期[10]。在他们的说明中，"文学"有广义和狭义，在广义上与"科学"并列构成"学问"的两个门类，这一广义的文学进一步被分为两种，历史、哲学、政治学等"理文学"，包含小说、诗歌等的"美文学"或者是"纯文学（pure literature）"，后者被认为是狭义的"文学"。狭义的文学、"纯文学"或"美文学"被定义为，"文学，云以某一文体，巧妙表现人之思想、感情、想象者，以兼实用和快乐为目的，于大多数人传大体之知识者"，关于其存在意义，称"真文学盛行之时，令国民之精神，自优美，自高尚，又纯洁"，如此"令感精神上之快乐时，令起道德、宗教、真理及美术上之观念，不知不识间，令受重要之教训，令知必要之事实，此乃真文学之目的"，论述了其多方面的功用[11]。这基本上反映了马修·阿诺德（Matthew Arnold）等所代表的维多利亚时期的文学观，数年前在坪内逍遥的《小说神髓》（1885）中也有所论述（诚然，《小说神髓》中"文学"一词尚未以literature的含义被使用，而是以"美术"的概念说明了这一文学观）。所谓"优美"，是这一狭义"文学"的主要属性及功用。

在这里明显地，广义的"文学"与西方语言literature所具有的humanities（人文科学）的含义相对应，另一方面，狭义的"文学"，正如"美文学"所指的，与belles-lettres相对应。另外，即便在十九世纪的西方，说到literature也是指imaginative literature，逐渐专指此狭义的一面，狭义的"文学"则与此相对应[12]。并且，这一区分，原本是对于"文学部"中新设的"国文学科"这一大学学问制度架构本身，即对于"国文学"的存立本身进行规定而作的区分[13]。在对丹纳的文学史进行模仿的同时，对于在"文所以载道"这一儒学学问话语中培育的"国文学"先驱者们而言，指称人文科学的广义"文学"概念似乎可以无抵抗地接受；与此相反，对于理应是规定其专门的身份认同的狭义"文学"，从最开始就表现出特有的不爽。"小说之隆盛，虽亦应甚喜，而小说唯是一种美文学。如历史、哲学、政治学等所谓理文学，若非与之相并发达，则不可云文学之真正进步"，如此不遗余力地力证"文学之全体"，暗示了近代的（狭义的）"文学"概念，要置于以往的"小说、和文、歌咏诗赋等所有文学之一小部分"之上，应当内含广义的文学[14]。

实际上，明治时期的国文学者、文学史家们，看起来似乎在广义和狭义这两个"文学"之间被撕裂了，他们将狭义"文学"的功能论述为近代产业国家所必需且有用的学问教育领域，而近代产业国家的建设企划是以近代科学、合理主义、竞争精神等原理为中心。他们将"思想、感情、想象"作为狭义"文学"的要素，但同时显然他们对于"思想"以及与其相关的"理论""学理""合理性""推理"等，就是说应当用于规定"理文学"的属性赋予了很高的价值。而且，正如前面所引用的，他们依据"国语"的理念对于"国文学"进行了规定，将以汉文撰写的文本全部从"日本文学"中排除了出去；就是说，对于此前日本在历史、哲学、宗教、政治等广泛范围内撰写表达"思想"性内容的文本，全部将其从自己的守护范围"文学"中排除了出去。

与上述第一点也有密切关系、更应关注的第二点是，在言文一致的思想下，平安假名文学被认为构成了"国语"的基石被重新赋予了意义，而被认为"长于优美"的"日本文学"的"特性"，则反映了这些学者为新意义上的平安假名文学所列出的特性。并且，他们对于这一平安假名文学的态度，极具双义性。

芳贺、立花及三上、高津，由于平安时代创作出了作为"国语"基础的"和文"，他们都对平安时代给予高度评价；同时认为，"自国文学上观察，大有价值者，大抵新于此时代出现"，高度评价了"物语、草子、日记、纪行等散文之文学"发展迅速，这些和文与"展现此时代之外部"的汉文相对，"立入其内部"，表现"其内心"[15]。但另一方面，他们对于平安朝假名文学的不满也显而易见，认为其"艳丽优美""柔弱"，是"无气力、淫逸、欠节操"的这个时代的"人心呈现于文字"。

对于这一特质，芳贺和立花指出，"虽说基于国语性质之事颇多，一其多成于女子之手故，一其所载多不过艳话等之故也。……盖在此时代，文学之中心实在上流社会之故也"，在"国语"的性质之外，尝试着从产生文学的阶级（上流社会）、性别（女子）、生活样态等（仿照丹纳）进行说明[16]。另一方面，至于三上、高津，则在这里出乎意料地采用江户时期国学者的口吻，称"随唐风之风行，质朴粗野之风俗，变华美艳丽，自圣武天皇之御代，佛法之益弘通，勇壮活泼之风气顿失，变优柔懦弱。……日本男儿之勇壮风气，全为之消耗，身心皆变柔弱，随游惰之风渐盛于朝廷，其弊害大露，至夫藤原氏恣弄大权之时，殆达其极"，强调外来影响所导致的"女性化"的恶习[17]。

虽说如此，他们这些近代国文学者对于外来影响、"交流互通"的态度，与国学者明显不同。实际上，芳贺、立花对于汉文学以及佛教的影响给予高度评价，称"深知，高尚思想得以注入文学中，全是汉文佛教所及之影响"，对于镰仓时代以后特别是德川时代发展成熟的"和汉混用文"给予高度评价。三上、高津还认为，武断政治下"尚武气象渐盛"的镰仓时代，"汉语佛语"与"大和词""相调和"，"国语之范围，国文之区域，大弘"，《平家物语》《源平盛衰记》等所达成的"和汉混用文"，其优秀足以"匹敌成于江户时代汉学者之手者"，论述了吸收和扬弃外来影响之后（且已从"女性化"弊害发生蜕变）的"国语"的发展成熟[18]。并且，芳贺、立花、三上、高津，他们都因为在德川时代和汉混用文等多种文体与各色文学类别共同丰富发展，也都因为在德川时代文学不再是"上流社会的专有物"，也为"中等以下的人们"所拥有，"故而令文学为上下国民之反映"，而盛赞德川时代为"吾邦文学最盛之时代"，而且促进了与"西方""交流互通"渐盛的明治新时代"国文学"——国家命运之表征——的更进一步发展、进步[19]。

具体地看，在最早的近代性质的日本文学史所记述的平安文学中，"根据本书总论所述之文学定义，汉文全未采之"[20]，假名撰写的散文物语各篇作品被赋予了新的光环。被赋予最高评价的虽是已经确立声名的《源氏物语》，但评价的主要标准却是坪内逍遥在《小说神髓》中的主张，即从进化论观点倡导近代写实小说是最先进的文学形态，认为《源氏物语》是近代写实小说的伟大先驱。诚然，评价对于其女性性的柔弱也流露出了不满，称"但，易流于平淡、气力虚薄之事，乃此种文体一般之弱点，且特成于妇人之手，故到底未能掩之"[21]。

被放在物语之后的，是《紫式部日记》《蜻蛉日记》《和泉式部日记》《赞岐典侍日记》等"日记"，以及《土佐日记》《更科日记》《庵主日记》等"纪行"。这一类别区分，虽是遵从于《群书类从》所统合的江户时期以来的方法，但称"日记和纪行，其目的皆殆同于物语，与其供于实用，毋宁为娱乐所写"，强调与汉文的"实用性"相对比的"文学性"，同时对于其作为历史资料的价值、文章技法的巧妙也予以了好评[22]。

与以往相同，纪行中是《土佐日记》而日记中是《紫式部日记》获得高度评价，但评价的标准与以往稍有不同，认为文章中"敬语少，润色薄""随思下笔，毫无苦心斧削之痕""轻快简净"[23]，显示了对于直接性表达的喜好。其中的原理则根植于近代国民国家"国语"建构的基石"言文一致思想"，而出于这一相同原理，平安时代的和歌特别是此前的歌学正典《古今和歌集》，被认为润色多、不是直接表达，失去了正典地位。

三上、高津的《日本文学史》，成为了此后所有日本文学史记述的原型（prototype），包括以英语撰写的阿斯顿（William George Aston）的文学史（*A History of Japanese Literature*, 1899）。并且，在近代的语音中心主义思想下，"国语""国文学"被以以往具有强烈"女性性"文化意涵的假名为基石建构而成，针对这一新建构的"国语""国文学"，他们自己命名了"优美""优柔"这一特性，而（男性）学者、知识精英们围绕这一特性的矛盾心态，在此后也是根深蒂固，历经津田左右吉、和辻哲郎等大正自由主义者，直至战后仍绵延不断地延续着。实际上，以中日甲午战争、日俄战争等为契机，出现了"尚武任侠""忠孝义勇"才是日本国民性的说法，但特别是由于与"国语"概念的关联，另外也由于"文学"概念逐渐变成上述所谓狭义文学（"美文学""纯文学"）的等价物，在这里比起"知识""理性"等，"感情"被赋予了更高的价值。因此，"优美""女性性"这一被赋予的特性，最终以内含双义性的形式根深蒂固地延续下来。

例如，之后成为东京帝国大学国文学科教授的芳贺矢一，在中日甲午战争后的一八九八年举办的帝国教育会暑期讲座"国文学史十讲"（1899年结集出版）中，对于前一著作的主要内容加以进一步发展，提出了"吾人之先祖将其思想感情表现于国语之上，完美地成为美术品，名之为国文学。国文学之历史即斯美文之历史"的规定，甚至称其为"戴万世一系之天子，说千古不易之国语"的日本国民，"数千年来，代代永续，说日本语，以日本语所缀之文学"，比《国文学读本》的时候更进一步强调了"国语"的永续性以及作为"美文"的文学。而且，对于"云吾国文学之性质如何？国文学优美。云长于优柔"，"虽起优美之感，然强健刚壮之点亦有不十分满意之憾"这一"国文学的特质"，芳贺指出这归因于"母音多""是内含助词的修饰性语言"这一"国语"的"外形"所导致的性质，"因此吾国文学较早成熟于女子之手。平安朝颇多出现女子撰写之文学。是等固其时代之影响，然国语之性质，岂非最适于女子之文学乎"（圈点为铃木所加），强调作为Mother Tongue的"国语的外形的影响"，以此对于国文学与女性的结合在某种意义上设法进行非本质化的处理（芳贺另补充称，"优美"也是法国文学的特征，又多方夸称其价值）。同时，对于"云内容上即思想上如何，……虽有细致之美，概乏雄大思想"这一"特性"，芳贺则努力从"温和""平和""无激变""美好"的气候风土的作用上予以说明[24]，令人想起之后的和辻哲郎的《风土》。众所周知，中日甲午战争的胜利，导致不可逆转地降低了此前的汉文和汉文学的权威。但饶有趣味的是，在战争结束后数年的《国文学史十讲》中，以汉文为代表的中国文化、佛教等的影响被高度评价为给予了国文学以滋养，外来影响的吸收则被认为是"国文学"发展、进步不可或缺的主要因素。

2　二十世纪开端的平安文学定位

上述明治时期"国文学史"中平安朝文学的记述，特别在与社会性别关联颇深的价值评价方面出现大的变化，是在一九〇五年日俄战争结束时出版的藤冈作太郎的《国文学全史　平安朝篇》中。该书是近代真正的平安朝文学研究的嚆矢，对于此后的文学史记述、日本文学观等也产生了极大的影响。

在日俄战争前后，"武士道"才是"国民思想的精髓"，是"日本国民固有的性质"。此类言论被迅速在日本国内外扩散。在这一言论状况的背景下，藤冈称，"诚然，武士道于今日之功果甚大。……然岂应唯以此武士道，得以网罗吾国民之特色乎，得以说明凡上下三千载之历史乎"，对其加以强有力的反驳[25]。仿照芳贺矢一等前辈国文学者，藤冈指出平安时代（上古）和德川时代（近世）是日本文学的两大鼎盛期，并将前者比作希腊的罗马时代，将后者比作文艺复兴以后的西欧近代，在此基础上对二者进行了如下的比较：

> 吾思，近世为尚武之时代，上古为尚文之时代，一奖质素勤俭，一流浮华侈靡，一为士农工商之中武士最有势力，譬喻为花之樱木，一为公卿殿上人唯蔓，此外月亦不照。以三从七去难责妇人，且轻视其位置，近世也。不唯应对男子不相让，文才亦实凌其上之女子辈出，上古也。整个社会一般而言，江户时代为男性时代，平安朝为女性时代。一以义理为主，一以情趣为重，……一充满血，一充满泪[26]。

套用着当时新出现的颂扬武士道的语调，藤冈将芳贺、三上等关于"国语""国文学"的文学史记述所蕴含的被社会性别化的时代对比、价值对比，晒在了明处，对于他们所作的潜在的价值评价，即"富于尚武精神、质实刚健、男性性的江户文学"（正面）、与之相对的"纤细柔弱的、女性性的平安文学"（负面）之类的评价进行了巧妙的移动式逆转。通过对于逍遥《小说神髓》的主张进行化用，甚至在其新框架中对于本居宣长的"物哀"论进行化用，藤冈将颂扬"男性性的江户时代、江户文学"的态度，与被陈旧的封建社会的"不自然的束缚"所捆绑的"前代的旧习"（反面）相关联，另一方面，对于"尊重女性的平安文学"，则明确地将其定性为尊重和追求人的自然情感的"情的文学"，即"近代文学"的先驱（正面），论述了平安文学在国文学史上的崭新意义[27]。

"所谓本能之满足，既已为平安朝之昔所实行，而且……自得节序，未止而止，不驱而动……。主爱不知义，重美不说善，为近年一时流行语之所谓'美的生活'，若有实际行之者，则首先在于平安贵族之平生。自然常为平安贵族之模本。彼等于自然之中生活，自成其一部分"[28]，藤冈的文学史记述抱着深深的共鸣对于平安朝的文学、生活予以颂扬，而支撑这一记述的是对于"情趣"、"爱"（并且，是对于作为对等的恋爱对象的女性的憧憬）、"自然""美"——成为藤冈著作的关键词——等概念的无限信奉。并且，这一系列的价值概念，十九世纪九十年代初以来在以北村透谷为首的"文学界"团体的作用下广为传播，成为了近代文学话语的核心。而由于因论述"美的生活"而备受青年们青睐的高山樗牛，以及二十世纪初出现的种种浪漫主义思潮的影响，近代文学话语开始广泛渗透（另，一九〇一年刊行《乱发》的与谢野晶子，于一九一二年至一九一三年刊行《新译源氏物语》，于一九一六年刊行《新译紫式部日记·新译和泉式部日记》）。

论述平安文学的"文学性价值"时，藤冈首先赋予其最高价值的，是"写实小说"这一类别。藤冈对平安物语的谱系进行梳理，从"最早的小说"《竹取物语》，到"以事实为中心"的《大和物语》《蜻蛉日记》和"不满足于只传达事实而设定虚构人物、对宫廷生活予以具体地"描绘的《宇津保物语》，再到被认为是迄今日本所撰写的"最高写实小说"的《源氏物语》，以时代为序追踪"写实小说"的进步和发展。显而易见，在这里比起事实性，虚构性被赋予了更高的价值，但对于藤冈而言，正如逍遥等所强调的，这一虚构性至多只有在实现人情和社会的写实性描绘上其意义才被认可。藤冈认为，虚构性的最高超的实现是《源氏物语》。

　　一方面赋予"写实小说"以最高价值，另一方面，藤冈对于应当称之为表现模式的部分也予以了关注。对于《伊势物语》及业平、和泉式部、西行等的和歌，藤冈指出它们都是毫无"虚饰"的"真情流露"，"单纯地直抒痛切的情感"，对于其中感情的直接表达予以了高度评价[29]。与此相对，《古今和歌集》的雕琢所代表的平安和歌，被认为既不"写实"又不"直截"，从价值的高低序列而言被置于了最低的位置。

　　平安日记也同样是在这两个价值轴上被定位和评价。从汉文撰写的朝廷记录开始，到《土佐日记》《熊野日记》(《庵主》)、《蜻蛉日记》等，之后经《和泉式部日记》《紫式部日记》等，再到《更科日记》以及《赞岐典侍日记》，对于假名日记的出现和谱系进行了梳理（日记和纪行被认为"其名虽异，其实同。……二者不应区别视之"而作为一类。"女流日记"这一范畴尚未出现），与作为"事实之记录"的汉文日记相对，这些假名日记被认为"多为唯有深大感兴时而记者"，强调其"文学性价值"。在假名日记中，特别是《蜻蛉日记》和《和泉式部日记》的下述特点被高度评价，称其虽被称为"日记"，但"其实却近物语"，"它们于篇中有主眼，前后之叙事全向此主眼归着，一篇中有统一，如纯粹小说"。实际上，藤冈对于《和泉式部日记》几乎全然未论及，只称其"文学上并非那么有价值之作，式部可观之作品，固然是其和歌"，但对于《蜻蛉日记》则指出其体现了"由实事移向小说"这一散文文学整体的发展进化倾向，认为"本书近乎自传体写实小说"，对其进行了比较详尽的论述[30]。

　　应当关注的是，迄今一直稳固的《土佐日记》的地位变得危险了。对于贯之作为"将汉文之法移入国文、尝试彼此之融合"、促进国文发展的先驱者的功绩虽然也予以认可，但藤冈同时将明治时期的《古今集》批判也扩展到了《土佐日记》，称"彼之文章成于熟考打算之上，虽有冷静有组织之头脑，亦有欠于猛烈喷火般狂热之处"，"其篇什非为出，而为作"，出于其为理智所驱而欠缺真情这一理由，对于贯之的和歌和散文进行了严厉的批判[31]。

　　根植于二十世纪初近代文学话语的藤冈平安文学研究，在之后的平安时代观、平安文学观以及日本文学史记述中留下了深深的印迹。一九一六年刊行的津田左右吉的《文学中呈现的我国国民思想之研究　贵族文学的时代》，是其不朽的文学精神史的第一卷，也是在藤冈文学史的强大影响下撰写而成。可以说，津田将藤冈所强调的"恋爱"与"自然"进一步置于日本整个国民传统的中心，同时进一步强调了对于直接的情感表达的重视和评价。

　　津田以《蜻蛉日记》《和泉式部日记》《枕草子》《源氏物语》为例指出，这些至一条天皇前后不断涌现的"女流文人"的文章，"自己情感生活之真实告白亦罢，空想之所产亦罢，以直写某光景、某感情为目的，与贯之以来拟汉文式国文甚异其趣"，超越类别地赞赏其"感情的直写"；对于道纲母、和泉式部、紫式部的和歌，也称"可见强烈感情之闪现"，"自彼等胸底涌出之情泉，直接化为声音冲击人耳"，盛赞她们感情之强烈和表达的直接性（津田在倾听她们的真实的声音）[32]。与藤冈相同，津田将贯之视为"非情之人，乃知识人"，对于其和歌和《土佐日记》的评价都极低。

　　尽管如此，对于"国文学"中"女流"的这一中心性，津田

仍无法完全掩藏其困惑。津田也与芳贺矢一等相同，非常辛苦地
设法寻求令人信服的解释：

> 如此精细描写之文体，由女流之手完成，乃文学
> 史上甚有趣味之现象。此不应只视为女人观察致密之
> 故。毋宁说须考虑国文相对于汉文之特色。汉文之粗
> 疏运笔，毋庸赘言不适于写实，特别是人心之描写。
> 汉文须先努力学典故与成语，非据此状写事物，而以
> 事物嵌入汉文特有之型，创作与实际迥异之作。国民
> 之事物、思想和感情，不应以外国之文章而写出[33]。

在这里，基于言文一致语音中心主义的"国语"的内面化，
已经变得完全不证自明，"国民"的历史性过去在其投射之下呈
现出来。并且，津田对于文学史的把握，是以"民众"人本主
义为支撑，将其视为以阶级为基石的社会历史的辩证发展。在
津田的这一"国民思想"史中，他对于这个时代"被女性化的国
文学所表现的""温吞吞的"、"彻底的自我本位的平安朝人的恋
爱"的不满，最终被归于对于"自然的、素朴的感情已然颓废"，
"既无理想亦无事业心"，"自我本位主义"及"物质主义"的，
"都市性""女性性"的贵族社会的不满[34]。另外，津田对于"女
性化"的平安贵族社会进行批判的背后，或许是大正这个时代产
业化和都市化的快速发展产生了某种投影。

3 "日记文学"的登场与二十世纪二十年代

"日记文学"一词首次被使用，一般认为是英国文学学者土

居光知收录于一九二二年刊行的《文学序说》中的《日本文学的发展》（1920年首次发表）。《文学序说》收录了论述卡莱尔、马修·阿诺德、沃尔特·佩特等的文章，同时除上述文章之外还收录了《日本诗形论》《国民文学与世界文学》等从比较文学观点撰写的日本文学论文，刊行以来对于战前和战后的年轻知识分子、学生等产生了很大影响。在早期的读者中，甚至包含了二十世纪二十年代中期以后对于"日记文学"这一概念加以发展和扩充的池田龟鉴、久松潜一等此后具有引领作用的国文学者[35]。

此前所撰写的国文学史，无一不是以进步为紧迫课题，基本上都是以直线性前进发展的历史为前提。与此相对照，土居的日本文学史最具特征的一点在于，在日本近代化已达到与西方相比肩程度这一感觉的有力支撑下，假定文学类别交替反复而实现的螺旋式前行具有普遍性。土居回顾日本文学的历史，指出史上存在三大循环周期，包括古代神话到室町时期能剧的第一周期、《平家物语》到德川末期的第二周期，以及明治初期到大正十年前后的第三周期；并且，将大正中期的该时代定位为，由第三周期的最终阶段向新的第四周期的开端进行大循环的转换期。

土居竭力主张四大文学类别循环发展说，其顺序为从"叙事文学"到"抒情文学""物语和小说""哲学的、宗教的文学和戏剧文学"，而这里实际上被置于"文学"核心的其实是"抒情"。发展至始于明治维新的循环周期的最终阶段，出现了开始下一新循环周期的萌芽。对于这一时期的大正"现代文学"，土居指出其发展矢量为，"其社会意识不懈追求更公正社会之出现，即从机械及资本势力之下解救人格之自由，其个人意识或又憧憬抒情诗之状态"。实际上，在土居的文学史中，无论哪种类别哪一时代，都主要是从"自我"的成长发展这一人格主义的角度进行记述。以这样的方式探索日本文学的历史，尝试"从内面追溯日本民族之精神生活"的结果，土居最终论述称，"由此思考日本文学之特性，则感日本人特别具有抒情性"[36]。

在这一语境中，土居认为平安日记是当时的人们"开始自我反省，意图不断发现自我"的证明，将《蜻蛉日记》《和泉式部日记》、《伊势物语》（别名《在五中将日记》）、《紫式部日记》等称为"日记文学"，给予了高度评价。"平安朝之日记文学位于抒情诗与物语之中间。反省自身之生活，不断地呈现其中极具抒情性之每一刹那，不断地对人生予以观照之态度，进而成为更自由地发挥想象力对人生加以描绘之态度，自是理所当然"，正如这一叙述所表达的，土居的"日记文学"这一认知中所包含的"文学"性，是指抒情性、人生观照性、源自想象力的结构性表达等[37]。

土居对于平安"日记文学"的评价，在同样收入《文学序说》的《国民文学与世界文学》（1921年首次发表）中得到了进一步的加强。文中引入了歌德的作为"国民文学"和"超国民文学"的"世界文学"概念，并对此说明道，"各国之文学乃受限于文化发达之程度、环境、语言之特质等，而被赋予不同特色之人性表达"，与此相对，所谓"世界文学"是"脱离所有时代、国家的偏见、固陋趣味而完全获得自由之人之表达。于文学，人性之表达非其概念性解说，乃云纯真之人心之至纯至深之姿"。在这里土居所力证的是，在个人层面，以及"国民""国家"层面，理应以更高更普遍人性为最终目标的"个性之成长"的重要性。就是说，真正的个性发展，只有扎根于本国文学的传统，同时从各国文学中摄取丰富的影响和刺激，才可以实现，但同时，要有能力吸收这些刺激和滋养，首先必须从自己本身的个性出发，所谓"如斯，国民之精神内涵，只要彼等得以唤醒自己则会多样呈现，但其终究不得不由彼等之生活而赋予特性"，论述了相当具有大正教养主义色彩的文学观、个性观[38]。

从上述观点出发，土居发问，"倘若吾之文学如此近乎世界文学，则过去何种作品作为尚有活力者仍在流传？今将日本文学翻译为他国语时，虽自豪地宣称' 在此处看看人间吧'，但足以要求彼等之敬爱者又有几何？"作为具有"普遍趣味""普遍价值"的作品，土居首先举出《万叶集》，其次对于"《源氏物语》及《蜻蛉日记》《紫式部日记》《和泉式部日记》《枕草子》《更级日记》《徒然草》等日记及随笔"（土居所说的日记文学）予以高度评价，赞赏这些作品"应被认可比从前更高之价值"，"虽是谨慎之低声，此等作品具有过去日本文学最稀有之个性直接表达"[39]。实际上，土居自身与大森（Annie Shepley Omori）共同将《更级日记》《紫式部日记》《和泉式部日记》三部作品译成英文，合成名为*Diaries of Court Ladies of Old Japan*的英译本，于一九二○年在美国出版（Boston and New York: Houghton Mifflin Company 刊行）。

二十世纪二十年代初，与土居光知相同时期，东京高等师范学校讲师垣内松三依照西方古典学者理查德·格林·莫尔顿（Richard Green Moulton，1849—1924）的文学入门书*The Modern Study of Literature*，将基于文学类别交替循环的文学发展说引入了日本文学史[40]，而受到这二人强烈感染的是"女流日记文学"研究的创始人池田龟鉴。池田在东京帝大的毕业论文的基础上，于一九二七年出版了关于平安时期、镰仓时期女流日记的最早单行本研究书籍《宫廷女流日记文学》，在研究上着了先鞭。池田对于垣内松三受莫尔顿启发而使用的"自照之文学"或"自照文学"（literature of self-reflection）这一概念[41]以自己的方式进行了发展，并与此相结合强调了"日记文学"这一类别的极高价值。

对于莫尔顿所提出的抒情诗、叙事诗（物语、小说）、戏剧、哲学四大类别的交替循环，作为其中最高阶段"哲学文学"的代表作，池田相当重视其自定义为"自我返照之文学或自我示显之文学"的"自照文学"，认为日本文学中"日记、随笔、纪行、消息、试论等"都属于这一"以省察内观为主之文学类型"。池田认为，文学"悉数皆为个性之返照"，其中"自照文学"更是属于"作者个性在Ich之形上，对于自身之真实进行最直接讲述之忏悔、告白、祈祷之文学同一系列"，力证其重要性。他一方面指出，自照文学作为"个性之统一直接表达"，与抒情诗具有类似性，同时说明其特色在于，与"对现在之陶醉与沉潜"的抒情诗相对照，自照文学是"对过往之思索与反省"，其中"伴随着亦可称之为'乡愁'的一种寂寥"，是"晴朗、全一的自我之直接自律表达，……纯真无杂之灵魂自传[42]。

一九二六年刊行的《自照文学之历史考察》，就是从上述观点出发的日本文学通史，将平安朝的女流日记视为日本最早的自照精神之花，给予了特别高的评价。与此相对照，《土佐日记》

被批判为虽然"最有名",但"其创作之动机以及观照之态度,与其他女流日记比,不可谓纯真、真率";相反,《徒然草》被认为是真正将女性最早令其绽放的自照文学发展至更高水平,展现"以更高之统一、更新之纯一为目标,追求不断发展之生命足迹"的绝品,对其赋予了最高的地位[43]。

令人关注的是,土居光知和池田龟鉴都将自己所处的大正当代定位为文学类别交替循环周期的最终转换期,预感和期待着旧周期的终结以及新周期的开始。显而易见,池田和土居都同样确信个性的不断成长发展才是文学以及人生的终极目的,同时都对于急速扩大的产业大众社会的变动感到不安。但是,土居还是乐天派的理想主义和普遍主义,而池田的时代意识的特征却是深深的丧失感和阴郁的"乡愁"(池田关于这个时代的关键词)之念。并且,这种"乡愁"不只是池田,也是一九二三年关东大地震以后迅速蔓延的时代感觉,包含池田在内,当时的古典文学研究新动向也都与此具有颇深的关系。在《自照文学之历史考察》的末尾,池田作如下论述:

现代可谓完全是自照文学之全盛时代。此反省之倾向,成为对本国传统之凝视,引导了以新视角解读国文学之趋势。……

然而,自照文学之繁荣处,果真有新抒情诗之诞生吗?……"白桦"以后,无论是新技巧派,抑或是新感觉派,抑或是新人生派,拥有什么足以打破文化之停滞者吗?如泡沫般之无产阶级文艺主张,原本值得如何吗?通俗小说、大众文艺之流行,无论以何种辩解加以庇护,终究绝非可以作为日本文学之正道或

> 主流被承认。……确实，现代恰是世纪末。……荒诞不
> 经之电影趣味将精神燃烧殆尽，疲劳、怀疑、不安、
> 卑怯、热病，在浮夸广告之魅惑与卑俗无力之道念中
> 竞相蠕动，岂非如此？[44]

　　池田的论调中，可以强烈感受到二十世纪二十年代中期至后半期的直接的文学环境，根植于新闻传媒的文学话语的回响。这一时期，读者层急速膨胀，新闻传媒不断扩大，同时在日渐强大的马克思主义的影响下，无产阶级文学开始抬头。在此背景下，关于文学价值的种种论争在报章杂志中反复出现。在这一语境中，池田针对通俗文学、无产阶级文学而提出"自照文学"作为文学之正道，期待在其进一步的发展上会有新开端、新抒情时代的到来。并且，池田力证日本的古典文学特别是展现"纯真无杂之灵魂自传"的"日记文学"的重要性，认为它将指明在急剧扩大的产业大众社会中日本文学的"正道"和崭新可能性。

　　对于古典文学、国文学的这种认知，由于包括池田在内的当时具有引领作用的国文学者的努力得到了广泛普及。例如，始于一九二六年七月的国文学系列广播讲座，作为讲座的开讲辞（日本的收音机广播始于一九二四年三月），东京帝大教授藤村作向收音机的听众阐述称，国文学是"国民自身撰写的自家影像"，是"自我传记"，是"不伪装的精神生活之告白"，对于这样的国文学，需要在毫不"通俗化"的前提下加以"民众化"，令国民"对本国之国性和国民性抱持自觉，对本国之国民精神抱有深深亲近感"；同时，为"改善和丰富国民思想精神之营养，增强国家整体实力"而努力，对于如今"列于世界五大强国、文化大国之中"的日本国的国民自身、对于国家本身是何等重要[45]。

4　"女流日记文学"的谱系

二十世纪二十年代中期以后，以池田龟鉴、久松潜一为中心对于"日记文学"这一概念的广为普及，同时也是对于"女流日记文学"概念的倡议。在提出这一概念时，池田强调"女性"的"永远的姿态""永恒的烦恼"，力图描绘出普遍的"女性精神生活"。

在《宫廷女流日记文学》中，池田对于因为传本错简、误字、脱简颇甚而在此前未曾有过真正研究的《蜻蛉日记》，写下了开拓这一前人未踏的"处女地"的兴奋，力证《蜻蛉日记》与在其外观上令人感到难以接近相反，早已不是"单纯的古典"，而是"付出心血的切实的人生记录（human document）"，是"所有的女性，在任何情况下都无法漠不关心的她们自身的一大谜团"[46]。池田认为，平安女流日记的各篇作品分别都是真挚的告白，生动地描绘了女性的精神生活及其成长的永恒诸相。池田指出，《蜻蛉日记》"率直地告白家庭中爱之破碎的苦恼，勇敢地表现了女性的嫉妒、执拗及母性的一面。从处女变为妻子，从妻子变为母亲，文中有女性的令人心痛的懊恼之声"；与此相对照，《和泉式部日记》中则"大胆地告白了女性的热情、妩媚、楚楚可怜及娼妇的一面"；另一方面，《紫式部日记》是"在日常的幻灭中眺望着永恒与普遍，对于女性的反省的一面、教养的一面及与之相伴的批评的一面，进行毫无虚饰地告白"的作品，在这里可以"直面"将《和泉式部日记》所表现的对于异性的"恋爱的幻想"拓深至"人类之爱的幻想"的"天才作家的精神生活"[47]。

同样的"女性精神生活"的"永远的""普遍的"姿态，也为"日记文学"研究的另一位推进者久松潜一所强调，他在一九二六年七月播出了名为"日记文学与女性"的收音机讲座（与前文所提及的讲座为同一系列）。久松在讲座中阐述，所谓"日记文学"，"未有文学之意识而描写，而其于结果上，具有文学鉴赏之价值"，是"以原样再现为目的"，在"开始重视文学之真之时代"，"理应承认其更高意义和价值"，并向听众展示如何"通过日记文学，直接闯入平安时代女性的精神生活"[48]。久松认为，《蜻蛉日记》中直接可见"以作为人妻之生活为中心的女性生活"，《紫式部日记》中直接可见"失去了夫君的寡妇的生活"，并且《更级日记》中则直接可见，在"从少女时代，到成为人妻，又与夫君分开"的女性长长的一生中，从"对文学世界的憧憬"进一步向"对宗教世界的憧憬"不断地"成长"的女性的生活轨迹，进而论述称，这些女性作者通过自我锻炼和自我观照，分别将自己的烦恼逐渐地"纯化净化"[49]。

池田龟鉴、久松潜一将"女流日记文学"这一类型作为真挚的自我告白、自我观照的文学定位成"日本文学主潮"而加以颂扬的时期，恰逢这样一个时期，二十世纪二十年代中期前后开始，伴随着女性读者层急剧扩大，"女流文学"这一范畴与以往多是零散使用不同，正成为与市场等紧密关联的大众传媒上的一个特定范畴（主要是指女性作家为一般女性所撰写的文学作品，包含有通俗的、大众的这样一种含意）[50]。并且，这个时期还是这样一个时期，关东大地震以后出现了摩登女郎、摩登女郎所代表的新风俗、女性进入社会等现象，伴随这些现象则出现了社会性别的区分的变化、分界的暧昧化，而对此的反动在这个时期开始显著呈现[51]。可以看出，在这样一个社会的、文化的变动期，与"通俗文学、大众文学、无产阶级文学"相抗衡，这些国文学者力图唤起和鼓励"文学之纯粹性""日本文学之正道"，而在时间上恰逢伴随女性读者层和作家层的扩大，与"大众文学"这一范畴相互交叉，在新闻传媒中出现了"女流文学"，作为这一"女流文学"的"纯粹的"祖型、应有的规范，这些国文学者提出了"女流日记文学"这一文学类别形象。

同样从二十世纪二十年代中期前后开始，宫本百合子、平林泰子、林芙美子等诸多女性作家开始了自传体、告白体小说的撰写。在这个时期，这样一种文学观广泛渗透，即认为真挚的自我表白和自我探求构成文学的根底，反过来正是文学带来真正的自我实现，"私小说"概念开始具有了难以否定的影响力[52]。在女性作家中，与许多男性知识精英、作家等一样，在这个时期参加社会主义、无政府主义及马克思主义、无产阶级文学运动的人也为数不少[53]。这是藤村作、久松潜一、池田龟鉴等国文学者觉得危险和担忧的潮流。二十世纪二十年代中期以来至今，近代的所谓"女流文学"的自我告白体、自传体作品，一般多被视为平安"女流日记文学"以来绵延不断的日本女性传统的自然呈现。但是，它其实是这样一种文化传统，近代新闻传媒中的"女流文学"这一范畴，以及作为日本文学中枢性古典的"女流日记文学"这一概念，都是时至二十世纪二十年代中期才被建构，发展至其谱系性被迅速地视为不证自明。

当然，对于近代的女性作家们而言，由女性创造的文学的古典传统和谱系，或许确实也成为灵感的源泉，成为强有力的支撑。但是，由于与"女流文学""女流日记文学"这一范畴被赋予的含意，以及与此范畴的产生相伴随的"女流日记文学"和"私小说"的概念都具有相当强的关联性，所以特别是在"私小说"被强烈批判的战后二十世纪五十年代、六十年代，即便是女性作家也有人对于"女流文学"的"传统"特别是"女流日记文学"表现出复杂的拒绝态度。例如，圆地文子尤其对《蜻蛉日记》屡屡表现出矛盾态度：

> 《蜻蛉日记》……如果说是文学，它是这样一种作品，在作者与作品之间似乎有着脐带相连。即便是在现代，女性作家的作品亦常被诟病多有自恋倾向，有许多作品与作者自己的肉体和精神有着脐带相连，而《蜻蛉日记》是可以被称为女性文学的源流的作品。总觉得有血糊糊的腥臭气息、自我欺瞒的执念，我是无法愉快地阅读。……我觉得，在某种意义上，《蜻蛉日记》是日本的女流文学即私小说体的女流文学的源流[54]。

与此相对照，圆地论述称，在"创作出不同层次的世界"这一点上《源氏物语》才是日本文学中最优秀的文学作品。这样一种观点，正如在下一节所要考察的，在某种意义上成为了战后文学观的一个范例。

5　近代·传统·文学——作为隐喻的"女流日记文学"

二十世纪二十年代中期以后，"日记文学"这一名称切实固定下来，二十世纪三十年代、四十年代，在规划通过研究异本恢复原典的同时，对于作为"文学"的日记的考察一直在继续[55]。

战后，"女流日记文学"研究日益盛行，但对于"女流日记文学"等"平安朝女流文学"及整个日本古代文学的战后观点产生较大影响的，是西乡信纲的《宫廷女流文学的问题》（1949）以及《日本古代文学史》（1951）。战后，被称为历史社会学派国文学者的西乡，在马克思主义史观及柳田国男和折口信夫，特别是折口民俗学的影响下，对于"日本古代文学史的有力一环，为女性之手所承担……这一相当不可思议并且极具研究价值的现象"之谜进行了考察[56]。

西乡认为，平安宫廷女流文学繁荣的关键在于，女性作家们的父亲都是古代社会的知识精英，作为儒学者具有很高的知识水平，却又正在没落，就是说，是作为"多余者"与现实社会保持着批判性距离的中流贵族知识阶层，她们是这样的"地方官"之女。也就是说，这些地方官之女，在父亲的阶级没落及与古代相比女性地位下降这样的双重逆境之下，实现了划时代的"精神变革"，最终完成了"民族的、以民族文字撰写的文学"这一大业。因为她们作为知识精英之女长大成人并出仕宫廷，从氏族的、宗教的纽带解放出来而获得了自由的批判精神，同时又保持着"女性所具有且一直传承的，未为大陆文化所浸染的，民族年轻的未开化之力"，上述事情才成为了可能[57]。

在这里西乡要强调的一点是，这一繁荣之所以实现，归根究底还是由于"女性所守护的传统""作为日本人的感情与灵魂"，通过男性知识精英接受大陆的古典文化的刺激，被外部赋予自我认知的条件。与明治时期的芳贺矢一、大正时期的津田左右吉相同，对于西乡而言，"女流文学"的终极意义在于，在从"古代之黄金时代"向中世以后不断发展的过程中，发挥了在孕育"民族传统"的同时而进行架桥的中继式过渡作用[58]。而且，西乡提出上述考察，同时是将其作为"历史上的后进性……在一定的条件下，反而可以转为多产性的一例"，在他的文学史记述中有这样一段叙述，主要内容可以概括为，通过战争、战败而在政治上、社会上近乎丧失力量的后进近代国家日本的（男性）知识精英，尽管在国家层面陷于无力，但反倒是处于"逆境"的当今，才暗藏着令强大"民族传统"走向繁荣进而转向多产性的可能性，而在上述叙述中，平安贵族女性作家最终是作为"民族抵抗"的隐喻在发挥着作用（被发挥着作用）。

不过，作为围绕日本近代化的性质所作争论的一环，战后这个时代，在大范围内展开了所谓"私小说"批判。相关的讨论被广泛展开。比如，所谓"私小说"，是"日本独特"的文学形式，欠缺近代小说在根本上所应有的虚构性，只是日常体验的原封不动的自我表白。此现象被认为是对于日本受挫的近代化的体现，未发达或者说是扭曲的近代化最终将日本引向战争和战败。对于这一现象的克服，不只在文学上而且在社会上也意味着真正的近代化。

一九五一年，池田龟鉴针对与"私小说"的关联性论述了

《蜻蛉日记》，就反映了这样一种言论状况。池田认为，《蜻蛉日记》在好的意义上、在坏的意义上都是"私小说"，一方面对于其视野的狭窄和社会批判的欠缺进行批判，另一方面，在西乡学说的基础上，力证作为地方官之女的该书作者"通过大胆的告白，暴露了贵族生活的内情，在其意识之中，有着对于古典规范的叛逆，跃动着浪漫的憧憬，冀求着个性和人性的解放"，试图将《蜻蛉日记》等"女流日记文学"从与"私小说"的负面关联中解放出来，这一点令人关注[59]。

　　一九五四年刊行的国文学杂志《日记文学》特集发表了秋山虔的《日记文学与女性》，也同样深深根植于作为战后近代化论的"私小说"批判话语中。秋山论述称，相对于被批判为欠缺社会性和作为作品的自立性的私小说，女流日记文学尽管其"视野未必能具有社会的广度"，但"她们的体验——作为文学被提升的体验，正是理应在这个社会的人类生活中进行对决的本质性问题全部集约于个人的根本性体验"，以此强调"女流日记文学"与"私小说"的不同[60]。秋山也接受西乡的学说，认为平安女流作家在现实社会的无力与文学成就的高度之间具有本质性的关联，但进而在一九六三年的论文中主张，正因为被禁止参与"公事世界、男子官僚所必需的学问教养"，反而女性在自立的文学表达的"小宇宙"打造中，最终得以"生成"从实务和世俗传统中解放出来的"自由的认识和行动的主体"。并且，有了《蜻蛉日记》中的"小宇宙打造"，《源氏物语》才作为"女性将自己全身移转于此的场域"得以成立，进而完成自立的"第二现实的创作"，出于此理由，秋山认为"女流日记文学"对于日本的"文学"的完成具有划时代的意义[61]。

秋山在之后成为平安文学研究的引领性存在,而他进一步加以发展并不断强调的"日记文学"的特征在于,尽管是以真实人生为依据,却是作为这样一个场域而被创造的"自立的作品",在此场域中,作者的经验性人生通过"虚构"而向更高层次、更本质、更普遍的存在进行"转位"(秋山在一九六五年至二十世纪八十年代选用移转、转身、转移、转位等词作为关键词);而且,作品也可解读为,是作者作为实现转移的"主体"而存在的"行为场域"[62]。应当关注的是,在与"主体"的关联上被强调的作品的"自立性"和"虚构性",在战后的"私小说"批判讨论中,正是作为"真正的近代文学"的特质被强调的价值,而"真正的近代文学"被假定为"私小说"的另一极。

对于"日记文学"中作为作品的自立性和虚构性的强调,唤起了对于"日记文学"与"物语"类缘关系的新关注,并且,二十世纪七十年代后半期以后,称作日记文学的作品、称作物语的作品都被作为"文本"看待的倾向变得相当强烈。在这一背景下,一九八六年秋山发出了如下的警告:

> 何谓女流日记文学?日记文学一词作为文学史用语一直通行,而现在不得不发问它是什么,也是因为担忧,作为日记文学这一类别而进行统括的各作品各自都是独特的,而随着各作品的研究不断加深,对于其整体本质属性的认识变得疏忽[63]。

秋山力图对于作为文学类别的"日记文学"的"整体本质属

性"继续进行确认。如上所述，对于秋山而言，"女流日记文学"的价值，正在于作者从经验性的人生向自立的虚构世界、更高层次世界的"转位"。在这里，虚构性和自立性越高，其转位则实现得越纯粹。通过秋山的女流日记文学论，《土佐日记》中假托、伪装女性的意义被重新评价，明治时期藤冈作太郎以后一直在降低的《土佐日记》在文学史上的地位，作为"日记文学"的中心而完全恢复，其实也是由于这一原理。并且，对于秋山而言，这一原理正是对于《源氏物语》的至高价值进行终极说明的原理。秋山力图将"女流日记文学"这一类别的意义作为规范（canon）而加以维护的意志，与其说是为了维护这一范畴所概括的各作品本身，倒不如说是为了维护作为自我转位之场域的文学，作为实现从经验性人生向更纯粹、更本质的存在进行转位的文学，而作为体现这一"文学"理念的隐喻，作为保护这一"文学"观念的镇石，无论如何都需要"女流日记文学"这一概念。

　　战后激烈的"私小说"批判，是这样一种强烈意识的体现，都强烈地感受到真正的近代自我的实现对于近代国家日本而言才是紧迫课题。在这一背景下，二十世纪二十年代中期与"私小说"概念相继出现的"日记文学"这一范畴，进入战后立即就被强调与成为"受挫的近代化"之象征的"私小说"有所不同，开始论述这一"传统的"日本古典作为作品的自立性、普遍性。为了论述日本过去曾有通过文学这一高级世界打造和实现自我的丰富传统，秋山虔等战后平安文学研究的领军人物力证"日记文学"与二十世纪二十年代同时出现的文学概念"自照文学""私小说"等是如何地貌似而实非。但正如以上所考察的，要在本国的"国文学"传统中强调通过文学追求更纯粹自我的所谓"普遍性的文学"的正统祖型,这一姿态正是产业大众社会急剧扩大的二十世纪二十年代中期,将"女流日记文学"作为"私小说"谱系的一环而置于日本古典核心这一时代话语的特征。

秋山在二十世纪八十年代中期的警告,对于"女流日记文学"这一类别的本质属性进行重新确认和坚持的拼命姿态,反过来说也证明了,不只是二十世纪二十年代这一类别区分出现以来所包含的意义,秋山视作前提且努力维护的"文学"的观念、权威等本身也都已不再是不言自明了。另一方面,此前以小说为顶点的文学类别区分的排位序列走向崩溃,作为文学被低看一等的自传、自传体叙事等在全世界都呈现盛况。受到女性主义、少数群体运动等的影响,作为历史、社会、政治状况中的单个多元化主体的表达/建构的"自我叙述",特别是女性的"自我叙述",在实践和批评两方面都引起了极大关注。在这一状况中,近代作为"女流日记文学"而被古典化的出自平安和镰仓时期贵族女性之手的自传性文本,今后无疑会愈发受到关注。在如此早的时期,由女性完成极具趣味的高度语言表达,在世界史上看也令人惊异。

今天,尽管"文学"的概念不再神秘化,已出现根本的动摇,但"女流日记文学"这一范畴作为经典已经被认为是地位完全稳定[64]。本稿对于这一概念的历史建构过程进行回顾,探讨了"女流日记文学"这一被社会性别化的类别概念,对于作为近代国民国家的所谓"自我叙述"的"日本文学史"的记述赋予了怎样的结构,以及参与了怎样的文化话语建构。今后,与将"女流日记文学"这一范畴再次解读为某种新隐喻相比，将这些文本本身与包含汉文文本在内的相邻的同时代各类文本一起，在当时的语言和社会状况的律动中进行重新解读更为令人期待，但倘若此类研究可以发生，则或可以说也是因为这些文本已经被完全地古典化。无论如何，这些文本今后会展开怎样的话语空间，我们会怎样与其产生关联，这些都是以后的问题。

注

1　秋山虔・池田正俊・喜多義勇・久松潜一編『平安日記』国語国文学研究史大成5、三省堂、一九六〇年。

2　另外，一八九〇年至一八九二年，第一部日本古典文学全集，由落合直文、萩野由之、小中村（池边）义象主编、校订的《日本文学全书》全二十四卷出版。

3　三上参次・高津鍬三郎『日本文学史』上卷、金港堂、一八九〇年、p. 29。

4　芳賀矢一・立花銑三郎「国文学読本緒論」『落合直文・上田万年・芳賀矢一・藤岡作太郎集』明治文学全集44、筑摩書房、一九六八年、pp. 198－199。同时参照三上・高津『日本文学史』上卷、p. 2、p. 5。

5　芳賀・立花「国文学読本緒論」、p. 199。三上・高津『日本文学史』上卷、p. 6。

6　引用三上・高津『日本文学史』上卷、p. 4。

7　关于丹纳的文学史的考察，René Wellek, "Hippolyte Taine's Literary Theory and Criticism," *Criticism* 1 (1959), pp.1-18, 123-138; René Wellek, "The Concept of Evolution in Literary History," in his *Concepts of Criticism* (Yale University Press, 1963), pp.37-53 富有启发意义。

8　"国文学（national literature）"被认为是应当与"世界文学（Weltliteratur）"相"适合"，同时因应各国"可具其固有特质之文学"。三上・高津『日本文学史』上卷、p. 25。

9　芳賀・立花「国文学読本緒論」、p. 199。三上・高津『日本文学史』上卷、pp. 26－27。

10　"文学"一词，以往是指儒者或儒学的学艺文事、文籍。西周从一八七〇年开始在其讲课中将"文学"一词作为literature的译词使用，说其又称为humanities或belles-lettres（《百学连环》）。但是，十九世纪八十年代末之前，作为literature含义的用法尚未在一般人中普及。長谷川泉『近代日本文学評論史』有精堂、一九六六年、pp. 138－142、小堀桂一郎「『文学』といふ名称」『明治文学全集』第七九卷月報82、筑摩書房、一九七五年、pp. 3－4。

11　三上・高津『日本文学史』上巻、第二章「文学の定義を下すの困難なること、文学の定義」pp. 7－15。第三章「文学と他の学問との差別、文学の目的」、pp. 23－24。

12　关于在西方 literature 的意义变迁，参照René Wellek, "What Is Literature?" in Paul Hernadi ed., *What Is Literature?* (Indiana University Press, 1978), pp.16-23; Raymond Williams, *Marxism and Literature* (Oxford University Press, 1977)。

13　明治时代的"国文学"及"文学"的概念建构，与大学的学问研究领域的学科设置沿革无法分割。一八七七年设立的东京大学，在文科大学设置第一科"史学哲学及政治学科"和第二科"和汉文学科"，于一八八一年变成"哲学""政治学及理财学""和汉文学"三科，进而在一八八五年"和汉文学科"一分为二，将汉文学排除在外的"和文学科"独立，于一八八九年改称"国文学科"。長谷川泉『近代日本文学評論史』、pp. 130－152。

14　三上・高津『日本文学史』上巻、「緒言」、pp. 3－4。

15　引用三上・高津『日本文学史』上巻、p. 200、p. 211、p. 221。同时参照芳賀・立花「国文学読本緒論」、p. 200。

16　芳賀・立花「国文学読本緒論」、p. 201。

17　三上・高津『日本文学史』上巻、pp. 201－202。关于三上、高津文学史记述中的社会性别区分的中心性，同时参照本论文集中的乔舒亚・莫斯托论文。

18　芳賀・立花「国文学読本緒論」、p. 200。三上・高津『日本文学史』下巻、pp. 7－11、p. 27。

19　三上・高津『日本文学史』下巻、pp. 186－187、芳賀・立花「国文学読本緒論」、pp. 202－205。三上、高津对于江户时代汉学者发展完成的"和汉混用文"给予极高评价，认为"实应为今日国文之规范。优美，且不似雅文般柔弱。遒强，且不似汉文般诘屈"，对于纯粹假名书写、罗马字书写及其他"似而非言文一致之文章"的推进者提出了批判（三上・高津『日本文学史』下卷、pp. 211－212）。该书中大量选载了江户时代汉学者撰写的和汉混用文的拔萃，其中三上、高津（芳贺、立花也相同）最为敬爱的是新井白石的《读史余论》。另一方面，他们对于"江户时代之戏曲小说中，淫靡猥陋之文甚多之事"表现出了明显的焦虑（三上・高津『日本文学史』下卷、p. 430）。

20　三上・高津『日本文学史』、上卷、「緒言」、p. 11。

21　三上・高津『日本文学史』、上卷、pp. 265－266、p. 262。

22　三上、高津称，"日记乃著者记录每日之琐事者"，与此相对，"纪行乃叙述旅行之际所发生之事件、于途中所见闻之事物"，在对于二者加以区别的基础上又称，"如土佐日记，称日记为纪行。又如后云方丈记，虽为日记，大有如随笔之样貌，三者之间，难设画然之区域"，指出了三大类别的近似性、重复性（三上・高津『日本文学史』、上卷、pp. 298－299）。

23　三上・高津『日本文学史』、上卷、p. 300、pp. 302－303。

24　芳賀矢一『国文学史十講』富山房、一八九九年、pp. 6－8、pp. 14－17。

25　藤岡作太郎『国文学全史　平安朝篇1』秋山虔ほか校注、東洋文庫、平凡社、一九七一年、p. 4。

26　藤岡『国文学全史　平安朝篇1』、pp. 8－9。

27　近代的日本文学史中的平安文学和德川文学的意义与定位，在藤冈以后也屡屡被作为对立性价值而构想，一直是文学史叙述的主要结构。关于此点将另文论述。

28　藤岡『国文学全史　平安朝篇1』、p. 46。

29　藤岡『国文学全史　平安朝篇1』、p. 164。藤岡作太郎『国文学全史　平安朝篇2』秋山虔ほか校注、東洋文庫、平凡社、一九七四年、p. 53、

p. 365。

30　『国文学全史　平安朝篇1』pp. 280-288。『国文学全史　平安朝篇2』p. 53。

31　『国文学全史　平安朝篇1』、pp. 2-3。藤冈将江户时期的学者们——朱子学者和国学者——都齐声赞赏《土佐日记》的理由一一举出，极尽笔墨地加以反驳（『国文学全史　平安朝篇1』、pp. 200-205）。藤冈称，从汉文文脉解放出来因而很好、未涉男女之情因而很好之类的观点，是将"偏狭的爱国精神"、"偏狭的东洋伦理说塞入文学"，从而对其旧弊进行了非难。

32　津田左右吉『文学に現はれたる我が国民思想の研究　貴族文学の時代』洛陽堂、一九一六年、p. 257。

33　津田『文学に現はれたる我が国民思想の研究　貴族文学の時代』p. 286。

34　津田『文学に現はれたる我が国民思想の研究　貴族文学の時代』pp. 317-336。

35　土居叙述称，关于日本文学多仰仗于津田左右吉『文学に現はれたる我が国民思想の研究』和垣内松三的教诲。

36　土居光知『土居光知著作集第五卷　文学序説』岩波書店、一九七七年、pp. 122-123。

37　土居『土居光知著作集第五卷　文学序説』pp. 88-89。

38　土居『土居光知著作集第五卷　文学序説』pp. 258-259。另外，一九一九年国际联盟盟约通过，日本成为了常任理事国。

39　土居『土居光知著作集第五卷　文学序説』p. 277。另外，土居论述称，"作为镰仓、室町时期的创作，法然、亲鸾及其他宗教伟人的书或会被重视"，谣曲、狂言他则认为"缺乏人格上活跃的要素"而评价不太高。土居先是指出，"长明、西行、芭蕉、近松等，作为日本人到何时或都会被爱戴，但想要追随其道的人或会愈加稀少"，进而预测称，"德川文学比今日更为一般人所不屑一顾的日子终会到来"（土居『土居光知著作集第五巻 文学序説』pp. 277－278）。土居自身对于德川文学非常蔑视。

40 垣内松三講述、石井庄司筆録校訂『国文学史』教育出版、一九七六年（大正十一年、大正十二年 [1922、1923] 两年度垣内国文学课的听讲学生所做的笔录）。

41 垣内講述、石井筆録校訂『国文学史』pp. 152－162。

42 池田亀鑑「自照文学の歴史的考察」（一九二六年）『日記・和歌文学』至文堂、一九六八年、pp. 15－16。

43 池田「自照文学の歴史的考察」p. 30、p. 44。

44 池田「自照文学の歴史的考察」pp. 56－57。

45 藤村作「国文学ラヂオ講座の開設に就いて」『日本文学聯講 第一期』中興館、一九二七年、pp. 1－10。

46 池田亀鑑『宮廷女流日記文学』至文堂、一九六五年（一九二七年刊初版本復刻）、p. 36。另外，明治末年至大正初期与谢野晶子不断着手进行平安朝古典的现代语翻译，刊行《蜻蛉日记》的现代语译本则是在昭和十三年。

47 引文引自池田亀鑑「自照文学の歴史的考察」『日記・和歌文学』pp. 32－33。

48 久松潜一「日記文学と女性」藤村作『日本文学聯講 第一期』pp. 239－240。

49 饶有趣味的是，久松也同池田一样，认为和泉式部的"热情"和"奔放的恋爱生活"是女性生活的一个方面，只是极简单地论及而未深入研究，强调从"恋爱生活"到"作为人妻的生活""作为寡妇的生活"，进而向着"比此类现实生活更为美好的文学生活的憧憬""信仰生活"而"不断地深化自我"才是平安朝女流日记文学的中心所在。久松「日記文学と女性」pp. 241－249。

50 这个时期的"女流文学"概念的出现，参照Joan Ericson, "The Origins of the Concept of 'Women's Literature,'" in Paul Schalow

and Janet Walker eds., *The Women's Hand* (Stanford University Press, 1996)，pp.74-115。另外，特别令人感兴趣的是，池田龟鉴自身自大正末期以数种笔名在少年少女杂志、妇人杂志上发表小说。

51　参照 Donald Roden, "Taisho Culture and the Problem of Gender Ambivalence," in Thomas Rimer ed., *Culture and Identity: Japanese Intellectuals during the Interwar Years* (Princeton University Press, 1990)，pp.37-55。

52　通过对于"私小说"的广泛的话语建构的历史探讨，对于近代日本文学从根本上进行重新阐释的具体内容，参照拙著 Tomi Suzuki, *Narrating the Self: Fictions of Japanese Modernity* (Stanford University Press, 1996)。该书序章的日文译文即「近代日本を語る私小説言説」季刊『文学』第九巻二号、一九九八年春、pp. 27－38。

53　尾形明子「社会変革と女性文学」『岩波講座日本文学史第一三巻二〇世紀の文学2』岩波書店、一九九六年、pp. 237－255。

54　円地文子「王朝女性文学と現代文学」（一九六五年十二月の講演筆記）『国文学』一九六五年十二月号、特集＝日記文学の系譜、pp. 209－210。

55　另外，与家记、歌集、随笔、纪行、物语、草子等相邻类别的关系也被进一步研究，出现了一九三五年刊行的今井卓尔『平安朝日記の研究』、一九四五年刊行的玉井幸助『日記文学概説』等研究书籍。

56　西郷信綱「宮廷女流文学の開花」（一九四九年、旧題「宮廷女流文学の問題」）『日本文学の方法』未来社、一九六〇年（改装第一刷。初版一九五五年）、p. 147。

57　西郷「宮廷女流文学の開花」p. 161、pp. 176－185。『日本古代文学史』岩波書店、一九五一年、pp. 163－165。

58　西乡对于规定"女流文学"的属性为"情绪性占优"表明了不满，称《宇津保物语》等"貌似成于男性作家之手的作品所表现的布局智力之高、客观的散文精神之强、旺盛的喜剧精神、……视野的社会性之广等要素，未必被认为理所当然地在源氏上得到了发展"。

59 池田亀鑑「私小説としての蜻蛉日記」『物語文学』至文堂、一九五一年、pp. 145－155。引用pp. 152－152。

60 秋山虔「日記文学と女性」『国文学 解釈と鑑賞』一九五四年一月号、特集＝日記文学、p. 34。

61 秋山虔「女流文学の精神と源流」『国文学 解釈と鑑賞』一九六三年一月号、特集＝平安朝文学史、pp. 57－66。同一特集中，木村正中也同样以"自我建构""第二现实自我的创造"之类的表述对于"日记文学"进行论述（「日記文学の成立とその意義」）。实际上，这时期以后，秋山与木村相互补充完善，不断建构着关于"日记文学"的引领性解读。

62 秋山虔「古代における日記文学の展開」『国文学』一九六五年十二月号、特集＝日記文学の系譜、pp. 25－32。「日記文学の作者」『国文学 解釈と鑑賞』一九六六年三月号、特集＝宮廷女性の日記に滲む女の業、pp. 19－23。「事実と虚構」『国文学』一九六九年五月号、特集＝王朝女流日記の詩と真実、pp. 28－37。「日記文学の形成」藤岡忠美ほか校注『和泉式部日記・紫式部日記・更級日記・讃岐典侍日記』日本古典文学全集18、小学館、一九七一年、pp. 5－13。「蜻蛉日記と更級日記——女流日記文学の発生」『国文学』一九八一年一月号、特集＝蜻蛉日記と更級日記、pp. 6－9。「女流日記文学についての序説」『王朝女流日記必携』別冊国文学、学燈社、一九八六年、pp. 6－12。另外，正如这个书单所显示的，关于"日记文学"或"女流日记文学"，二十世纪五十年代以后至今，大致每一两年就会在国文学方面的杂志上出特集。

63 秋山虔「女流日記文学についての序説」『王朝女流日記必携』巻頭文、p. 6。

64 例如，除注（62）所列的文学杂志上大致每一两年所出的特集之外，参照今井卓爾監修、石原昭平ほか編集『女流日記文学講座』全六巻、勉誠社、一九九〇－一九九一年。

III

国民叙事诗的发现

——作为近代古典的《平家物语》

戴维·比亚洛克

（转译自岩谷干子日文译文）

对《平家物语》的评论中，最被频繁引用的评论之一有小林
秀雄于一九四二年发表的短篇随笔。对于描写武士佐佐木四郎
之勇猛的"宇治川先锋"，小林在指出其完全欠缺"悲壮"和"感
伤"的基础上，论述称"感觉与其说是在描写心理，倒不如说完
全是在描写硕壮筋肉的律动"；并且，接下来则是屡屡被引用的
一段，"从这前后的文章，可以感受到太阳的光、人和马的汗"[1]。
早在这里，对于将具有佛教无常之感的《平家物语》篇首"哀伤
基调"作为整部作品主要特征的观点，小林就已经提出了异议。
小林在这篇随笔中进而继续主张，《平家物语》的作者不是热衷
于论述佛教教义的"思想家"，而不过是试图向他活着的时代，
并且向"他自己并未清楚地知道的叙事诗人的传统灵魂"[2]发出声
音的一个人。

这篇随笔，与以赞美战斗行为为特征的第二次世界大战初期

的爱国狂热实为一轨。但同时,《平家物语》中的武士魂赞美,从更一般的时代尺度看并不符合规范,这是一个悖论。战前的批评家们,有将《平家物语》抒情的、悲剧的、佛教的要素作为赞美对象而加以强调的倾向。这样一种《平家物语》观,在英语圈,在伊万·莫里斯(Ivan Morris)所撰写的对于日本人"偏爱判官"(指"不论是非对错而同情弱者"——译者注)的考察《高贵的败北》(*The Nobility of Failure*, 1975;日语版,1981)中被赋予了经典的地位,而在日本,日本浪漫派文艺评论家保田与重郎的著述中可以发现其精华。保田在二十世纪三十年代发表了关于《平家物语》的数篇随笔,为这部作品赋予了"悲壮人生物语"[3]的特征。

《平家物语》在比建构文学经典更大的话语中的定位,具有类似于所谓雅努斯神的两面性,但小林的随笔将其两面进行联结,并且有时发挥了替换轴的作用。小林将《平家物语》作为富有激情的作品进行解读的呼吁,在战争刚结束时,在试图将这部作品重新树立为国民叙事诗的几乎可以说是有组织的动向中颇为令人注目。对于勇猛武士道精神的颂扬,几乎在一夜之间,替换成对于国民意识觉醒的同样热烈的赞赏。另一要点是,由于小林在战时在时代气氛的背景下论及了《平家物语》的武士魂,战前曾一度占支配地位的抒情性、佛教性解读背后的微妙的意识形态背景变得模糊不清。本稿接下来,在明治时代至战后不断发生改变的文学经典中,将针对裹挟着各种问题而不断移转的《平家物语》的定位进行追踪。

1 从"历史"到"文学"

作为"觉一本"而为人熟知的《平家物语》异本（version），是现在学校教科书或面向一般大众的出版物中采用最多的异本。但在过去，它并非一直得到这种垄断性评价。从中世至明治时代，这个异本一直与其他诸多异本保持着竞合关系。小林随笔中所见的对于《平家物语》的文学批评开始出现，也是明治时代中期以后的事情[4]。在此之前如果论及《平家物语》，则是将其作为历史物语[5]。与《源氏物语》《伊势物语》或和歌等产生于平安时代的作品有所不同，对《平家物语》的注释、考证等极其有限。即便是现存的几本注释书，其焦点也在于历史物语的事实性、真实性及正统性的问题，或者是不明语汇（其中多为武士装备等相关用语）的说明[6]。因此，十九世纪九十年代以及二十世纪的开端，芳贺矢一（1867—1927）、藤冈作太郎（1870—1910）等学者开始将《平家物语》作为文学作品进行重新评价时，他们所进行的操作是让文学从历史话语中现身。

芳贺于一八九○年发表关于军记的最早文学评论[7]。次年《平家物语》作为"日本文学全书"（1891）的一册出版，并且两年之后，在集录古典的"帝国文库"（1893）中，读本类的重要异本《源平盛衰记》刊行。以上述作品的出版为契机，在推销其文学性的目的下，军记开始被以比较廉价的形式提供给一般大众。这一时期也正值历史书观念的大转换期。以上述情况为背景，对于作为史料已失去价值的《源平盛衰记》及《太平记》，芳贺已经开始思考将其重新基于"永远不变的价值"进行再评价的必要性。

芳贺是最早认识到文学与历史属于不同话语体系的日本文学研究者之一，他曾作如下论述："只有在古代，历史与文学才是同一体，如今良历史未必是良文学，作为历史理应非难的，作为文学却是良文学的亦有，盖因文学与历史实际上其批评标准有异。"[8]

十九世纪八十年代实证主义史学一被引入东京帝国大学，以星野恒为代表的历史学者们就开始陆续发表论文，批判《平家物语》《源平盛衰记》《太平记》及其他军记作为史书的正确性[9]。这其实成为如下动向的一环，即对于传统史书的妥当性进行再验证，为构建与欧洲同领域研究水准相匹敌的国史而奠定基础。但同时，这一动向与皇室的正统性及权力问题也有很深的关联。此问题始于中世，在德川时代与效仿中国而推行的史书复兴一同重新点燃。近年，对于在十九世纪开端所进行的上述讨论中《平家物语》的重要性，榊原千鹤发表的论文提出了颇有意味的见解[10]。一八一七年，从摄津国能势的武家大宅发现了一件文书。据该文书，安德天皇并未如《平家物语》所述的那样在坛之浦跳水而亡，而是最终逃脱，潜幸能势。而且，翌年天皇一死，就被埋葬于当地的岩崎八幡宫，在此地定居着许多家臣，留下了子孙。这件文书被以各种题目传播或是抄写，针对其可信性曾发生过热烈的讨论。榊原在其论文中指出，形形色色的考证家们——其中多数也在进行《平家物语》写本的收集——在对注释和考证进行记录时，在探求真实性的名义之下，非常轻易地就陷入由意识形态所诱导的所谓真实的制造。例如，有的考证家认为，如果认可安德天皇潜幸能势，则会令人对于王权的所在，甚至对于皇统的正统性生疑，因此对于上述文书提出批判。并且同样，也有人认为具有浓厚亲中国色彩的"金渡"传说是对于皇室的侮辱而加以非难，针对《平家物语》本身指出了其瑕疵。《平家物语》在近代由于勾起对于皇室过往的乡愁而受到赞赏，但在过去，正如前文所说的，中世以来成为了与历史和意识形态有关的微妙的争论靶子。

正如兵藤裕己所指出的，直到江户时代末之前，《平家物语》与其他军记同为用于确立武士权威和权力交替正当化的话语的手段[11]。作为一系列军记的嚆矢，《平家物语》设定了基本的物语模型，即武家的两大家族——此处则是平家和源氏——先后发挥守护天皇权力的作用。《源平盛衰记》《太平记》等《平家物语》的异本则进一步推进这一旨趣，强调与皇室相比肩的武家政权的势力。这样一种对待武家政权的处理方式，是借用中国宋代的政治思想才成为了可能：（一）明确了在统治国家时武士领导层可以拥有的种种特权；（二）对于两朝廷并存这一概念赋予了正当性[12]。例如在《太平记》中，为两统天皇分别作战的武士们，通过在中国的伦理思想、历史书中寻找先例，实现了自己的大义的正统化。在中世，随着时代更迭，两大武士家族轮流执掌政权这一模式，最终具有作为所谓官方话语的约束力。其结果是，始于《平家物语》的军记，成为了证明武士掌握政权具有正当性的先例宝库。织田信长主张，自己是死于坛之浦之战的平家一门武士的子孙。并且，德川家康就位于权力宝座时，通过主张与为南朝战亡的新田一族的武士们具有血缘关系，而明确断绝了同与北朝有关联的足利政权之间的关系。德川光圀（1628—1700）则进一步推进树立幕府政权的权威，为实现南朝的正统化而命令编纂

《大日本史》，复活了正史。这一事业的副产品之一，是《平家物语》所有异本的校勘，由此诞生了进一步暗示《平家物语》作为历史物语之特权地位的《参考源平盛衰记》。

德川家族让正史复活，再次点燃了长期持续的围绕皇室正统性问题的争论。一三三五年足利尊氏向后醍醐天皇举起反旗，翌年即一三三六年北朝和南朝成立以来，这个问题一直在争论之中。在《神皇正统记》中，北畠亲房（1293—1354）支持南朝，而为足利政权辩护的匿名历史物语《梅松论》（1349）则支持北朝。《太平记》采取了比较暧昧的立场。正如兵藤已经指出的，《太平记》包含了相互矛盾的两套话语。其中的第一套话语，如同刚才所论及的，认为正确的原则是，正统的两皇统实现交替并分别承认不同的武家政权。而第二套话语则提出了与第一套话语相反的皇室观，即以实现建武中兴（1334—1336）的后醍醐天皇与楠木正成及其他周围人相互提携的故事为中心，认为皇室是与臣民直接关联的皇室[13]。这第二套话语在江户时代以后，在关于天皇的意识形态被更加精密地建构时变得有用起来，被认为令超越的天皇得以正当地废除武士阶级在统治集团中所占的支配性地位。通过废除武士阶级统治的正当性，将所有阶层的人都吸收在皇民这一抽象概念中成为了可能，即统合于唯一天皇之下的民[14]。对于拥护天皇实施绝对统治的人而言，问题已相当明确。承认南朝的正统性，对于他们而言是应当忌讳的事情。这是因为，如果承认，就需要对于唯一正统天皇的血脉的超越性这一原则进行正当化运作。藤田幽谷（1774—1828）、东湖（1808—1855）这对儒学者父子的著作，充斥着对于《大日本史》的强烈批判，以及对于南北朝时代足利政权弊害的痛评；并且另一方面同时主张，在日本从未发生过民众逼迫天皇退位的事情，而这后来成为昭和时期支持天皇制的倡导者们在争论时的固定化说法。明治维新后的一段时期，在承认两朝廷并存的理论占据上风之后，围绕一九〇六年度国定教科书中"南北朝"这一称呼对于表示两朝廷对立时期是否正确产生了争论，正统性问题再次成为了话题。这一论争于一九一一年迎来了最终结论，依据后醍醐天皇的朝廷所在地吉野，将"吉野朝"定为正式的时代名称。此后"南北朝"这一用语，在至战后之前被从所有的国定教科书中进行了排除。

芳贺矢一在着手将《源平盛衰记》和《太平记》重新定义为以新读者层为对象的文学作品时主张，这两部作品之间虽有一世纪之隔，但在近似的政治社会状况下成书，因此需要仔细辨别两部作品的性质。对于先撰写的《源平盛衰记》的成书，他指出，"此乃镰仓之霸业已固，天下之实权尽落武士之手中，朝廷全失其权力之时节也"[15]。芳贺对于《源平盛衰记》中武士魂的存在尽管消极地予以承认，但作为这部作品的特征他特别呼吁注意其"无常转变"的主题以及他所说的"凄凉悲哀的佛教元素"。作为在东京帝国大学接受训练的创设期文学研究者的共性，芳贺对于日本文学一直信奉进化论，认为《太平记》比先撰写的《源平盛衰记》理应更为进步。他不是在形式上，而是在"内部精神"这一超越性领域发现了这一进步，即在《源平盛衰记》中被武士们完全压制的"勤王之精神"存在于《太平记》之中。并且，与此相对照，在对《源平盛衰记》的主要文学性进行定义时，芳贺对于该作品中显而易见的战斗性要素不再关注，而是从否定或者欠缺的观点，即从丧失和无常这一佛教思想的悲观性表达的观点，对该作品进行了定义。《源平盛衰记》中丰富的战斗性要素，被从芳贺的批评中完全地剥离。芳贺在对这两部作品的文学性进行比照时，作为相对劣作的《源平盛衰记》的特征，举出了《序文》中无常思想这一佛教主题的表达、平家一门的荣华转瞬即逝的教训、现世之悲哀这一主题及芳贺多少有些轻蔑地指出的沉溺于"女子之悲哀"。与此相对照，他认为更胜一筹的《太平记》始终发挥勤王的精神，淋漓尽致地描述了对于骄奢蛮横的北条一门的天罚，表现了"大丈夫之慷慨"。

2 读《平家物语》——从美学到伦理

芳贺的小论早早地提出了数个要素，之后形成关于二十世纪新经典中《平家物语》定位的特有观点。就是说，尽管大体上被以否定的态度看待，但重视军记物语的抒情性和宗教色彩的观点在这里已经产生。此后数十年间，学者们在对数量庞大的异本不断进行文本的整理和校订的过程中，其关注点渐渐从《源平盛衰记》离开而逐步移向"觉一本"，后者是通过贵族文化时代式的抒情性而委婉地表达佛教世界观的范例。

例如，在一九〇七年发表于《帝国文学》的论文中，藤冈作太郎以更精妙的形式继承了芳贺对于军记中战斗性要素的批判，建立了关于《平家物语》的美学解读[16]。在这篇论文中，藤冈认为日本史存在三大革命性变革期，并举出了大化改新（645）、寿永内乱（1182—1185）和明治维新。对于他而言，寿永内乱和明治维新都是以新旧价值的冲突为特征。但他将明治维新定位为比较平和的变革，颇费心思地将其与寿永内乱以粗暴武力实现的变革进行对照。藤冈在这里的战略是，一方面与芳贺的观点相对照，承认寿永内乱的战斗性特征，另一方面则切割明治维新与这一特征的任何联想。因此，藤冈虽然将寿永内乱定性为英雄的时代，但这一特质与"上下贵贱紧密协作"的明治时期和平变革并不适应。并且，与芳贺回避《源平盛衰记》的战斗特性而力陈其悲观的佛教丧失感相同，藤冈将寿永内乱的时代处理为表现了由平家一门特别是清盛这一"悲剧性"人物的"牺牲"所象征的个人败北。这样一来，寿永时代的战乱从历史事实蜕变为超越时间的悲剧性灭亡的美学表现，《平家物语》则作为生于充满困苦的明治动乱时代的人们唤起情感共鸣的文学作品而获得了新生。藤冈关注《平家物语》的悲剧性及抒情性的文学批评，发表于日俄战争（1904—1905）结束仅仅两年后、军事扩充和爱国氛围日益强烈的时代。军记作为纯文学被纳入经典时，武士魂被排除了出去；通过考察"忠义"这一概念（意味着家仆对于主君的忠诚）所存在的问题，以及从西方引入的"个人主义"概念，这一悖论可以部分地得到说明。

高山樗牛（1871—1902）在一九〇一年以后一系列的评论中，论述了受尼采启发的个人主义哲学，其中之一就有以《平清盛论》为题的关于《平家物语》主人公平清盛的评论[17]。樗牛将个人主义的理想推至极限，对于与国家民族主义一同慢慢发展的天皇制加以批判，认为它们共同对个体表现施加束缚。这一评论与樗牛所撰写的关于日莲上人等人物的其他评论相同，显示了他对于初期信奉的日本主义的脱离。他所主张的是，不是个人从属于国家的各项目的，而是由优秀的个人作为卓越的超能力的核心代替国家占据其位。在《平清盛论》一节，樗牛对清盛的性格进行了如下分析：清盛是与内疚感无缘的人，"由彼之眼所见，天下只不过为己而存"。在稍后的部分樗牛进而指出，"谓忠，谓义，谓大义，谓名分，由彼所见，只不过一种习惯上的名目"。在指出清盛对于天皇完全不抱敬意之念之后，樗牛将清盛作为个人主义和自我中心主义的最完美典范进行如下赞美：

> 　　归根结底，彼为超越当时伦理之一巨汉。若以二十世纪之词而言，彼为极端之个人主义、自我中心主义者也。亦即，若随如今伦理学之口吻，彼非为不道德之人，乃无道德之人也。彼既非善人，亦非恶人，只不过一个巨人、一个快意男子[18]。

在对清盛的非凡一生和傲然赴死的态度进行总结之后，樗牛论述称，"自古英雄之最后动人者甚多。唯如清盛之极尽悲壮者，吾人未曾所知也"[19]。

　　樗牛的评论，在围绕《平家物语》被建构的话语中，开拓了新的批评空间。在他的哲学中，清盛之死被认为是与所有形式的国家权力不相容的个人主义特性的极致表现。并且，在之后对《平家物语》的抒情性理解中，多种观点都得到充分展开，而像这样将清盛之死视为悲剧性的观点则是最早被提出。不过，在以藤冈为代表的国文学者们的论文中，特别是在二十世纪三十年代的保田与重郎著作中尤为显著，悲剧性的败北这一文学主题与当时正在发展的天皇制中的自我牺牲特性相互混杂，从而丧失其尖锐性，最终变成了四平八稳的抒情性幻灭主题。无论如何，樗牛的评论存在着另一重要方面，即关于《平家物语》以及其他军记物语的伦理问题，之后许多人在他们的著作中努力对其进行完善。樗牛开拓了将构成军记伦理世界的忠义、大义名分等起源于儒教的道德律，与自西方引进的全无限制的个人主义理想这两个要素进行相互结合的可能性。对于芳贺矢一、山田孝雄等天皇制的鼓吹者们而言，这是极其危险的思想。原因在于，武士的忠义或者"大义名分"等词语所显示的社会义务的阶层结构，在历史上是以个人的忠诚心、地缘网络等概念为基础的，而后者与明治时期国家主义的各项目标根本不同，甚至可以说是截然相反。总而言之，无论是对于个人，抑或是对于集体，当将上述个人主义推向极端时，忠诚就可能容易带有反律法主义的性质。军记充斥着强势的逆反心旺盛的出场人物，容易被施以人民主义的、个人主义的解读，并且这一解读容易产生与当时正在被建构的天皇制政治体制互不相容的、多种形式的国家主义形态。

　　如上所述，明治时期的意识形态建构者们面临着双重课题，要使军记作为文学重获新生，进而要将武士精神改造为与帝国主义意识形态不矛盾的伦理。藤冈的评论力图通过强调军记的抒情性而将其打造为纯文学，始于藤冈评论的这一风潮就是对于上述课题的一个回答。更为明确的意识形态上的反击，见于同样发表于一九〇七年的以《忠君爱国》为题的芳贺矢一随笔[20]。以这一评论为开端，开始将忠义这一武士伦理重新定义为对于天皇和国家的忠诚。芳贺在留学德国期间曾聆听西博尔德的演讲，仰仗着其权威性，芳贺对于西博尔德的发言内容进行了如下的介绍："西方各国的革命是因对于国王的不满而起，其结果总是降低或完全颠覆王室的权威，而日本与之相反，每次革命都会增益皇室威棱，增进繁荣。"之后不久——这次是作为自身的意见总结——他声称，"正因如此，吾国民一直维护万世一系之国体，伴随时代之进步而进步"。就是说，按照芳贺的观点，不仅是西欧各国，即便是在中国，国王都是"自国民之中而起，或以权力，或凭众望，最终赢得帝王之位"，因此国王与人民之间产生矛盾，而日本则一直免于上述事态。芳贺主张，这一结论的佐证便在于大化改新和明治维新这两个时期。

但是，樗牛的评论中所礼赞的造反人物频出的源平时代及再往前的平将门之乱等时代要如何把握呢？藤冈将蕴含问题的中世这数百年间处理为诉诸情感的美学对象，芳贺则从伦理学观点对这一时代进行了把握[21]。例如芳贺指出，在《大日本史》中，源义朝、义仲等武士们被归为"叛臣"的范畴，在此基础上又进一步说明，他们实际上并不是"谋反人"，不过是因失去皇室恩宠而破坏大义名分，从而被杀一儆百的"施暴人"。芳贺继而以明治政府正式定为逆反者的平将门及樗牛视为英雄的平清盛为例，指出后者受到了其子重盛基于儒教的正当批判。最终，芳贺将体现为主从关系的武士忠义的概念，重新定义为国民对于皇室的从属，以此归纳《忠君爱国》一章。

在一九一〇年以前，针对《平家物语》和一般军记物语的相互竞合的多个观点已经开始出现。对于这些作品中登场的武士们，高山樗牛读到了个人主义和英雄主义，这一解读后来被高木市之助、小林秀雄及其他《平家物语》叙事诗论的支持者们以相对和缓的形式予以继承。但在战前，樗牛明显是少数派。另一方面，芳贺的佛教性、儒教性解读，以及藤冈着力于牺牲、苦痛、哀感、悲哀等的抒情性解读，在战前皇国意识形态的加持下，逐渐成为正统派的意见[22]。这种对于《平家物语》的抒情性解读的最极端表现，可见于一九二〇年由五十岚力发表的军记研究著作《平家物语新研究》，以及对其进一步发展的一九三一年的《军记物语研究》。在这些书中，五十岚大量使用以"清婉""寂寥""凄美"等形容词为代表的情感类词汇描述《平家物语》，进而将"哀绝的悲剧"和"凄美的悲哀"描述成了这部作品的叙事诗性文体的特征[23]。

在大正时代之前，《平家物语》的注释本刊行了数种，其中多含文学解读，后被前述的"日本文学全书""帝国文库"等系列本所取代。并且，其版本不仅更为轻便，有时还以更豪华的形式向一般读者提供。这些新版本中最为重要的版本之一，是一九二九年出版的两卷本岩波文库版《平家物语》。这一版本由山田孝雄（1873—1958）编纂，而山田此前已经发表划时代的校勘，对于《平家物语》的主要异本全部进行了研究[24]。在编纂此版时，山田公开的目的之一就是把"觉一本"广泛提供给一般读者。之后，这一文本最终成为经典。但是，或许更为重要的是山田的序文。这篇序文以平易明白而又不失学者风范的散文凝缩了"觉一平家"观，其中的观点在此后至战后对几乎所有研究都产生影响[25]。试举数例，首先他强调"觉一平家"对于平忠度、经正、敦盛的同情视点，而这些武将们都是容易为《平家物语》抒情性解读所吸收的人物。同时，受到芳贺的伦理学视点的影响，山田在序文中用数页篇幅论述清盛的长子重盛，将其作为表现儒教道德观和理想行为规范的典范予以颂扬。而且，对于"觉一平家"所描绘的悲壮的败北武将义经和木曾义仲，他分别花费笔墨予以论述，而这二位武将后来都成为勇敢武士的模范，并且在某方面成为唯一的典范[26]。

　　这里终于可以对我们视为主要问题的悖论进行说明，即如何将武士逐渐融入美学价值观中。即便是在战前的军国主义时代，国文学者、知识分子们都不能轻易接受军国主义价值观。取而代之的是，他们喜欢强调日本对于抒情的、唯美的世界观具有"与生俱来"的倾向。这些文学精英们对于军国主义价值观所抱持的反感，至少一部分产生于由明治维新而形成的精神态度。就是说，明治维新被称赞是对于此前数百年间一直持续的封建制武家政权的否定，是对于天皇统治的回归。由此也可以说明，为何镰仓至室町的武家政权时代被渐渐孤立，并且历史上的特定时代被赋予某种社会性别作为属性，对于它的价值评价发生了改变。正如芳贺矢一赋予《太平记》以男性性的特征所表明的，十九世纪九十年代以芳贺为代表的国文学者们，依据他们的想法，仍然信奉江户文学最为清楚地展示的汉文体的所谓"男性性"之美。但是，至昭和初期前后，平安时代被作为女性性的、传统的、日本固有的时代而予以高度评价（参照本论文集所收录的铃木登美以及乔舒亚·莫斯托的论文）。在近代初期，与男性性相结合的江户以及中世文化和中国要素被颂扬，被视为女性性的平安朝性质则成为蔑视的对象，但这一态度在力图探索日本固有文化的新动向中逐渐丧失。并且，这一新的探索同时与天皇制意识形态的各种目的相吻合。这样一来，如今处于一种文化优势地位的、以物哀为基础的平安朝散文文学的抒情性基调，对于将《平家物语》视为充满以往宫廷文化残影的作品这一批评论调的形成将慢慢产生影响。此类解读的最为精妙的表达及作为战前时期经典的《平家物语》的精髓，可以在日本浪漫派保田与重郎的著作中有所发现。

在第二次世界大战之前的一段时间，保田发表了关于《平家物语》的数篇评论，但在战前处于支配地位并且成为解读该作品时事实上的规范、最明确地表现《平家物语》美学观解读的，是一九三七年发表的《木曾冠者》[27]。在这篇评论中，保田对于以无常为主题的《平家物语》著名开篇赋予了如下的特征："是至高无上的享乐主义的思想。并且《平家物语》所描述的，并非如我们在时代的修身教程中所学的与经国方针相符的盛衰观。"在这里，他将《平家物语》从芳贺、山田等学者表现出强烈兴趣的政治的、伦理的领域完全分离，清楚地将其定位于与宫廷文学作品相匹敌的、美学表现和情感哀愁的领域。保田将《平家物语》定位为主要给人以"不安"印象的"哀史"，在此基础上论述称，"将其［其氛围］构成壮丽的交战画卷，编织进哀愁的悲歌；在动人心魄的节奏中，让一切事件跌宕起伏；为了一个抽象的节奏，将所有的大事件组成和声"。他在这里所称的节奏，是指从平敦盛、忠度到源义仲、义经，不论源氏还是平家，在镰仓幕府成立时成为政治环境牺牲品的失败的英雄们。对于在战场上战死的武士们，保田给予了如下的热烈赞美：

　　此处有某种雄大伟业。是武士在战场用生命描绘的伟业之美。而且此种伟业之美，与比如和泉式部用其女性身体所描绘之美同样精彩。想刺杀的心情和想被刺杀的心情，想爱的心和想被爱的心，全都住在同一家园；换言之，此处所描述的狂言绮语类，皆为某种形式的赞佛乘之缘[28]。

　　在这一节，保田成功地将战死之美与宫廷的"好色"美学、缘这一佛教概念进行了融合。像这样将《平家物语》脱离历史语境进行的解读，实际上与战前的意识形态狂热同为一轨。对于忠义、牺牲等与作战相关的特性，保田在这里赋予了新的特征，将其作为被认为是女性性的日本传统价值观的最崇高体现，以此为面临战争迫近的日本青年们提供了存在的基石。战争如今作为悲剧性宿命的表现，成为了实现"近代的超克"的唯一手段。木曾义仲因为政治的、历史的需要而付出的牺牲，对于民众和青年而言具有了不灭的意义：

　　它显示了木曾的本性绝不恶这样一种民众的判断。木曾的不幸，倒不如说是成为了当时院政派公卿深远谋略的牺牲品；就是说，不过是历史的牺牲品。因此了解木曾的少年们都深爱木曾，不认为旭将军是坏人，是朝廷逆贼[29]。

在物哀的香气的包裹下，芳贺眼中的逆臣如今成为了青年们的范本。

3 "民众的古典"?——战前的《平家物语》接受情况

以保田、藤冈为代表的战前批评家、学者们的《平家物语》观，在相当长时间里都一直具有影响力，甚至现今也在读者的解读中留下了痕迹。但是，不关注这些批评的接受情况以及产生这一接受情况的大众文化，就不能完全理解这些人的批评在更广意义上的重要性，以及他们所创造的比战前作品观更具影响力的、将《平家物语》理解为叙事诗的战后解读。

正如白根治夫在总论中所指出的，必须注意辨别这样两种经典，民众中的经典或者应该称之为非经典的经典作品，以及与处于某种权力或权威中心的特权阶层的利益深度结合的官方经典。后者"对于统治阶级的价值观进行再生产"，而开放的、流动的民众经典大多表现出"对于权力被剥夺者们的同情"。《平家物语》从一开始就一直横跨这两个世界而存在。特别是将这部作品看作是从包含所有异本的文字文本的传授与同样活跃的口承文艺的合流点产生时，这一事实就更加突出。在这个意义上，将《平家物语》看作与已经确立或正在形成的权力中枢及该权力的周边部分都存在着各种接点，并且是文字文本与口承表演相结合的结构体，才是最为确切的观点。在《平家物语》的异本中最具权威的《源平盛衰记》等数种异本，占据了近乎正史的位置。并且正是这种权威的光环，引起了以芳贺矢一为代表的学者们的批评兴趣。同时，在论述《平家物语》时，不论是在何种情形下，使用"民众的"这一表达方式都不只是有用而是极为重要，尽管与正在形成或已经确立的权力中枢的关系未必是相反的性质，也都至少是以"地方的、地域的或都市的声音"这种暧昧的含意使用。

从一开始，都市文化就对《平家物语》的说唱世界产生了影响。正如以植木行宣为代表的学者们所指出的，平曲（在琵琶的伴奏下带着节奏进行《平家物语》的说唱）演奏的数个主要场所，包含与中世京都最大市场之一相邻的八坂塔、清水坂等，都吸引了非人（特定职业的贱民的称呼——译者注）、坂者（居住在奈良、京都一带主要街道的坡道上的贫民、流民等——译者注）、立君（街娼的隐语——译者注）、游女、商人等各类听众的兴趣[30]。同时，我们必须注意不要混淆以下两种用法：一是用于表示这种边缘世界声音的"民众"一词的用法，一是近代学者将国民共同体这一观念时代错乱地投射于中世的倾向。前者是处于相互竞合关系的诸多声音片段，它们为了自己的目的而尝试进行权力的操作，同时在权力的缝隙间侥幸生存；后者则是勉为其难地收敛于虚构的统一性的复数性。在之后考察将《平家物语》视为叙事诗的话语时，上述区别或会变得清晰。

"禁里仙洞的御前大臣将军之邸或贵人高僧的前田舍野人之所"[31]——江户时代的入门书《当道要集》以逸话的形式记录了与当道的传承、平曲的演奏等有关的建言，书中列举了平曲演奏的场所。这一记述暗示，由被称作"当道"的盲人艺人团体所进行的平曲演奏，曾在多种社会场所进行。在崇光天皇之孙后崇光院（1372—1456）的日记《看闻御记》中，可见多处为贵族进行个人演奏的当道平曲家的相关记述。植木指出，贵族对于平曲家的这种宠遇，可以说明见于《平家物语》多个异本的抒情性质[32]。另一方面，武家也是当道的重要后援。如同兵藤裕己具有说服力的论述所显示的，由于清和源氏系的足利家的后援，"觉一本"的誊抄本才得以制作，这一事实清楚表明了《平家物语》作为仪式演绎的文本的重要性，以及作为源氏一族历史的重要性[33]。这确实贴合八代将军义政（1436—1490）的例子，据传他分二十九次听完了整部《平家物语》[34]。

在手握权力的贵族和武家等的宅邸及清水坂和市场等边缘性场地之外，平曲演奏的另一重要场合是在京都寺院的堂内、庭院或者街头进行的劝化平家。所谓劝化平家，正如其名称所显示的，是为了以寺院修缮或其他理由募集金钱，而在各种听众面前进行的平曲演奏。劝化平家在某种程度上处于寺院的管理之下，并且大多与说教相结合，它的存在暗示着平曲的演奏也曾被用作佛教布教和普及教义的道具。这一事实也进一步暗示，相互竞合的数个权威中枢争相要将在民众中广泛普及的口承文艺置于自己的组织之下进行管理。与劝化平家相似的例子还有在河原表演的劝化能剧。小笠原恭子曾指出，可以吸引包括京童（京都洛中一带游手好闲的年轻人——译者注）在内各个社会阶层数千人的劝化能剧，是新兴的武士阶级夸示权力的极好场合[35]。据小笠原考察，为了管控聚集在一起观看能剧、平曲及田乐和曲舞等各种劝化表演的争吵不休的群众，幕府最终制定了许可制度。

整个中世时代，《平家物语》还被吸收进其他各种文艺类别中。这些类别包括谣曲、幸若舞曲、净瑠璃、歌舞伎等多种演剧形态，以及御伽草子、江户时代广泛普及的浮世草子等起源于口承文艺的物语。这些口承文学及文字文学的所有形态，都必须被看作是《平家物语》在民众中接受情况的要素。

"军体（能剧的三体之一，军人风姿——译者注）之能姿，假令乃源平名将人体之本说，殊应依平家物语而写。"[36]《平家物语》对于能剧的重要影响体现在"三道"中的世阿弥的上述有名忠告上。就是说，在创作修罗能的剧情时应该遵从《平家物语》。这段文字产生出了各种解读。松冈心平认为，与比如《太平记》中粗野武士的描写相对照，世阿弥为"觉一平家"所具有的已确立的权威光环和贵族性的优雅氛围所吸引[37]。按照松冈的观点，世阿弥试图通过创作以贵族性优雅为特征的新体态的修罗能，来取代粗野描绘坠入修罗道而受苦的武士身姿，即旧式鬼形修罗能武士的负面形象，以此吸引新武家的经济支持。具体而言，比如在《忠度》中，世阿弥将《平家物语》中平忠度的描写与将《源氏物语》作为优美隐喻相融合，用以表现在战场上处于荣耀顶点的忠度，而不是苦于修罗道的忠度。在这同一时期，在寺院神社则是鬼形修罗能仍在继续上演，因此我们看到了进一步的例证，证明《平家物语》的相关话语可能会同时被向不同的方向拉扯。

受到《平家物语》影响的另一文艺类别是幸若舞曲。现存五十余首舞曲中，二十首与《平家物语》有关联。幸若在源氏一族占据优势的十五世纪获得了发展，其文本可以看到重心由在平曲中居于中心的平家一门的武士向源氏一门的武士进行了转移[38]。更为重要的是，幸若故事情节的各个出典不是在某一特定的《平家物语》异本中，而是在数种《平家物语》异本与文字文本形式中不存在的口承文艺的组合之中，而且其情节具有相比主君更为强调侍从的倾向。正如三泽裕子所指出的，侍从角色被投以聚光灯这一事实，表现了"下克上"这一典型的中世氛围[39]。幸若与《源平盛衰记》"延庆本""长门本"等异本都有关联，这些文本充满了具有强烈地域色彩的作战场面，而这些场面在相对更为人知的"觉一本"等平曲系文本中完全未曾提及[40]。这些异本多数包含乡土史的核心要素，在另一层面也可以说，这显示了《平家物语》的典型特点，即作为周边地带与权力权威中枢双方的磁力场的特点。世阿弥的修罗能大概为了扩大势力渐增的足利将军家的威信，而利用了"觉一本"的贵族性特征。另一方面，幸若的文本则生成于与前者形成对照的地域色彩中，而这一色彩相当典型地见于数个《平家物语》异本中。

战国时代（1482—1558）武士在日本全国不断加强其统治力，对于有势力的战国大名们而言，演奏平曲的盲僧在新的意义上逐渐成为有用的存在。文献记录显示，利用因为眼盲而可以自由旅行的琵琶法师的特权，战国大名们屡屡将他们用作间谍。例如，某一大名为刺探其他大名的情况而雇佣盲僧，但由于该方大名所收买，最终却为其自身的计谋所害[41]。另外，盲僧不仅拥有通过说书、歌曲演奏等娱乐众人的能力，同时代的史料也显示，还因为历史方面的知识而为金主们所特别看重[42]。

中世末期及江户时代净瑠璃和歌舞伎兴起，《平家物语》对于这些类别也产生了不亚于其他类别的影响。这一现象可以通过以下两点得到部分说明：一是武家势力在幕府确立，二是随着势力确立他们对于《源平盛衰记》等《平家物语》异本赋予了高规格。作为整体的《平家物语》文本结构体在其顶点上确立了权威地位，由于这一权威性，众多学者开始从事这部作品的注释、校勘等工作。而这个时候，这部作品的反权威能量则持续活跃在江户都市文化的周边地带。例如，初期的净瑠璃说唱被认为大概产生于平曲衰退期的琵琶法师们中间[43]，而他们倾向于在幸若或无文本的口承文艺等边缘类别中找寻情节。另一方面，歌舞伎作者们则是直接依据义大夫净瑠璃寻求情节构想[44]。为不断增殖的《平家物语》世界进一步提供佐证的是取材于《平家物语》的御伽草子，它们产生于室町时代而留传至现代，但大多至今未刊行[45]。据《新群书类从》第七卷目录，江户时代根据《平家物语》创作的文学作品多达数十种[46]。其中的代表性例子可以举出井原西鹤的《好色盛衰记》、出自其他作者之手的《风流今平家》。后者采用让盲女根据记忆讲述作品内容的构思，将清盛描绘成由于奢侈而没落的江户时代的町人。最后，在浮世草子、净瑠璃、歌舞伎之外，倘若再举一个显示《平家物语》在江户时代影响的例子，则是数量颇多的谱本的登场。谱本是供在文人、茶道家等中间广泛流行的业余平曲演奏中使用的。

正如以上所考察的，显而易见，近代以前的《平家物语》是从相互竞合的数个权威中心与位于这一权力结构末端的边缘地带之间的复杂的相互作用中产生的，并且以片段化的形式不断地流入新的类别或样式中。这些片段构成了由众多文本组成的硕大结构体的一部分，而这一结构体在其顶点作为权势者的权威话语已经僵硬化。在明治时代，《平家物语》最初由于江户时代末期的都市性感性而以被扭曲、被重铸的形式对学者、批评家等产生了影响。在十九世纪八十年代及九十年代，这部作品尚被置于大多数真正的古典研究的视野之外。对于关根正直、坪内逍遥等学者来说，这部作品对于国文学建构这一紧迫课题而言是毫无用处的"街谈巷议"，是"野史"[47]。以芳贺矢一为代表的其他学者们则察知潜藏于这一激烈丰饶世界的危险，迅速从半为正史的数种异本中剥夺了这部作品以往被赋予的作为历史的特权地位，为《平家物语》作为国文学上的重要作品重获新生建立了基础。

但是，这一动向出现以前，根植于江户时代后期都市文化中的反权力倾向的趣味仍然残存，成为明治中期至大正时代取材于《平家物语》的数部小说在大众中流行的原因之一[48]。《平家物语》的各个文本逐渐确立，被提供给更广泛的读者层，同时作家们则开始从《平家物语》作品本身寻求灵感。这样一来，贯穿中世及江户时代而形成的起源于口承和文字文本双方面的民众性《平家物语》传统，逐渐与西方浪漫主义的第一波影响开始接触。其结果是，从《平家物语》获取灵感的小说和戏曲爆发式产生，成为大众小说的开端。构成其顶点的，则是由吉川英治于战后发表的《平家物语》叙事诗式翻案作品《新平家物语》。这些作品中全都大量出现具有强烈个人意志的利己型出场人物，类似于前述与平清盛相关的评论中高山樗牛所颂扬的那种人物。

在这些《平家物语》翻案小说和戏曲中，最受欢迎的是樗牛的《泷口入道》（1894）、山田美妙（1868—1910）的《平清盛》（1910）、武者小路实笃（1885—1976）的《佛御前》（1912）等。小说《平清盛》中描写的清盛被藤原一门蔑视，穷困潦倒而性格固执，但由于意志坚韧和自强自爱而渐渐出人头地。另一方面，武者小路实笃的戏曲《佛御前》将清盛与白拍子祇王描写成意志顽强的恋人关系，最终祇王决心在宗教生活中追求其自身的圆满。小说、戏曲中多有描绘《平家物语》中其他出场人物，包括成为了悲剧命运牺牲品的重衡及表现凄美绝望的典型人物俊宽。菊池宽的小说《俊宽》（1921）还表明了《平家物语》的现代翻案可以在多大程度上将这部作品变为国家宣传运动的工具。在这部小说中，意志顽强、勤勉的俊宽成为了"自力更生"这一训导的实例。他最终与岛上的姑娘结婚，过上平静的家庭生活——外来的叛逆者成为了社会的生产性一员[49]。

通过在抒情或悲剧的氛围中强调浪漫的个人主义哲学，这些作品发挥了这样一种功能：将《平家物语》重新定位为表现自我主题的早期文学作品。这同一倾向在下述过程中也发挥了促进作用：《平家物语》渐渐获得可以进入与日本的国民觉醒有关的进步话语体系的地位。而且，《平家物语》最终成为对于叙事诗论支持者而言极具魅力的、国民诸目标的理想表达，是由于江户时代围绕着《平家物语》的民众性作品光环，以及根植于中世时期的古老口承文化的感觉。

4 国民叙事诗

正如以上所考察的，战前占支配地位的《平家物语》观被赋予这样一种特征：在时代上后成书的《平家物语》向王朝文学进行同化的倾向逐渐强烈，而王朝文学已经正在被视为等同于"正统的、纯粹的"文学（参照铃木论文）。但是，尽管不如上述观点处于支配地位，也还是有批评家、学者们试图对这部作品进行更为民众主义的解读，并且比较有影响力。身兼经济学者和文明史家的田口卯吉（1855—1905）虽然未使用"叙事诗"一词，但早在一八八二年就对于《平家物语》以及这部最早从政治上描述民众真实状况的作品所产生的时代赋予了特殊地位。在被广泛阅读的《日本开化小史》中，田口论述称，"于吾国历史，得以详述政事上及人民之状况，实乃保元平治以后之事"。在同一段落中，田口对于六国史所体现的正史类内容严厉批判道，"当时政事之状况""人民之情况"等未作任何传达因而无用。由于那些正史的关注点只限于朝廷的动向，按照田口的表述，"未必是国家必用之事"[50]。田口将武家势力不断发展的中世数世纪，看作是在日本的国民自觉意识的觉醒中极为重要的时期，通过这一特权化处理，田口事实上最先采用了为《平家物语》叙事诗说的支持者们所共同持有的观点，而大约七十年后，在战后的时代，这一观点最终开花结果。谷宏在二十世纪五十年代曾是《平家物语》叙事诗说的最热心倡导者，他提出了如下主张："从平家物语中，十二世纪末的历史和人们以完全变革性的动感力量和逼真感向我们迫近，并且如同从其中自然而然地流出一般，民族史的真实感跃然纸上。"[51]

　　叙事诗这一用语，是从评论家兼翻译家生田长江（1882—1936）于一九〇六年在《帝国文学》上发表《作为国民叙事诗的平家物语》的时候开始使用的。但是，我们必须注意将高木市之助这种系统论述《平家物语》叙事诗论的人，与不经意地赋予这部作品以叙事诗特征的人加以区别。以藤冈作太郎、五十岚力为代表的文学研究者们，在论述《平家物语》时不断使用叙事诗、抒情诗、悲剧等用语。起源于亚里士多德《诗学》的这些用语，常常被前述学者们用作在进步史观的框架中赋予日本过去文化传统中的文学遗产以"普遍性"特征的手段。在战前，天皇制意识形态逐渐处于支配地位，平安时代及大化改新时期以朝廷为中心的文学作为经典获得了特权地位。在这一时期，抒情的、悲剧的等"普遍性"范畴，作为表现真正日本精神的、超越时间的概念被进一步本质化。在这样的语境中，这意味着相对民众主义的国民性故事的"叙事诗"一词的崭新激进用法，开始与天皇制意识形态表面上的相对和平主义的主张微妙地分道扬镳。

在《作为国民叙事诗的平家物语》中，对于那种将受到外国文化影响的否定性时期与文化上的纯粹时期进行对照的日本史时代划分，生田长江进行了精妙的改变[52]。根据长江的主张，平安时代和江户时代都是伟大的纯粹时代，但平安时代仅限于贵族，江户时代仅限于平民，各自时代的文学都受限于阶级的层面。严格地说，通过以既非贵族也非平民的武士和僧侣为媒介，文学真正地实现国民性的时代，只有镰仓时代、室町时代。生田长江主张，这样一种国民文学的最高表现发生在《平家物语》中，并将这部作品比作希腊的《伊利亚特》《奥德赛》、德国的《尼伯龙根之歌》、印度的《摩诃婆罗多》等其他世界文学上的叙事诗。

在生田长江的随笔发表四年后，也是藤冈从美学观点进行《平家物语》解读的论文发表于《帝国文学》三年后的一九一〇年，针对《平家物语》的叙事诗性质进行论述的论文又发表了两篇。这一年四月，宗教学者姉崎正治在题为《作为时代告白的叙事诗》的论文中，将《平家物语》这种以"事件"为主线的叙事诗，与和歌这种表现抒情性、感情性内容的诗进行了比照[53]。

姊崎以荷马的叙事诗、印度的《摩诃婆罗多》为例指出，在几乎所有国家的历史中，大的战争都产生了叙事诗。他又进一步主张，战乱时代产生的叙事诗，与其他任何时代所产生的文学作品都有所不同，表现了一个国家的国民的"真心"。对于姊崎而言，《平家物语》所讲述的源平时代，比日本历史上其他任何时代都更好地体现了"国民精神"，因此，《平家物语》可以超越时代打动人们的内心。

发表于一九一〇年的另一篇随笔《作为叙事诗的〈平家物语〉》，由岩野泡鸣（1873—1920）撰写。在这篇随笔中，对于《平家物语》作为叙事诗重视宗教性、悲剧性主题这一点，为了说明西方也有与此相当的例子，岩野举出但丁的《神曲》、弥尔顿的《失乐园》作为参照[54]。并且，他举出忠度对于自身诗人名誉的执着、现在广为熟知的弓箭名手那须与一的逸事、年幼的安德天皇跳水自绝等事例，作为"吾国国民"即使身临绝境也不失"美术的、鉴赏的精神"和"神道的精神"的范例。

在强调《平家物语》的普遍性，即与《伊利亚特》《摩诃婆罗多》、但丁的《神曲》等其他的世界叙事诗进行比较之外，这些批评的另一显著特征是，都极其积极地展示国家主义的姿态。在生田长江的批评中，外国文化占支配地位的时代与日本固有文化繁荣的时代相互对照，后者被认为是更胜一筹的时代，这一想法领先于战前的近代批判，后者将日本固有的文化传统，打造成了对抗逐渐占支配地位的科技占优的西方的防御堡垒。姊崎的批评第一次认为战争是产生伟大文学的源泉、铸造国民意识的熔炉。泡鸣则认为日本文化的宗教、美学要素具有特殊性，主张它才是日本的国民意识觉醒的重要指标。这三位学者、批评家的日本文学观，特别是在重视宗教性要素、美学要素这一点上，尽管与以藤冈、五十岚为代表的学者们的学说具有类似性，但在其积极的国家主义这一点上具有根本的不同。这一国家主义观，一部分借力于武家掌握政权的中世争乱中首次产生的阶级对立。这种观点，在另一位《平家物语》叙事诗说的提倡者津田左右吉（1873—1961）的著作中得到进一步的详述。

一九一七年，津田发表了以《文学中呈现的我国国民思想之研究》为题的数卷研究著作。正如已经论述的，芳贺矢一、藤冈作太郎等正统派的国文学者们，在讲述日本文学史时，不会主动触及斗争、阶级分裂等。这特别显著地表现在他们的下述倾向上：一方面主张大化改新、明治维新是和平的政权交替而赋予其特殊地位，另一方面则轻视源平争乱时代那样的暴力动荡时代。津田的崭新之处在于，在唯一的主体（agent）的行为中，即在各种历史状况中诞生的多样文学的一系列表达呈现的"国语"中，发现了国民这一概念[55]。就是说，津田的国民文学从多样性与冲突中产生，且经过进化论的动态的历史变化过程。

津田在针对《平家物语》进行论述时，对于这部作品从两方面进行了定义：一方面视为叙事诗，同时从情感性方面又将其作为抒情诗[56]。他认为，《平家物语》的作者对于构成这篇作品核心的权力斗争采取了旁观的态度，通过与事件保持距离，作者得以获得表现"民众"广阔视野的自由的判断能力。而且津田主张，重盛、义经这样的"国民英雄"的创造，也同样是产生于民众精神。与光源氏、在原业平等主人公们由于他们的社会地位而受到崇拜的平安时代文学形成对照，以《平家物语》为代表的军记的英雄们，是由于其"人物"而受到尊敬。津田最后下结论称，这些英雄们出场的军记，才是"宝贵的国民诗，是国民文学"[57]。

战前《平家物语》叙事诗说提倡者的领军人物，同时又对抒情的、佛教的、悲剧的解读抱持最激烈的批判态度的，是国文学者高木市之助（1888—1974）[58]。他是一九五九年刊行的岩波日本古典文学大系版《平家物语》的编者，该书已经成为今天的标准。对于高木而言，构成《平家物语》叙事诗体的要素在于，简明、雄浑及大声朗读时可以给予读者几乎是感同身受的共鸣。高木主张，这些特质为《平家物语》赋予了与令人软弱的王朝文学的影响形成鲜明对照的教育价值。

早在一九一二年，高木已经在东京帝国大学执笔博士论文《作为叙事诗的平家物语》。但是正如永积安明所指出的，高木早在这一初期研究中，已经将对于日本叙事诗的关注转向了时间上更为古老的古代的记纪[59]。高木对于古代的关注是由于多个原因，其中包括江户时代国学者们的话语对于古代所赋予的特权性地位，但最为重要的原因是，他关于叙事诗生成的西方理论的研究，其中特别是包括德国思想家约翰·戈特弗里德·赫尔德（Johann Gottfried Herder，1744—1803），以及苏格兰的中世研究家W. P. 克尔（W. P. Ker，1855—1923）[60]。

赫尔德的思想由上田敏于一九〇六年在《帝国文学》上介绍给了日本的读者，生田长江在同期《帝国文学》上发表了将《平家物语》解读为叙事诗的早期试论。通过介绍关于叙事诗和民众诗生成的西方理论，上田敏对于《万叶集》学问研究上的理论吸收产生了很大的影响（参照本论集的品田论文）。而且，上田敏大概是最早暗示将吟唱叙事诗的诗人与演奏平曲的琵琶法师进行比较的日本人[61]。赫尔德自身未曾将其对于叙事诗的思考进行完全体系化[62]，但在他的思想传入日本时，他的名字已经与"民谣"的概念密不可分。赫尔德的后期工作受到了一七九五年发表《荷马史诗绪论》的文献学者F. A. 沃尔夫（F. A. Wolf, 1759—1824）的影响。根据沃尔夫的主张，据传为荷马所作的诗并不是出自名为荷马的某一位诗人之手，而是各自独立的不明作者的短篇吟诵诗的合集，并且作品整体架构最终成形，是由于之后形成民间传承集体记忆的作用以及后世的编辑[63]。最终为赫尔德不成体系的直觉赋予了科学严谨的权威的，是沃尔夫的理论。在前面提及的一九〇六年生田长江的论文中，可以清楚地看到这一理论的影响。在这篇论文中，生田长江列举了某一作品被认可为叙事诗所必须满足的五项条件。开始的两项条件是，"必须以与祖先或勇者事迹相关的神话传说为基础"，以及表现出"首先以口承形式在国民中间长久传承的小诗，由某一人或数人编辑改作而大成者"的结构。这些条件显示了赫尔德后期受沃尔夫影响而对叙事诗生成所进行的直观考察的精髓[64]。就是说，被介绍到日本的赫尔德理论所显示的是，所谓叙事诗，是在一个国家太古时期的民众诗逐渐合为一个悠长诗篇的融合过程中生成的。

赫尔德对于这种太古民众声音可以说几乎是怀有神秘主义的崇拜，这种崇拜最初是在十八世纪的欧洲兴起，是广义的国家主义话语的一部分。对于这一理论及其与国家主义的结合，夸梅·安东尼·阿皮亚（Kwame Anthony Appiah）进行了巧妙的总结："赫尔德的Sprachegeist，按照文字直译的话亦即'语言之魂'的概念，体现了这样一种思想，即语言不单是说话者用于交流的媒介，还构成国家的神圣的精神……从其起源开始，文学史与整个民俗文化一样，为国民国家建设这一目的做出了贡献。"[65]整个十九世纪，以荷马的叙事诗为范本及灵感的源泉，英国的《贝奥武夫》、法国的《罗兰之歌》、德国的《尼伯龙根之歌》等长期被遗忘的作品陆续被重新发现，作为各国国民精神的早期表现而被颂扬[66]。有时这种民族起源的探究，还采取学者协助开展叙事诗创作的形式。民俗学者埃利亚斯·伦罗特（Elias Lönnrot）参与芬兰叙事诗《卡勒瓦拉》的编辑，或可以说是展示这一过程的一例。这个例子暗示的是，不拥有叙事诗，被视为等同于不拥有作为国家的过去[67]。

对于前面叙述的、精通民族叙事诗欧洲理论的高木而言，日本的叙事诗也应当是产生于展示国民意识结晶的特别时代，即古代。他决定首先研究古代的记纪歌谣。高木在二十世纪二十年代至三十年代发表的数篇论文中探究了这一问题[68]。例如，在一九三三年发表的《日本文学中的叙事诗时代》中，对于被认为是神武天皇所咏的歌作，他大胆地论述称，此首歌作的歌咏者并非神武天皇，而是代表集体英雄时代的"英雄个人"[69]。在皇国狂热最为鼎盛的时期一九三三年提出这样的主张，对于高木是危险的事情。实际上，他在这同一篇论文中，后来重返正统派的立场，认为此首歌作的"我"即主体，归根结底是"所传颂的神武天皇一样的巨人"。后来的学者们将此视为对于当时占统治地位的意识形态的屈服[70]，但高木的意图相当明确。他希望将古代的记纪歌谣，从国家的过去的英雄时代，复原至在延续不断的叙事诗传统中他相信它们应该占据的位置。

尽管是不经意，高木在结论中还是承认，记纪歌谣只是展示由于外国的（具体而言中国的）影响而已经失去的英雄时代的片段式证据。其结果是，他把关注点从古代的歌谣移至平安中期以及中世。在这些时代的远离都城的地方，他首先通过初期的军记并且是《平家物语》，完整地发现了叙事诗精神的特征"素朴野卑之质"[71]。高木一方面受到克尔的影响，将原始叙事诗的素朴与抒情诗过于雕琢的复杂加以区别，另一方面，他遵循国学者对于中国影响的批判，认为汉语令日本失去自古以来的素朴的力量，将叙事诗精神视为摆脱汉语影响力的持续战斗的武器。因此，甚至在《保元物语》《平治物语》《平家物语》等最好地表现了叙事诗精神的中世作品中，其生命力也由于"充斥着来自汉文的过于技巧性的表达"而有所减损[72]。但是，当由于《保元物语》中源为朝等武士的描写、《平家物语》中一谷之战的描写而发现叙事诗精神时，这一精神则具有打动人心的、难以抗拒的力量。高木认为，叙事诗精神好像完全不再为"技巧性的修饰"和"理性的批判"所束缚，脱离所有次要的关注点，而从传说、古代歌谣等中以完整的形式迸发出来一般[73]。对于高木而言，大量使用拟音拟声词的《平家物语》散文中的每一个词、节奏等所表现出的叙事诗精神，比芳贺矢一等人视为军记主要价值的道德教化远具有教育价值。高木一方面盛赞为朝这样强大的武士等出场人物作为典范赋予青年内心的价值，同时指责标准教科书推崇具有儒教精神的重盛。

高木同保田与重郎一样，展现了反体制知识分子的姿态。但另一方面，保田从美学立场出发对于佛教及令人联想到王朝理想的美、悲哀、牺牲等价值相当重视，而与此相对，高木则显示出对于斗争的推崇。高木所主张的民众主义的国家主义及作为其表现手段和作为叙事诗被重新确立概念的军记，以微妙的形式与战前占支配地位的国家层面的国家主义产生了龃龉。而且，在高木论文发表的二十世纪三十年代，与对于无产阶级文学的诉求形成对照，第二次古典复兴开始兴起。高木将王朝价值观视为夺去《平家物语》叙事诗精神活力的原因，而王朝价值观在此时开始被以新的视点重新审视[74]。高木的论调暗示着反皇国的倾向，再加上以上列举的所有因素的作用，造成在战前高木的叙事诗论较少被关注。

5 战后的"叙事诗"复活

战前和战后的《平家物语》观的主要差异在于，在战后马克思主义文学观的研究具有很大的影响力，战前静态的本质主义的历史解读变为动态的、辩证法的、唯物论的事件解读，冲突、变化、转变等要素被推向了前台。对于这一理论发挥了主要推进作用的，是石母田正（1912—1986）、谷宏（1914—1984）等历史学家及永积安明（1908—1995）这样的精通历史学方法论的文学研究者。他们作为集合体以"历史社会学派"而为人熟知，对于在战前《平家物语》观中被赋予特殊地位的超越时间的文学特质，将其内容转换成了对于阶级斗争的表达。

对于《平家物语》以及诞生这一作品的中世时代进行重新评价的潮流，首先是从石母田正的划时代研究《中世世界的形成》开始的。这一研究发表于一九四六年，石母田开始针对日本古代的英雄时代的存在发表自己的观点[75]。接着，仅仅两年后江上波夫的骑马民族说问世。这是对于明治中期至战争期间相当流行的天皇制意识形态之根基的批判，后者主张皇室的家系可以毫不间断地追溯到太古神代[76]。《平家物语》叙事诗论获得新的生命，在二十世纪五十年代至六十年代的文学研究者中获得近似于正统的地位，就是在当时这样一种知识氛围中，即试图揭开以往作为天皇制而为人所知的制度的真相。

石母田在《中世世界的形成》中的主要目的之一在于，对中世重新进行概念化处理，将其打造成对古代进行辩证法批判的时代[77]。简单地说，他将《平家物语》生成的平安后期及中世初期的时代，视为以都市为根据地的贵族与以农民文化为根基、以农耕为基石的武士阶级之间的阶级斗争舞台。充当这一阶级斗争的仲裁角色的是游历于各地的琵琶法师，他们成为了《平家物语》说唱传统的保管者。在石母田看来，作为甚至追溯至古代氏族及民族的古代说唱传统的继承者，琵琶法师们在对立的社会阶层之间自由往来，对相互冲突的文化传统慢慢进行辩证的融合，其结果则在《平家物语》中作为新的和谐得到了表现[78]。石母田认为，这一历史过程最终产生了真正的国民文学。试举一例，战前的学者们将《平家物语》中表现的佛教思想视为贵族式乡愁的厌世表现，而石母田则主张，是净土宗本身从被否定的都市贵族文化的悲观性表现，蜕变成了对更广泛阶层人群具有魅力的反贵族的肯定性表现[79]。

　　按照永积论文的观点，高木及更正统派的国文学者们分别强调的英雄的象征和悲剧的象征这两大完全相反的主题，表现了相互竞合的视点的冲突[80]。在英雄的象征这方面，平清盛、木曾义仲、义经这三位主要出场人物及其他众多次要英雄们都代表了民众的视点。另一方面，第二重要主题即悲剧的象征，则被认为是提供了将失败的平家一族的没落与自身权力的丧失相重合的贵族阶级的视点。永积主张，对于这些矛盾的要素如果以更广阔的视野观察，则体现了残存在中世的古代文化的影响所发出的不谐和音。这样一来，《平家物语》则也是表现不同历史时代之间的冲突。在这种冲突中，永积发现了《平家物语》固有的叙事诗性质。同样，现在在所有学校教科书中都被列为《平家物语》主要特质之一的所谓"和汉混用文"，则被认为是数个相互冲突的文化传统还原为独特的划时代的形态这一事象在语言上的对应形式[81]。

　　在以石母田、永积为代表的战后的叙事诗论提倡者们的论文中，《平家物语》及这部作品成书的中世，从日本天皇制传统之中的边缘的、蕴含问题的时代，向日本国民觉醒之中的中心的、划时代的时代实现了转变。从悲剧性的到英雄性的，从喜剧性的到令人感伤的，在可以令真正是各种气氛共存这一点上，并且，在容纳社会冲突和变化并进一步加以调和这一点上，这些学者们所发展的叙事诗理论，成为了将《平家物语》变为象征战后日本经济改变的强有力隐喻的原因之一。正是在这一时期，即一九五〇年至一九五七年，吉川英治（1892—1962）在《朝日新闻》上连载了深受欢迎的《新平家物语》。对于这一劳心劳力之作，正宗白鸟（1879—1962）将其比拟为国民叙事诗的创造[82]。吉川自身对于战后的政治新动向也很敏感，他将《源氏物语》的锁国主义之处与清楚表现在平清盛身上的《平家物语》的开放性和国际主义精神进行了对照。

《平家物语》叙事诗论在进入二十世纪七十年代时也依然占据了支配性地位。一九五五年发行第一版的《广辞苑》，此后自一九六九年以来虽经数度修订，但在现在的第四版上，《平家物语》也还是被定义为"一种叙事诗"。但是，《平家物语》由多种要素构成，各种异本内含着统治者的视点和与此相对抗的视点，相互完全不同，因此对于这部作品难以进行简单的分类。与多种地域、阶级、社会性别具有关联，从各种历史起源中产生的这一具有多样性的文学，以前一直是被迫通过国家、国民这种单一的声音被表述。但是现在，《平家物语》作为权威古典的地位在至今的二十年间一直不得不面对流动的再定义和变化。如今，学者们对于将《平家物语》定位为国民性的表达不再像以前那样显示出兴趣，我们对于《平家物语》及其众多异本的理解正在恢复具有活力的复杂性。

注

1　小林秀雄「平家物語」「無常といふこと」『小林秀雄全集』第八巻、
　　新潮社、一九六七年、pp. 20－21。

2　同上、p. 22。

3　塚本康彦「保田與重郎の文学と古典」日本文学研究資料刊行会
　　編『日本浪漫派　保田與重郎・伊東静雄・亀井勝一郎』有精堂、
　　一九七七年、p. 99。

4　关于《平家物语》的最早文学评论大概是本居宣长的《排芦小船》
　　(「排蘆小船」大久保正編『本居宣長全集』第二巻、筑摩書房、
　　一九六八年、p. 41)。

5　参照高木市之助・小澤正夫・渥美かをる・金田一春彦編『平家物語』
　　日本古典文学大系32、岩波書店、一九五九年「解説」、p. 20、平田
　　俊春『平家物語の批判的研究』第一巻、国書刊行会、一九九〇年、
　　p. 518。

6　例如，江户时代的注释书《平家物语抄》《平家物语考证》及刊行
　　于一九二九年的《平家物语略解》，后者为前述书籍及其他注释书
　　的概要(佐々木八郎『増補平家物語の研究』早稲田大学出版部、
　　一九六七年「補説」、pp. 17－18)。

7　芳贺矢一的评论《源平盛衰记和太平记》(「源平盛衰記と太平記と」)
　　收录于久松潜一編『落合直文・上田万年・芳賀矢一・藤岡作太郎集』
　　明治文学全集44、筑摩書房、一九六八年(以下『明治文学全集44』
　　略)、pp. 299－300。

8　同上、p. 299。

9　例如，星野恒「平家物語は誤謬多し」『史学雑誌』一八九八年一月
　　(高木市之助・永積安明・市古貞次・渥美かをる編『平家物語』国語国
　　文学研究史大成9、三省堂、一九六〇年[以下『研究史大成9』略]、
　　pp. 80－89)。

10　榊原千鶴「安徳天皇異聞——近世後期にみる『平家物語』享受の一
　　端」『国語と国文学』一九九七年一月、pp. 29－42。

11　以下与此相关的内容，主要参照下书的卓见，兵藤裕己『太平記〈よ
　　み〉の可能性——歴史という物語』（講談社、一九九五年）。

12　同上、pp. 39－44。关于中国政治思想对于中世军记的影响，参照弓
　　削繁「軍記物語の政道観をめぐって」和漢比較文学会編『軍記と漢
　　文学』和漢比較文学叢書第一五巻、汲古書院、一九九三年、pp. 59－
　　80。

13　兵藤裕己『太平記〈よみ〉の可能性——歴史という物語』講談社、
　　一九九五年、pp. 78－97。

14　但是，应该强调的是，江户时代及近代支持天皇制的意识形态建构
　　者们蹈袭的始自中世的话语，在武家政权逐渐加强统治权的中世当
　　时，是边缘性的、反权威的（参照網野善彦『異形の王権』〔平凡社、
　　一九八六年、pp. 160－212〕中关于后醍醐天皇与非人如何协作的论
　　述，以及兵藤『太平記〈よみ〉の可能性』〔pp. 48－72、pp. 118－126〕
　　中关于《太平记》与被边缘化的贱民之间关联性的论述）。

15　芳賀矢一『明治文学全集44』p. 299。

16　首发于『帝国文学』（第十三巻五号、一九〇七年五月），同时收录于
　　『明治文学全集44』pp. 383－388『平家物語』标题下。本文引自『明
　　治文学全集44』。

17　『研究史大成9』pp. 89－93。

18　同上、p. 91。

19　同上、p. 92。

20　此篇随笔作为其评论『国民性十論』的一节收录于『明治文学全集44』
　　pp. 236－239。

21　芳贺的《平家物语》观，反映了将劝善惩恶的训诫纳入史书的传统观
　　点。同时参照德富蘇峰「平家物語を読む」『国民の友』一八八七年
　　六月号。

22　例如，一九〇六年至一九一一年出版的小学用国定教科书中，以教育忠君爱国为目的的歌曲与赞扬武勇、美化战争的军国主义歌曲同时被收录（唐澤富太郎『教科書の歴史』創文社、一九五六年、pp. 325－326）。

23　五十岚论及《平家物语》所具有的悲剧性、抒情性特征的内容，参照『軍記物語研究』（早稲田大学出版部、一九三一年）第234－235页及该书第329－366页所收「平家物語の新研究」（初版一九二〇年）。

24　山田的研究包含国语调查委员会编『平家物語考』（国定教科書共同販売所、一九一一年）、『平家物語の語法』（宝文館、一九五四年 ［一九一四年刊初版的复刻版］）。

25　山田孝雄「序」『平家物語』岩波書店、一九二九年、pp. 13－39。山田对于《平家物语》所作分析的核心部分见第25－39页。

26　这种对于败北英雄们的偏爱，与官方对于"偏爱判官"的利用同为一轨。例如，战前的国定教科书中，与义经有关的数个逸闻都是最常被用作宣扬军人精神的教材。

27　保田與重郎『保田與重郎全集』第四巻、講談社、一九八六年、pp. 233－294。

28　同上、p. 264。

29　同上、p. 274。

30　植木行宣「当道座の形成と平曲」兵藤裕己編『平家物語　語りと原態』有精堂、一九八七年、pp. 14－16。兵藤裕己「覚一本平家物語の伝来をめぐって──室町王権と芸能」上参郷佑康編『平家琵琶──語りと音楽』ひつじ書房、一九九三年、pp. 66－69。

31　『当道要集』近藤瓶城編『改訂史籍集覧』第二七巻、臨川書店、一九八四年、p. 732。

32　植木行宣「当道座の形成と平曲」兵藤裕己編『平家物語　語りと原態』有精堂、一九八七年、p. 21。

33　兵藤裕己「覚一本平家物語の伝来をめぐって」pp. 55－56。

34 富倉德次郎「室町時代の平曲」高木市之助・佐々木八郎・富倉德次郎監修『平家物語講座』第二巻、創元社、一九五七年、p. 31。

35 小笠原恭子「中世京洛における勧進興行——室町期」兵藤裕己編『平家物語　語りと原態』pp. 145－153。

36 久松潜一・西尾実編『歌論集　能楽論集』日本古典文学大系65、岩波書店、一九六一年、p. 475。

37 松岡心平「能といくさ物語」山下宏明編『平家物語　受容と変容』あなたが読む平家物語4、有精堂、一九九三年、pp. 223－228。

38 三澤祐子「物語の受容と表現——幸若舞曲の場合」山下宏明編『平家物語　受容と変容』pp. 199－219。

39 同上、pp. 202－218。

40 例如,《源平盛衰记》中包含关于千叶某武家一族的许多作战故事。另外,"延庆本"中,在描述义仲在加贺、越中的初期胜利的片段中,特别详细地记述了"觉一本"完全未曾提及的无名武士们的活跃表现。《源平斗争录》(『源平闘諍録』) 的相关内容,参照山下宏明『平家物語研究序説』(明治書院、一九七二年) 第79－103页。"延庆本"中义仲作战记述的相关内容,参照金井清光「平家物語の義仲説話と善光寺聖」兵藤裕己編『平家物語　語りと原態』第98－109页,特别是第102页。

41 此片段记录在《阴德太平记》(『陰徳太平記』) 第五卷 (富倉「室町時代の平曲」p. 27)。

42 同上。

43 此点的相关内容参照富倉德次郎「室町時代の平曲」p. 28。

44 依据市古貞次『平家物語研究辞典』(明治書院、一九七八年) p. 521「平家物語の戯曲への影響」条目的记述。

45 佐々木八郎『増補平家物語の研究』二部、pp. 245－247。

46 同上、pp. 579－621。

47 「解説」『平家物語　上』日本古典文学大系32、p. 19。

48　佐々木八郎『増補平家物語の研究』二部、pp. 652－693、pp. 726－731、塩田良平「古典と明治の文学」『岩波講座日本文学史』第一四巻、岩波書店、一九五九年、pp. 32－33。

49　菊池《俊寛》的相关内容参照『平家物語辞典』p. 524、佐々木『増補平家物語の研究』二部、pp. 695－696。

50　田口卯吉『日本開化小史』改造社、一九二九年、pp. 119－122。

51　这一部分参见谷宏对于《平家物語》第五卷著名的"宇治桥合战"片段的分析（谷宏『平家物語』古典とその時代4、三一書房、一九五七年、p. 90）。

52　生田的此篇评论首次发表于『帝国文学』第一二卷三、四、五号（一九〇六年三、四、五月），同时收录于『研究史大成9』pp. 93－112。

53　姉崎正治「時代の告白としての叙事詩」『日本文学論纂』明治書院、一九三二年、pp. 529－540。此篇论文同时收载于『研究史大成9』pp. 125－134。

54　泡鳴的随笔（『文章世界』一九一〇年一〇月首发）收录于『研究史大成9』pp. 134－143。

55　这些观点由风卷景次郎提出。风卷指出，津田的研究显示出了与芳贺等东京帝国大学以往学者们的研究在方法论上的重要区别（風卷「古典研究の歴史」岩波雄二郎編『岩波講座日本文学』第一六巻、岩波書店、一九五九年、pp. 19－27）。

56　津田左右吉『文学に現はれたる我が国民思想の研究』第二卷、洛陽堂、一九一七年、p. 53。

57　同上、pp. 56－59。

58　例如，对于芳贺《国文学史十讲》中对《平家物語》的评价，高木在《平家物語研究史通观》（「平家物語研究史通観」『高木市之助全集』第五巻、講談社、一九七六年、pp. 262－263）中有所言及。另外，该论文的第271－272页，对于五十岚注重抒情性的《平家物語》观也有论及。

59　关于高木市之助的经历，以及对于其初期研究的影响关系，参照永積安明「高木市之助の平家物語論」『平家物語の思想』岩波書店、一九八九年、pp. 131－142。

60　高木的初期著述中可见源自W. P. 克尔的*Epic and Romance*的引用。另外，高木于一九五二年发表的论文《叙事诗的传统》(「叙事詩の伝統」『全集』第二卷）不只是论及克尔，对于亚里士多德、赫尔德及和辻哲郎的《荷马批判》(『ホメロス批判』一九二一年）都有论及。高木关于叙事诗及国文学的主要著作，全部收录于『高木市之助全集』第一、二、五卷。

61　上田敏关于叙事诗和民众诗的论文中，有发表于《帝国文学》(『帝国文学』一八九五年十一月）的论文《荷马学新说》(「ホメロス学の新説」上田敏全集刊行会編『定本上田敏全集』第三卷、教育出版センター、一九七八年、pp. 388－390）以及《民族传说》(「民族伝説」）和《民谣》(「民謡」）（都收载于『全集』第九卷）。在《民谣》中，上田敏有论及琵琶法师(『全集』第九卷、p. 138）。

62　参照Theodore M. Andersson, "Oral Tradition in the Chanson de Geste and Saga," *Scandinavian Studies*, Vol.34, No.4 (November, 1962), p.225。

63　关于沃尔夫理论的详细考察，参照F. A. Wolf, *Prolegomena to Homer, 1795*, trans. with an introduction and notes by Anthony Grafton, Glenn W. Most, and James E. G. Zetzel (Princeton: Princeton University Press, 1985), pp.3-35。

64　生田長江「国民的叙事詩としての平家物語」『研究史大成9』pp. 108－109。

65　Kwame Appiah, "Race," in *Critical Terms for Literary Study*, eds. Frank Lentricchia and Thomas McLaughlin (Chicago and London: The University of Chicago Press, 1990), p.284.

66　欧洲关于这一话语背景的杰出论考见于David Quint, "Ossian,

Medieval 'Epic,' and Eisentsein's Alexander Nevsky," in *Epic and Empire* (Princeton: Princeton University press, 1993), pp.433-461。

67　二十世纪初，关于民族叙事诗的理论在日本正为学者们所接受的这一时期，具有讽刺意味的是，欧洲的学者们将其视为浪漫主义意识形态的产物已经开始了对这一理论的攻击。参照Hans Aarsleff, "Scholarship and Ideology: Joseph Bédier's Critique of Romantic Medievalism," in *Historical Studies and Literary Criticism*, ed. Jerome J. McGann (Madison: University of Wisconsin Press, 1985), pp.93-113。

68　以下提及的论文之外，还参照发表于一九二七年的高木市之助《军记物语的本质Ⅱ》(「軍記物の本質Ⅱ」『高木市之助全集』第五卷、pp.13－24）。

69　此论文收录于『高木市之助全集』第一卷、pp.76－100，特别是参照了第78－87页。将神武天皇与"英雄个人"等而视之的相关内容参照第83页。

70　高木「解説」『高木市之助全集』第二卷、p.487。

71　高木「軍記物の本質Ⅱ」p.16。

72　同上、p.19。这部分内容明显可见国学者的影响。另外，高木还借用了W. P. 克尔的如下学说，即将叙事诗与抒情诗进行区别，认为后者受到了更注重技巧的外国的影响。比如，参照克尔的*Epic and Romance* (New York: Dover Publications, Inc., 1957), pp.20-21与高木「日本文学における叙事詩時代」『高木市之助全集』第一卷、p.84。

73　高木「軍記物の本質Ⅱ」pp.19－20。

74　参照吉田精一「現代文学と古典」『吉田精一著作集』第二三卷、桜楓社、一九八一年、p.74、風巻景次郎「古典研究の歴史」p.44。

75　关于这一论争的详细考察参见佐伯有清「英雄時代の論争」『講座日本文学の争点1　上代篇』明治書院、一九六九年、pp.113－140。

76　江上波夫『騎馬民族国家——日本の古代史へのアプローチ』中央公

論社、一九六七年。

77　本文对于石母田观点的概述，依据《中世世界的形成》(『中世的世界の形成』伊藤書店、一九四六年、pp. 239－256)第四章第三节的记述。在这里石母田第一次论述了作为叙事诗的《平家物語》的作用。将中世视为对于古代进行自我批判的时代的观点，参照石母田的该书第239－244页。

78　石母田正『中世的世界の形成』伊藤書店、一九四六年、p. 250。石母田的琵琶法师观，尽管是马克思主义的方法论，但显示出了将口承性视为更根源或更接近真实的本质主义特征。在这一点上，石母田的观点与柳田国男在《物语与说唱》(「物語と語りもの」一九三八年)中提出的观点颇为近似(『柳田国男全集』第九巻、筑摩書房、一九九〇年、pp. 93－111)。

79　石母田、同上、p. 248。

80　永積安明『中世文学の展望』東京大学出版会、一九五六年、pp. 131－144。

81　永积关于和汉混用文的见解参照『中世文学の展望』pp. 25－46。

82　这一说法由白鸟在《读卖新闻》社论栏(1959年7月1日)中提出。本论文引用自尾崎秀樹「平家物語と近代作家」『国文学解釈と鑑賞』(一九七一年一月) p. 111。

◆

第二部分

文字·口承·起源叙述

IV

"日本神话"的来历

——作为"古典"的《古事记》《日本书纪》之历史与现在

神野志隆光

这里我想论述的是，今天对于我们而言《古事记》《日本书纪》具有"古典"的地位，而这是如何作为"制度"成立的。今天，《古事记》《日本书纪》被认为可以通过其内容了解古代人的内心、生活方式等，对于"日本人"而言具有作为原点的意义。就是说，《古事记》《日本书纪》被定位为民族和国民的文化根源，在教科书中也是作这样的处理，但这一定位其实是在天皇制形式下的近代国民国家中建构的"制度"，本文旨在对这一"制度"进行历史性的回顾和通览。

《古事记》《日本书纪》在八世纪初成书，在天皇持续存在的情况下，一直存续至现在。《古事记》《日本书纪》是为了保证天皇的正统性，而在不断被更新的同时又一直具有意义。要纵览这一历史，需要分成大体三个历史阶段进行考察：第一是古代律令制国家，第二是中世，第三是近代国民国家。在上述各个阶段都进行意义更新的同时，《古事记》《日本书纪》一直都是保证天皇正统性的根本性文本，即"古典"（或"圣典"）。必须看到，经历这样的历史，才有我们如今的"制度"。

以下希望对于作为"古典"的《古事记》《日本书纪》的历史进行通览。第1、第2节针对古代律令制国家阶段，第3节针对中世阶段，第4、第5节针对近代国民国家阶段分别进行论述。通过这种历史性回顾，或可以对于现代作为"古典"的《古事记》《日本书纪》进行客观的把握。

1 律令制国家的成立与天皇神话的多元性生成

确切地说，《古事记》（712）、《日本书纪》（720）[1]是古代律令制国家自我确证的事业。律令制国家的构建，可以说与力图确证自我世界的事业同时实现。这一事实，必须在回顾古代国家形成过程的同时进行考察。

一世纪以来，倭王们与中国王朝一直保持着交往。它是这样一种关系，即向中国王朝朝贡，由中国皇帝任命为王。就是说，参与中国皇帝所主宰的世界之中。但是，这样一种关系在七世纪以后在与隋、唐之间不复存在，而是试图脱离中国皇帝的世界，建立与其相区别的自己的世界。虽然是模仿中国古代帝国而建立自己的世界，但它是中国古代帝国的微缩版，是应该称为"小帝国"的国家。具体则是，力图作为"大国"令朝鲜作为藩国从属于自己，建立天皇的世界。这正是古代律令制国家的本质[2]。

为此则需要进行支撑上述事业的自我确证。如果不对自己的依据进行确证，则什么样的世界都无法存立。符合世界原理的自我确证事业——这正是世界观的问题——成为必需。《古事记》《日本书纪》恰是由意图建立天皇世界的人们所进行的这种自我确证的事业。其本质在于，它们是古代律令制国家的事业。

就是说，《古事记》《日本书纪》是讲述世界是如何成立，现今又如何作为天皇的世界而存在，即从根源开始讲述天皇正统性的史书。它们是确证律令制国家的世界原理而为天皇赋予依据的史书，在整体上应当称之为关于世界的叙述。它们是意图向超越现实的众神时代寻求根源，同时为世界赋予依据的叙述。对于众神时代的叙述称之为神话。正统性的根源则被求诸这些神话之中。

但是，作为关于世界的叙述，《古事记》的神话与《日本书纪》的神话具有本质的不同。最显著体现二者差异的场面之一，是天孙降临。毋庸赘言，天孙降临是讲述天皇如何获得地上统治权。自天而降的是琼琼杵，这在《古事记》和《日本书纪》中完全相同。但是，在命令琼琼杵自天而降的是谁、如何降临这一点上则大相径庭。对比表如下：

	《古事记》	《日本书纪》
命令之神	天照大御神下令称"丰苇原之千秋长五百秋之水穗国，乃吾御子正胜吾胜胜速日天忍穗耳命所治之国"，令其下降。	高皇产灵尊欲将其外孙琼琼杵尊（天照大神之子天忍穗耳尊与高皇产灵尊之女栲幡千千姬所生之子）立为苇原中国之主。

（续表）

	《古事记》	《日本书纪》
降临之神	最初是命令天忍穗耳命下降，后变为迩迩艺命。	一开始即让琼琼杵尊下降。以真床追衾覆其身令其下降。
随伴之神	天照大御神命令五伴绪（天儿屋命、布刀玉命、天宇受卖命、伊斯许理度卖命、玉祖命）、祭镜诸神（思金神、手力男神、天石门别神）伴其下降。	（无记述）
所赐之物	天照大御神授予八尺勾玉、镜、草薙剑令其下降。特别诏令将镜作为自己的魂魄予以祭祀。	（无记述）

在讲述天皇对于地上统治权的由来（正统性）上，《古事记》是天照大御神担任决定性角色，《日本书纪》中天照大御神则未出演任何角色。可以说，《日本书纪》中不存在"皇祖神"天照大御神。

关于这一点，有观点认为《古事记》是发展后的形态，而《日本书纪》则是较为初期的形态[3]，这颇有说服力，但理应考察的不是上述作为神话的发展样态。《古事记》和《日本书纪》都分别在为天皇的正统性提供保障。问题的核心在于正统性的逻辑差异上。

这与作为世界叙述的整体性把握有关[4]。《古事记》不讲述天与地的起源本身。其开篇是"天地初发之时于高天原成神名……",是从在天与地已经生成、世界开始启动的最初时出现于高天原的众神开始讲述。天上世界即高天原,是不作说明的无条件存在。这个高天原上出现的众神向地上施加影响——具体则是伊邪那歧和伊邪那美从高天原降到地上生产国土,由此地上世界得以成立。《古事记》不认为可以从地上的内部形成世界。在于高天原发挥功能的产灵神的生成力之下,地上才得以成为世界。是高天原令苇原中国得以成立,天岩屋传说则对高天原与苇原中国之间的这种世界关系予以明确。当天照大御神隐藏于岩屋时,天地世界随之失序,而从岩屋出来时则秩序恢复。就是说,高天原的天照大御神所负责的秩序直接影响到苇原中国。因此,天照大御神将苇原中国的决定者之位委任于迩迩艺。并且,被这一委任所保障的、继承迩迩艺血统的人具有统治地上世界的正统性。通过祭祀被视为天照大御神之魂的神镜,其正统性得以确证。天照大御神是作为天皇正统性保障的天照大御神,应该说确实是皇祖神。

上述内容图示如下:

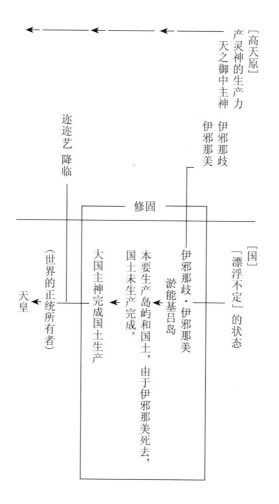

与此相比,《日本书纪》则从天地生成本身开始讲述。天地未分、阴阳不分之时,混沌如鸡卵。混沌分为天地,在天地之间,首先出现乾道生成的纯男三神,接着出现阴阳之气相交而成的四组男女神共八神。伊邪那歧和伊邪那美在上述八神中最后生成。二神是体现阴阳的男女神,二神相交生成世界。二神生出日神、月神,直至素盏雄神,世界的生成由二神实现。

在《古事记》中,生出火神后,伊邪那美即死去。但在《日本书纪》中，作为阳神、阴神的伊邪那歧、伊邪那美是原动力，所以伊邪那美之死不可能存在。另外，由混沌分成的天地世界，基本上是对应关系，不是由天生成地的关系。其中，伊邪那歧和伊邪那美穿行在天地之间，生成日月、国土和万物。天照大御神作为日神，只止于构成其世界秩序。伊邪那歧、伊邪那美想要生出主宰地上世界的神而未实现，结果是任由二神所生之物自主发展。就是说，二神生产的世界被委托给二神所生的诸神而延长，在其延长线上迩迩艺自天而降。这一降临被以高皇产灵神授意迩迩艺下降的形式加以具体化，是因为天照大御神被限定为是日神。并且，迩迩艺并未因为是天神而被赋予任何特权。如同神武天皇所说"天神子亦多耳"（即位前纪戊午年十二月条），迩迩艺是与其他天神——鹿芦津姬之父（《神代下》第九段）、饶速日（《神武》）等——一并自天而降参与地上世界。不过，在自天而降的迩迩艺之后，通过神武天皇的经营，天皇对于地上世界的统治最终确立。正统性的保障，是至神武天皇才实现的地上世界治理。

上述内容图示如下：

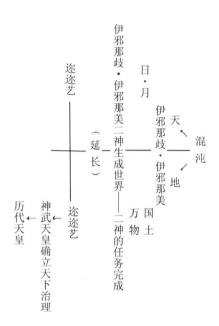

《古事记》与《日本书纪》可以说具有根本的不同。就是说，意图进行自我确证的文字文本事业——律令制国家是文字的国家，其确证必须要通过文字进行——创作出完全不同的关于世界的叙述。

因此，应当说神话是有形式的。关于伊邪那歧与伊邪那美的叙述，在《日本书纪》中，由阴阳世界观生成一切的情况下，二神成为原动力而实现世界的生成，因此具体表现为伊邪那美不死的形式。另一方面，在《古事记》中，则是具体表现为接受天神之命在高天原的干预之下进行国土生成的形式。

不是说古代传承之类本来就完全不存在。重要的是，《古事记》《日本书纪》中所呈现的叙述，与可能曾经存在的传承，二者具有本质的不同。片段形式的传承可能曾经存在。但或应当说，具有完整性、拥有具体形式的传承，在于建构世界叙述的其整体性上。不得不说，通过《古事记》或《日本书纪》无法窥知原本的传承的样态。

可以明确地说，天皇神话的生成具有多元性。用于确证正统性的神话本不是一元的。可以称作天皇神话的神话，只有在这种情况下才会成立。

并且，作为律令制国家的整体结构，事情不能抛开祭祀问题进行考察。天皇亲自进行祭祀，并且通过分发币帛统领全部祭祀。神祇令所规定的四时祭成为轴心，从仲春祈年祭到季冬月次祭、道飨祭、镇火祭，上述四时祭如同《令义解》中对于祈年祭所作的注解，"欲令岁灾不作，时令顺度"，以与农耕相关的祭祀为基础，加上各种祈祷无灾无害的祭祀，作为一个整体用以祈盼丰饶平安的一年。就是说，这些祭祀是用于保障世界平顺运行的祭祀。通过承担这些祭祀，天皇得以成为世界的主宰者。这些祭祀是保障天皇正统性的祭祀。

围绕这些祭祀与《古事记》《日本书纪》神话的关系，以往一般都是从祭仪神话这一关系进行把握[5]。在祭祀中所进行的祝词与特别是《古事记》神话的类似性，引出了将其视为祭仪神话的观点。

但不得不说，作为关于世界的叙述而从世界的生成进行讲述的《古事记》，与用于保障一年平顺运行的律令祭祀，二者是作为整体逻辑完全不同的体系生成的。将二者视为一体则有些勉强。倒不如说，《古事记》《日本书纪》的神话，与律令制祭祀的体系化，二者或应当视为平行关系[6]。

总而言之，建构作为世界叙述的神话——具体地则是《古事记》《日本书纪》的文本生成，与系统建构祭祀体系，二者并行地分别为天皇的正统性提供保障。它们共同构成为律令制国家的天皇提供支撑的结构体。在这一结构体中神话与祭祀是并行关系，而神话也并非一元。一直以来都是将其全部视为一个神话。在这里希望明确，应当远离这种"一个神话"观。只能视为"一个神话"的观点原本就遮蔽了对于《古事记》《日本书纪》的正确认识，令人对于天皇神话的历史造成错误的认知，而天皇神话其实一直在被建构。

"一个神话"是通过对多元化生成的神话进行改造而被制度化的结果，同时应当看到，它是通过《古事记》《日本书纪》的"古典"化而实现。

2 神话的一元化

对于"一个神话"的运作，在律令制国家期间已经开始。正统性的多元性容易造成分裂，需要对多元性进行一元化处理，这在某种意义上也可以说是理所当然。实际上，通过讲解《日本书纪》——在反复进行的"讲书"中通过解读而最终重新建构《日本书纪》——的方式，以及在此过程中以重构《日本书纪》的形式生成新文本的方式，神话被重新建构、被一元化，由此向祭祀渗透，将祭祀重新收回。通过从文本向祭祀一方发挥影响，改变祭祀的意义赋予的方式，实现祭祀与神话的对接（祭仪神话化），"一个神话"由此形成。在《延喜式》的祝词以及《先代旧事本纪》中看到"一个神话"化最终实现，可以说是律令制国家天皇神话的完成。

在完成之前的发展过程中，打开祭祀与神话之间连接通道的，首先令人注目的是《古语拾遗》[7]。这部书由斋部（忌部）广成于大同二年（807）撰写奉上，其直接动机在于主张本氏族的立场，这一点在序文中也相当清楚。但是，重要的不是这种成书过程或动机的问题，而是采用了将《日本书纪》作为新文本重新建构，再根据重新建构的文本对祭祀的起源加以说明的形式，将祭祀与神话进行连接。

忌部氏是参与祭祀的氏族，特别是在即位仪式上，与中臣共同扮演着重要的角色：

> 凡践祚之日，中臣奏天神之寿词，忌部上神玺之镜剑。（神祇令）

为说明其自身角色的本源，作者将本族的祖神太玉命作为在众神中发挥核心作用的重要存在之一写入书中而构成神话性叙述，这便是《古语拾遗》。

其核心在于，即位仪式的镜与剑是降临时天照御大神所赐，由忌部氏负责。降临被叙述为捧持"天玺"镜剑而进行的降临：

> 于时，天祖天照大神、高皇产灵尊，乃相语曰："夫苇原瑞穗国者，吾子孙可王之地。皇孙就而治焉。宝祚之隆，当与天壤无穷矣。"即以八咫镜及薙草剑二种神宝，授赐皇孙，永为天玺。[所谓神玺剑镜是也。]矛、玉自从。即敕曰："吾儿视此宝镜，当犹视吾。可与同床共殿，以为斋镜。"仍以天儿屋命、太

玉命、天细女命，使配侍焉。

而且，太玉命的定位被叙述为"率诸部神，供奉其职天上仪"。与此相对应，神武天皇的即位专门在太玉命之孙天富命的活动中被叙述。其中叙述称，

> 　　天富命率诸斋部，捧持天玺镜剑，奉安正殿，并悬琼玉，陈其币物，殿祭祝词。[其祝词在于别卷] 次，祭宫门。[其祝词亦在于别卷。]
> 　　当此之时，帝之与神，其际未远，同殿共床，以此为常。

而且又称，在崇神天皇时代重新制作镜和剑，将其作为神玺镜剑代代相传至今，原本的镜剑最初奉祭在笠缝，后（ 垂仁天皇时代 ）移至伊势奉祭。

　　如上所述，在伊势奉祭神镜及保存神玺镜剑，都是以降临神话为依据。即位仪式是以降临神话为依据，降临神话可以说是作为即位仪式祭仪神话的降临神话。

　　应当说，它是与《古事记》和《日本书纪》都完全不同的新神话。正如前文已经指出的，《日本书纪》中原本在降临时未授予任何物品。《古事记》中授予镜、玉、剑共三件，但最中心的是神镜，将此奉祭于伊势才是天照御大神保障天皇统治地上世界正统性的明证。降临神话并非是讲述镜和剑作为天皇正统性明证的缘由，这一点在《古事记》的以下记述中相当清楚。《古事记》叙述初代天皇神武的正统性在于其为"天神御子"，对于其即位

只是说，

　　　　故，如此言辞说服荒神等，退不伏人等，而坐亩
火之白梼原宫，治天下也。

对于镜或剑未作任何提及。

　　正如神祇令所显示的，即位仪式是意图在神权上为天皇的正统性赋予依据。这与《古事记》《日本书纪》并不相同，是作为仪式本身而被追求的结果。围绕天玺展开的神话（祭仪神话）可能曾经有过，但与《古事记》《日本书纪》的降临神话是不同的神话。《古语拾遗》是要制造天玺与降临神话之间的关联性。是要将祭祀与神话进行关联而重新建构正统性。新的正统性神话——神器神话——就此诞生。

　　通过对《日本书纪》进行再建构，上述的神话诞生得以成立。从《日本书纪》中抽出相应内容进行建构，从而形成《古语拾遗》的机轴，这一点是显而易见的。前文所引的降临段落也是将《日本书纪》一书的一和二进行裁剪拼凑而成。这一神话化作业原本是从主张本氏族立场这一点出发，试图打开通向祭祀的关联通道，却开拓了新的神话化路径。在接受和扩充这一可能性的同时，一元化逐步得以实现。

　　实现一元化的具体场景是"讲书"[8]。举行讲书的时期与正史的编纂紧密相关。讲书可以说具有重返律令制国家原点的意味。不过，它的性质不是原样再现《日本书纪》关于世界的叙述。纵览围绕讲书而产生的"私记"群[9]时会看到，讲书这一阐释作业是要令与原本的《日本书纪》有所偏离的内容完全成立，可

以说是通过阐释的形式改造成其他的文本。

例如，对于淡路洲，"私记"解读为"淡路犹言吾耻也"[10]，则与"及至产时，先以淡路洲为胞。意所不快。故名之曰淡路洲"（《日本书纪·神代上》第四段）这一记述有关。但是，"吾耻"的词源说，不可能从"意所不快。故名之曰淡路洲"这一汉文中得出。它是创造了与原文本完全不同的说法。

相同的情况在训读时同样发生。例如，在《神代上》第一段"及其清阳者，薄靡而为天"的"薄靡"读法论争上，问题就显而易见：

　　公望案。彼书薄靡为薄历。高诱注云。风扬尘之貌也。若如彼文者TANABIKU止读者。与彼相违也。如何。答。此书。或变本文便从倭训。或有倭汉相合者也。今是取倭训。便用彼文也。未必尽从本书之训。然则暂忘彼文。犹TANABIKU止可读也[11]。

上述发言是就以下事实为基础，即《日本书纪》的文字出自《淮南子·天文训》的"清阳者薄靡而为天，重浊者凝滞而为地"。问者问，如果读作TANABIKU，不是偏离作为汉文的解读吗？但是，答者认为，文字只是便于记述，TANABIKU这一训法才是本来之意。这是明确意识到与汉文有所不同，而用训读创造新解读。就是说，尽管存在着可以按照汉文进行解读的文本，却要通过训读的方式创造不同的文本。

上述的训读论争中极其频繁地引用《古事记》。由于是结合《古事记》进行解读，原本应当属于不同文本的《日本书纪》

与《古事记》被放在了同一平面，最终被作为"一个神话"进行解读。

　　事情不只是训读层次的问题。关于"神世七代"围绕如何进行七的计数，"私记"称，

　　　　国常立尊。国狭槌尊。丰斟渟尊。并是男神也。谓之三代。次男女偶生之神有八神矣。是则通计男女二柱。是谓四代。都合七代。是全古事记之意也[12]。

认为与《古事记》中的以下记述相同：

　　　　次成神名，国之常立神。次丰云野神。此二柱神亦独神成坐而隐身也。
　　　　次成神名，宇比地迩上神。次妹须比智迩去神。次角杙神。次妹活杙神。次意富斗能地神。次妹大斗乃辨神。次于母陀流神。次妹阿夜上诃志古泥神。次伊邪那岐神。次妹伊邪那美神。
　　　　上件，自国之常立神以下伊邪那美神以前，并称神世七代。
　　　　上二柱独神，各云一代。次双十神，各合二神云一代也。

确实从国之常立神开始，《日本书纪》的诸神与《古事记》的诸神具有共通之处。但是，三+四=七的《日本书纪》，与二+五=七的《古事记》，除在计数方法上有所不同之外，应当也不能将"独神"与"男神"视为等同。"独神"是指伊邪那岐、伊邪那美那样的神，本为有性之身而不发挥功能，因此而"隐身"。之后

的偶神则为有性之身而发挥功能的神，都不是阴阳之意的"男神""男女神"。但是，对于不具阴阳之意的《古事记》"神世七代"神，与在阴阳原理上被赋予意义的《日本书纪》之神，"私记"越过二者在世界观上的差异而视为相同。这时，则完全成为与原来的《日本书纪》不同的阐释。

"讲书"一直是在以解读《日本书纪》的形式，建构最终实现《古事记》《日本书纪》一元化的话语空间。在此被人为成立的，是被重新编排的"日本书纪"（被一元化的新神话）。"讲书"是让与原来的文本不同的内容得以成立，从而生产出重新建构《日本书纪》的新文本群＝副文本，还由此向在祭祀场合唱念的祝词渗透。《延喜式》的祝词貌似具有与《古事记》相关的神话要素，是在以内含《古事记》的形式进行文本重建的同时而向祝词渗透的结果——这里不禁令人想起在《古语拾遗》的影响下，"大殿祭"祝词中出现了"天玺之镜剑"。可以说，新神话在逐渐进行祭祀的回收。上述的神话一元化及神话与祭祀并行性消解的过程，正是在律令制国家中将《日本书纪》确立为保障天皇正统性的原典——"古典"化——的过程。

希望注意的是，实际上是副文本发挥了功能。《日本书纪》本身被搁置，是由副文本代行甚至取代《日本书纪》的功能。

上述文本大多现在已经逸失。但根据"私记"、《本朝书籍目录》等，可以举出《先代旧事本纪》《天书》及《大倭本纪》《上宫记》《日本新抄》《历录》《春秋历》等等书名（划线者为逸书）。其中，《先代旧事本纪》对《古事记》《日本书纪》全面进行了重新编排，这一点令人注目[13]。该书试图将《古事记》《日本书纪》全部容纳，因此甚至导致了《古事记》《日本书纪》由书中逸出的倒立性认识。这可以说集中体现了一元化的动向，显示了律令制国家天皇神话的归结点。

归纳图示如下：

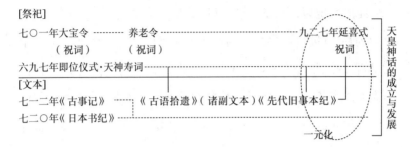

3 中世话语中的《古事记》《日本书纪》

律令制国家的本来目标，是建立作为中国古代帝国微缩版的天皇世界，建立将朝鲜作为藩国的帝国结构的世界。但是，十二世纪末镰仓幕府成立以后，律令制国家名存实亡，在这里已无法再实现自我确证。此时，用于确证天皇世界的神话性叙述也必须被变奏。

通过什么样的世界叙述进行自我确证？围绕《日本书纪》的相关话语对应这一课题呈现新的发展。这一新发展，被作为以天皇为首的贵族社会的问题展开。下文将要考察的一条兼良、吉田兼俱等的讲释，都是或在朝廷举行，或以贵族为对象展开。面对武士们进行讲释的情况也有（例如兼俱之子在清原宣贤的越前朝仓家的讲释等），但不外乎是因为有接纳贵族社会价值的意愿。

　　确切地说，中世话语的状况不是试图在"帝国世界"，而是在佛教的普遍世界——"同时所成之世界"（《尘荆钞》，1482[14]）进行自我确证。它力图确证"神书"《日本书纪》所述内容与儒佛所述内容的一致性。

　　具体状况以下依据一条兼良的《日本书纪纂疏》（1455—1457前后[15]）进行考察。原因在于，中世的话语虽然在说话文学上呈现多样性，但在《日本书纪》的"古典"化这一点上而言，作为《日本书纪·神代》卷的注释而写就的《日本书纪纂疏》处于集约各种问题的位置。这里希望可以探究，体现话语广度的世界观究竟是怎样的内容。

　　为易于理解，以下考察关于世界起源一段的注释：

　　　　a　关于第一段"开辟之初，洲壤浮漂，譬犹游鱼之浮水上也"的"浮漂"以下。
　　<u>浮漂</u>。摇荡之义。阳气之所发动也。<u>鱼虽夜不寝</u>。<u>水流而不舍昼夜</u>。盖二气循环。无一息之间断。故取鱼水之喻也。俱舍所谓。积水为猛风所搏击。渐成金轮等者也[16]。
　　　　b　关于第四段"滴沥之潮，凝成一屿"。
　　<u>滴沥之潮</u>。<u>凝成一屿</u>。盖阴气之盛也。据俱舍。则业增上力。起大云。雨于金轮上。滴如车轮。又感别风起。转成地轮。是也[17]。

上述注释一并记录了对于《日本书纪》的叙述在阴阳论上如何进行解读，以及在佛教上如何进行解读（具体而言，则是依据《俱舍论》）。这一态度贯穿全卷，依据前面a、b而言，就是认为《日

本书纪》所讲述的世界起源与阴阳论相一致，同时又与《俱舍论·分别世品》所说的世界起源——风轮之上成水轮，水轮之上成金轮，金轮之上成世界——相对应，以此对于《日本书纪》所讲述的世界起源进行确认。就是说，将它们看作是讲述相同内容的文字。

也就是说，它们是对于"同时所成之世界"分别进行讲述，是同一内容的三种表述。作为这样一种关于世界的叙述，得以在其一致性上（《日本书纪纂疏》说"莫不符合三教之理"[18]）实现自我确证。

一　世　界

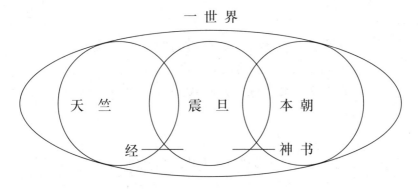

上述内容或可用前图表示。

简而言之，是在普遍世界中进行自我确证。具体地，如前文《日本书纪纂疏》所示，则是《俱舍论》所传达的世界观。同时它应当在更广意义上被视为中世的世界观，这一点从《二中历》（十二世纪末）的坤仪历在篇首引用《俱舍论》（论及颂疏），以及《水镜》开篇以《俱舍论》为蓝本也可窥知。

《神皇正统记》（1339）称，

乃同一世界之中，故天地开辟之初，任何处皆无不同，而三国之说各异[19]。

是在说，三国之说是同一内容的表现形式。对此，还要对于所说的表现形式在本质上进行确认时，就是三教一致。《日本书纪纂疏》的注释，正是对于这种一致性进行确认的作业。

其中应当进行考察的事项例如说，淤能基吕岛的名字是梵语，故称"神代或通梵语"（《神皇正统记》[20]），进而有所谓"和语，本神代之语，故为梵音照录也"（了誉《古今序注》，1406[21]），即"和语=梵语"的说法。另外，对于"和歌"的意义则称，

　　　模天竺之陀罗尼，震旦作诗赋。模其震旦之诗赋，我朝之歌则有，名之为和歌也。
　　　易化唐土之诗赋，云和歌。（为相《古今集注》，1297？[22]）

对于陀罗尼、诗赋、和歌进行一元化并赋予意义，其实也是同样性质的事情。

这些是以佛教的世界观为基础才得以成立，但不是止步于只将价值的源泉置于天竺。关键是对于在世界的普遍性中可以有自己的存在进行确证。它包含着与"佛方视天竺为本地之国，日域为垂迹之国。神方视月氏为垂迹，日域为本地之国"（《古今集延五记》，1492[23]）相对化的方向，在后来成为吉田兼俱所说的"吾国如种子，天竺如花实，震旦如枝叶"（《日本书纪神代卷抄》，1500年前后[24]），成为《神皇正统记》著名开篇中明确主张的"大日本者神国也"[25]。

　　就"大日本者神国也"而言，完全是对于"神方视月氏为垂迹，日域为本地之国"进行了命题化的产物；是对于在中世广为流传的如下说法非要从相反的方向进行命题化，即因为是大日如来（天照大神）的本国，故为"大日本国"。前图所示的在世界普遍性中进行自我确证的基本形式，在《神皇正统记》中即便有也并不会有所不同。不过在该书中，在下面这一点上天皇的正统性被理论化，即与天竺、震旦不同，自神代起就正确传承"一种姓"是自己的世界的方式。这一正统性的象征，便是三种神器的传承。

　　在这里，《日本书纪》最终还被赋予"此书唯述神语，不加私语，以故为最上"的定位（吉田兼俱《日本书纪神代卷抄》[26]）。就是说，《日本书纪》中基于阴阳世界观的文字，是"一致性"原样呈现于文字表述的地方。结果，本居宣长视为"汉意"而加以排除的地方，反倒是更加有意义。

　　《日本书纪》一直具有作为原典的意义。但是，它早已不同于原来意义的原典，而原本它是律令制国家所力争实现的天皇世界的原典。它生成应该称之为"中世日本纪"的文本群（前文引用的《尘荆钞》等），又为其所裹挟，为其所代行——这与平安时期对《日本书纪》进行重构而产生的副文本取代《日本书纪》完全相同。应当说这是中世的制度，需要考察作为这类"古典"而成立的《日本书纪》。

4 宣长的叙述转换

宣长所面对的，正是以上述形式被制度化的、作为"古典"的《日本书纪》。

自己的世界的根据，必须求诸日本人自己的语言中——这是宣长的立场，是以上述自我确证为目的的对于"古言"的追求。

并且，要在日本人自己的语言中寻求根据，汉字、汉文必然地必须被排除。必须取下覆盖其上的"字"而取出"古言"。宣长于是发现《古事记》对于《日本书纪》的价值：

> 上代无书籍之物、唯以人口言传之事、非必如书纪之文、盖如此记之词、彼专以似汉为旨、饰其文章、此不关汉、唯以不失古之语言为主、(《古事记传》一之卷[27])

在何处取出"古言"的确是个问题，在这里将发生《日本书纪》与《古事记》的价值逆转。上面引文强调，《古事记》应当成为中心。

不过，《日本书纪》并非被完全排除。"古言"本身因"饰"而失，但可以为依据《古事记》复原"古言"的作业进行补完。《古事记》既然也是借用文字，则必须取下覆盖其上的"字"，正如在《古事记传》中常常会碰到"言不违、则文字不拘义""言同而通、不拘字而书"之类的发言。在解读《古事记》时，对《万叶集》等进行总动员以取出"古言"，再根据《日本书纪》进行补充完善，《古事记传》的这一注释作业，完全是在通过这种方式

"读出"关于日本人自己的世界——不限于贵族而是全社会——的依据的叙述。

这是对于中世制度从根本上进行转换。与其说是为天皇正统性本身赋予依据，不如说是为与天皇共存的"自己的世界"赋予依据才是问题的核心。在这里第一次实现了超越贵族社会而广泛涉及全社会的世界认识，同时为这一认识赋予了依据。

依照《古事记传》而言，是将《古事记》的开篇读作天地生成以前的世界叙述，而将整部作品读作在产灵之下成立的世界。就是说，成于"虚空中"的"有如何之理，为何产灵所成，无其传而难知"的"生成万物之灵异神灵"高皇产灵、神皇产灵，"始创天地，万物事业亦悉皆"生成。产灵之下由"如浮脂、如水母浮漂"之物而成天成地，天地转动则为世界。

或可图示如下：

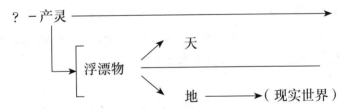

根据开篇具体来说，对于"天地初发"这一开端文字的"初发"，宣长认为根据人麻吕的"天地之初时"（卷二·一六七）等读作AMETUTI NO HADIME才是"古言"，因而读作HADIME，认为"此处连写发字、亦唯初之意也"，"浮漂物"则认为是"成天之物、成地之物、未分而混沌为一也、书纪一书有天地混成之时是也"，将其与《日本书纪》视作相同，用这样一种方式读出"古言"中应该可能存在的叙述[28]。作者确信原本存在的理所当然是

"一个神话"，据此进行了上述的解读。作者一方面对于中世的话语进行批判，主张根据"古言"进行解读，但与《古事记》和《日本书纪》都不同的新神话——被创造的"古言"世界，在这里通过注释而得以成立。

在宣长看来，作为在"文字"背后原本日本人自己可能曾经拥有的叙述，这一"神代之始趣"才是"凡世间之样态"的依据。对于黄泉归来的伊邪那岐修禊除秽的段落，在对诸神的名义进行注释之后有如下一段文字：

> 人以人事议神代（略）、我以神代知人事、（略）凡世间之样态、代代时时、吉善事凶恶事次第移转之理、大亦小亦（略）、悉依此神代之始趣者也、其理之趣、由女神男神之交合始、生屿国诸神、至今如此分任三柱贵御子神、皆备、（略）其先有神之交合、至生诸国诸神、皆吉善事、（略）因生火神、（略）御母神之神避、世之凶恶事之始也、（略）此原为此世间应有之趣也、（《古事记传》七之卷[30]）

宣长是在关于"神代"的叙述中认识世界的样态，理解自己如何得以存在，接下来确证为某种信仰，最终现实世界被肯定。

对于上述日本人自己的世界生成叙述进行建构，其中甚至包含西方天文学对于天体的认识——必须应对崭新的世界认识，关于现实世界依据的叙述由此得以完成。

《古事记传》的附录《三大考》——以叙述日、地、月的天体形成的形式对于《古事记》进行图解说明[31]——的意义就在上述这一点上。

"古言"叙述——以《古事记》为中心所把握的"古言"——中讲述了世界的依据。就是说，可以用这样一种方式在肯定全部历史的同时实现自我确证，即从这一依据向下延续，在天皇的统治之下传承到了今天的自己。以语言的问题为基石，《古事记》在这里作为"古典"被肯定。

以此为依据的世界，当然不是古代帝国性质的天皇世界，也不是中世性质的"三国"的世界。正如"皇国"一词所清楚表明的，是在保持对于天皇归属的同时，与他者——具体而言，则是中国——相区别而被意识到的世界。在立足于语言这一点上它是文化的世界，当然也是人种的世界。从近代的"民族的国民的世界"的角度看，宣长的论调显然会被认为可以适用，并被接受。

5 近代国家中的《古事记》《日本书纪》

不过，要说宣长所实现的目标被原封不动继承，并在其延长线上确立了《古事记》在近代作为"古典"的地位，这并不正确。不是说宣长的论调原封不动地成为了近代的制度，或应当说是近代国家对于"古典"的追求发现了宣长。

近代国民国家中的语言问题被明确自觉地认识是在十九世纪九十年代。著名的上田万年演讲《国语与国家》（1894[32]）是应当成为指标性存在的文章。上田的纲领用一句话概括就是，国家理应因"国语"而立。上田说，"语言的一致和人种的一致，与帝国的历史一道，一步亦不可令从其方向后退，不可不努力"，并提出如下的课题，应当"从情上爱其国语，从理上从事其保护改良，而后于此上开设牢固之国家教育"。毋庸赘言，一切最终归于国民一体性的确立这一点上。

文学史的建构则明确成为回应这一要求的课题。这里不禁令人想起芳贺矢一《国文学史十讲》（1899）中的如下言论：

> 数千年来，世世代代说日语，以其日语所缀之文学，今日传至吾辈之手（略）表现吾国民思想感情变迁之文学史之深层，可见殊异于世界之吾国民历史[33]。

它明确提出，为了对于因"国语"而立的国家进行历史的确证，需要文学史。的确，"数千年来，世世代代说日语"，就是说，通过"日语"而保持罕见一体性的历史明证正是文学史。芳贺认为文学史背负着上述的历史，如今也应当可以实现这一使命，就是说可以应对当前的国民一体性这一课题。文学史在这里成为国家现实课题的支撑。

在这一文学史课题之下，"古典"的阵容得以一举成立。它必然变成以和文为中心。其中对于《古事记》《日本书纪》的问题应当进行考察。

以和文为中心的结果，当然是以《古事记》为主，即保留了最古老民族传承（"一个神话"被归结为这一点）的《古事记》。这一作为"古典"的《古事记》（国民国家所需要的"古典"）在这里被确立。

希望注意的是，这一文学史定位的完成，是等到新的神话研究展开之后才实现的。在芳贺矢一《国文学史十讲》中，未见"民族古代传承"这一《古事记》定位。芳贺主要是关注其中对于

《万叶集》之前歌谣的记载，后来只是认为"《古事记》有直接记录人们口耳相传事的内容，也可看作太古的文学，又可看作歌咏我国神代纪的诗作"[34]。为了发现抵近民族原本样态的叙述，而通过神话以比较文化系统论方法探求民族文化根源的是高木敏雄等的热烈讨论。明治三十年代的《帝国文学》杂志记录了当时的盛况。同样是以《帝国文学》杂志为舞台，以确立"国民歌集"《万叶集》的"古典"化为目标的民谣论[35]，以及其他以国民文学为基本目标的各种论争最终都走向文学史的完成。

不过，就《古事记》而言，在对上述高木敏雄《日本神话传说研究》（1925）等民族学文化系统论的研究充分把握的基础上，另一方面还需要考察津田左右吉所领导的文献批判研究。此研究开拓了对于《古事记》《日本书纪》以前状况进行批判性探索的道路。超越《古事记》《日本书纪》而对日本的神话进行准确把握，将《古事记》《日本书纪》特别是《古事记》定位为民族古代传承之集大成者，由此成为了定论。

在结果上可以说，它是通过文献实证研究方法，或者是通过民族学的比较文化研究方法，对宣长的"古言-古传-《古事记》《日本书纪》"进行补充完善和制度化的产物。

尤为重要的是，它将《古事记》（虽是与《日本书纪》一并考察，但作为在语言层面上更为准确地保留古代传承本来面目的作品，《古事记》具有优先地位）确立为可以抵达民族古代的"古典"。在此发现"日本神话"=作为民族和国民文化根源的神话。应当说，它是"一个神话"的近代建构。它是以对于自己作为天皇制国家的世界进行确证为目标的神话建构。

这一近代天皇制正统性神话的意识形态化就是皇国史观，其极端表现之一是文部省编《国体之本义》（1935）。

为了将源自天孙降临神敕的天皇主权最终确证为如下内容，

> 大日本帝国，奉万世一系天皇皇祖之神敕，永远统治之。此，吾万古不易之国体。（《国体之本义》开篇[36]）

《国体之本义》由"一、大日本国体""二、国史中的国体实现"两部分构成。第一部分聚焦于降临神敕，从《古事记》《日本书纪》中反复引用相关内容，记述"国体"（正统性）的神话依据。第二部分对于国民生活、国民性、道德、国民文化等一切都归于天皇统领之下即"国体"这一点，从历史上进行确证。就是说，归结为天皇的神敕性正统性。

不过，希望不要忘记，和辻哲郎提出了与上述神敕性正统性所不同的方向（《尊皇思想及其传统》，1943[37]）。和辻认为，《古事记》《日本书纪》是伦理自觉的体现，而其核心是以统一祭祀的形式承担民族统一性和整体性的天皇，以及对这一天皇的尊崇。就是说，处于天皇统治之下的历史发端就在于此。对于要求以天皇为核心的依据，和辻认为不是出自权力而是权威，这与皇国史观不同。神敕性正统性伴随一九四五年的战败而被迫崩解，但作为象征的天皇在这里仍然实现了正统化。

一九四五年以后，马克思主义等对于天皇制的批判切断了国民性问题与天皇的直接结合。但是，即使是这些批判也是对《古事记》《日本书纪》进行批判性操作，开始将其视为"原初的民族社会的神话=政治化以前的神话”进行论述，在《古事记》《日本书纪》的背后具有原初神话（“一个神话”）这一思维方式并未改变。民俗学的方法也是相同的情况。由于近代天皇制国家而被“古典”化的《古事记》《日本书纪》，在文献批判研究方法、民族学比较文化研究方法之外，也被以马克思主义的发展阶段论分析方法、民俗学的研究方法进行了补充完善。

　　“记纪”研究的当前状况是，比如神话学者吉田敦彦坦然论述所称的，《古事记》《日本书纪》的神话是映射“我们日本人自古至今认为理所当然的感受方式或思维方式”，“自远古始日本人所一直拥有的心灵”的镜子[38]。民族和国民的文化根源这一《古事记》《日本书纪》的近代制度基本框架，作为今天的“古典”观，与“一个神话”观密不可分并且具有规定性。如果对于这一状况不进行客观分析，并在方法上进行突破，则“研究”在结果上或完全是继续重新建构“日本神话”。

注

1　《古事记》依据神野志隆光·山口佳纪校注『古事記』（新編日本古典
　　文学全集1、小学館、一九九七年），《日本书纪》依据坂本太郎ほか
　　校注『日本書紀』（岩波文庫、一九九四年）。

2　关于此问题参照石母田正『日本古代国家論　第一部』（岩波書店、
　　一九七三年）、西嶋定生『日本歴史の国際環境』（東京大学出版会、
　　一九八五年）。

3　三品彰英『日本神話論』三品彰英論文集1、平凡社、一九七〇年。

4　以下关于《古事记》《日本书纪》神话传说的整体理解，参照神野志隆
　　光『古事記——天皇の世界の物語』（NHKブックス、日本放送出版協
　　会、一九九五年）。

5　代表论著，岡田精司『古代祭祀の史的研究』（塙書房、一九九二
　　年）。

6　关于此点请参看详细论述，「古代天皇神話と律令祭祀」（『九州史
　　学』一二二号、一九九九年四月）。

7　关于《古语拾遗》的详细论述请参看，「『古語拾遺』の評価」（『国文
　　学』学燈社、一九九四年五月）。另外，《古语拾遗》的引用依据西宮
　　一民校注『古語拾遺』（岩波文庫、一九八五年）。

8　八一二年以来至十世纪后半叶，共六次反复举行的朝廷主办的《日本
　　书纪》讲读。它成为通过解读而重新建构《日本书纪》的舞台。

9　新订增补国史大系第八卷（1932，吉川弘文馆）中作为《日本书纪私
　　记》甲、乙、丙、丁本而收录的各本中，甲、乙、丙本都难说保留了
　　原形，仅丁本（被视为承平六年［936］开讲的讲书记录）可以一窥原
　　形。不过，"私记"在镰仓时代的《释日本纪》（新订增补国史大系第
　　八卷所收）中多有引用，可以据此考察讲书的实际情形。

10　『釈日本紀』卷五·述義一、新訂増補国史大系、p. 76。

11　『釈日本紀』卷一六·秘訓一、新訂増補国史大系、p. 219。

12　『釈日本紀』巻五・述義一、新訂増補国史大系、p. 74。

13　其剪接的实际情况可以参看，鎌田純一『先代旧事本紀の研究　校本の部』（吉川弘文館、一九六〇年）。鎌田校本中，对于引自《古事记》《日本书纪》《古语拾遗》的文段，分别以旁划线进行标示。

14　市古貞次編『塵荊鈔　上・下』（古典文庫、一九八四年）下巻、p. 5。

15　依据清原宣賢笔本复制本，天理図書館善本叢書27（八木書店、一九七七年）。

16　同注（15）、p. 29。

17　同注（15）、p. 39。

18　同注（15）、p. 9。

19　岩佐正校注『神皇正統記』（日本古典文学大系、岩波書店、一九六五年）p. 45。

20　同注（19）、p. 50。

21　依据徳江元正「翻刻『古今序注』其一、二」（『日本文学論究』46、47、一九八七、八八年）。『日本文学論究』46、p. 72。

22　京都大学国語学国文学研究室『古今集註　京都大学蔵』（京都大学国語国文学資料叢書48、臨川書店、一九八四年）p. 7、p. 8。

23　秋永一枝・田辺佳代『古今集延五記　天理図書館蔵』（笠間書院、一九七八年）pp. 8−9。

24　岡田荘司校『兼倶本宣賢本　日本書紀神代巻抄』pp. 98−99。

25　同注（19）、p. 41。

26　同注（24）、p. 98。

27　『本居宣長全集9』（筑摩書房、一九六八年）p. 6。

28　宣长的这一论述见《古事记传》三之巻。同注（27）、pp. 121−155。

29　关于宣长观点所存在的问题请参看，「『古事記』上巻の主題と構想」（古事記学会編『古事記の構想　古事記研究大系3』高科書店、一九九四年）。

30　同注（27）、pp. 294−295。

31 『本居宣長全集10』（筑摩書房、一九六八年）pp. 297－316。

32 初版为富山房刊。久松潜一編『落合直文・上田万年・芳賀矢一・藤岡作太郎集』（明治文学全集44、筑摩書房、一九六八年）pp. 108－130。

33 富山房刊（一九二二年八月二〇日刊、一九版）p. 7。

34 同注（33）、p. 66。

35 品田悦一「〈民謡〉の発明——明治後期における国民文学運動にそくして」（『万葉集研究21』塙書房、一九九七年）pp. 205－296。

36 一九四三年五月三十一日刊、一〇刷、p. 8。

37 『和辻哲郎全集14』岩波書店、一九六二年。

38 吉田敦彦『日本の神話』青土社、一九九〇年、p. 199。

39 本稿是一九九七年三月在哥伦比亚大学举办的"经典建构"学术研讨会上的报告。在此报告的基础上重新撰写和展开论述的论文（神野志隆光「神話の思想史・覚書——『天皇神話』から『日本神話』へ」『万葉集研究22』塙書房、一九九八年、pp. 47－100），以及作为新书新近完成的著作（『古事記と日本書紀』講談社現代新書、一九九九年）都已刊行，请一并参看。

V

汉学

——文字记述·生成·权威

黑住　真

汉学对于迄今为止的日本语言文化传统所发挥的作用非常大。但现代的我们容易忘记这一事实。不过，之所以造成这一结果，其实是因为江户后期至太平洋战争之后，包括汉学在内的日本语言文化配置图发生了巨大的变化。就是说，日本的汉学，与后来被称为国学或国文学的领域（和学）曾经具有可以说是命运般的微妙的相互关系。这一相互关系，在近世发生变化，继而伴随着近代的国文学的成立发生了相当大的变化。这一变化是政治性的，但上述的相互关系本身，溯其渊源而言，与乍看完全非政治性的语言状况，即汉字和假名、汉文和假名文分别承担的文体和领域的相互状况，具有相关性，是其历史所形成的产物。因此，考察汉学在日本语言文化中的权威状况时，我要首先对在汉字和汉文中出现假名和假名文时比较初期的语言状况进行探讨，廓清两者的关系、各自的性质等；继而进一步地，在兼论汉学在历史上的地位变化的同时，针对汉学在日本语言文化中所具有的特征、作用、未来走向等一一论述。

1　汉语的支配地位与假名的产生

众所周知，日本在古代没有文字。就是说，语言生活是以对音声进行口念耳闻的口头文化（orality）为中心。与此相对，在文献记载中，五世纪初的应神天皇时期，汉字文化开始传入（在金石文中可见更早的汉字遗存）。最初是由渡来人及其氏族以内外政治上的吏务为中心使用文字[1]，而至六世纪时以儒教、佛教为代表的汉字文化的学术和技术不断流入。这些对于日本的古代国家和文化的形成产生了极大的影响。如果没有汉字文化的作用和刺激，以往的松散部族联合或不可能迈向更大的国家层面的统合。也有人推测，在六世纪的阶段，已经产生了面向文（史）部族以及朝廷中央子弟的萌芽性质学校[2]。

受到六世纪末起隋唐帝国相继成立的冲击，七世纪日本开始启动所谓律令制国家的建设，在八世纪奈良时代至九世纪平安初期基本完成。从五世纪至九世纪是日本古代国家的建设期，可以说奠定了日本的基本格局，在此将近五百年间，在日本文字只使用汉字，文章只使用汉文。佛教、儒教当然是用汉字和汉文进行学习。可以称之为律令制国家文化象征的八世纪汉诗集《怀风藻》、九世纪前半叶的敕撰汉诗集群等自不用说，我们认为是古典中之古典的《古事记》《日本书纪》《万叶集》等，也是全用汉字进行记述。

八世纪和九世纪过后，作为正史的六国史、律令格式及其注释、各种公文书或公事记录类等自不用说，男性贵族的日记和备忘录、佛教和儒教的经典、教学书和修法书等也都是一直使用汉字、汉文记述。正如将要论述的，这一阶段也有重大的变化。但上述使用汉文进行记述的传统，之后也在日本文化中继续传承下去。另一方面，众所周知，在十世纪至十一世纪（平安中期），以《古今集》为代表的和歌集，女性日记、物语等平假名文学获得发展。这一事实应当大为关注。由于过于关注，我们有时会有一种感觉，好像平安时代的日语简直就全是以平假名为中心的文献，语言文化的主流就是上述各种类型的作品。但应当说，这种感觉是稍稍扭曲的幻象。正如筑岛裕所说的，即便平假名的优秀文学作品已经诞生，"从语言体系整体上看，它在当时也绝不是代表整体的存在，汉诗汉文从前一代延续，依然占据了支配性地位"；"纵览平安时代以后国语的文体长河，作为其中心而存在的不是用平假名、片假名记述的文章，而是担负了自古以来的传统的汉文"[3]。对于汉字、汉文的这一支配性地位，我们需要再次予以关注。

汉字、汉文在其怎样的力量上是"支配性"的呢？汉字、汉文的使用，如前所述，主要是用于呈现男性（官员贵族或宗教人员）的生活，比如历史、法律、公文书、记录及儒佛、学问、技艺等。就是说，公共活动、宗教、学术、技术是汉字、汉文的主要使用场合。上述这些都与律令制国家的架构本身密切相关。律令制国家尽管在八世纪具备了基本的形式，但在权力、经济力量的层面上被认为逐渐走向空洞化。尽管如此，现在的历史学研究仍指出，在国郡等国家地理区划，干支等时间认识及蕴含其中的以官位为代表的文化性、象征性的价值序列等方面，律令制的架构一直长期存续，直至江户时代[4]。或者甚至可以认为，上述架构被重新赋予了意义，以再生和被扩充的形式，从江户时代后期延续至明治时期。"王政复古"是奈良、平安前期的天皇权威在失去后的再度恢复这一明治维新的认识，自然是十九世纪后半叶被建构的历史虚构，但是也不得不承认，当时有足以令这一虚构成为可能的基础。这个基础与律令制的架构相关。实际上，平安中期伴随着律令制空洞化，不久就产生各种武士政权，但他们在形式上继续被任命为律令制国家的官职。即便是江户幕府，也是在律令制的文化架构上成立的。并且，这个架构在语言上是使用汉字、汉文进行构建。至第二次世界大战中期，公用文都是使用汉字和（如后文所述）与汉字关联颇深的片假名记述。直截了当地说，为何无论是"昭和"还是"平成"，在决定年号时都请出汉学者？为何不说"MIYABI一年""AWARE三年"？

前面说汉字、汉文是带有公共性或宗教性、学术性的语言，那么是不是就是说其中没有文学的、艺术的意味？并非如此。贵族、"公家"即便是在平安中期以后也继续创作汉诗文，继续编撰诗文集，中世时期在五山僧院还出现了非常繁盛的汉诗文创作。并且在江户时代，伴随着汉学在社会上的普及，涌现了如今已无法穷尽的汉文学作品，其影响甚至延续到了明治以后。这些汉文学作品都具有作为文学本身的价值[5]。并且，在思考假名文学时，也非常有必要在与日本的汉文学及从中国传入的汉学、汉文学话语之间的影响关系中进行思考，最近这类研究终于多了起来。我们需要考虑，假名文学也首先是在汉语话语的广大与深远的影响中孕育而成。日本的语言是从汉字开始其文字记述的历史，对于这样的日语而言，汉字、汉文是从根本上规定其文化架构的强有力存在。

在汉字、汉文带着权威出现的背后，原本就有古代围绕文字而发生的强有力的政治变化和文化变化。就是说，在东亚世界发生了以文字为媒介的政治文化交流，而日本的各种权力参与其中，由此在列岛内部，权力带着全新的力量出现并不断扩大[6]。日本列岛内部这一"拥有文字的政治文化权力"在五世纪开始形成，并于律令制国家阶段最终成形。不可以忘记，在金石文以及《古事记》《日本书纪》《万叶集》等使用汉字、汉文书写的书籍的背后，存在着这样一种全新的政治文化权力[7]。但是，在此基础之上仍不能无视，不是汉字而是片假名、平假名作为要使用的文字被创造出来，在此又形成了重要的传统。这里无疑交织着围绕文字的"力"的运作，其运作又与汉字的性质有所不同。

假名产生的机缘，在于开篇所述的口述形态的问题。其最初的形态，是使用汉字本身采集口头的音声。比如众所周知，在《古事记》中将人发出的声音用汉字进行书写，如"阿那迩夜志爱袁登卖袁"。这种"男女交合"发出的声音、固有名词、歌谣、童谣等就是这一类。就是说，无法置换为汉字意义或汉文表述的部分、只能记录其本身的音或其连音的部分，用汉字的音对其进行书写[8]。《万叶集》也是采用上述书写方式进行记述。这就是被称为"真假名""万叶假名"等的"使用汉字的假名"。关于"假名"这一名称引人注意的是，它似乎不是像现在这样是"汉字"与"假名"二者相互独立的一组。我们是从之后的对于假名传统进行分段考察的视角看事情，但当时写假名的人们不是这样，汉字在当时是首先应该使用的"字"，于是产生了"汉字是真正的字，假名是假借的字"这一思维。这一思维则分别反映在了"真名""假名"这一名称上。当然，这里可以看到亦应当称之为"汉字的本来性"的思维。

使用真假名记录音声的情形，除歌谣、固有名词等的书写方式之外还有一种，就是在学问等更强调字面意义的场合，将汉字、汉文作为文本进行处理的时候。就是说，在读汉文的时候——或许大多都是实际出声唱读[9]——将汉文的读法与正文一同记录（"训读"），作为记录训读法的文字而使用了真假名。

九世纪中叶左右以后，形成了比真假名更为简便的文字，即片假名和平假名。在使用真假名的各种情形中，片假名产生于后一种情形，就是说，在将汉文文本放在面前对其进行训读的场景中，取汉字的一部分用作简略的表音符号，由此形成了片假名。另一方面，平假名则与前者即对于记载固有发声、姓名、歌作等的关注直接相关，是对于真假名进行草书化而出现的表音文字。即便是上述前者的情形，在更官方、更具有仪式性的场合好像也依然是使用真假名，而平假名则似乎是在与此不同的更为日常、非官方的场面，在心情放松、笔触轻快地流畅书写文字时（正如不是以印刷体书写罗马字母，而是以手写体书写歌作、书信、笔记等）出现。由于较多含有与上述官方场合——并因此而成为与男性相关的文字——完全不同的意味，平假名原本一直被称作

"女手"。

以上片假名、平假名二者的成立场域，与语言产生关联时的具体方式、细微之处等各不相同。片假名成立的场域，是将汉字、汉文作为应当尊重的对象置于面前，力图对其进行探求。大概古代人比现代的我们更能感受到文字本身的权威，作为字中之字的汉字或许具有某种庄重的含意。如前所述，汉字与公共、学术、宗教等活动有关，这些活动自然带有神圣、隆重的感觉。在这样一种文本场域中，片假名是在用眼睛和声音一步一步地追逐一字一字的过程中出现。换句话说，片假名所书写的是这样一种音，它在文本或诵读对象与自己之间暗藏着某种庄重的紧张感和对峙感，并且它还被刻在音与音之间，也就是说是凝缩的被突出强调的音。与此相对，平假名成立的场域则是这样一种世界，它不是以上述那种方式重视所写的字，而是以固有语言的语流本身为中心。被重视的不是庄重的或方正的感觉，而是更为放松的、自发的流动性。平假名所书写的可以说是已烂熟于心的音声的流动。这一"女手"带有非官方的、松弛的柔和性，并且是草体，在这个意义上，"女手"被认为是还内含着私人间亲密性的字体。

这样一种特征差异，在平假名、片假名发展成熟之后也一直保留。后来写出的文章中汉文体几乎被遗忘，但片假名常用于汉字较多的、所谓汉文性质的且带有紧张感的文章，平假名则用于汉字较少的且特别流畅的文章。饶有趣味的是教科书，比如明治二十年代开始使用的国定教科书的例子。小学低年级明确将文字作为对象而（让学生大声）进行诵读练习时，教科书使用片假名书写，比如"ハナ、ハト、マメ"。一旦进入高年级，对文字、语言逐渐熟悉，就变成平假名为主的文章。不过，像理科、数学这样较难理解的科目，即便是高年级也是片假名的教科书居多[10]。另外如前所述，到第二次世界大战期间为止，公文书都是包含汉字的以片假名为主的文体，而杂志等公开发行的书也是十有七八如此。现在的片假名书写方式已经少了权威感，但即便如此，以片假名书写的外来语（西欧语）还是会稍有"这是什么"的突出感、距离感、差异感等。拟声词用片假名书写开始于江户时代，这也是由于片假名所蕴含的一种紧张感及对音的突出功能。

饶有趣味的是，具有流动性的平假名，尽管音是一字一音，但历史上相当长时间总是多个字大小交替连续（用"续字"）书写，没有大小完全一致地书写一字一字的情况。排字被变成大小一致，最早始于本居宣长的《古事记传》版本（始于1790）[11]。字与字被分开，估计可能是因为木版印刷被活字印刷所取代的缘故。无论如何，对于平假名，或是因为写的人和读的人都明确具有柔和地表现烂熟于心的流动性的规范意识，因此与片假名相反，平假名一直都被选择了连续不断的书写方式。并且，平假名所承担的固有词的这一流动性、连续性、亲密性，又会营造一种典雅的美感，这一点也不容忽视。相对于初期的片假名资料见于学术的、宗教的场域，平假名则作为以草书写就的具有美感的文字而发展成熟，往往被作为美术品收藏保留[12]。由此可以明白，本来不是在官方场域诞生的平假名，又以一种不同含意的规范性浮上台面。

2 训与训读、和化现象的背景

　　下面再回到平假名、片假名成立前后的动向观察上。令人关注的是，不论是平假名还是片假名，在假名成立时都有为汉字及汉文所无法完全吸收的、应称之为固有语的口述形态的力量和律动在发挥作用。片假名从训读中产生，是因为当时的人们不是将汉文只作为汉文而原封不动地接受，而是想要将其纳入自己的口头语言的语流中，在这一语流中载入汉字、汉文。众所周知，在训读过程中，是在将汉文作为用眼看的文本而保持其原样的同时，在诵读时将其不断置换为和语[13]的语序。在眼睛的层面首先在保有汉语的同时，在眼中进行词语置换，进而在声音层面将其载入和语的语序和语流中。之后在江户时代，荻生徂徕将其与汉文的"直读"相对比而称之为"回环之读"（《译文筌蹄》），认为有碍于原文的理解而加以批判。不过总之可以确定，上述训读的"回环之读"中，包含着对于和语的句法规则彻底坚守的态度。

　　这样一种固有语的顽固作用，不只是在句法规则方面。当然，在句法之前，每个单词也同样有着固有语的强大作用。汉字的一字一字，最初是用来自汉字原音的"音"进行发音。与此相对，日本的汉字多是一词一词，都有"训"的发音。就是说，在与汉字相遇时，对于汉字音不是原封不动地接受原音，而是将其与已经语意明了的固有语单词的发音或其组合进行结合。这里同样可以确认，与句法规则的情形相同，已经尽在掌握的固有语的语音和语意都顽强地存在并发挥着作用。并且，在"训"的背后，当然进而一个令人难以沉默的存在无疑被意识到了，即用"训"也无法与汉字进行结合的固有词或其连缀。如前所述，这一类在当初是用万叶假名记录其发音，不久则用平假名、片假名进行书写。这样一来，一直感受到的冲动第一次有了用以承载的载体。可以说，在"训"的背后，存在着无法为汉字所完全吸收的、固有语世界的广度，它以切实的厚重感和力量发挥着作用。

但另一方面也应当注意，"训"并非因此就对于汉字本身及作为其原音的"音"都予以排除，反而是以这二者的存在为前提。"训"像这样与汉字及其"音"并存，因此同时也显示，固有语具有接受新文字、力图与他者相容的灵活性、开放性、包容性。"训"被认为有不少是参照中国字书中的释义（这是"训"的原意）打磨而出[14]。即便从这一点来说，"训"也并不是单纯对于口述世界的朴素主张，而是一方面要与汉字、汉文世界保持相当高的关联度，另一方面坚守口头的固有语，要将固有语与汉字、汉文进行并置。就是说，对于汉字、汉文不是排除，而是承认并予以接受，而且是力图从固有语的内部承认和接受。换句话说，这里显示了这样一种语言意识，即在对于汉语与和语都重视的同时，要从后者实现与前者的接触与融合[15]。并且，这样一种语言意识当然不只是"训"对于"音"的态度，同时也是假名对于汉字的态度。"训"、假名，在对于汉字这一既有的公共性文字的权威予以承认和接受的同时，力图以自己之间的亲密力量将其从"下"包入自己中间。这里有以下三种相互作用的影子，即中国这一巨大的汉字文化与日本文化之间的相互作用，在列岛内部主要承担前者的世代与主要承担后者的世代之间的相互作用，以及前者的社会性别与后者的社会性别之间的相互作用。

对于上述三种相互作用的背景状况，下面针对文化间关系以及世代间关系谈一下想法。可以推想，由于隋唐帝国的成立而受到冲击的奈良、平安初期的知识分子中，渡来人较多，也有留过学的人，大概也有汉语与和语的双语人才。但是，经过上述紧密交流期，进入九世纪过半之后，状况逐渐发生改变。

首先大的状况是，从这个时候开始，唐帝国体制出现不稳，其文化领导力开始变弱。与此相应，周边各民族的势力先后独立，试图创造自己的文字。十世纪的辽（契丹）、十一世纪的西夏、十二世纪的金（女真）等的文字就是此类，日本的假名也是这样一种汉语周边与汉语交流接触的各种语言文化圈的独立化运动的一环，可以说是比较早的例子[16]。对此从日本内部来说，律令制大体成立后，反而产生与外来文化导入期完全不同的文化自足感和充实感，与外来文化未必直接接触而不断上升的新阶层开始诞生，并作为新势力逐渐抬头。在语言文化方面，它形成被称为"国风化"的新趋势。现存的训点资料始于九世纪末，但这一时期，在已经完全使用训点的语言中成长或上升的新世代、新阶层的人们，可能已经不再直接读汉文——已经不会或已经不必直接读汉文了。这与明治时期的状况比较近似，最初期的知识分子冈仓天心（1862—1913）、新渡户稻造（1862—1933）等，向外国用人学习英语，年纪轻轻就留过学，近乎英语与日语的双语人，而之后的知识分子却不再是如此。明治时期，日本内部的外国人变少之后，英语成了"书"，成了与口头的固有语有距离的作为"对象"的文字文本。并且，明治面向一般人的英语教科书，也有为英文加上训点的例子。这里可以发现一个饶有趣味的力学变化：语言市场的内在成熟反而会引发一种语言的内向化、与他者的距离化。这时，从外部传入的原语言本身，会以一定的距离疏远化，但另一方面，已被消化的部分，反倒是作为内部的语言开始成长。训读从原语言（中国语）一侧看来是畸形的读法[17]，同时对于训读者而言，汉文也有着不甚合体的疏远感。但是，这同时也是汉文即将要被吸收进和语中的重要开端。

不过，不只是固有文字的形成，训、训读等也不是只在日本才有的事情。即便在中国语圈内部，对于同一汉字在其他地方则是叠加其他的地方音，可以当作是与"训"类似的语言接触现象。在朝鲜，据说在新罗时代的七世纪，也开始用汉字书写乡歌的"乡札"，薛聪则创造了"吐"（用新罗语读解汉文的方法）。在下级官吏中，使用汉字对固有语进行书写，或使用相当于真假名的表音汉字按照朝鲜语的句法写下（或读下）汉文，这种"吏读"方法一直延续到了李朝时代。另外，按照固有语的句法写下（或读下）汉文的现象，在朝鲜以外还见于辽（契丹），据说在女真族、维吾尔族也都可能曾经存在[18]。但即便如此，这些也还是止步于只是出现于汉语世界一角的局部现象，并且没有广泛地继续存在下去。与此相对，在日本则系统地为汉字作"训"，持续且普遍地进行以此为基础的训读，而由训读产生的汉文类的文体、惯用语等在日语内部广泛扎根。以训读这一"习熟作业"为中介，汉语、汉文作为日语自身的一部分而被蓄积的历史过程非常丰富[19]。这一切为什么发生了呢？

作为大的背景，这归根结底和与汉语接触的固有语的"势力",以及与中国语圈的"距离"等有关联。比如朝鲜,和日本相比,与中国的交流更为频繁和紧密。因此,相比遵循固有语的使用规则,知识分子会大跨步地遵循中国语的使用规则,因此训、训读等就不会被认可和蓄积。但日本的情况是,如前所述,固有语自身的磁场强烈地覆盖着知识阶层,并且与中国语的距离更大,可以推想,因而固有语自身的自由运动得以发展,蓄积和发展了训、训读、汉文类文体等[20]。它们与汉字一同扎根并几乎成为母语,具有了高生产性。在这个意义上,日语出乎寻常地"汉字利用度高"(中田祝夫[21])。但另一方面,作为中国语的汉语本身,成为了比较有距离的、疏远的对象。虽说如此,必须注意的是,倘若假定与中国语的距离更远,并且假定和语完全自闭而对汉语全无需求地进行排除的话,则汉语具有影响且持续具有影响的场域或许就消失了。但历史不是这样。因此,这里有作为"渡来语"的汉语(中国语)与固有语之间的微妙平衡,它一方面与汉语保持距离,另一方面将汉语、汉文类的言语在内部作为自己独立的部分进行了发展。在这个意义上,日本的语言文化就好像是很受大人的宠爱,且又不被干涉地任性成长的排行最末者。

　　这位排行最末者在与家长的关系上迎来某一转折点,而展现自己清晰姿态的时期,大约是在平安初期即九世纪后半期左右。在这之后不久遣唐使就被废止,而在这前后,训点出现、平假名和片假名开始发展成熟等等,固有语的口述文学的势力逐渐以具体的形式抬头。在日本语言文化中的汉与和的关系方面,某一具有时代性和世代性的转折点最终诞生。其中最具象征性的事件,首先是敕撰和歌集《古今集》（905）的登场。必须得说，这是在汉语冲击的触发下而逐渐清晰的和语或者说固有语的世界，由于获得具有前述特征的平假名文字和文体，由于获得表现样式，而终于"跃升至官方世界的划时代事件"[22]。这一平假名文学的内容进一步丰富和深入，逐步发展成为平安中期的和歌、日记、物语等王朝文学。《古今集》（后来甚至被进行秘仪传授而经典化）这一作品的登场，成为了上述全新的和语领域及其势力登场的象征性、关键性事件。

3　权威的复数化与汉学

前面所述的情况，在日本社会内部进一步引起了与社会性别相关的变动。正如已经论及的，汉字、汉文与官方事务有关，由男性负责，而与此相对，平假名在当时被称作"女手"。但是，《古今集》所象征的是，这一女性性文字开始带有某种公共性而具有了权威。这一情况的背后，是律令制特别是其上层部分发生了质变。就是说，从九世纪后半期起，在原理上以凭借业绩能力上升（promotion）为秩序的官僚体制出现空洞化，朝廷逐渐被应当说是一种世袭主义的秩序所笼罩。官职被固定在一定的家族，藤原氏的专权（摄关制）已经形成，律令制上层部分的实际状况则逐渐变成与其说是官僚行政体系，不如说是贵族制的身份与仪礼体系。饶有趣味的是，天皇虽然因此在政治实权上实际上在不断弱化，但作为传统文化的价值源泉反倒是被强化[23]。这样一来，朝廷内部的权力竞争的焦点，与其说是向内外证明个人的

业绩能力，不如说是让家人归属于（以天皇为顶点）已经形成的
位阶秩序的更高位置。特别需要做的是，让女性与更高位之人结
缘，令其生子，以形成权势之"家"。于是后宫隆盛，而正是这
样的后宫成为了领导所谓国风文化的场域。

　　《古今集》的假名序，明确地将自己的"UTA"（歌）与（七
世纪末至八世纪初建构的）国家叙述"记纪"相互关联，称之为
"YAMATO UTA"（和歌）。"YAMATO"（和）一词与"KARA"
（汉、唐、韩[24]）相对，表示自己特有的意识、样式等，比如常说
的"YAMATO DAMASHII"（和魂）、"YAMATO E"（和绘）等。
这个"YAMATO"（和）实际上是在汉学（虽然这个词本身是在近
世当和学、国学作为学问领域被强调之后才多为人所用）的学问
触发下孕育而成，却被觉得是与其相对照的固有的文化价值。虽
说是固有，但它实际上当然并不是各种原汁原味的固有语或民俗
性质的活态样式本身，而是包含着在以朝廷为中心的文化场域中
被适时地规范化的美感、特性、对于对象的认识等。它是处于贵
族制所需要的祭祀、仪礼、社交、对于自然（风土）的认识等的
延长线上的文化价值，或者是作为其一部分而形成的文化价值。
体现在《古今集》部立（分类目录）中的祭礼、季节感等，不久
之后长期成为日本的语言文化的某种规范性理念。

　　由于《古今集》中体现的贵族主义、世袭主义的文化价值的
形成与抬头，汉学的世界当然会受到影响。在律令制方面，学问
原本是作为官员的知识教养而进行供给，学问的修得原本意味着
官位的上升。在唐帝国，为了在社会上贯彻这一原则，将科举加
以制度化，并选定了《五经正义》（640）作为官方指定教材。并

且，作为学艺的内容，"经学"（五经等儒教经典之学）成为中心，历史、诗文等则被作为经学的装饰品定位在了其周边[25]。与此相对，在日本，原本形成于八世纪的律令制中的大学寮、学校及考试本身等，未成为瓦解门阀统治的大型人才选拔制度，而不过是用于装饰其门面的微不足道的装饰品[26]。大学的教授（"博士"）地位很低，其地位被世袭，学问不久就成为了博士世家的"家学"。在学问内容方面，未出现向《五经正义》的注释寻求统一的现象，反而是《文选》等文学书、史书之类的需求变得显著。如果用大学寮的科目来说，本应被定位为学问中心的经学的学习科目"明经科"开始衰落，反而是对于诗文、历史的学习科目"文章科"（纪传）的兴趣及其学科地位不断上升。比起儒家经典所说教的政治、伦理等能力，所谓文学能力更为聚集人气。这些倾向与日本的律令制的形成过程有关，原本就是能力主义较弱，而含有较强的以氏族共同体为基础的归属原理色彩，但这些倾向由于平安朝以后的门阀固化和贵族文化的形成而变得更为显著。

　　凭借汉学的能力已无法保有地位和势力的标志性事件，是从文章博士升至右大臣的菅原道真（845—903）由于藤原时平而失势的事件。在《古今集》敕撰的两年之前，道真在失意中死去，之后成为怨灵，后又被作为天神祭拜，成为了学问、文章、儒学教养之神——如同中国的学问之神孔子（释奠礼中被作为"文宣王""至圣先师"等的圣灵祭拜）一样的存在。天神不久被博士们所崇拜，近世后期甚至在寺子屋（寺院私塾——译者注）等处也被祭拜。不过，道真成为天神这一事件却清楚地表明了，汉学以及以此为依据的教养理想，即便重要也不应当说是现实政治社会的本质。就是说，一般而言，汉学与其说与对事物起决定性作用的本质、正统性本身相关，不如说虽然重要但却是外围性的存在。汉学终究只是文书上的装饰、事务上的处理和记录等修辞或记述的技艺，不得不作为这样一种性质的学问走向技术化、技能化。而这样一种汉学的影子，在"和魂"与"汉才"这两种为人能力的对比论中也常常出现，这一对比论因为《源氏物语》而为人熟知。在这个对比论中，"和魂"是贵族性的、共同形成的能力，是融合的、社交的、真正的政治能力，而"汉才"虽是行政能力、个人技能，但却是外部能力，被认为不足以真正凝聚所有人。并且在当时，学者这一形象，也未必具有权威。平安时期的物语作品中时有描绘的学者（博士）形象，一概在社会上不受重视，尽管总是要夸示其知识权威却又一直怀才不遇，因此甚至是滑稽形象。

　　而且，汉学中这种经学凋落、文学化、技术化的倾向，与宗教环境也密切相关。这是因为在日本，儒教无法参与官员录用的中枢，未能获得国家知识的地位，这一问题同时也是未能确立自己独立的祭祀地位的问题。在中国儒教如何实现"国教化"，还有因时代而变化的一面，不能简单论之。但汉代以后，儒教在经学的背后，还具有祭天、葬礼等重要的祭祀、仪礼及方术、易占、谶纬学（预测命运的神秘形式之学）等"隐蔽的智慧"，得以通过这些彻底进入了国家和社会的中枢。当然，这样的宗教领域，并非总是为儒教所独占，它同时也是儒教与道教、佛教争夺主导权的竞逐场，并且也是三教合一（融合）论的论说场。但即便如此，儒教一直是主流，从未有过离开竞逐场的经历。但在日本，国家、共同体的祭祀为神祇信仰和佛教所独占，儒教未能参与其中。可以称之为儒教祭祀的祭礼，大概只有祭拜孔子等的"释奠"。

为什么在古代日本的国家祭祀的中枢中儒教未能扎根，而神祇与佛教的融合（syncretism）得到了发展呢？可以指出的是如下几点。首先周围的状况是，在日本律令制形成的前一阶段，祭祀基础正要成形的六世纪前后，在作为仪礼等祭祀体系供给方的中国和朝鲜，儒教以外正在盛行佛教、道教。正是这一状况对于日本的神佛祭祀的形成产生了深远的影响。另外在日本，即便是看《日本书纪》，儒教作为政治理念、道德等也有采用之处。但是日本的国家组织是这样一种状况：与中国相比所需要的官僚体制规模较小，而且氏族性质的共同体根深蒂固地浸透其中，因此通过科举、学制而将特别之"德"定位于社会中枢的必要性原本就不那么大。并且，日本的为政者们大概希望在国家的核心部分建构以神祇为中心的独有的祭祀，而不是与唐的祭祀完全相同的祭祀[27]。于是对于处于中国儒教祭祀核心的"天"，日本将其置换为"天神"，依据出自天神的"种"之谱系描绘出国家的正统性，而"德"则外围化[28]，并且中国儒教和道教的各种仪礼，则变换说法而吸收进神祇体系之中。与此相对，在宗教、咒术等方面更有必要性且引起政治纷争可能性较小的佛教，反倒是被接受和吸收。

在奈良时代（八世纪）神佛融合就已经有所进展，九世纪以后则逐渐扩展到了全国。对平安朝人们的祭祀、仪礼等在整体上起支配作用的，是众神与密宗、净土宗等相结合的世界。在这个意义上，菅原道真成为神、天台宗举行以劝学为目的的祭仪"劝学会"也是理所当然。道真因为成为神反而在日本的土地上扎根，汉学则被纳入佛教性的表现样式中继续生存。

这样一来，汉学不是确立其社会上或宗教上的独立性，反倒是以文学化、技术化的形式在神佛融合的世界中存在。儒教的专家虽是博士们，却远不及佛僧们的势力。因此，学儒教的甚至可能反倒是佛僧、神道家们等。但即便如此，经学还是一直在博士世家中被传承，并且《日本书纪》汉文的注释、研究、讲义等也一直在公卿、神道家们中进行。或者还有像保元之乱的藤原赖长（1120—1156）这样的人物，保持着以经学为后盾的革新热情。也不可忘记，正是这些经学与易占、谶纬学相结合（和中国的情形相同），成为以政治、祭祀为目的的隐蔽智慧而一直在流传。这些经学也暗藏着作为宏大的理想、伦理等介入社会的可能性。并且，比如像《平家物语》的平重盛人物形象等也清楚地表明的那样，儒教所说的仁义礼智、孝悌忠信等伦理，成为政道或处世的理想进入物语文学、说话文学特别是汉字假名混用的作品中，而这被认为是王朝文化的要素。由于汉学性要素的这种政治的、伦理的权威和力量，武士们也是用汉文（虽然是特有的不规范的汉文）撰写镰仓幕府的历史《吾妻镜》。

在近世，和学＝国学开始被明确设立为学科领域。而在此以前，汉学以外并没有"学问"。原因在于，佛教和神道及一般的文书处理，在汉字、汉文学习的意义上毫无疑问都是汉学，这些都具有社会权威，并且更广泛地覆盖社会。汉学在宗教、政治、文艺等所有的场合，都是生产出它们各自内容的媒介，是基本框架。当然，这一汉学的进展同时也是生产出假名、假名文的过程，而假名、假名文不只是为汉学所促进，而是还包含与之全面对抗且对其进行瓦解的要素。这一点确实反映了日本汉学的性质，即未曾奉戴儒教而确立其强固的一元中心性。但是，虽说如此，也绝对并不是假名、假名文的权威完全替代了汉字、汉文。最终作为整体趋势所呈现的，是语言文化权威的复合或融合，作为语言混合主义的"和汉混用"现象。

就连《古今集》所象征的优美的假名作品和歌及物语等传统，也不是覆盖日本整个语言世界的传统，甚至也不是贵族制或王朝文化的全部。《古今集》中的和歌中心意识，不过是王朝中虽然重要却只表现在局部的意识。《古今集》诞生时期被后代称为"延喜天历之治"（延喜[901—923]、天历[947—957]），作为摄关期闭塞前的良好治世而被理想化，但这一时期在整体上也是和汉相互和谐交融的世界，而不是对汉学进行排除的世界。并且，贵族这一存在也并不只是柔弱的类型。平安时期的许多贵族是这样一种存在：时而企图叛乱，强悍开展庄园经营，有的则在地方深耕甚至成为武士。只将《古今集》《源氏物语》等想成王朝文化的代表，将贵族完全想成如同《源氏物语》绘卷中柔弱的登场人物一样，大概是对于武士这一存在强取天下主导权这一变化的应对，而形象的确立则或是在室町时代那些和歌、物语之学作为一种古典教养主义而被意识形态化、类型化并在社会上开始流传之后[29]。但无论如何，作为整体来看，和与汉已经在混用。和作为核心的内在的本质，汉作为外在的框架或用具性质的存在，通过二者各就其位而相互协调的融合，日本的语言文化已经形成了。

4 近世汉学的扩展与混交性

到中世为止，专门做汉学的人除少数的神道家、博士家、"公家"有教养人群之外，几乎都是佛僧。他们在主业佛教之外，同时将儒教作为外典之学（作为内典的佛教经典以外文本之学）进行学习，创作诗文。他们在土地方面是大家的教导员，同时对于握有权力的武士们则是处理外交、行政文书的秘书角色，在战场及其他场合还立筮占卜，发挥着知识顾问、咒术顾问之类的作用。在进入近世之前，佛僧们是处理汉字、汉文最好和最大的知识人群。进入江户时代（1603—1867）社会和平之后，佛僧们作为"大家的教导员"的作用更加广泛地为社会所期待。但是，由于儒教更为积极论述治世和处世之道，对于儒教的需求则更加高涨。并且，渐渐开始出现"儒者"势力（中世之前的博士们不太被称作"儒者"），他们主张汉学及儒学才是自己固有的教养和学问，佛教是于世无用的迷信，开始与佛僧们反目（排佛论）。虽说如此，在近世前期，除部分儒者获得地位而取代佛僧的知识分子角色之外，儒者们的势力还非常微弱。一六四〇年前后，松永尺五（1592—1657）写道，"今此国佛教繁昌也"（《彝伦抄》）；并且一六八〇年前后，熊泽蕃山（1619—1691）也写道，"[儒者]与佛者比多少，则尚不及万之二三"，"今与佛者比，儒者之少，如大海之一粒"（《集义外书》卷一、九）。

不过，关于近世儒学的状况，丸山真男的名作描绘了这样一个故事：幕府将儒学（朱子学）确立为意识形态。但它不久即为日本儒学、国学所打倒，直至近代[30]。如果是这一图式，则意味着近世的初期、前半期曾有过儒学的体制，但这一体制在后半期消失，因而近代国家被带入了。但历史的事实却完全不是这样。如前所述，儒教在近世初期极其微弱。但近世中期开始到后期（十八—十九世纪）则逐渐繁荣。并且，其蓄积和作用甚至被带入了近代（明治以后）。丸山式的图式化表达，将儒学和旧体制视为蒙昧之物并考察其如何崩溃，是立于应当说是近代主义版国学的观点上。它是基于"近代主义＝脱亚论和日本中心主义的混合物"这一主张而建构的儒教观，这一观点在近代特别是明治初的"王政复古＝文明开化"期（十九世纪七十年代—八十年代）、战后"近代化"期（1945—1990）等，曾具有特别强的说服力。但是容我赘言，近世汉学和儒学是渐渐地随着时间而传播、繁盛，并被带入了近代[31]。

不只是将近世的汉学和儒学视作"曾有后无"是错误。（无论是何时）认为曾经形成了近世儒学和汉学的"独占体制"也是错误。首先针对语言状况来说，由于出版的存在，近世是文字、学问和艺术比以往任何时候都更快速传播至每个人的时代。这种情况下，在汉文传播的同时，使用假名的书籍也不逊色，甚至更加快速地传播。近世的文字记述中，一方面是学者们创作出了高质量的汉文，而在一般书籍上，与古代、中世相比对于汉文质量的要求不是那么高，较为和化的拟汉文、候文（以"候"为尊敬助动词的拟汉文——译者注）等开始通用，含假名的文章在市场上流通。这一状况由于印刷而又进一步加速发展。印刷在将读者层扩大至一般民众的同时，对于各式各样的语言标准还发挥某种均质化的功能。并且，日本的出版不只是官版，民间书肆的出版相当盛行。特别是在一般读者中需求量大的文艺书、启蒙书等一旦要印刷，倘若将假名文、汉字假名混杂文、附训点汉文等都排除在外则无法想象[32]。因此儒者们不是与假名这一媒介物作战，反而是对其加以利用，扩大了著述的传播。这一普及"假名书写物"的战略，同时也是中世以来佛僧们在论说佛教教义时就一直采取的战略。汉学者、儒者对这一战略进行了进一步的扩大：制作"假名抄"，对于重要的汉文文句、格言、逸闻等进行解说。中国和朝鲜的许多重要汉文书，则进行"和刻"（加上训点作为日本版予以出版），或出版"谚解"（用日常和语进行解说和注释）。直接进口书以外的再刻本、日本人的汉籍等，大部分都是以附训点的版式流传。儒者、学者们的各种讲义，被以汉字片假名混用的口语文体作为写本而记录下来，十八世纪中期是儒学在民众中不断普及的时期，这些讲义记录甚至也被印刷。只要不是要成为学者，最多只要会读附训点的汉文就可以了。

　　正如"谚解"一词所表明的，运用汉文的那些人，给人感觉是将汉语与和语之间的关系看作"正式语与俗语的不同"。但虽说如此，"俗语"不是不可以用，而是为了促进理解可以大用。荻生徂徕（后述）是近世中期（十八世纪前半期）最为货真价实的汉文原文尊重论者，但他在尊重汉语的同时又认为，要解释清楚汉语应当多多使用日常的和俗语，而非和雅语，这一想法颇有趣味。在日本的已经是和汉混用阶段的语言中，汉语汉文的扩大与和语和文的扩大，总体而言未必是二律背反，反倒是二者并立甚至还有相乘作用。日语的这一和汉混用特性，与朝鲜有很大不同，在朝鲜，汉语与固有语（Hangul）具有强烈的排他性关系[33]。

思想宗教的内容方面也是一样，儒者们与传统不太对立。他们尽管时常反对佛教，在社会的中上层也在某种程度上得以取代佛僧的知识分子角色，但终究无法颠覆已经深深扎根的佛教的祭祀、社会势力等。并且，饶有趣味的是，他们不否定假名和假名文，对于神道传统也几乎不排斥。多数儒者都亲近神道（神祇信仰），对于神儒融合进行论述。另外，他们常常是民族主义者，虽然看重中国古典却不看重政治和历史的中国，或是主张"日本人应当将本国称作'中国'"（山鹿素行，1622—1685），或是论称"如果孔子进攻日本，则与之作战的是孔子之教"（山崎暗斋，1618—1682[34]）。

在中国和朝鲜，在尊崇朱子学等新儒学（Neo-Confucianism）的儒学者中间，理想主义、精英主义（elitism）较为显著，试图在民俗性质的内容、旧的思想宗教等之上保持超然的地位。日本也是，在儒学特别是近世盛行的新儒学中，确实包含着某种理想主义、强烈的道德感等。但是，他们的理想主义伦理对于汉学、儒教之独立世界的强调，并没有达到对于假名、神道等进行否定的程度。这也是因为，日本儒教从来就未能形成儒教性质的国家祭祀，而是一直混杂在神佛之中活动。近世儒教从其微弱势力之中开始发展起来。许多儒者都是民间出身的町人或下级武士，以儒学为依托的（科举等）精英体制（meritocracy）也从来没有被制度化，进入近世之后也是如此。这样一来，反正没有相应的社会资本强调其自以为是的理想主义，他们与其为了毫无胜算的独占一切的空想而奔走，倒不如在与身边的文化传统相结合中努力保住其应有的受尊敬的地位。总体而言，比起高高在上地建构精英主义，近世的儒者们采取了平民主义（populism）战略，即利用已经形成的其他机制，不断地横向获取广泛的市场。而出版又促进了这一平民主义。

以上这样的情况，又规定了近世的汉学、儒学的内容。汉学者们不只是做经学，也同时做兵学、自然学、历史、日本史等其他学问。当然，儒学水平不断上升的十七世纪末以后，产生了山崎暗斋、伊藤仁斋（1627—1703）、荻生徂徕（1666—1728）等学者的杰出的古典注释学，十八世纪则进行了大量的考证学、文献学研究；但是，不只是儒教经典的学问研究，还广泛开展了诸子（诸子百家）、历史、本草等其他杂学，另外当然也常常进行诗文、小说等的创作。并且，许多儒者当然也创作和歌，也书写和文的信件。这一倾向在以经学为中心的中国、朝鲜的儒学中见不到，后者抱有作为精英阶层的自豪感。即便是学者都是如此，所以在一般人的课程体系中，不只是经学，其他学问自不必说也都一并学习[35]。

儒学、汉学的这种开放性、融合性，直接或间接地触发了之后不久与汉学相区别的其他学问。其中重要的是国学与洋学。许多洋学者、国学者同时也是汉学者，特别是在这一学问的初创阶段。在汉学中，不是汉字、汉文的其他文本的学问发展成了应用问题，进而这些学问从汉学中独立了出去。现代的我们生活在国学（者）、洋学（者）作为专家、专门领域实现分类之后，所以很容易认为它们从一开始就有"纯粹的开端或本质"。但是，它们的根源或基底实际上在很大程度上是混合物。在国学、兰学开始被视为独立学问的十八世纪中期之前，实际上说到"学问""学文"就是汉学、儒学，说到"学者"则直接就是儒者。但不久，"和学""国学"，再之后"兰学"开始作为学问领域（discipline）被独立提出，在与这些学问的对比中"汉学"逐渐地受到了限定。并且，国学者们就像曾经儒者批判佛者和佛教而强调自己的专业性一样，在对儒者、儒教进行批判的同时，对于国学的领域提出了主张。本居宣长的"汉意"批判就是诞生于这一背景之下。但必须注意的是，这一批判是被专业化、纯粹化的学术前沿中的主张和对立，背后则有与这种前沿性主张和对立毫无关系的众多学者、一般人。实际上，宣长在其学问世界中所主张的那种彻底的"汉意"分离和排除，在一般人中间从未发生，即便是国学者，对汉学持包容态度的人也不在少数，比如大国隆正（1792—1871）、平田笃胤（1776—1843）。回顾历史则必须看到，不排除汉学的人反倒是主流。但是，宣长的主张在结果上让一般人接受了"和汉之中有主次之分"，即"最本质的首先是国学和神道，汉学是对其羽翼（辅佐）之物"。他对于汉学的否定性主张实际上带来的结果不是汉学的排除，而是国学和神道作为专门领域的确立，以及神道传统的中心性在思想文化界的确立。

5　汉学的性质与作用

儒者要真正作为学者而成名，光是进行假名书的读写当然不会被承认，必须进行更具自己特色的汉文的诗、书信、文论等的读写。但即便如此，与现地（中国）距离较远的近世日本的学者们，并不是必须说中国话，甚至都不必与中国人直接交往。他们的工作只专门面向日本的语言市场的内部。针对日本的读者、听者，将汉文这一普通人不易读懂的"有差异的文本"进行解读并说明其意义，这才是他们的主要工作。文本是与日常生活有距离的、被写出的"书""文句"，会对这样的文本在进行训读的同时进行"讲义"，是汉学者的第一具体技能。

进入近世中期，随着汉学水平上升，中国、朝鲜的文化产品大量流入，之后各种尝试也逐渐增多，或是更积极地创作汉诗文作品，或是将其应用于和文学。同时，也开始有学者认为，汉学以往那种分界不清、未分化的状况绝对不行。前面提及荻生徂徕提出了汉文"直读"论的主张，他正是这样的学者。他如同佛僧憧憬宋、明等一样，或者说有过之无不及地认为中国的原书、原音才是权威，甚至还学习了会话。他认为，训读最终会造成从日语的语意、语流的内部对原书进行理解，因此要排除这种"回环之读"，按照中国语本身进行直读。他主张，必须通过直读的方式，实现"我们自然而然地朝夕邂逅孔子，令圣人现身于此"（《学则》）。

荻生徂徕的这一想法，表现出试图将语言真正身体化的极端意志，并且还有对于日本汉文即混合语化的汉语及安于此状的汉学者即"仿造者""交杂种"的厌恶感。但是，徂徕这种对于原汁原味的执着意志真的以"成为中华人"（《译文筌蹄》）的形式变成现实了吗？并非如此。徂徕自身最终放弃了用音理解汉语，称"用眼读文字是唯一方法"[36]。就是说，他的"直读"论止步于眼

晴的层次，主张对于作为看的对象的文本彻底地掌握。他大概尽
管有这样的愿望，也不得不将自身学问的依据求诸文字书写的世
界，而不是音声的世界。换句话说，荻生徂徕尽管不只是建构了
伟大的经学，甚至还确立了汉诗文之"游"，但即便是他，对于
汉语也未能从内心深处感受到自在流畅的运用，未能活在这种感
受之中。可以知道，对于居住在"岛国"的日本知识分子而言，
固有语是多么自足和根深蒂固的场域，而"渡来语"是多么具有
距离感。

近世日本的汉学者，他们与汉语的接触多数时候都缺少与中
国的具体交流，只是使用有距离的、对象化的"书""文章"进行
接触。这也可以说，这种语言文章总是"被外部化"。这种情况
被认为在语言上产生了两个效果。一个效果是，对于绝不是运用
自如的这种语言的注视，不只是产生了"笨拙"，还产生了对于
所给对象的全神贯注，以及围绕对象的细致绵密的分析和分析方
法的探求。近世的日本汉学，绝不能说在形而上学上尺度大或成
长性强，但是却发展了极具实证性、考证性的严谨治学，以及非
常关注语法、语汇、用法等的研究方法。这一倾向与前面指出的
某些侧面也都有关联，比如由汉文产生的对象性文本文字即片假
名的"凝缩与突出"，以及古代和中世汉学的"技术化和技能化"
等[37]。另一效果是，在上述外部化、距离化的反面总是潜藏着对
于身边传统的亲近。这可以说是语言文化上的民族主义。近代日
本的洋学者稍过几年就会对日本的事情特别关注，而恰好与此近
似的活力在当时的汉学者与和学之间的关系上一直发挥着作用。
自己所学的汉学的能力，与其将其倾注于建构未必有立足之地的

汉学世界，倒不如适用于身边更近的事物、身边更近的语言，由身边获得果实，抱有这样的想法对于并无特别地位或志向的一般学者而言也是理所当然。甚至开始有人认为，如果不像徂徕那样抱着令"圣人"现身的特别志向而立志成为专业汉学者，那么只要按照相对过得去的语言进行知识和伦理方面的工作，这样也就可以了。国学诞生的语言文化背景就在这里，许多汉学者开始有意识或无意识地抱有皇民优越感也是因为这个原因[38]。

但即便如此，正如前面所述的那样，并不是在近世后期汉学就消失了，反倒是越发地繁盛，并且其繁盛又带动了国学的繁盛。虽然在后世未太留名，但在日本各地诞生了许多具有深厚学力的低调的考证学者、随笔家、教育者、教养深厚人士。森鸥外在大正初年（1915—1917）想要以文字留下其名的也正是涩江抽斋（1805—1858）、伊泽蓝轩（1777—1829）、安井息轩（1799—1876）等这些汉学者们。十八世纪后半期开始的被称作"教育爆发"的寺子屋、私塾、藩校等的大量设立，以及出版、交通的进一步扩大等，显然都与上述的近世的汉学普及有关[39]。

饶有趣味的一点是，在这种生产、流通发展壮大时，汉学似乎一直作为共通的教养在发挥着作用，这种共通教养将居于各种场域的各地、各阶层的人们连接在一起。并且，近世末期到幕府末期酝酿构建国民国家时，汉学在政治和伦理的意义上一直发挥着对人心进行统合和鼓舞的作用，这一点相当重要。这不只是说儒教伦理逐渐扎根。例如，因汉诗和日本史书《日本外史》而知名的赖山阳（1780—1832）的著作，因为是用汉文撰写而具有了特别的修辞魅力——凝聚和鼓舞人心、令人胸怀大志的语言效果[40]。

幕府末期挺身于政治运动的青年（志士）们，大多都是汉学生。确实，如果只是那些以恋爱、抒情大自然等为主题而不明确表现政治或伦理主旨的和歌、物语等和文作品，则不足以寄托政治的、伦理的意志，为此还是需要援用汉学、汉文学。并且，所援用的文章、诗等大都是出声诵读、咏诵。朗读和吟咏汉文训读体、汉诗所具有的这种特异力量，实际上是诞生于日本，从本来的中国语来看或许相当奇妙。但即便是这样的形式，汉文对于日本的语言、政治状况等都发挥了很大作用。不只是语言上的效果，在思想内容方面，近世日本汉学也具有特有的偏向。例如，从儒教中特别汲取对于上层人物的极度忠诚，对于儒教中含有的下层民众之抵抗权的思想却予以排除；相比为政者的公共福祉理念"仁"，更强调身边人际关系中的诚信、诚意；等等[41]。这些都意味着，汉学由于日本文化的缘故一直受到某种干涉、过滤。并且，那些改变吸收部分，在近代基本上是被反复援用和再生产。

6 汉学在近代的命运

进入明治时代发生的事情，首先是西方文化产品和知识的大量流入。以学问而言，"洋学"对知识界、教育界带来了冲击。不过，国学、神道方面，虽然由于还存在与西方文化之间的种种纠葛（欧化与国粹的对抗），因而迈向近代化确实需要对于旧国学的一种解毒过程，但其国家正统性和中心性本身反而获得了发展。与此相对，汉学则必须在洋学与国学之间以微妙的形式不断寻找存在的理由。

在洋学的冲击真正开始以前，明治二年（1869）成立的"大学校"（后来的文部省、东大的前身）中，和学或者说国学（当时被称作"皇学"）试图排除释奠（孔子祭礼）而扩大自身地位，与汉学之间发生了激烈的争斗。这一争斗，"国学者一方处于攻势，汉学者一方处于守势"[42]。与排佛弃释运动一样，这是因"王政复古"获胜而志得意满的国学者、神道家，试图壮大自己而压迫他学、他教的运动。但明治五年前后起，随着西化真正开始，国学者、神道家们的"乘胜前进"被压制，在洋学的压迫面前，和汉之争反而消失，两者步调一致的一面变得显著。经过明治一〇年代，明治二十二年（1889）根据"学校令"建设大学等学校制度时，国学在幕府末期所具有的阴郁之毒和力量在某种意义上被排除，学术性质的和汉文学（和文学、汉文学或汉学）开始出现，而且"国史""国文""国语"等作为专门领域在形式上不断完善[43]。其中"国史学"相当坚实，反过来在意识形态上也有坚定向前迈进的一面[44]。国史学可以说是从国学中析出的汉学部分，或者说是从汉学中析出的国学部分。实际上，明治初期的国史学者也有很多汉学出身者，比如重野安绎（1827—1910）、久米邦武（1839—1931）等。与此相对，"国文学""国语学"等将与政治关系密切的工作交给国史学，相应地其自我膨胀的方法，除一部分"国学者壮士风"的那些人之外，则暧昧不清。而且，得以与洋学相融合的学术性质的国语学、国文学，还进一步装饰了其自身的客观透明性。但是，它是所谓"居于中心者的非攻击性"，不能说是真正地从民族优越感中解放出来[45]。

与国史学共同发挥作用或者说发挥了更强作用的，是儒学、

汉学。明治初期，儒学、汉学完全成为旧体制的代表，被更加地
边缘化，具有成为反抗或蔑视对象的一面。正如在与国学、神道
的关系部分已经论述的，这一点确实产生了问题，但与欧化论者
的关系则是更为重大的问题。以福泽谕吉（1834—1901）为代表
的许多启蒙论者，展开了限制或废止汉字、否定儒学等论述[46]。
这一汉字否定论在甲午战争（明治二十七年—明治二十八年
[1894—1895]）胜利后再次出现，这也颇有趣味。同时也不可
忘记，在汉学势力如此严重衰退的反面还有这样一面：明治时代
可以说是儒学、汉学的时代——更确切地说是儒学、汉学在日本
社会渗透最深的时代。江户时期以来的汉学教养的传统，在明治
时代仍然继续存在。而且，对于国民国家的统一、统合，汉语是
必不可少的因素。牧野健次郎曾指出，进入明治时代之后出现了
"流行汉语"现象。为了摆脱方言、地方性而标榜某种知识、权
威或公共性，无论如何都需要汉语。"发床被改为理发店，入风
吕被称为入汤，做了不合适的事情时称失敬进行道歉。当时如果
不使用这样的汉语，在交际场里就不威风。"[47]无论是官厅还是大
学，或是许多杂志报纸，都大量生产或使用了汉语。不只是在实
用上，在感觉上、伦理上，当时的人们也都有一种不使用汉语就
无法表达的紧张感。并且，还有一个事实需要注意，汉语的这种
作用成为了媒介或接受容器，欧美文化的知识、制度，有时甚至
包括思想内容，也都是借由汉语被引入或建构。甚至还有像中村
正直（1832—1891，汉学者兼洋学者）这样的学者，对于这两者
的融合性进行正面的评价，认为"将来欲大入洋学之最深处者，
须预大养汉学之力也"[48]。实际上可以从各个方面指出，明治的

人们和社会是在"汉学"的基础上建立了"洋学"[49]。不过，正如为汉学所孕育的国学一旦专门化和领域化就试图废弃汉学一样，这个洋学也是一旦成长就排除汉学。被欧风化的"大正教养主义"知识分子，对汉学几乎不再抱有亲近感。

汉学又进一步被赋予了重要的使命。到了明治初期的欧化钟摆再一次摆回、明治二十年代再次强烈希望在国家层面进行思想建构的时期，出现了对于儒教的东方道德的需求。《教育敕语》（明治二十三年[1890]）将儒教道德建立在与天皇相关联的神道传统的基础之上，进行儒教道德的说教。在思想层面上，这应当说也是近世以来逐渐形成的"神儒融合"的近代国家版。为了进行"国民"的生产和统合，不只是在实用的、知识的层面上，进而在政治的、伦理的意义上也需要汉学、儒教，这一点在此时变得相当明了。从这一方面而言也可以说，从未建立科举制的日本儒教，到了明治终于得以与神道祭祀携手建立儒教性质的国家体制。

虽说如此，在这里终于被强调的汉学、儒学早已不是一直以来所感受到的"汉文学""东方传统"，而是竭尽全力的空洞的形骸化的工具。国语学、国文学由于拥有比较容易地位于日本文化的中心这一"自然的背景"[50]，或许还不需要那么"勉强"。但是，汉学、儒学因为位于事物的边缘，所以还有为了满足上述国家需求而必须更加努力的一面。在学问、知识的社会地位排序方面也是一样，"汉文"与"修身""体操"并列成为普通教育至中等教育的重点科目，在高等教育阶段则是不太被关注的低级科目。对于汉学的压迫，正如前文也已论及的，在甲午战争之后随着中国的政治混乱而益发高涨。汉学不用说为洋学者所蔑视，甚至还被国文学者所蔑视，理由是落后的亚洲文化根本不需要。

但是，甲午战争后至明治末期，汉学再次兴起。建立了各种汉文系列的学校、学会，杂志、研究著作等也相继发行。当时，"汉学复兴"（田冈岭云，明治二十九年［1896］）、"汉学革命"（远藤隆吉，明治四十三年［1910］）等被反复论述。著名的井上哲次郎《日本阳明学派之研究》等儒学三部曲的出版，也是在明治末期（1900—1906）。尽管被轻侮也要重振势力，或者是打破轻侮而重振势力，汉学在当时有几种方法。田冈强调做汉学的使命感，"日本国民有东西方思想浑成之先行者天职，非日本国民之大任乎"。就是说，东方（亚洲）越是政治混乱，日本越是必须作为盟主而代为发扬东方的学问和思想。另外，远藤则论述称，作为对于一般人而言的"精神修养"，需要汉学、东方哲学。总之可以看出，经过甲午战争、日俄战争，面对西方，日本产生了要带领东方自立的一种比较膨胀的使命感、紧迫感，而正是这一背景带动了汉学的复兴。

这一动向实际上还带动了更具学术意义的运动。明治二十八年（1896）的《帝国文学》以《现今的汉学》为题，刊载了如下内容的无署名论文：著者首先感叹，"衰哉，世之所谓汉学者，吁彼等今何为乎"，继而称，"吾邦人不唯有开发将来政治支那之天职，又有阐扬过去学问支那之责任也"，并作结道，"今天少壮有为之汉学者哲学者间，有大起支那学科学研究运动之倾向，可谓吾学术社会之大庆事"[51]。这里在预告，前面的对于中国的使命感之类，应当会以对于"支那"的"科学研究运动"的形式而兴起。实际上，这一预告由于以下的活动而最终变成现实：明治三十九年（1906）京都大学设立"支那学"讲座，狩野直喜（1868—1947）、内藤湖南（1866—1934）等相当活跃。这一"支那学"是同时受到了西欧东方学影响的"科学"，并且包含着它不是日本学这样一种学科划分。超越汉学所具有的悠久连绵的文化传承观念，将对象作为科学、作为学问予以对待，在这样的观念下诞生了"支那学"sinology这一名称[52]。

对于"支那学"的理想方式，子安宣邦曾引用内藤湖南《支那论》（1914）自序中内藤的论述，称"[此书]代支那人为支那人而考"，并指出，这是具有"超越性视点"的"帝国主义性质话语"[53]。"代支那人"这种使命感之类是否直接等同于"帝国主义性质"，这个比较微妙。它实际上是为了什么，最终结果对什么有利，事物的含义会因上述两点而发生变化。不过，其中有充满自负的"超越性视点"，它带来了实证主义，也带来了一种对亚洲的蔑视，这或是事实。这种妄自尊大是由于"科学""学问"的权威，还是因为日本中心主义的特性，抑或是因为由取代中国文明而诞生的新中华主义？如果是第三者，它则是将研究对象作为自己的新载体，其"帝国"或许与曾经的中华文明帝国是相似的性质。但是，也应当看到这样的一面：在昭和前期之前，当汉学、东方哲学以比较空洞的形式在意识形态上不断迈进时，"支那学"是对抗这一动向的出于良心的防卫论，同时，这一对抗性中隐含着对于旧汉学者的阶级优越感，这也是无法抹去的事实。

无论如何，在随着时间流逝，汉学意识形态化、"支那学"学

术化的过程中，汉学的这样一种形象逐渐消失不见：汉学是从中
国文化中获得的文学艺术之香，同时是人格或政治的道德理想，
或者说是东方世界观。从明治末期到大正前后，欧外、漱石及一
部分教养深厚人群曾试图唤起这些记忆。但是，穿过大正时期到
昭和前期，除具有相当想象力的人以外，几乎谁都不再想起，汉
学曾经拥有的那种美好的文化形象、教养形象。

注

1　桃裕行「上代思想・文化」（初出、一九三九年）『上代学制論攷』桃裕行著作集2、思文閣出版、一九九三年、p. 14。

2　同（1）、p. 15。

3　築島裕『仮名』日本語の世界5、中央公論社、一九八一年、p. 67。

4　山口啓二『鎖国と開国』岩波書店、一九九三年、p. 60。

5　不过"文""文学"这一价值观念，在近代之前最初带有政治性，不久形成了与其微妙关联却又具有独自乐趣、审美等的领域。文学开始主张独立的权威、纯粹性等，其实是近代以后的事情。

6　文字的权力作为投影其力量的画面，最初是使用金石、木简，不久开始使用纸。"纸"特别是纸浆纸，在轻体量、蓄积力、一览性等方面是最为易用方便的画面，又是最易压缩信息的画面，在中国是在公元前的西汉被发明制造，三四世纪开始普及、售卖。这一历史与"文字的权力"形成史之间的关联，是极具趣味的课题。另外，关于口头语言与文字语言给人的感知及文化所带来的变化，参考了以下论文及其参考文献，黒住真「情報史からみた人間の変容」（島薗進・越智貢編『情報社会の文化4　心情の変容』東京大学出版会、一九九八年）。

7　神野志隆光对于东亚以及日本内部的"'文字交流互通'世界的成立"进行了详细的定位（「文字とことば・『日本語』として書くこと」『万葉集研究』第二一集、塙書房、一九九七年三月）。另外，关于古代文字状况的最新研究望参照神野志论文及其参考文献。

8　此处举例说明的真假名使用情况，相当于《古事记》序文中太安万侣所说的书写法中的"全以音连者"（完全用音相连者）。除此以外，作为书写法，安万侣还举出了"交用音训"（交换使用音和训）、"全以训录"（完全用训记录）。并且，这后二者是《古事记》书写法的大部分。这篇序文中安万侣的用法中，所谓"以音连""用音"，意思就是用汉字的原音（用真假名）书写表达，另外所谓"用训"，意思就是用汉字的意思书写表达（就是说写汉文）。应当注意的是，无论是哪一种情况，安万侣的音和训的概念，显然是在说以汉字为工具的"书写法"。这与后来一般所说的汉字的"读法"的音和训的概念完全不同。不过，尽管有上述的不同，如果进而想到此书有强烈的保持和语固有性的意识，那么也可以认为，《古事记》系统地建立了不必过多使用真假名的"作为书写法的训"，当然无疑也系统地建立了"作为读法的训"。中田祝夫认为，《古事记》在当时或许已经被"训读"（『日本の漢字』日本語の世界4、中央公論社、一九八二年）。

9　"默读"这一习惯，是相当大量使用文本之后的事情，这一习惯的普及一般认为得益于"印刷"。或许，古代和中世的许多人都是出声朗读在当时颇为贵重的文本。参照マーシャル・マクルーハン『ダーテンベルクの銀河系』みすず書房、一九八六年、p. 130（Marshall McLuhan, *The Gutenberg Galaxy: The Making of Typographic Man*, University of Toronto Press, 1962）。

10　参照明治四十三年起使用的第二期国定国语教科书等。『日本教科書大系　近代編第七巻　国語(四)』講談社、一九六三年。

11　矢田勉「本居宣長『古事記伝』」図録解説、西野嘉章編『歴史の文字——記載・活字・活版』東京大学コレクションⅢ、東京大学出版会、一九九六年。

12　築島裕『仮名』日本語の世界5、中央公論社、一九八一年、p. 154。另外，有学者认为，即便是万叶假名的草书化与"女手"有关联，艺术性的草书化也具有与"女手"各自不同的发展路径（大野晋『日本語の成立』日本語の世界1、中央公論社、一九八〇年、p. 301）。

13　固有语即是由汉字带来的语言（汉语），即所谓"大和的语言"，现在称作"和语"。不过，被认为是和语的语言，有时实际上是汉语或是受其影响的语言，而且何为"大和的语言"在历史上、地域上都无法简单地下定论。因此，"和语"只是便于使用的概念。另外，"固有语"这一概念也是指在由于语言接触而新产生的语言之前已经成立的语言，不用说也是历史形成的产物。属于"渡来语"的汉语，当其成为日语的一部分时，比如相对于西欧外来语，几乎都作为"固有语"而发挥作用。

14　宫崎道三郎「漢字の別訓流用と古代に於ける我邦制度上の用語」（『法学協会雑誌』第二八卷五号、一九一〇年）『宮崎博士法制史論集』岩波書店、一九二九年所收。

15　这种与接受吸收并存的活力，不只限于训和音的一般关系，而且在其他情形下也发挥作用。比如，在音的内部不只是一字一音，还产生吴音与汉音进一步重叠的"重层性"。不只如此，训也是一样，比如"上"（AGARU、NOBORU）等，一字有多训。这意味着，汉字这种"绘文字（emoji）"原本具有的意音结合的多种可能性，在日语这一条件中得到了发展。另参照，中田祝夫『日本の漢字』日本語の世界4、中央公論社、一九八二年、p. 95、p. 374。

16　关于周边民族的文字成立，参照西田龍雄『漢字文明圏の思考地図』PHP、一九八四年。

17　据说，近世的中国人看到被附上训点的日本版本，对于汉文上长了许多小胡须或灰尘一样的东西相当吃惊，觉得是轻侮。

18　金文京「漢字文化圏の訓読現象」『和漢比較文学研究の諸問題』和漢比較文学叢書8、汲古書院、一九八八年、李基文『韓国語の形成』成甲書房、一九八三年。

19　汉字、汉文以如下的方式在和语中不断渗透。伴随着训读，出现从原来的汉语来看不合句法的汉文（称作"变体汉文""和化汉文"等）。这一现象也出现在五世纪的资料中，在平安中期作为所谓文体逐渐定型，许多记录、日记之类都是这种和化汉文（变体汉文）。从上述训读及和化汉文的发展中，进而是"汉字片假名混用文"发展成形。并且另一方面，平假名文中的汉字使用频率逐渐增加，开始使用"汉字平假名混用文"。二者也有不同之处，汉字片假名混用文与以汉学为背景的佛教、儒教等这一系统具有相关性，汉字平假名混用文则与和歌、物语等王朝文学具有相关性，或是面向庶民。并且，也有汉字极多或平假名极多的情形。但无论如何，汉字和假名适度混用的文体"汉字假名混用文"在镰仓时代开始出现，这一文体被认为形成了后来的日语文章的基本形式。峰岸明『変体漢文』（国語学叢書11、東京堂出版、一九七六年）、注(12)築島、p. 308、注（15）中田、p. 150、春日政治『国語文体発達史序説』（勉誠社、一九八三年）。

20　以上内容参照注（18）金文京论文、注（15）中田、p. 95，p. 395。

21　参照注（15）中田、p. 96。另外，这样一种现象也饶有趣味：由于与原来的文化语言势力有"距离"，在原来的地方因历史变迁而失去的文化，反而会保存下来。已消失或变得古老的语言、文化等在较为边缘的地方继续保存的现象，比如日本汉字音、逸存书（在中国已经佚失、在其他地方还留存的书籍），或是（虽不是语言）在中国已被新儒学吸收而不复存在的"禅"，在日本则一直保存。

22　同注（12）築島、p. 166。

23　義江彰夫『日本通史Ⅰ　歴史の曙から伝統社会の成熟へ』山川出版社、一九八六年、第三・四章。

24　kara是汉 [kan（jp），han（cn）]、唐 [too（jp），tang（cn）]、韩 [kan（jp），han（cn）]、高丽 [korai（jp），gaoli（cn）] （jp:日语、cn: 中国语）等汉字的训读，是泛指中国、朝鲜的文化政治圈的概念。

25　即便是在建立了科举制的唐，也并非不再有来自六朝以来传统的对于诗文的倾斜。并且，由于科举时所要求的经学变得空洞、烦琐、固定而徒有形式，也会出现对于经学的反叛现象（戸川芳郎『儒教史』第四章、山川出版社、一九八七年）。不过，这一现象也是首先要有经学的中心性才会发生。

26　和島芳男『中世の儒学』（吉川弘文館、一九六五年）第一章。以下叙述的出处与此相同。

27　日本的这种神祇祭祀要求，清楚地反映在日本的律令官制中。日本的律令官制虽是学习唐的制度，但与一元性皇帝专制monarchy的唐制不同，采用了并立太政官（政治组织）和神祇官（祭祀组织）的二元制diarchy结构。

28　相比"德"更重视"种"这一比喻，出自本居宣长（"君本真贵。其贵不依德，专依种，下纵有如何程度之有德人，不能变"〔『くず花』〕）。

29　关于贵族形象的重新认识，参见高橋昌明「常識的貴族像・武士像の創出過程」歴史と方法編集委員会編『日本史における公と私』青木書店、一九九六年。

30　丸山真男『日本政治思想史研究』東京大学出版会、一九五一年。

31　关于近世各种思想中儒学的位置及其发展，参照黒住真「儒学と近世日本社会」（『日本通史　近世3』岩波書店、一九九四年）、「近世日本思想史における仏教の位置」（『日本の仏教』1、法藏館、一九九四年十月）。关于丸山，参照黒住真「日本思想とその研究——中国認識をめぐって」（『中国——社会と文化』第一一号、一九九六年六月）。

32　近世日本不是活版而是木版得以普及，一般认为是为便于使用平假名和为汉字附训点，以及使用插画。如果使用的只是汉字，活版更易于使用，而反过来如果只是片假名，则或许更可以进行活字印刷。

33　黒住真「儒教の日本化をめぐって」『日本学』（名著刊行会）第一二号、一九八八年。

34　关于日本儒学的复合性和国家主义，参照黒住真「徳川前期儒教の性格」『思想』第七九二号、一九九〇年六月。

35　参照黒住真「儒学と近世日本社会」『日本通史　近世3』岩波書店、一九九四年。

36　荻生徂徠『訳文筌蹄』首卷・題言、荻生徂徠全集第二巻、みすず書房、一九七四年。

37　关于日本汉学这种注重实证和方法论的一面，参照黒住真「訳文筌蹄をめぐって(1)」『人文科学科紀要』（東京大学教養学部）第一〇二輯、一九九五年。

38　关于近世过半之后在一般民众中兴起"皇国"意识这一事实，参照渡
　　辺浩「泰平と皇国」同『東アジアの王権と思想』東京大学出版会、
　　一九九七年。

39　石川松太郎『藩校と寺子屋』教育社歴史新書、一九七八年、辻本雅
　　史『近世教育思想史の研究』思文閣出版、一九九〇年。

40　和辻哲郎『日本倫理思想史』(下)第五編第八章、岩波書店、
　　一九五二年。

41　参照注(31)(34)，以及关于水户学、吉田松荫等的诸多研究。

42　牧野謙次郎『日本漢学史』世界堂書店、一九三八年、第四部第一章、
　　p. 245。

43　关于国文学在近代的成立，参照藤井貞和「国文学の誕生」『思想』
　　第七四五号、一九九四年十一月、百川敬仁「国学から国文学へ」岩
　　波講座『日本文学史11』一九九六年。关于"国语"，参照イ・ヨンス
　　ク『「国語」という思想』岩波書店、一九九六年、安田敏朗『植民地
　　のなかの「国語学」』三玄社、一九九七年、長志珠絵『近代日本と国
　　語ナショナリズム』吉川弘文館、一九九八年等。关于"国史"，参照
　　兵藤裕己「歴史という物語」『太平記〈よみ〉の可能性』講談社選書
　　メチエ、一九九五年。

44　最为狂热地信仰皇国史观的杰出国史学者平泉澄(1895—1984)的例
　　子，参照苅部直「歴史家の夢——平泉澄をめぐって」近代日本研究
　　会編『年報・近代日本研究18　比較の中の近代日本思想』山川出版
　　社、一九九六年。

45　标榜学问的近代国语、国文学在思想上从未想要进行的批判，不是笃
　　胤批判而是宣长批判，这一课题在战后也长时期存在。丸山真男、加
　　藤周一、大江健三郎等战后的知识分子代表也极少进行宣长批判。

46　关于明治初期的汉语状况，参照山本正秀『近代文体形成史　料集成
　　発生篇』桜楓社、一九七八年、加藤周一・前田愛編『文体』日本近代
　　思想大系16、岩波書店、一九八九年。另外，关于明治汉学的整体状

况，参照注（42）牧野、三浦叶『明治の漢学』（私家版）一九八一年（東京大学文学部所蔵）、『明治の漢学』汲古書院、一九九八年。

47　同上三浦『明治の漢学』p. 18。但引用的内容是学者本间俊明所言。

48　注（42）牧野、p. 231。中村论述道，"有汉学之基者，进洋学，显非常之效力"，但无"汉学之基"只做英学者，"唯语学进步，亦皆进，至难所而止"（「漢学不可廃論」一八八八年、加藤周一・前田愛編『文体』日本近代思想大系16、岩波書店、一九八九年）。

49　汉学与洋学尽管是相互排他的局面，但也大有前者促进后者的局面，兰学者们也早已多次指出此点（杉田玄白『蘭東事始』、大槻玄沢『蘭訳梯航』等）。

50　注（42）牧野、p. 238。

51　戸川芳郎「漢学シナ学の沿革とその問題点」『理想』第三八七号、一九六六年六月、p. 19。

52　"支那"一词，原本在中国宋代就有用例。在日本，作为China的汉语音译，由近世中期的洋学者开始常常使用，进而在国学者等中间也广泛使用。在"表音"的层面的确是中性的价值判断，但由于选择了对于"中华"进行否定性颠覆的词语（"那"或许只是音，但"支"显然是"枝、端"的意思），对于当时的日本人而言，可能是含有否定"中华"的作用。关于"中国""支那"的文化意涵在近世的变化，参照注（31）黒住「日本思想とその研究」。

53　子安宣邦「近代知と中国認識」『近代知のアルケオロジー』岩波書店、一九九六年、p. 67。

VI

灭亡的话语空间

——民族·国家·口承性

村井　纪

德川时期语音中心主义的形成，是对于占支配地位的儒教、汉学进行反抗的产物。例如国学的重要创始人本居宣长，将以儒教为中心的中国思想称作"汉意"，认为其伦理、合理主义、理性的根本是汉字，但不只是将汉字视为恶，甚至将文字本身也视为恶。他一直在文字以前的音声语言（古代口语）中挖掘真实的世界（《葛花》）。将汉字视为恶而加以否定是国学者的共通之处，但主张"否定文字=理性"的只有宣长。其他的国学者，即便是否定汉字也未曾否定过文字本身[1]。

比起用汉字书写的官方历史书《日本书纪》，宣长更重视未染汉字之恶而用古代口语（=纯粹的大和语言=日语）记述的《古事记》，由此想象出了由天神子孙天皇所统治的"神道""日本"，他称之为"古道"[2]。

与此相对，近代日本的语音中心主义表现为"言文一致"，主张应当将文章统一为"言"=口头语言，而这开始于同欧美的接触，正如前岛密在幕府末期上奏的《汉字御废止之议》（1866）是来自于美国传教士的启发一样。

近代日本的这一语音中心主义，在否定汉字这一点上与国学相同，但国学是要对抗中国思想，上溯至日本的古代而建构自我认同的话语，而近代日本的语音中心主义是主张"文明开化"=近代化，目标在于建立对于美国、德国、意大利等欧美而言也是崭新的"国民国家"，在这一点上与国学具有不同的性质。原因在于，正如前岛所说的那样，是由于"国民教育"的需要而提倡语音中心主义。一八八三年的"假名会"、一八八五年的"罗马字会"等语言改革，以及文学上的改革"言文一致运动"，都产生于对于近代的"国民国家"的想象。当然，这样的语言改革，在土耳其（罗马字化）、朝鲜（韩文字化）等近代化落后的各地都构成了国家主义的核心，不是日本才有的事情。

柄谷行人论述称，文学上的"言文一致"的诞生，是在甲午战争（1894—1895）之后，"语言与内心的距离消失，恰如语言在内心深处扎下根一样，并且语言看似内心的外化的时候"，是"语言在国家主义核心处开始存在的时候"[3]，但我在这里想要考察一下，位于近代日本语音中心主义核心的这一"言文一致"的思考所发挥的作用。它不光是作为近代日本文学的经典（规范）而发挥功能，作为柳田国男等人探求"民间传承"="口承"世界的"日本民俗学"等学问的经典，还形成了政治上的"国民认识"或"国民想象力"的基底。

我所关注的是，在一九一〇年前后，这种"言文一致"的思考不只是文学的改革、语言的改革——固然与它们关系密切——它还与支撑近代化的斯宾塞社会达尔文主义（"社会进化论"），特别是"优胜劣汰"这一意识形态相结合，表现在了多方面。它呈现为一连串的"死亡"话语、"灭亡"话语，从近代日本所统治的周边民族，到民众的生活习惯（"民俗"），并且一直到被视为最民族的文艺"短歌"，而正如近代国家的从属阶层是国家主义的推进者一样，这一连串的"灭亡"话语常常是由"灭亡"的当事者自身，将未来或过去应有的"言"的共同体（"国民国家"）作为志向。他们的主张则是认为如今存在的多种差异原本并无不同，因此必然要消除差异，归根结底，其实是承担了作为"近代日本＝帝国日本"这一国家认同的政治统合或统治的话语的功能；明确地说，可以说是补完其"想象的政治共同体"（本尼迪克特·安德森）的话语。

虽说如此，或也不能断定，所有这些话语对于帝国主义日本都是在政治上从属的、负面的。因为还需要看到，比如民族自认"灭亡"这事本身已经是强烈的抗议，完全是将天皇作为统治者基于爱或同情的政治统治视为无效并予以拒绝；还有"短歌"这一事例，从此有了新的诗歌形式的摸索。并且或首先必须看到，这里有"言文一致"论者所梦想的，力图消除语言上的差异、创造平等民众世界的近代国民的身姿。不过一直以来，正如每个"国民国家"都被封闭一样，这一连串的"灭亡"话语一直是被各自分别认识，我不得不分别考察它们各自的意识形态性。最典型的表现是，折口信夫等歌人对"灭亡"进行神秘的美学化（《歌之圆寂时》），知里幸惠则在"逐渐灭亡的阿伊努"这一话语中对其自身进行美学化，而"民俗学"也可以说是一样，对过去的生活习惯加以理想化。另外，一连串的"灭亡"话语，除宗教性教义等之外，都是近代"国民国家"以前未曾有过的现象，因此在本质上与国家主义无法切割。

不过，一九一〇年"灭亡"话语在多方面出现，而这一年是帝国日本将邻国朝鲜并吞之年，"日本民俗学"创始人柳田作为高级官僚深度参与了这一"日韩合并"（翌年授勋五等勋位）。第1节首先将从柳田与"日本民俗学"开始考察，第2节考察柳田的"山人"论，第3节考察与这些相互关联的阿伊努和冲绳的相关话语。然后在第4节论述"国民"和"短歌"，并且在第5、第6节论述与柳田共同创立"日本民俗学"的折口信夫的问题，这两节与其说是作为"言文一致"的问题，不如说是作为语音中心主义和法西斯主义的问题展开论述。

1 柳田国男与"日本民俗学"

我首先想针对柳田国男和"日本民俗学"在日本的特权地位进行论述，其中主要针对这一学问现在也依然获得所谓国民支持的背景。

这首先来自"民俗学"世界的民众性，即俗语、口承文学、生活习惯、宗教等学问对象，但与"国家主义"也有关联，比如柳田在《民间传承论》等中主张的在野"民间学问"，折口针对柳田所述称它不是"输入"的学问而是日本独自的学问。被称为"新国学"的理由也在这里。

　　"民间学问"本身具有特别的意义，并受到欢迎，是由于近代日本学问的中心是"官学"，就是说是国家的学问。正如旧制的高中、大学是以培育官僚为目的，它贯穿着以"立身扬名"为目标的精英主义。并且，这一学问包括大学等制度，作为来自欧美的"输入"的学问，是少数人的学问。相对于官学学术权威这一近代日本的知识垄断体制，柳田的学问作为对抗手段获得了广泛的支持。但是，对于这一民众性并不能大肆称赞。

　　一般认为，"民俗学"在很大程度上有赖于柳田个人。这里首先看一下他的经历。青年时代的柳田与自然主义文学家岛崎藤村、国木田独步、田山花袋保持着交友关系，并已经作为诗人而为人熟知。不过，他在东京帝国大学政治学科毕业后进入农商务省，历任内阁记录课长，后任贵族院书记官长、《朝日新闻》论说委员，继而在战败后还担任了辅佐天皇的枢密院顾问官。明治三十年代至大正、昭和的长时间内，柳田从官界到新闻界开展了极为广泛的活动，产生了持续的影响。在这里与新闻界的关联不只是《朝日新闻》，柳田独自经营民俗学方面的出版社"乡土研究社"等，还是推出杂志、单行本等的"出版人"。期间他曾担任国际联盟委任统治委员，三年常驻日内瓦，负责殖民地统治问题，因此在人类学方面也拥有出类拔萃的知识。但是，不知为何，至今只是其有限的作为文人的经历一直受到重视。不过，这样一看，虽然自称"失败的政治家"，但其活跃于三个时代的特异"官僚政治家"的形象却跃然纸上。或许没有像他这样与"天皇官僚"之名如此相符的人物，并且是这个人物创设了"日本民俗学"。

　　因此，柳田的影响极为广泛，并不只是给"民俗学"带来了影响。以大正时期作家芥川龙之介为代表（《河童》，1927），二十世纪三十年代法西斯时期从日本浪漫派的保田与重郎，到法国文学学者桑原武夫、转向左翼的中野重治，就是说从自由主义到左翼都受到了柳田"民俗学"的影响。并且，还可以关注的事情是，"民俗学"出版物一直都处于军国主义下言论弹压的对象之外，在战后其受欢迎程度也未变。战后，从柳田周围消失的，只是"战犯"日本浪漫派。

　　对于这一现象一般的说明是，柳田的学问与法西斯主义无关，真正是民众的学问，所以未遭弹压[4]。特别是在当时它还是已无处可逃的左翼的避难所，这个事实成就了这一"神话"。但是，我们看一看十五年战争期间柳田和"民俗学"派的表现，柳田为日本军队出兵亚太地区而感到高兴[5]，其弟子政治家石黑忠笃（近卫内阁农林大臣）和民俗学者早川孝太郎，是将大量移民送往中国东北地区的中心人物[6]，同为其弟子后转向左翼的大间知笃三在军队的协助下开展了"满洲民俗学"运动[7]。

　　柳田这些在战争期间的情况，不知为何未被关注。不过，他们当然不是偶然被卷进"战争的狂热"。不是偶然，我认为柳田的"民俗学"本身与日本法西斯主义的形成密不可分[8]。

　　并且，对于在十五年战争期间大力倡导"日本精神""国民古典"等的日本文学研究＝"国文学"也必须关注。因为"国文学"与"民俗学"一同在这一时期迎来了鼎盛期，以《万叶集》《古事记》及中世战记文学为中心，展开了对于战争的讴歌（其中也包含了马克思主义者）。日本浪漫派保田与重郎与此产生关联，后来小林秀雄提出"无常论"，都是这一时期的产物。而且，"国文学"与"民俗学"一样，战败后也有逃脱"战争责任"的事实[9]。

这里针对关于"日本民俗学"的一般说法，即所谓不是来自外国的"输入"的学问，而是日本独自的学问[10]这一说法进行探讨。

众所周知，柳田受到了德国浪漫派海涅、阿纳托尔·法朗士的影响。倘若看他的著述，十八世纪的夏尔·佩罗、十九世纪的格林兄弟都有出现。当然，十九世纪欧美的史前学、人类学、神话学（泰勒、马林诺夫斯基、黎佛斯、范热内普、戈姆、穆勒、冯特）也都有所提及。并且，即便是折口，尽管主张"民俗学"不是"输入"的学问，也抱着对于R. 莫尔顿的对抗意识，于一九一八年翻译了乔治·弗雷泽《金枝》的部分内容。他们所重视的"口承文学"，正如柳田所承认的，也是由保罗·塞比奥于一九一三年首次提出。

这样想来，有关"日本民俗学"的独自性的说法颇为可疑。折口在《平田国学的传统》（1943）中称，国学的谱系和传统中有"民俗学"，是日本独自的学问，但对于这样的说法不能盲信。

总之，十五年战争期间，"民俗学"与国文学共同作为"新国学"承担了国家主义的部分任务。并且在战后，尤其是在高速增长期和一九六○年安保斗争前后，小说家岛尾敏雄、诗人吉本隆明等在政治斗争中败北的知识分子们转向民俗学，这一学问作为民众"思想"被发现，继而在越南战争下一九七○年学生运动的败北中，又同样被发现。在政治斗争中败北的左翼知识分子们，再次将"民俗学"当作了避难所[11]。

我对于这一学问在帝国日本的完成期——日俄战争后登场，在将朝鲜殖民地化、与欧美一样拥有殖民地的时期登场相当关注。正如下面将要论述的，柳田在国内的东北等边境发现"山人"=古代以来的先住民、未开化人，这与欧美的人类学等发现殖民地原住民并视为"神圣的野蛮人"相对应，与人类学者试图在此发现被认为近代人已经失去的纯粹和感觉等相重叠。

但是，人类学者与柳田也有不同点。这是因为，欧美的人类学者尽管对于殖民地原住民进行"圣化"，但最终是作为他者进行统治，而柳田是将帝国日本的殖民地问题转化为所谓国内的内部问题。这是因为，柳田在国内东北发现了"山人"（古代先住民），在冲绳发现了"古代日本人"（原日本），又通过这一发现将帝国日本的对外统治（殖民地统治）进行内部化，并提出"日本的两千六百年是殖民的历史"（《日本的祭祀》，1942）等蛮横主张，还为开拓中国东北地区提供历史依据，将帝国日本的殖民地主义进行了合理化。

2 "灭亡"的话语空间——"山人"的"灭亡"

大正末年，柳田在对其"日本民俗学"进行系统化整理时，从common man、common people等词获得灵感，提出了表现"常民"这一理想的"民众""国民"概念，认为它是这样一些贤明之人，虽然没有文字，但具有领导村集体等的领袖特质，是超越王侯贵族到农民等阶级的存在，而且是超越历史的存在。本尼迪克特·安德森将"国民"定义为"想象的政治共同体"，这个"常民"或也不是例外。应当关注的是，"常民"这一民众的世界甚至包括统治阶级，理由是贵族中也有无文字阶层。这里可以隐约看到柳田及其"民俗学"的政治性。他不希望看到阶级对立。

众所周知，柳田自从看到国内东北农民的口承文艺、"盲历"等，就开始将无文字人群加以理想化。这种理想化模式首先是以文字为前提而被发现，存在所谓"起源"的忘却。这里存在着与人类学者同样的错误和对于问题的回避，在将"未开化人"褒奖为"神圣的野蛮人"的同时，对于文化上的剥夺加以合理化。有无文字只是单纯与有无教育机会有关，绝不是列维-斯特劳斯等人类学者所说的那样，存在着"未开化"与"文明"的对立（《忧郁的热带》，1955）。这里可以看到，诅咒近代文明的知识分子是在如何颠倒黑白。当然，柳田的"常民"概念最大问题在于，它以无文字为轴心，消除了天皇与民众之间的阶级差异。他将明治国家强力主张的"一君万民"的世界投影到了"常民"一词上。正如在其经历部分已经论及的，这里必须看到，柳田作为明治国家的官僚，要将天皇与民众进行结合的意志。曾任贵族院书记官长的柳田，在战败后是最后的枢密院顾问官。

这里不能忽略的是，在"常民"以前，柳田在"日本民俗学"的创始期就已经发现了"山人"。他认为，日本的山岳地区住着"山人"＝古代以来的未开化的异民族、原住民族，如今由于文明化而面临着"灭亡"的危机，记述他们口头的"传承"是当务之急（《后狩词记》，1909；《石神问答》，1910；《远野物语》，1910；

《山人考》, 1917）。

必须注意，这一"假说"的成立基础，是柳田的所谓"殖民地史观"（="殖民地统治即文明化"这一话语），即"日本的两千六百年是殖民的历史"。柳田认为，《古事记》《日本书纪》所记录的古代异民族"虾夷"等的子孙是"山人"（《山的人生》）。但是，他们在大和民族以殖民、移居的方式实现列岛统治的过程中，被统治、混血、"同化"="灭亡"了。如今只有极少数还残存在山岳地区。就是说，他认为帝国日本的殖民地政策（同化政策=日本人化政策）的先例就是古代的"山人"的"同化""灭亡"。

一九一〇年，柳田在与远野出生的人类学者伊能嘉矩、提出日韩同祖说的历史学家喜田贞吉、认为朝鲜与日本同祖的其弟画家松冈辉夫等的往来书简集《石神问答》中，对于为何研究各地的石神信仰进行说明，称是为了了解"日本与朝鲜之交流互通"的古代状况，是因为需要了解"古代的民众生活的具体情形"。就是说，他的"山人"研究是来自希望了解古代如何进行异民族统治的问题意识，是为了发现柳田所参与的"日韩合并"的先例。

虽然后来柳田自己否定了这一"山人"残存问题，或是称已经"同化"，或是考察"精神异常"现象，中途放弃并最终消除了对于问题本身的追究（《山的人生》, 1926），但这个"假说"不是单纯的空想。因为这里清楚地反映出日本的殖民地主义的影子，即构建殖民地帝国，将异民族作为帝国的"臣民"而推进"同化"政策。这一说法从以下事实看或也可成立，即柳田的"山人"的原型来自北海道阿伊努等。因为原本住在平地的他们，都有被迁入者追入山地的经历。柳田的"山人",将帝国日本所统治的殖民地的原住民、异民族投影在了日本的内部和日本古代的经验上,可以说是偷换了问题[12]。

柳田这样叙述了国内残存的"山人""灭亡"的话语,但从这一"灭亡"的话语又进一步诞生了"民俗学"的命题,即必须对山间僻地的"无文字""残存文化"、"民间传承"进行抢救和记录。这与"国学"的如下主张相重合,即主张无文字的口承世界才是神之子孙日本人的纯粹的"古代日本"世界,而《古事记》是对于这一世界的原生态记录。不过,柳田与国学者不同,他认为,比起古老的《古事记》,在活态传承这一点上自己记录的《远野物语》才是本来的"神话"[13]。不愧是柳田,虽然没有像国学者那样说自己是"众神的子孙",但柳田说日本人的信仰是"祖灵信仰、祖先崇拜",而人在死后会变成"神",换句话说就是自己是"神"的子孙(《关于先祖》,1946),就是说在结果上是与国学者说相同的事情。如前文所述,尽管一直在学习欧美的学问,但最终柳田封闭了自己。

总而言之,柳田想象的大和民族对于古代原住民="山人"的"同化"所造成的"灭亡",实质上是将现实的帝国日本的对外统治、异民族统治加以内部化,使之投影在过去的历史上,但这样的历史追溯与"言文一致"的思考不正是平行的吗?后者主张,文章语言必须从属于、"同化"于音声语言=口语即大和语。这是因为,柳田的话语与"言文一致"的思考是等价的,前者认为异民族要为"想象的共同体'国民'"(本尼迪克特·安德森)即大和民族("日本人")所"同化"并"灭亡",后者认为以外部传入的文字即汉字为基础的异质的文章语言，必须与同质的口语=大和语言"同化""一致"。

而且，柳田将即将"灭亡"的"山人"的口头传承视为所谓"活态神话"，强力主张对其进行记录（《远野物语》序文），但柳田作为前提的认识是，"山人"的口头传承是"言"与"文"未分离以前的文化。这一认识首先为"言文一致"所规定，但同时又为"言"才是"山人"的"内心"这一信念所支撑。下文还会论及，与阿伊努研究一样，他试图将逐渐"灭亡"的异民族的"内心"保存下来。

但是，柳田对于"口承"的记录，正如桑原武夫所说的，不是"完全还原所听的""口承"本身。《远野物语》中毫无"方言"的痕迹，是用古语体撰写[14]。在"言文一致"的话语中，柳田在重视"言"的同时，却又为"文"所困。

3 "灭亡"的话语空间——"民族"的灭亡与"王国"的灭亡

对于柳田提出的以阿伊努等为原型的古代以来的原住民="山人"，迄今都是作为其"民俗学"形成期的问题展开了各种论述。到了大正末年，这一"山人"从柳田的主题中消失，取而代之的是"海上之路"被构想出来，后者将日本民族的起源置于"南岛"=冲绳（《海南小记》），他称之为"常民"的"国民"也被创造出来。这里必须注意的是，柳田的"山人"论的话语结构是"'山人'的'灭亡'"，绝不能避开这一点。至于原因，正如以下将要说的，因为他与这个时期一连串的"灭亡"话语群具有相关性。

自然主义文学者岩野泡鸣针对北海道的阿伊努民族，建构了"逐渐灭亡的阿伊努"的话语（《旅中印象杂记》，1909等）。这一话语在正式开拓北海道的一八八六年以《优胜劣败与阿伊努》为题登上了报纸，这一点下文还会论及[15]。

岩野从北海道、库页岛逗留期间的见闻开始，展开其"逐渐灭亡的阿伊努"的话语，提出要对"灭亡"的阿伊努的"语言和文艺"进行抢救。这显然与柳田论述"山人"的"灭亡"，试图对其口头传承进行记录和保留的情况完全相同。与柳田的其他友人田山花袋、泉镜花一样，岩野对于柳田的"山人""灭亡"的话语完全未显示出兴趣，与柳田追逐看不见的"山人"相反，他更直接地考察殖民地下的阿伊努的"灭亡"，并且从其"言文一致"的思考出发，主张对于阿伊努的"语言和文艺"进行抢救和保存。或应当说，岩野比柳田更为直接地严守"言文一致"的思考[16]。

岩野对于依据《北海道旧土人保护法》（1899）实施的阿伊努民族的社会"保护"政策进行批判，主张应当"保护"的不是他们即将"灭亡"的社会或物质文化，而是可与"希腊和罗马"古代文化相匹敌的阿伊努的精神文化——口头的"语言和文艺"，为此应当从阿伊努中培养少量语言学专家。在这里岩野与《远野物语》的柳田不同，主张更学术地、更忠实于"言文一致"地，以"罗马字化"的方式记录阿伊努传承。

《北海道旧土人保护法》所大力主张的，并且岩野自身也作为前提的"优胜劣败"=社会进化论思想，与斯宾塞的名字一同在近代日本=明治日本发挥了最为强大的作用，自然也推进了阿伊努的"同化"="灭亡"政策。并且在结果上，与以这一思想为依据的帝国日本的"同化"="灭亡"政策相并行，阿伊努的"语言和文艺"被与阿伊努社会相分离、被保存。这里可以发现，社会进化论与"言文一致"的相互结合；固然，"言文一致"同时又是在以社会进化论为支撑。总之，阿伊努人作为帝国臣民的"同化"="灭亡"与对于其"语言和文艺"的抢救，在这里被统合。对阿伊努人进行"同化"、进行统治，与对于其文化进行表象化、进行统治，二者通过这一统合被合理化，而对其文化进行表象化记录大概成为学者的崇高使命。所以会说，应当拯救的是他们的"语言和文艺"，而不是物质（"器物"）和阿伊努社会。

　　但是，岩野尽管主张在学术上对阿伊努的"语言和文艺"进行记录保存，但并不是他自身实际进行阿伊努语的研究和记录。这一提案几乎原原本本地被帝国大学语言学科出身的金田一京助所实现。话虽如此，并非岩野给予了金田一特别的启发。这必须作为"言文一致"所具有的话语性加以理解。

　　这一时期，帝国大学语言学科在上田万年指导下，培养了金田一等日本周边各语言的专家，例如比金田一高一学年的朝鲜语小仓进平、琉球语伊波普猷，低一学年的中国语后藤朝太郎，等。帝国日本试图在学问的权威下，对于周边民族的"语言和文艺"进行表象化，在知识上也实现其统治。

　　其中金田一对于阿伊努通过"语言和文艺"进行了差异化、周边化和孤立。他认为，阿伊努语是与日语不同的并且别无他例的孤立的语言。尽管时间上略晚，但这与以下事态在同一时期发生，比如一八九九年对于北方民族进行调查的鸟居龙藏等人类学研究，一九〇四年圣路易斯世界博览会上阿伊努被作为少数民族样本而带去参展，或作为观光的对象常常被打造成为"观光照片"，等。换句话说，也可以说是在对各民族进行视觉化、表象化，作为统治行为的一环在进行。不过必须看到，金田一所进行的表象上的统治，是在"语言和文艺"上考察阿伊努的内心世界，并将其作为活着的"古代人"加以固定，这一点使其更难以收拾残局。

金田一一方面对于阿伊努的"语言和文艺"开展调查研究，并进行罗马字化记录，另一方面不停地阐述道，抢救"逐渐灭亡的阿伊努"的传承，是"日本人"学者的崇高使命。并且，虽然他将阿伊努出身的资讯人作为专家进行了培养，但为了阐述其崇高的使命，他不断地在对资讯人进行过分的美化。记述阿伊努悲剧故事的随笔集《北方的人》（1929）等，就是此类性质。

最为人熟知的事例，是留下《阿伊努神谣集》（乡土研究社，1925）而早逝的不幸"天才少女"知里幸惠的悲剧故事。故事的主人公为留下"逐渐灭亡"的民族的光辉，自己"主动地"参与"语言和文艺"的记录，她仰慕金田一这位奇特的学者，全身心地予以协助，而金田一也以无限的爱意对待她：以上就是这样一篇关于"臣民"的美谈。这一帝国日本的殖民地美谈，在战前通过教科书及其他媒介被广泛宣传：日本的异民族统治与西欧的殖民地统治不同，是天皇基于仁爱的统治，这一意识形态得到了不断的强化。

金田一往往让"女性"代表阿伊努的资讯人，比如金成广知及这个知里幸惠。对于男性，虽不像岩野那样说他们是"劣等种族"，金田一却也是将其作为未开化的活态"古代人"加以差异化，而即便是美化也仍然是还原至古代，称之为"阿伊努的荷马"。这里或不能不看到"阿伊努"＝"女性"这一典型的"东方主义"（爱德华·萨义德）。

"逐渐灭亡的"活态"古代人"阿伊努、象征民族最后之光的不幸"天才少女"，以及对于他们的悲剧从学术上进行抢救的"物语"，这些是金田一的"阿伊努文学研究"。但是，所谓阿伊努的"悲剧"＝"灭亡"，是"同化"政策的结果而不是相反。"阿伊努文学研究"的副产品是悲剧物语的诞生，这里必须看到帝国统治的多重性。当然帝国对此不吝赞赏，但荣誉（文化勋章）被授予金田一而非阿伊努。另外，金田一的阿伊努语孤立说现在已被否定或质疑。但是，在最近的对于金田一孤立说提出批判的"绳文人＝阿伊努人"说中，他们仍然被说成是"古代人"[17]。

一九一一年，伊波普猷的著作《古琉球》在那霸出版发行。在这本书中，对于日本将"琉球"（冲绳）进行殖民地化，将此前的"琉球王国"予以废止的《琉球处分》（1879），伊波的主张是，日本统治导致的王国"灭亡"，实际上是对于民众、民族从封建体制下进行"奴隶解放"。对于殖民地统治进行积极肯定的话语，由殖民地出身者之口登场。

日本的统治是"奴隶解放"的理由在于，文字以前的古代日本与古代琉球在语言上同系、同祖，日本的殖民地统治实际上是回到本来的关系。出于相同的理由伊波对于"日韩合并"予以肯定，称赞合并时的朝鲜首相李完用是先觉者。

这一事例，本质上是试图从口头语言想象过去是相同的"国民"（民众、民族），将现实的殖民地化事态加以合理化，从而接受统治。当然，这里也有"言文一致"的思考在发挥作用。陈旧的世界帝国＝中华帝国羽翼下的"琉球王朝"仰仗的是"封建制"。它是文或汉字的统治。日本的统治消灭了这一依据中国各种制度而由陈旧的阶级所统治的"王国"，就是解放了民族、民众。或也可以换句话说，"文"（＝汉文、琉球）应当从属于本来的"言"（＝日语、冲绳语）（"言文一致"）。就是说，由于拥有同一系统口头语言的日本的统治，琉球（冲绳）的民众俗语世界，从封建的异质的"文"或"汉字"的统治下获得了解放。伊波从这里出发，对冲绳各岛的语言进行研究，从历史上探求它们与日语的类缘关系，并且通过"语音学"教育每个人，促进其作为"国民""日本人"的民众觉醒、民族觉醒，赞美"帝国日本"[18]。

4 "短歌"的灭亡与"国民"的创造

一九一〇年，曾是国文学者的歌人尾上柴舟及石川啄木等指出，"短歌"将会"灭亡"。

这一"短歌灭亡论"是由正冈子规于一八八九年最早提出，在其开始俳句和短歌"革新"＝近代化的时期。他的观点是，"俳句和短歌这种以极少语言造就大量信息、多义性意涵的定型诗，作为文学形式最为高效和先进，但受限于十七字、三十一字的文字数，词语的组合受到限制，所以不久就有相同的作品诞生，即'灭亡'"（《诗歌的起源及变迁》）。与前面考察的一八八六年阿伊努灭亡论的最早出现（《优胜劣败与阿伊努》）几乎是同一时期，以斯宾塞社会进化论的组成部分"节约心力说"为背景，并且从"言文一致"的思考出发，"短歌"的"灭亡"被发现了。

大约十年后，子规在呼吁短歌"革新"的一八九八年撰写了《与歌者书》，文中对于固守《古今和歌集》（纪贯之等编撰）规范的技巧型"短歌"，即堆砌辞藻的王朝以来的"旧派短歌"表现技法进行责难，而这一批判同样是从"言文一致"思考出发的"灭亡"视点。并且，作为"写实"的作品，子规端出比《古今和歌集》更为古老的《万叶集》。

对于子规而言，"旧派短歌"只是同义反复，已经看起来是死亡的游戏。子规说，比俳句用词还少（=词语的组合相当有限）、不进行"趣向变化"的"旧派短歌"，不过是"垂死的病人"[19]。

当然，他们主张用语言进行原态"写生"（=写实）的短歌（俳句）"革新"，或也是发现于这一思考中。"言文一致"的思考跨越"灭亡"与"写生"，发挥着双义性的作用，形成了他们的"革新"的核心。

另外，尾上柴舟在《短歌灭亡私论》（1910）中首次提出这样一种主张：当"必然到来的语言近代化='言文一致'实现时，正是'短歌'的'灭亡'之时，如果要书写近代的自我，'短歌'这一形式已经过于陈旧"。石川啄木等还针对这一主张提出了各自的观点，而这一主张与子规所发现的"灭亡"论基本上并无不同，因为包括"书写自我"的"写实"论在内，都是在辞藻堆砌="言文一致"上看到了"灭亡"。

不过，尾上的"灭亡"论与子规也有不同，是从所想象的未来的"真正的国民的自觉"中发现"灭亡"，是在对于新"国民"

的想象中提出"灭亡"。

但是，这也并不真的是"未来"。正如前面多次特别提到的，一九一〇年是"日韩合并"之年，实际上新"国民"（"臣民"）——与朝鲜人的意志无关——已经登场了。总之，"短歌灭亡论"也同前面已经考察的一连串的"灭亡"话语一样，诞生于对于近代日本＝帝国日本的"国民或臣民"的想象。"灭亡"的话语首先是对于国民国家进行想象的话语。

并且还不能忘记，在这个一九一〇年，除了"日韩合并"之外，还有一个"大逆事件"。在日本的外部和内部发生了两个强权事件，而"灭亡"的话语——对于"国民国家"进行想象的话语——是它们的语境。

这一连串的"灭亡"的话语，与对于"国民"的想象是同一（"言文一致"性质的思考）逻辑，这里用与"短歌""灭亡"论之间的关系来说，则近代短歌的主流"阿罗罗木"派——追求"写实"的歌人——尽管是从子规的系统出发，表面上与"短歌灭亡论"无关，但也是在通过"短歌"对"国民"进行想象。

这个"阿罗罗木"团体与"灭亡"论者相反，是在"古代"中发现了"国民"。这一团体的代表人物斋藤茂吉曾说，这个时期不必要求"将来的短歌作者是天才"，大力主张短歌的"国民化"。他们在对于"天才"即少数精英的短歌进行"国民化"＝民众化的意图下，对于"旧派短歌"＝贵族或文人文学加以否定，在遥远"古代"的《万叶集》中寻找"国民化"的根据。

他们相信，在古代的《万叶集》中，贵族和民众都质朴地创作短歌，技巧也少，拥有他们大力主张的"写实"的样本。他们在创作作品时引用《万叶集》，将其作为规范，认为他们自己的短歌更为彰显《万叶集》以来的国民"传统"。

这一尝试取得了成功，这个团体最终组织了全国规模的文学大社团，并且最终牢固地建构了《万叶集》是"国民歌集"这一话语。但是，正如品田悦一在《国民歌集的发明·序说》（1996）中所指出的，这应当说是"被发明的传统"。即便是端出《万叶集》的子规，对于《万叶集》也知之甚少。

从那以后，"短歌"在其背后拥有了自古以来的悠久的国民传统，大正时期由洼田空穗主办的结社杂志则直接命名为《国民文学》（1914）。这个团体虽是从与《阿罗罗木》对立的与谢野晶子等的《明星》系派生而来，但他们也当然是将《万叶集》作为了参照。

另外，这一"传统"的发明其实还被加上了国学者们的认识，比如子规是以贺茂真渊为参照，认为《万叶集》=男性的=国民的。贺茂真渊称赞《万叶集》是"雄浑风"=男性的，并在这里发现上代（古代）的纯粹性，而将《古今和歌集》定位成"柔美风"=女性的，逊于《万叶集》，并非本来的传统，从而提倡向"传统"回归="复古"。《万叶集》=男性性、《古今和歌集》=女性性，这样一种差异化，作为美学上的对比，至今仍是不断被重复的经典[20]。

"灭亡论"从未来的"真正的国民"=想象上的"国民"出发，认为短歌是陈旧的，相反"阿罗罗木"派则在古代的《万叶集》中发现了想象的"国民"，并将短歌作为自古以来的"传统"力图对其进行国民化。这二者乍看似乎对立，实际上同样都是诞生于对于"国民"的想象，其背后则是"言文一致"的思考。

另外还必须看到，在"阿罗罗木"这种对于"传统"的发现或发明之外，这一时期已经通过短歌广泛地诞生了"国民"或"臣民"。

因为事实上，从"大逆事件"的无政府主义者幸德秋水，到身为明治政府实权人物的弹压当事者山县有朋，都在创作短歌。当然，北海道的阿伊努、冲绳，以及朝鲜，也都有歌人在登场。以短歌为手段的国民化、臣民化，甚至波及了殖民地。短歌被跨思想、跨民族、跨阶级地创作，大家通过这一文学实践成为了"国民"。

这里必须看到"旧派短歌"="御歌所"派所发挥的"作用"，尽管近代短歌将其作为"革新"的对象，为此"近代文学史"最终也将其排除在外。这里所说的作用，与其说是该团体自身的作用，不如说是他们这些天皇身边人举行的新年仪式——现在也在举行的"歌会始"所具有的作用。

明治政府在创制天皇仪礼的过程中，恢复了"御歌所"这一曾经是歌集编纂所的组织，并且开始举行"歌会始"这一宫廷新年仪礼。一八七九年首出"御题"（敕题），开始公募。这一"歌会始"承担了以短歌为媒介将"天皇"与"国民"相结合，以短歌为手段实现国民化、臣民化的作用；比如，"日韩合并"的翌年（1911）正月，立即让新"臣民"（朝鲜人）的短歌登场"歌会始"，被作为"臣民化"的证明，通过报纸杂志进行了广泛的宣传。当然，子规们对于"旧派"短歌时常责难，并开始进行短歌的"革新"，正是因为它被发表在公共媒体上。这样想来，这一天皇仪礼（"歌会始"）也同时成了催生短歌"革新"=近代短歌的导火索。另外，"近代文学史"之所以无视"歌会始"及其作品的存在，也是因为将其视为仪礼性质，而非文学性质。

一九一〇年正月，幸德秋水出席无政府主义者的新年会。他向与会者披露了自己的短歌，"炸弹落下惊初梦，千代田松雪折声"，意图对这一年的"御题"即"新年之雪"进行嘲讽。未料，受命潜入新年会的警方奸细立即向警察通报，称"幸德传次郎（秋水）作歌煽动动乱"，导致了暗杀天皇阴谋事件="大逆事件"的构陷[21]。

另一方面，弹压方的山县有朋则拥有"旧派"的"常盘会"，这是有森鸥外、井上通泰（柳田的同胞兄长）等加入其中的、政治家和文人们的社交性短歌创作团体。山县在事件的审判开始之后，立即创作了短歌，"意欲颠覆天地者，不知天高地厚人"。

在公共媒体开设专门的"短歌栏"（短歌作品投稿栏），通过短歌推进国民化，开始于一九〇〇年的《日本》报（选歌者正冈子规）。根据田村广志的调查，之后十年间几乎所有的报纸都与"俳句栏"一同开设"短歌栏"，至今仍然占据一版面以上[22]。另外，还有必要考察像《阿罗罗木》这种私人媒体="同人杂志"形式的短歌类杂志。尽管是以"结社"这一团体为单位，每月出版小杂志，而且不在书店等处出售，但这一类杂志刊载本团体的作品，与时常举行的集会=歌会一同为成员们的聚集提供了支持。另外，近代短歌的"结社"，比如"明星"派的母胎"东京新诗社"、"阿罗罗木"派的母胎"根岸短歌会"，其设立都是在一八九九年。

通过这些公共媒体和私人媒体（结社杂志），短歌超越所有阶层、思想、宗教、人种、男女、罪犯等通常的社会关系、差异等，每天都在生产出"国民"。不光是"革命家"幸德秋水，"日本赤军"的"革命家"也在监狱中创作着短歌[23]。总之或可以说，连无政府主义者也都在"国民"化（？）。

德川时期之前本是贵族和文人文学的短歌，就这样被误认为是国民性质的"传统"，"国民"不单是被想象，最终还被视觉化、被确认。

总之，从一九一○年这一年前后开始，旧秩序，即以"文"（文字）为手段的统治——也包括"旧派"的"题咏"——由于依托于媒体的近代短歌的缘故而解体，从此被近代的"言"（语音）的秩序所统治。作为"汉诗人"而广为人知的幸德秋水在《平民新闻》上却是"言文一致"家，还创作了前面所举例的短歌，在这一点上也相当具有象征意义。

文学上的"言文一致"的思考，是对"国民"进行想象的政治性质的思考，而通过短歌可以发现更为政治化的一面。事实上，在十五年战争期间，依托于《万叶集》生产出了大量的"爱国歌"。

5 折口信夫与"叙事诗"

一九一○年，折口信夫从号称继承德川国学的国学院大学毕业。

他在国文学、民俗学、艺能史等的成就之外，还是歌人、诗人、小说家，作为才华横溢的才子而广为人知。他对灭绝的"古代""民俗"进行复原，"发现"了在他以前不为任何人所知的外来神"稀人"。由于其横溢的才华和独创性，他常常被称作"天才"；加速"天才"传说形成的逸闻中包括同性恋传闻、借助药物（可卡因）进行论文写作等，在现代仍被称作"诗人学者"，与"诗的想象力"一同成为描述折口的专用语汇。但是，对于这位"诗人学者"的"诗的想象力"的历史性，我或将提出质问和批判。

在尾上柴舟等的短歌灭亡论的时代，折口属于"阿罗罗木"派，曾论述短歌的可能性，撰写了《灭前之短瞬间》（1914）。正如这一题目（＝灭亡之前的短暂的时间）所表现的，他虽是对于"灭亡"论提出反驳，却是以"灭亡"为前提而创作短歌。

后来，折口在关东大地震（1923）后撰写了作为短歌灭亡论相当出名的《歌之圆寂时》（1926）（另，这篇歌论是从以下三点论述"灭亡"：歌坛只有歌人而无他者、无批评；短歌有寿命；歌人的人格有问题），但应当注意的是，与对于短歌的"否定"不同，他是将同义反复描述为"死灭"。换句话说，他是在无差异、无他者这一点上看到了停滞，从而预言"死灭"。另一方面，同为"阿罗罗木"派的斋藤茂吉在留学德国（1921—1925）之后，也是将《万叶集》作为规范，追求短歌的国民化。

斋藤茂吉在尾上"灭亡"论的时期，积极地参与短歌创作，论述称"将来的短歌作者不必是天才"（杂志《阿罗罗木》编集后记，1911年1月）。他之后对于"灭亡"论也不太关注，在折口撰写《歌之圆寂时》的时候，还撰写题为《气运与多力者》（1926）

的文章，斥责这样的讨论是"学者一方的兴趣"本位的抽象论，并论述称"国兴则短歌亦盛"。但是，斋藤这一无论谁都可以创作短歌（＝短歌的国民化）的"断言"，与折口等"灭亡"论者的论调，正如前面特别指出的，二者实际上并无多少不同。原因在于，在这里，借用前面提及的"灭亡"论者尾上的说法，在短歌的"灭亡"上发现"真正的国民的自觉"的立场，与追求将短歌改造为人人皆可作的诗歌即"国民化"的斋藤，二者即便是表面上互不相容，但在将短歌视为与其他文学类别不同的特别类别，并围绕短歌进行"国民"想象这一点上，则二者完全相同。

总而言之，像正冈子规一样，折口也是以"灭亡"为前提积极地开始了短歌的"革新"。当然，折口的"革新"与子规有所不同，因为折口进行了改造短歌本身形式的尝试。不过，他尽管像这样声称短歌将要"灭亡"，并摸索新的形式，但他自身终生对于短歌都未曾放手。原因在于，他的兴趣不是对短歌进行"否定"，而是以其"灭亡"为契机在其发展上发现创造的可能性。

二十世纪初的折口阅读柳田的《远野物语》，开始了民俗学的研究。虽然正如他将自身的学问称作"民俗学性质的国文学"一样，折口是从"民俗"的角度研究古典文学特别是古代文学，但他也从古代的"长歌"中获得灵感而创作叙事诗＝戏曲。一九一七年的题为《大山守序曲》的作品，是这一系列特异叙事诗群的开端之作[24]。

《大山守序曲》是以古代英雄"大山守"为题材的戏曲，是叙事诗。这部作品集聚了"民俗学"及《古事记》《日本书纪》的神话（以下简称记纪神话）、《万叶集》等古典研究的成果。应当关注的是，在这部作品中他将记纪神话作为了创作的对象。就是说，这部作品属于记纪神话成为创作对象的最早先例[25]。

问题在于，折口在这一叙事诗＝"长歌"形式的延长线上于一九二四年撰写了《砂烟》，对于大正时期文学所忽略的关东大地震这一事件进行了艺术再现，而且他在十五年战争期间——不用说《死者书》（1943）正是这一时期的作品——创作了大量的颂扬殖民地主义、战争等的叙事诗。

众所周知，一九二三年九月的关东大地震，是除遭受火灾之外还引发官方和民众屠杀朝鲜人的冲击性事件，并且这一灾害对于江户时代以来的街道造成了破坏，从而彻底改变了首都的面貌，在这个意义上它也是历史和文化的转折点。不过，不可思议的是，如果考察文学史，描绘这一灾害和事件的文学作品极其匮乏，几乎看不到。正如这个时期登场的"新感觉派"领军人物横光利一所说，由于它太过严重和具有冲击性，因而未能进行文学化。在最早描绘关东大震灾严重事态这一点上，叙事诗《砂烟》令人注目。无产阶级作家等固然创作了片段性的内容，但这些片段性内容成为审查的对象，加重了片断化的程度。在完成度这一点上，《砂烟》也是唯一成功实现文学化的事例。

作品以地震后惨状的描写——从火灾中跳河而逃的人们又溺水而亡的惨况——为开端，从折口自身被误认作"朝鲜人"的体验出发，使用叙事诗=诗剧的手法，"多声部地"描绘了"自警团"、民众等屠杀朝鲜人这一事件的场景。

"朝鲜人"之所以成为民众的"自警团"的施暴对象，是因为在日本统治下的朝鲜，他们被强权统治着，流言说他们"趁着地震的混乱，为泄愤而化成暴徒，向水井投毒"。"自警团"相信了这一流言而封锁道路，对"朝鲜人"进行了屠杀。

对于"朝鲜人投毒"这一流言，当时被视为一流知识分子的那些人，从内村鉴三到芥川龙之介都深信不疑，他们事实上加入了"自警团"。或者应当说，《砂烟》所描绘的对朝鲜人施暴的"自警团"中，芥川、内村等都加入了其中。并且，依照这部诗剧，在大正时期被理想化、被发现的"儿童"也对朝鲜人实施了鞭尸。在这部诗剧出场的鞭尸的"天真孩童"，或正是《赤鸟》《金之星》等的读者。

这样的事态除《砂烟》之外再没有被文学化。比如被理想化的"儿童"的残虐行为，谁都没有见过。在这一点上的确可以予以高度评价，但问题在于折口是从何种立场在写这样一部叙事诗？问题在于，对于当时混乱状况进行描绘的视点，对于被"自警团"残杀的朝鲜人的命运表示同情的视点究竟在哪里？

极为简单地说，作品是从折口所想象的、"日本众神"的视点描绘了上述的惨状。就是说，与内村、涩泽荣一（涩泽是财界人士，从儒教的立场说着与内村相同的内容）认为这一灾害是对于生活奢侈的都会人的"天谴"一样，折口是在以超越的视点远眺这一事态。之所以这么说，是因为朝鲜人（"到处投毒的那些人"）被描绘成了传达"日本众神"之怒的使者；就是说，是因为惨状虽未被说成"天谴"，但被描绘成了"日本众神"之怒，即神谴。折口既没有对"到处投毒"的"流言"进行批判，对朝鲜人还相当地蔑视，甚至称之为"鲜人""不遑归顺民"。

当然，虽说如此，《砂烟》仍然是唯一将这一事态进行文学化的作品。原因在于，只要是与这一事态相关，文学就完全无能为力。确实，芥川对于涩泽认为这一灾害是"天谴"的言论进行了嘲讽，并且以克莱斯特的小说《地震》为例，预测灾后的人心将相互充满不信任感。但他自身最终相信了"流言"，加入了"自警团"[26]。

从古代的"日本众神"的视点，折口创作了《砂烟》。之后，折口常常借助"长歌"对现实进行叙事诗化、神话化，将现代还原为古代进行讲述。现实作为"日本众神"的意志而被发现。这毫无疑问是"皇国史观"的一种形态。

当然，他们的"日本民俗学"的佐证之地"南岛冲绳"也必须与其学说一同被神话化。柳田《海南小记》以来的"海上之道"说主张日本人自冲绳北上，与此相反，折口主张日本人南下冲绳的假说，他必须对自己的说法加以神话化。

在这里可以发现，折口是比柳田更难以收拾残局的、梦幻般的殖民地主义者。与二十世纪三十年代至四十年代的海外扩张及其南进论相呼应，他已经开始将日本的南下、南进作为历史事实进行讲述，并且予以神话化。一九三六年从冲绳调查归来的折口在题为《琉球国王的凸目》的论文中称，琉球王朝的尚氏，正是中世九州武士团南下产生的"征服王"。他是要在冲绳发现大和民族的殖民痕迹。这是对于伊波普猷从语言学系统论出发所论述的"日琉同祖"论加以改造的假说，但让九州武士团作为殖民者、政治统治者登场，则与伊波有所不同，或是出自"英雄叙事诗"的构想。当然，这样的"神话"或"传承"在所说的"琉球王朝"不存在，在日本也不存在。这一空想不可能进行实证，折口学派也只能将其作为"天才般的假说"而放置一边。

　　并且，折口为了对自己的这一假说进行完善，开始创作完全不存在的"神话"。他从一九三八年开始创作超长的——日本近代诗史上最长的——叙事诗《月城之旗》。作品中夹杂着日本的古语、冲绳语，让众多不为人知的英雄逐一登场，在解读难度上或也可说是近代诗第一。作品所呈现的，是对于自己的假说的神话化，又是对于当时日本南进论的神话化；是对于曾经在"琉球王国"的建设中经历过的所谓"南进"的神话化；这里或可看到，对于自己的假说和现实的神话化。

　　狂热地进行这种对于现实的神话化是在一九四一年的亚太战争中。因为折口在这个时期开始常常借用《古事记》神话创作大量的叙事诗，例如日本军队对于太平洋诸岛的侵略，居然被作为"国土诞生"（1943）而加以神话化[27]。

　　将现实的战争还原为古代神话，讲述其如何变为现实的折口，通过JOAK（现NHK）以及报纸杂志等公共媒体，不断地将现实的战争作为古代的再现进行讲述。他在战败后又开始说——丝毫不汲取教训——败北是"神"的意志，《古事记》神话早已讲述了这一结局（"神败"[28]）。当然，这样的神话化并不只见于折口。因为比如三岛由纪夫曾写道，战败和天皇的人化早已写入《古事记》[29]。

6　"语部"＝语音中心主义与法西斯主义

　　以上考察了折口在短歌"灭亡"论的同时所发展的叙事诗。

它完美地实现了史诗（众神的战争叙事诗、英雄诗）的本来性。但是，近代不是古代。当然，在这里或许可以看到他的个性。自由主义者竹越与三郎将这十五年战争批判为遵循"古代国家成立时的世界观"而犯下的愚行（《新日本史》，1947），但是这里只有这样一个男人，他不断地追随现实的状况（战争），完全按照时代的要求而活在这样的世界观中。

折口话语的特质在于它不断地反映了时代。这一点从战中到战后被很好地表现出来，用战后的事例来说，或可以看一下驻日盟军总司令部的神道指令（1945）和《天皇人间宣言》（1946）。因为折口立刻就按照上述的内容改变学说，以示追随；也就是始于《神道宗教化的意义》（1946）的一系列"神道的人类教化"规划，以及《天子非即神论》（1947），前者是对于国家神道的批判，后者则特意强调天皇本是人[31]。当然，战前他一直将天皇赞为神。

这样的特质不光是折口在学问上的特质，与折口"民俗学"的根基"语部"（神话、口承文艺的传承者）假说也有关系。他本人、他自身的讲述=口述笔记形式的学问（他的著作大都是对于即兴口述的笔录），都是不断与时俱进地时刻追随"时局"，时代的事件、状况等，而这情形正是他所发明的"语部"的状况。

这个"语部"是折口从平田笃胤的《古史传》获得灵感而再建构的概念，处于折口学问的核心位置。今天，这个词语已成为一般性概念，但在历史上其存在尚未被确认。当然，即便看折口学派的《折口信夫事典》（1988）也是一样。

不过必须看到，这个成为折口学说依据的"语部"，实际上正是支撑法西斯主义时期"皇国史观"的根基。将文献以前的"口承"时代加以绝对化,正是"悠久日本""神国日本"这一意识形态的核心部分。

一九四〇年一月津田左右吉被从早稻田大学驱逐,他的著作成为禁书,这一事件始于右翼蓑田胸喜等的攻击,而攻击则始于津田的如下论述,"就存在语部这一特殊的部民,进行古事的口述传承这一遗风来说,没有任何线索会让人产生这样的想象"(《〈古事记〉及〈日本书纪〉的研究》)。如川村凑所言,蓑田针对津田的"语部抹杀论"和"祖先崇拜抹杀论"进行了集中攻击,而对于蓑田而言,否定"语部"完全是否定作为"日本民族悠久之魂"的"言灵"的"重大挑衅"[32]。

毋庸赘言,折口所想象的"古代"或"口承传承",如果"语部"不存在则无法成立。当然,"日本民俗学"也默认"语部"的存在,而且就柳田而言,则是一直将"祖先崇拜"作为日本人的信仰。"语部"与"祖先崇拜"是"日本民俗学"的关键要素,是日本法西斯主义的核心。"日本民俗学"在战时可以特别讴歌"学问自由"的理由也在于此。即便说他们是作为"民间的学问"一直在迎合"时局",或也不为过。至少,他们从未批判过"时局"——比如上述的津田事件。

津田在战后一直喜欢用假名署名。作为在书写语音的假名上发现国家认同的民族主义者,他也是语音中心主义者。不过,对于像蓑田那样只以语音为梦想他则是予以排斥。津田在《古事记》中发现了"中国思想",但他并不是只对这本最为日本的书籍充斥着汉字、汉文抱有不满。他对于用汉字书写的内容,甚至是被视为外来的内容，全部都不喜欢。他曾由于对于天皇的"不敬"而被弹压，但出乎意外地在战后却一直拥护"皇室"。并且，别具特色的是，他在拥护"皇室"的国粹主义者身上也发现了外来的异物。

津田对于"护持天皇制"这一说法早已指出，这个"天皇制一词的使用"，包含着"反对皇室存立"的"共产党的意向"。他认为，如果要说守护"皇室"，则应当说"护持国体"，而"护持天皇制"这一说法是被"共产党""污染"了的说法（《日本人的思想态度》，1948）。当然，津田的提法很正确。因为，"天皇制"一词是一九三二年由共产国际的纲领最早开始使用的说法。津田这样一种彻底的思想状况（民族主义），即便是斥责其"不敬"的蓑田及战后大力主张"护持天皇制"的那些人，也都未能理解[33]。

一九一〇年前后被发现的多种"灭亡"话语，都是以"言文一致"为圣典，总体上都是作为对于"国民国家"日本的想象而存在。但是，它是作为将其外部=帝国主义日本加以内部化，并试图对此视而不见的自闭性现象而存在，就是说，如同在短歌"灭亡论"、短歌"国民化"等话语上所发现的，只对于"未来""过去"（古代）予以关注，对于根本不存在的"日本""传统"等加以想象，试图对于"日本"加以特权化，是作为这样一种现象而存在。

短歌灭亡论者折口信夫创作将现实加以神话化的"叙事诗"，并取代自己所想象的"语部"，为日本法西斯主义助力而回归

"古代"，这一现象也是其中一例。

并且，这里考察的柳田、折口等，至今也在构成和生产着支撑日本独自性的所谓"日本的日本"这一同语反复。其中特别是折口信夫，他属于"国文学"和"民俗学"这种极易以日本独自性为前提的世界，好比黑洞一样一直被排除在批判对象之外。但是，在柳田身上看到的殖民地主义，正如前面所论，其实在折口身上才更为明显。折口对近代的殖民地主义加以神话化，好像在"古代""中世"已经发生过一样，但其实是从近代日本=帝国主义日本的殖民地主义进行反转而被发现。

折口至今仍被神话化的缘由，与他赞美战争的诗歌（叙事诗和短歌）在战后未被作为问题这一事态密切相关，至少未像斋藤茂吉、高村光太郎被批判作为文学者的战争责任那样被追究。折口学问本身的秘仪性自然是原因之一，但也是由于柳田的"民俗学"在战后被作为民众的学问而进行了国民化，是由于战后日本的社会一直是持续掩盖差异、暴力等的半近代社会，更进一步地说，一直是同质性的"全体主义"社会。对于战争期间的状况，在"一亿总忏悔"以后，所有人都一直是视而不见。

而且，针对柳田我在前文中指出，"山人"正是将殖民地统治（外部性）加以内部化才被发现，而如果更进一步地说，将上述的柳田进一步"和风化"就可以发现折口的特质。例如，柳田的"山人"可以读作"SANJIN""YAMABITO"音训两个读音，由此联想至《古今和歌集》等的"SOMABITO"（山民）、"MAREBITO"（客人）、"MAREBITO"（客神=外来神=Stranged God）这一转义性语言空间的人，便是折口。

这是一种语言的游戏，他一边说短歌将"灭亡"却又不放手也在于此。为了填补古代贵族的无限风流与近代生活之间的鸿沟，他想象出了"语部""客神"，并活在了其中。他将自己也加以神话化，创作了短歌"深爱人之神，若言或如我"（遗作）。但是，这一颇具讽刺意味的短歌，恰是"不能决定"性本身。这种游戏，如同他自己觉悟到的，本质上不过是"游民"的游戏。但或也不能忽视，这个"游民"作为知识分子促成法西斯主义，煽动了战争。因为他建构了"皇国史观"，就是说，简直对于一切他都是从"古代"说起，将日本文学的历史叙述成天皇制的历史，论述了"国文学"的发生。当然，这与德川时期国学者的主张并无不同。只要现代日本的知识分子=游民们，崇尚将绳文人视为"原日本人"的意识形态，在这里空想"悠久的古代"，折口或会一直被特权化。但是，在折口身上应当看到的是，"游民"曾是激进的右翼这一典型事例。当然，这样的事例或应当说是相当平常的事例，比如海德格尔、D. H. 劳伦斯、W. B. 叶芝，可谓数不胜数。

注

1　另，否定文字这件事本身，同时代在儒教方面由安藤昌益在《自然真营道》中进行了论述。昌益将文字视为统治工具而加以否定。

2　村井紀『文字の抑圧 —— 国学イデオロギーの成立』青弓社、一九八九年。

3　柄谷行人「ナショナリズムとしての文学」『文学界』一九九一年一月号。

4　师从于丸山真男和柳田的政治思想史学者神岛二郎在《通向常民学之道——以与柳田学的"邂逅"为中心》(「常民学への道 —— 柳田学との〈出会い〉を中心に」『常民の政治学』伝統と現代社、一九七二年)一文中写道，在十五年战争期间"一直坚守追求真实的知性本分的，只有日本民俗学(＝柳田国男)"，而且在该书的序文《何谓"常民"》中论及战时的柳田著作，称赞柳田的学问是对于战时体制的"抵抗之学"。战后的柳田评价，可参照神島二郎・伊藤幹治編『シンポジュウム柳田国男』(日本放送出版協会、一九七三年)。

5　座談会「大東亜民俗学の建設と『民俗台湾』の使命」『民俗台湾』一九四三年十二月号。

6　村井紀「満蒙開拓のふるさと」『増補改訂　南島イデオロギーの発生』太田出版、一九九五年。

7　川村湊『大東亜民俗学の虚実』講談社、一九九六年。

8　"日本民俗学"在工人运动的右倾化、左翼的转向相继发生的战前最后的"五一"那年，举办一九三四年"民俗学讲习会"，作为全国规模的运动团体开展了活动。通过在各地组织的"民俗学"研究会，对学生、学校教师、神社人士等"民间"知识分子进行了组织。这一学问在法西斯主义形成期作为"民俗学运动"所发挥的作用，必须予以关注。他们即便不是直接赞美军国主义，也一直给予了间接的支持。一个传闻说，转向左翼一直处于警察的监视之下，但只要在柳田的身边，就不会受到太多的追究。这是因为，这一学问是体制顺应型，正如左右思想对立的人们都在此聚集，它是"全体主义的"。正如已经指出的那样，在与民众性紧密相连的"民间学问"、日本独自的学问这一"民族主义"上，"日本民俗学"确实承担了日本法西斯主义的部分作用。并且，转向左翼将"民俗学"作为避难所的情况，在战后仍屡屡发生。

9　大概这些问题的象征性人物是折口信夫。因为折口学派的"民俗学的国文学研究"才是二十世纪三十年代的宠儿，它在战败后甚至至今都被赞美之辞所包围。与折口相关的"赞辞"包括从保田与重郎到从事马克思主义国文学研究的风卷景次郎，甚至西乡信纲、吉本隆明等。村井紀「国文学者の十五年戦争」『批評空間』II—一六·一八、一九九八年。

10　柳田国男与"日本民俗学"的相关话语，常常被这种民族主义的修辞所包裹。折口信夫在《古代研究》（1930）中，将柳田的学问称作"新国学"，进而在《先生的学问》（1946）中也强调，柳田的学问是日本独自的学问。并且，在来自民俗学外部的评价方面也是一样。例如，战后派学者、社会学的加藤秀俊和文化人类学的米山俊直合著了《北上的文化〈新·远野物语〉》（『北上の文化〈新·遠野物語〉』社会思想社、一九六八年），从他们所援用的美国"文化人类学"的视点（＝文化相对主义），在"以日本的尺度观察日本"这一点上柳田的学问同样受到了好评。就是说，柳田的学问（民俗学）是独自的学问，是"日本的尺度"。

11　在一九七〇年应当受到关注的，是日本的"南岛"冲绳乃"古代日本"的"原乡"这一柳田话语（《海南小记》）所发挥的政治性功能。原因在于，这一"民俗学"的话语，为从冲绳一方而说的"回归祖国（＝日本）"，和日本一方所主张的"美国将冲绳'返还'日本"这两种观点提供了支持。柳田的话语以语言学者B. H. 张伯伦、伊波普猷以来的"日本与琉球乃同祖"这一学说为依据，将日本和冲绳描述为类似于亲子关系，冲绳的独立等则完全不在考虑范围。但是，冲绳的"返还"="回归"，事实上是日本将"琉球王国"进行殖民地化的"琉球处分"的再现，与当事者冲绳的意志无关，是日本和美国共同决定了，通过《日美安保条约》对"冲绳"进行统治。这个时期，以这种"民俗学"的话语为挡箭牌，左翼为日本政府的"返还"日本这一官方国家主义话语添砖加瓦，实现了对于"日本与琉球乃同祖"这一"想象的古代"的回归。在吉本的"南岛论"的影响下，柳田、折口成为热门，与围绕他们的国家主义话语一同，"南岛"="原日本"的相关论述此前一直在进行着量产。冲绳的"口承文学"意味颇深地被发现了，将冲绳作为"原日本"的"日本文学史"被发现了。当然，这是除"南岛"以外不再拥有外部的"文学史"，是"日本的南岛"这一国家认同性质的或者是无限接近"皇国史观"的文学史。因为，它是在"南岛"空想极其"悠久"的"日本"。

并且，要在这里发现生产日本统治冲绳依据的文学史研究的政治性=后殖民主义，或并不困难。

12　村井紀『増補改訂　南島イデオロギーの発生——柳田国男と植民地主義』太田出版、一九九五年。

13　柳田认为"日本是否存在神话"是个疑问，对于江户"国学"所赞美的《古事记》（和《日本书纪》）的《神代》卷神话，认为未满足作为"神话"的条件；并且主张，他们现在记录和收集的《远野物语》等活态"传承"才是本来的"神话"——是"如今消亡的神话"的一部分。柳田国男監修・民俗学研究所編『民俗学辞典』（東京堂、一九五一年）。

14　桑原武夫「解説」『遠野物語・山の人生』岩波文庫、一九七六年。

15　「旅中印象雑記」『岩野泡鳴全集』第十一巻。一八八六年以后，直到二十世纪六十年代末，这一"逐渐灭亡的阿伊努"的话语，尽管变成了保护阿伊努文化等形式，通过报纸不断在被重复。『アイヌ史資料編4　近現代史資料2』北海道ウタリ協会、一九八九年。

16　岩野是以柳田为领军人物的自然主义文学研究会"易卜生会"的成员。该会创设于一九〇七年，聚集了岛崎藤村、田山花袋等众多自然主义文学者。

应当关注的是，岩野等柳田周边的那些人对于柳田的"山人"的"灭亡"这一话语完全未理解。例如，柳田曾表示敬意的南方熊楠，他对于柳田的"山人"＝先住民一说明确表示了怀疑。对于柳田的"山人"表现出理解的，只有折口信夫等"民俗学者"。当然，这是因为柳田的"山人"并非实际存在，而是柳田以阿伊努等为原型加以想象的产物。

17　梅原猛ほか『アイヌ学の夜明け』小学館、一九九四年。

18　对于承担了近代冲绳的国家主义的伊波，我在以下文中已经论述。「起源と征服──伊波普猷について」(『批評空間』Ⅰ──一一、一二、Ⅱ──一、一九九三─九四年)、「沖縄とハワイ」(『毎日新聞』一九九七年七月一四日)、「伊波学の可能性」(『沖縄タイムス』一九九七年八月一三日)。伊波的国家主义在二十世纪二十年代与马克思主义接触，转向对于帝国主义＝资本主义的批判，展现了与柳田、折口、金田一等不同的发展状况。伊波未像柳田、折口那样被纳入战时体制。

19　「七たび歌よみに与ふる書」、「歌よみに与ふる書」『正岡子規集』日本近代文学大系16、角川書店、一九七二年。

20　对于近代短歌的革新者们而言，这些国学者们常常是作为先觉者而被发现。短歌作者同时作为学者，在国学者身上发现了自己的先例。例如，佐佐木信纲、折口信夫等所发现的国学者，与其说是作为国文学者的先祖，更多是作为向《万叶集》学习创作的歌人。以折口为例，在杂志《阿罗罗木》上介绍了橘曙览的万叶研究。另外，以"国学者"为规范的国文学研究者与歌人的共生也并不罕见。反过来，短歌的专门杂志一直都刊载古典研究，歌人们现在也是国文学研究的忠实读者。

21　神崎清『実録幸徳秋水』読売新聞社、一九七一年。

22　"现代短歌辞典"付载「新聞歌坛选者一览表」『短歌』角川書店、一九七八年九月临时增刊号。

23　『坂口弘歌稿』朝日新聞社、一九九三年。

24　《大山守序曲》一方面也是小说《死者书》（1943）的原型。《死者书》被堀辰雄、中村真一郎、吉田健一等与乔伊斯、普鲁斯特等相比较，作为"前位性"的作品获得了很高的评价，但这样的"比较"另当别论，或也不能将战争期间的问题排除在外。原因在于，折口是狂热的战争追随者。村井纪「死者の書のジレンマ」『ユリイカ』临时增刊号、青土社、一九九四年十二月。

25　记纪神话虽说是"日本神话"，但并无应当叫作"日本神话"的实态。它是被德川时期的国学所圣化、被明治政府可以说是圣典化的产物，并不是人们相信这些神话或作为创作对象等而一直抱有兴趣。记纪神话被明治时期政府所圣典化，被通过教科书教给人们，被作为神话、历史等重新进行研究，通过这些方式才逐渐成为了人们的想象力的对象。这或意味着，一般称为"日本神话"这件事本身也是"被创造的神话"。因此可以说，如同在第3节所说，正如柳田所主张的，在人们现在信其有这一点上《远野物语》才是本来的"神话"。应当看到，从明治末期至大正时期，记纪神话才终于作为"神话"被一般人所接受。

　　这里举一下创作的事例，比如铃木三重吉的儿童作品《古事记物语》（1920）、芥川龙之介的《素盏鸣尊》（1920）和《众神的微笑》（1922）、武者小路实笃的《素盏鸣尊的一天》（1922）、山本有三的《海彦山彦》（1923）等。并且，与此相对应，同上述的创作化相并行，在这个时期，柳田赋予其活态"神话"意义的"民间传承"成为了创作对象，比如，芥川的《河童》（1927）、宫泽贤治的《山男的四月》（1924）等。并且或还可加上，一九一一年的"元始女性是太阳"（天照御神＝太阳＝女性）这一女性解放的口号。

在大正时期出现的拟古主义、怀疑近代——儿童和女性被发现、记纪神话的创作以及横光利一的《日轮》等作品问世——的风潮中，记纪神话、"民间传承"等与出版业资本主义的新发展一同被知识分子所发现，第一次作为想象力的对象获得了生命。在这个过程中，作为明治国家的天皇制神话而被选出的记纪神话，被广泛民众化而深入人心，成为了国民的"日本神话"。

大正时期有了作为"神话"的活态实体的记纪神话，在十五年战争期间显示出折口以及提出"古神道"的横光利一(《旅愁》)等所展示的那种"狂态"，但这种"神话再现"的方式，就是说对近代战争进行神话化的方式，虽然愚蠢或也可以说是"神话"的活样本。

总之，记纪神话首先是近代国家的神话，不能离开这一点而称作"日本神话"。即便是今天，神话学、人类学等也还是无视这一点而言及内容、结构。但是，他们所研究的记纪神话，即使是在日本文学史中也只是在中世才微微展现，对于人们几乎未产生影响。

26　「大震雑記」、「大震日録」、「大震に際せる感想」『芥川龍之介全集』第六巻、岩波書店、一九七一年。

27　『折口信夫全集』第二三巻、中央公論社、一九六七年。村井紀「死者の書のジレンマ」（注(2)）、同「偽造された記憶——神話制作者折口信夫」『現代思想』青土社、一九九五年一月号。

28　同注（27）。

29　三島由紀夫「日本文学小史（古事記）」『三島由紀夫全集』第三四巻、新潮社、一九七三年。

30　『折口信夫全集』第二〇巻、中央公論社、一九六七年。

31　川村湊「津田左右吉、否定の史学」『文芸』一九八七年秋季号、河出書房新社。

32　《日本人的思想态度》在《津田左右吉全集》中改稿后分别刊载在第二十一卷《思想·文艺·日语编》及第二十三卷《论丛二　昭和期》。『津田左右吉全集』岩波書店、一九六五年。

◆

第三部分

美学·国家主义·传统构建

VII

作为美术馆的历史

——冈仓天心与费诺略萨

柄谷行人

明治日本的近代化其实是西方化。法律制度自不必说，它遍及了各种学问、艺术的全部范畴。汉方医学、汉文学、佛教，甚至是明治维新的意识形态的源泉之一国学，也被新的大学制度排除在外。这些学问开始被接受，是在根据近代西方的学问研究方法重新组织之后[1]。不过，其中有一个例外。那就是美术。例如，一八八九年创立的东京美术学校，虽说后来被西方派所取代，但从最开始就是日本或东方美术成为了中心。如果考察比如东京音乐学校最初未纳入东方音乐这一事实，这样的情形则显得尤为突出[2]。

但是，这并不意味着只有美术免于了"西方化"。美术领域的这一特异性，实际上是由一位美国人带来。欧内斯特·费诺略萨（1853—1908）一八七八年作为哲学教师为了教斯宾塞的社会进化论、黑格尔哲学等来到了日本，但在逗留期间，他在日本美术上发现了超越近代西方的特质。相对于当时注重写实的西方绘画，他对于日本、东方的美术赋予了更高的地位。同时，他对日本的美术进行了历史分类和系统整理。那个时候，为他提供协助的是英语水平颇高的年轻的冈仓天心（1863—1913）。东京美术学校是以费诺略萨和身为文化官僚的冈仓为中心而设立。其结果是，"传统派"从最开始就立于了优势地位。

1 作为商品的日本美术

但是，在其他领域传统学问、宗教等被排除、被蔑视，而只有视觉艺术作为近代制度被接受是为什么呢？这是因为在费诺略萨之前，日本的绘画、手工艺品就已经在欧洲获得了高度评价。浮世绘版画从十九世纪五十年代开始在欧洲尤其受到了印象派画家的好评，而且一八六七年巴黎世界博览会上德川幕府提供的各种作品对印象派产生了冲击。印象派对于日本绘画予以高度评价，是试图通过日本浮世绘等跨越近代欧洲写实主义的艺术表现危机。并且，这种跨越是将"日本"本身作为一种符号。例如，凡·高在书简中反复说"希望像日本人那样观物"。那种狂热，甚至达到了奥斯卡·王尔德进行如下警告的程度：

> 我知道诸位都喜欢日本的美术。但是，诸位真的认为，存在美术中所表现的那种日本人吗？如果是那样，那么诸位完全未懂日本美术。所谓日本人，是某些画家谨慎的自觉的创造物。（中略）实际上，整个日本都是纯粹的发明物。那样的国家不存在。那样的

人们实际上不存在[3]。

这种日本艺术热、日本主义，不单是只针对浮世绘才有。它其实是面向家具等全部美术工艺品。日本主义产生决定性影响，是在一八七三年维也纳世博会上明治政府系统展出美术工艺品、家具、织物等的时候。这成为了催生欧洲新艺术运动的巨大原动力，这一点毫无疑问。但是，毋庸赘言，这些是欧洲人的事件，是符号。在日本这边没有那样的意识。因为，对于日本人而言，近代写实主义绘画才更为新鲜。并且，试图将其引入日本的西方派更为强势，这一点则理所当然。

尽管如此，传统派仍然取得了胜利，这不单是因为传统工艺在欧洲、美国获得了美学上的好评，还因为取得了商业上的成功。由于维也纳世博会上的成功，日本政府在一八七八年巴黎世博会上又展出了大约四万五千件作品。在现场销售会上，这些作品全部售罄。对于生丝之外尚无其他出口产品的日本而言，这些首先具有了作为出口产业的意义。文化官僚冈仓利用这一事实，掌握了对于西方派的霸权。但是，冈仓虽不是西方派，但也不是传统派。传统派只是本民族中心主义者。不用说，传统派在美术以外的地方也存在。一般来说，民族主义都是生成于美学意识上。日本的民族主义的萌芽见于江户时代的国学者本居宣长，而即便是本居宣长的民族主义，也是开始于相对于知识和道德的视点（来源于印度、中国等）而将美学的视点（物哀）置于优势地位。但多数时候，它仅仅只是自我意识。以古典文学为基础的日本国学也是一样。具体而言，日本的古典文学在外国被阅读在当时根本不可能。

与此相对，视觉艺术有所不同的是，在日本人希望被肯定之前，在西方已经获得了评价。借用黑格尔的说法，它是获得了"他者的认知"。在某种意义上，战后的日本在电影、动画上也发生了同样的现象。例如，小津安二郎虽然在大众中受欢迎，但以前完全未被认为是艺术巨匠。在东京美术学校的创设上传统派取得了胜利，不是因为日本美术是传统的，而是因为它受到了西方的好评，而且作为产业也已经成立了。当然，东京美术学校在设立后不到十年，就被将冈仓逐出的西方派代替了。但是，"西方派"在那以后或最终苦于根本的悖论。原因在于，在日本看起来是前沿的、反传统的工作，而在西方看起来只是单纯的模仿，回归"传统派"反而看起来更前沿。这个问题一直持续到今天。例如，在日本受尊敬的"西方派"在西方未被赋予任何价值。并且，以某种形式在西方获得好评的艺术家，事实上都回归了"传统派"。原因在于，那样看起来更前卫。

这在其他领域也是一样。比如文学方面，在与美术相同的意义上由"传统派"获得优势地位——回归日本——是在二十世纪三十年代。谷崎润一郎、川端康成、三岛由纪夫等或被西方人认为是"传统派"，但他们原本是西方派现代主义。他们在某一时期转向了传统，与其说是因为对于传统的乡愁，更应当说是因为认为转向传统才看起来更"前卫"。不过，作为美学意义的"日本"，首先是通过狭义的美术及其相关话语形成。因此，明治日本的美术及其相关话语的特异性，比其他任何因素都更重要。这种特异性特别是在冈仓的话语上得到了范例般的展现。

对于美术是商品，以及在世界市场上日本美术是商品，他已经具有了自觉。在这一自觉的敏锐性上，冈仓不仅与西方派和传统派都不同，与费诺略萨也有所不同。应当注意一点：终生都在否定工业资本主义的冈仓，尽管如此，对于美术作品的marketability却极度敏感。美术在当时是国际通用的艺术，因此要利用美术代表日本，冈仓对此已经有了明确的自觉：

> 最能代表吾邦之精神者乃美术，虽有如文学、宗教当大尊者，然仅关国内，不足以动全世界。独至美术，乃对世界代表日本者，其影响之广大、绝特，非文学、宗教之可比也。然当彼德川氏之末路、社会极纷扰时期之际，从来受传袭者，或归于乌有，或放掷不敢顾，与木片、纸屑为伍，至有其痕迹不得认者，洵不胜痛叹也。（《日本美术史》，1891）

2 冈仓与费诺略萨——"代表"的问题

冈仓所关心的事情是这个"代表"的问题。美术学校设立时，冈仓以二十七岁的年纪成为第一任校长，让费诺略萨成了背后的人物。但是，这不是个人关系的问题。实际上，是费诺略萨带来了发现日本传统美术和进行历史整理的视点。不用说，年轻的冈仓对于费诺略萨相当倾倒。不过，他渐渐让费诺略萨退向背后，最终是"代表"的问题。日本的美术被费诺略萨"代表"了。马克思在《雾月十八日》中，针对分地的农民与路易·波拿巴之间的关系这样写道："自己不能代表的人必须被他人代表。他们的代表，既是他们的代表，同时必须作为他们的主人，作为立于他们之上的权威而展现出来。"冈仓所期望的是代表自己，最终只能是斥退"主人"费诺略萨。不过，冈仓清楚地知道，代表自己最终只能是依存于他者的"符号化"。

可以说，费诺略萨也是在日本或东方的绘画中发现了超越西方艺术表现危机的线索。但是，费诺略萨与欧洲的印象派有所不同，后者认为"日本"只要是单纯的虚构作品即可。在波士顿受到爱默生超越论影响的费诺略萨，在某种意义上是无视东方与西方这一区分的世界主义者。他对于希腊艺术的波纹居然到达远东的日本相当感动，对于将日本和东亚的绘画进行系统分类倾注了热情。费诺略萨与印象派对于日本绘画的不同看法表现得相当具体。比如，费诺略萨在具有明显轮廓的"线条"上发现了日本绘画的特质，并且向画家们进行了推荐。但实际上，所谓的"朦胧派"在包括美国在内的海外市场上获得了巨大的成功。就是说，印象派的评价才更处于优势地位。冈仓与费诺略萨之间开始产生裂痕，大概就是始于这个时候。冈仓毫不踌躇地选择了"畅销"一方。费诺略萨失去了影响力，与日本的西方派与传统派之争无关，是由于世界市场本身。

但是，这不单是商业性的问题。重要的是，在这个过程中冈仓已经意识到，美术首先是话语的斗争场。费诺略萨所带来的，是将日本的美术作为"美术"看待这件事本身。美术，如果不将其视为美术，换句话说，如果没有相关的话语，则不可能存在。日本的美术在此之前一直存在着，但它们作为"美术"被发现是始于费诺略萨。并且，美术相关话语的构建，取决于美术学校和美术馆。冈仓在与费诺略萨不同的意义上敏感地意识到了这件事。

实际上，美术学校、美术馆的设立与宪法的颁布、帝国议会的召开几乎是在同一年——一八八九年。后者作为政治上的近代制度无论是谁都会关注，谁也不会认为前者比后者更为重要。美术馆无论"内容"如何，在其形式上都是近代西方特别是十八世纪后半叶以后形成的制度。第一，它是对于之前被特权阶级所垄断的"知"进行公共化。这件事同时意味着，作品被从之前所置于的历史空间带离，排列在另外的人工空间中。

第二，它是在空间上展示时间上的顺序，反过来说，是时间上的发展由空间上的排列显示。并且，在美术馆中，"绘画史"才第一次成为可能。但是，绘画的历史与其他的历史并非割裂关系。在近代生成的"世界史"，可以说完全是与"美术馆"相同的装置。例如，在大英博物馆中，陈列着由大英帝国搜集的世界展品。应当注意的是，比如黑格尔的哲学体系（它本身虽然是世界哲学史）正是通过与这种美术馆相同的陈列方式形成。他的《历史哲学》从非洲开始，经过印度、中国，最后以普鲁士结束。当然，以普鲁士结束不过是显示了黑格尔的民族主义。事实上，它以任何地方结束应该都可以。不过，"历史的结束"也是"历史的目的"。因此，世界史如何排列会规定世界史的目的＝理念。

当然，大英博物馆是由英国的世界市场霸权带来的产物。马克思曾说，"不过，相互作用的各区域，伴随着上述的发展变得越来越大，由于发达的生产方式、交通及由此自然产生的各民族间的分工的原因，各民族原本的封闭性越来越被消除，历史向

世界历史转变"（《德意志意识形态》）。按照马克思的观点，在
德国观念论哲学家那里，这一过程"被思辨地歪曲"，被描述成
"后代的历史是前代历史的目的"。就是说，在此基础上黑格尔
的"世界史哲学"才生成。但是，如前所述，应当注意，这与美
术馆的排列正是同一类型。"世界史"以黑格尔哲学的那种形式
被展望，只是以美术馆中的这种空间布置为手段。不能单纯地对
其进行排斥。对于观念论的世界史进行批判的马克思，最终完成
其主要的工作是在大英博物馆。

近代的作为"美术馆"的世界史中，"美术馆"成为一种圆形
竞技场，历史事件、事物是否进入这一美术馆中，并且，如果进
入要如何布置都是问题。任何民族都有本民族中心主义。但是，
应当称之为西方文化中心主义的中心主义，正是以这种美术馆及
其中的空间布置为基础。倘若如此，对于西方中心主义的反抗，
不能是拒绝接受"美术馆"，而是只能通过对其内部的布置进行
彻底的重组。冈仓认识到了这一点。这不单是经济的、军事的主
导权问题。明治日本试图通过富国强兵政策在以西方为中心的历
史秩序中确保位置。但是，那不可能颠覆这样的秩序，只不过是
要竞争在其中的排序。

冈仓之所以重视美术馆，是因为他洞察到了，在美术馆中的
评价和排列不是中性的美术问题，而是主导权的问题。将黑格
尔的"美学"传播到日本的，是费诺略萨。但是，费诺略萨不存
在黑格尔的那种西方中心主义。对他而言，黑格尔所说的"世界
精神"必须如文字所示是世界主义。比如，在其主要论著《东亚
美术史纲》中，他将日本美术看作是在广泛意义上与古希腊和太

平洋美术相通的艺术。对于费诺略萨而言，在古代日本的美术中发现希腊的痕迹，或是非常开心的事情。但是，大概对于冈仓而言，费诺略萨的世界主义可能看起来潜藏着变形的西方中心主义。他必须将"东洋"视为一个自律的世界，而且，只有在美术上才有可能。

3 东方的 oneness——作为博物馆的日本

冈仓天心于一九〇二年日俄战争前夕在印度逗留时用英文撰写的《东洋的理想》中，开篇有这样的论述：

> 亚洲是一体的。喜马拉雅山脉对于两大文明，即拥有孔子共同社会主义的中国文明，和拥有吠陀个人主义的印度文明，只是为了强调而将其分开。但是，即使是这个白雪覆顶的屏障，一刻也不能切断只致力于追求终极普遍真理的博爱人群。并且，这爱正是亚洲所有民族共通的思想遗传，令他们得以生产出世界所有的大宗教；要特别留意，这也是将他们区别于热衷探求手段而非人生目的的地中海、波罗的海沿岸各民族的地方。（转译自村冈博的日译）

开头的一句，作为泛亚洲主义的口号后来通过泰戈尔甚至传到了阿拉伯世界。这也是因为，冈仓自身为孟加拉的独立运动提供了助力。因此，这本书包含着极强的政治意味。更确切地说，冈仓自身已经意识到，美术通过话语才能存在，因此在本质上是政治性的存在。

冈仓在美术上看到了东方的oneness。更确切地说，他发明了这样的"东方"。他获得从美学上考察世界史的视点，是通过师从费诺略萨所学的黑格尔哲学。在《东洋的理想》这一标题上，"理想"不是应当被实现的某事，而是已经在现实中存在的那种、黑格尔性质的理念Idee。按照黑格尔的说法，所谓历史是理念进行自我实现的舞台，并且，艺术是这些理念以感性的形式具体展现的形态。在黑格尔哲学中，与其说美学是哲学的一部分，不如说哲学是美学性质的存在。冈仓将亚洲的历史描述成了作为理念的自我实现的美术史，在这个意义上它具有黑格尔性质。但是，虽然未直接提及，在这里他不只是对于黑格尔式的西方中心主义进行逆转，还将黑格尔的辩证法本身作为了目标。在黑格尔哲学中，矛盾相当重要，因为是矛盾产生斗争，推动历史发展。但是，冈仓在这里引入印度哲学的advaitism（不二一元论），换句话说，就是相互不同、多种多样性质的oneness，在这种语境下产生出"Asia is one"的说法。

例如，在黑格尔的《历史哲学》中，印度被描述为这样的初期阶段：精神拘泥于抽象的同一性，由此不会产生任何的发展。发展是通过矛盾、对立、斗争而实现。在某种意义上可以说，黑格尔以他自己的说法对于所谓的亚洲停滞进行了说明。但是，冈仓对于黑格尔的辩证法本身进行否定，对此提出相互矛盾的事物的根源同一性。它不是单纯的同一性，是包容所有多样性的同一性，用他的话说，是"爱"。这种说法，与后来哲学家西田几多郎所提出的"绝对矛盾的自我统一"相近。

西田在二十世纪三十年代对于黑格尔的辩证法用同样的逻

辑进行了批判，同时用同样的逻辑试图为"大东亚共荣圈"提供依据。顺带说一句，当时冈仓这本书被译成日语，作为"超克近代"的先行者受到了瞩目。并且，这件事在第二次世界大战后令冈仓背上了与其自身意图无关的某一恶名。但是，如同后面将要论述的，这件事并非没有缘由。被冈仓所"代表"的，是法西斯主义中的反工业资本主义的、农本主义的要素。它同时成为泛亚洲主义。当然，冈仓所撰写的都是美学性质的问题，但不是由此而免于政治性，反而是因此得以具有了更强的政治意味。

对于冈仓而言，东方的oneness不言自明地意味着，被西方列强变成殖民地这一命运之下的东方同一性。但是，他必须发现积极的同一性，而不是这种消极的同一性。并且，这在美术的观点以外不可能被发现。首先是因为，实际上东方的oneness与西欧不同，从政治的、宗教的观点根本不可能；第二可以说是因为，冈仓有这样的自信，美术是可以对抗西方的唯一领域。这本书中的审美主义与费诺略萨不同，包含着明显的政治意图。对于冈仓而言，实际上并无"东洋的理想"之类的理想，"东洋"就是一个理想。

不过，与冈仓的视点完全相反，日本在日俄战争（1904—1905）中的胜利是由于自西方引入的文明才成为了可能。它完全不是审美意义上的，与"东洋的理想"完全相反。例如，冈仓在日俄战争后于波士顿撰写的《茶书》中有如下的论述：

　　二十世纪初，如果俄罗斯放下身段清楚地了解日本的话，或许可以不用看到那场血腥战争的景象。如果蔑视、无视东方的问题的话，会有多么恐怖的结果

危及人类。欧洲的帝国主义虽然不以高喊愚蠢的黄祸
论为耻，却也难以明白可能亚洲也最终会觉悟白祸
之恐怖。诸位可能会说我们"太过于有茶气"，但我
们可能又会觉得在西方、在诸位身上天性"无茶气"，
难道不是吗？

东西两大陆应该停止相互进行奇谈怪论的批评，
实现东西方的互惠互利。好吧，即便诸位不懂这个道
理，虽然我们向着相互不同的方向发展而来，但也没
有不互相取长补短的道理。诸位以失去内心平静为代
价实现了膨胀式发展。我们面对侵略而创造了弱小的
和谐。诸位可以相信吗？东方在某一点上胜于西方！
（转译自村冈博的日译）

如果没有日本在军事上的胜利，冈仓不可能有这么多功夫讲
述"东洋的优势"，即便是讲了或也会被无视。但是，无论他怎
么想，并且即便是现实中日本在日俄战争中的胜利给予了亚洲包
括中东各民族多么大的鼓舞，当事方日本人已经对于这种事情没
有任何兴趣。因为日本人"以失去内心平静为代价实现了膨胀式
发展"。冈仓的失望自不必说。但是，他的失望还包含着，"美
术"失去了之前可以具有的意义。实际上，实现了工业发展的日
本已经拥有了"美术"以外应当输出的物品。饶有趣味的是，对
日本失望的冈仓，与从波士顿来到日本的费诺略萨的移动轨迹刚
好相反，他离开了日本开始为波士顿美术馆工作。

但是，重要的不是狭义的美术馆。我在前面讲到，近代的
"世界史"本身正是美术馆一样的装置。冈仓当时明确认识到的
是这样一个美术馆。他不是狭义的民族主义者，原因在于，他总
是将"东洋"纳入视野。其他的民族主义者强调日本的独自性，

而冈仓则直率地承认日本的思想、宗教全部受惠于亚洲大陆。他甚至在《东洋的理想》中将印度的佛教哲学、在《茶书》中将中国的佛教（禅）作为原理性的根基。不过，他要在此之上发现日本的"伟大的特权"。这就是，历史上在印度、中国等地发生而在那里已完全消亡的文化，全部在日本保存了下来。比如，佛教在印度消亡，在中国发展的禅佛教也已在那里消亡。这些全部都保存着的只是日本。关于美术也是一样。

冈仓曾说，日本"作为岛国位置孤立"，"令日本成为了亚洲思想和文化托身于此处的真正宝库"。"日本的艺术史，如此而成为亚洲的诸多理想的历史——相继涌来的次次东方思想的浪潮，与国民意识碰撞而在沙滩上不断留下波痕，成为海岸。"

> 如此一来，日本成为了亚洲文明的博物馆。不，是比博物馆更高的存在。原因在于，这个民族的不可思议的天性，让这个民族以不弃旧亦迎新的鲜活的不二论精神，留意着过去的诸多理想的所有方面。神道家至今固守着其在佛教以前的先祖崇拜仪式。并且佛家自身也是各自执守着宗教发展的各种宗派，而这些宗派曾经依照自然的顺序顺次令这片国土逐渐丰饶。（《东洋的理想》）

与此类似的内容，政治学者丸山真男曾经批判性地指出过（《日本的思想》，1961）。在他的思考中，日本由于不存在对各种不同的思想发挥类似于坐标轴作用的原理，所以会接受吸收所有的外来文化。但是，其实只是由于不存在与坐标轴的对决，所以才在这方面没有发展，而不停地引入新文化。并且，所有的外来思想在空间上是杂居状态。同时，那些外来思想不会被废弃，会在需要时再被召回。

这种情形在美术方面也是完全相同。但是，冈仓正是要在这样的"日本"上发现"伟大的特权"。所谓"日本"，不是某种实体性的存在。它是某种虚空的容器，如果是西田几多郎则会称之为"无的场所"的那种容器，是变形作用本身。冈仓称作印度哲学的"不二一元论"，实际上与这样一种日本性的空间贴合，而不是印度。可以说他是在日本的空间构建了"东洋的历史"。当然，这是变相的日本中心主义。冈仓这一"作为美术馆的日本"的观点，后来被运用在了以日本为盟主的"大东亚共荣圈"的意识形态上。

但是，冈仓将日本本身视为"美术馆"确实恰如其分。例如，费诺略萨得以在日本发现了"东方美术"，是因为在作为"美术馆"的日本保存着东方的古代作品。比如即便是波斯萨珊王朝的作品，不是在伊朗而是在日本被完整地保存着。费诺略萨所做的，是将其分类排列。但是，最早"发明"日本美术史的是在波士顿长大的美国人，这或不是单纯的偶然。

4 作为美术馆的美国

费诺略萨与冈仓的邂逅，有着单纯以西方与东方的邂逅这种一般论所不能完全概括的深刻问题。如同冈仓所说，远东的岛国日本如果是"美术馆"，美国也是远西的岛国——无论是多么巨大——是一种"美术馆"。它是从欧洲或其他各地不断有

"思想的浪潮"涌上岸的"海岸"。但是，在这样的美国，如果有接受任何文化都不会令其改变本质的不变原理，或就是爱默生超越论所代表的思想。在题为《论美国学者》("The American Scholar")的讲演中，爱默生讲述了这样的内容：将自己与大陆的书籍和传统切断，重视自己内部的直觉力，相对于理论而更肯定实际。可以说，从梭罗、惠特曼到垮掉的一代，美国人与东方的亲和性也是根植于此。

就是说，在发现了东方美术的费诺略萨的世界主义中，离不开爱默生哲学的transcendentalism。他即便是将自己视为属于"西方"的人，也不是欧洲性质的西方。正如已经论述的，这表现为欧洲印象派与费诺略萨之间存在的差异。费诺略萨构想了"世界美术史"或者说是出于美术性观点的世界史。这必须得说，它本身根植于反欧洲性质的意志。

第一次世界大战以后，美国取代大英帝国掌握了经济上、军事上的主导权。但是，这还不是文化上的主导权。美国夺取欧洲在文化上的主导权，实际上是通过美术馆。例如，一九二九年美国的现代美术馆设立，菲利普·约翰逊于一九三一年举办现代建筑展而带来现代建筑学。馆长小艾尔弗雷德·巴尔于一九三六年举办"立体主义与抽象艺术"，继而举办"幻想艺术、达达与超现实主义"展览会，并制作了具有冲击力的展会台本，在台本中将此前欧洲现代艺术的发展分成几何学抽象系列与表现主义系列，并在分类总结的基础上指出，正是美国的抽象表现主义对于它们融会贯通而立于现代艺术的最前沿。之后，以克莱门特·格林伯格为代表的批评家们对于现代艺术的范式进行了明确的逻辑化整理；进而，在以不同形式运用这一逻辑的同时，建立了让亚范式不断进行竞争和交替的进程。而且，不光是美术馆、艺术批评，美术市场也加入这一进程。在这个意义上可以说，世界美术被吸收进了美国这个"美术馆"中。当然，它看起来好像到了某一饱和点。并且另一方面，多元文化主义（multi-culturism）运动正在兴起。它在某种意义上或接近费诺略萨的目标，但是，正如冈仓所发现的那样，如果不伴随话语层面的斗争（discursive struggle），这根本不可能。

最后，针对日本而言，将费诺略萨、冈仓等逐出圈外的日本美术，此后再也没有寻回往日的辉煌。它一直是以"欧洲"的最前沿为目标，但没有发生过日本内部的原理性对决。基本上，它看起来是作为不间断的输入的连续，一直在制造着丸山真男所说的那种"杂居空间"。今天日本的艺术家如果再次主张"日本的艺术"（日本主义），或最终会回归冈仓早已提出的观念——无的场所、不二一元论——并且，或会被美国这一"美术馆"所分类、布置。这在费诺略萨与冈仓的邂逅中已经被先行一步。

注

1　这种西方化，在此前日本并不存在的学问方面并没有大的问题，但在此前作为正统已经存在的学问方面产生了诸多问题。比如，此前位于学问中心的汉方医学被完全排除，贬至民间医学的地位。对其从科学上进行重新研究的动向，在战后中国的毛泽东领导新民主主义革命胜利以前未曾有过。汉文学、佛教学、国学等被承认，只是因为被以近代西方的学问方法进行重新组织。比如，佛教学由于以往都是以汉译为基础，所以通过留学德国而从梵文文献出发才被视作了学问。国学是通过一九〇〇年由留学德国的芳贺矢一将其与德国的文献学进行类比，才被赋予了作为近代学问的资格。在这个意义上，只是在美术上传统派从最开始就享受了作为前沿艺术的评价。

2　东京美术学校与音乐学校在第二次世界大战后合并，变成了东京艺术大学。

3　*The Artist as Critic: Critical Writing of Oscar Wilde*, edited by Richard Ellman, Random House, New York, 1969.

VIII

"MIYABI"与社会性别

——近代的《伊势物语》

乔舒亚·莫斯托

（转译自冈野佐和日文译文）

　　《伊势物语》最晚从十世纪后半叶以来被认为是古典性质的（canonical）文本，至少从十三世纪前半叶开始成为了注释、解读的对象。从镰仓至平成各时代的整个时期，学者、诗人都会解读、引用《伊势物语》，并且执笔撰写关于这部作品的文章。思考《伊势物语》这样的文本的"古典化（canonization）"过程时，并非考察某一时点发生变化而完成古典化这样一种某一时点某个事件的问题。文本的古典化不是瞬时发生。倒不如说，某部作品一旦被认为是"古典（canon）"，则由于是古典性质的文本，后世的读者都要与其相对，或被迫与其相对，读者和学者都被要求与其作为古典的定位寻求某种妥协。就在不久之前，与古典文本面对面，仍是进行再确认的作业。对于文本在过去被承认其价值的缘由予以理解，被认为是读者自身的问题，而不是应当由文本本身证明的事情。

所谓"古典化"是持续的过程，问题不是某部作品在某个时点成为了古典这一事实，而是其理由。在某个特定的时代节点，出于什么样的理由，某个特定的文本被赋予了特权性质的价值。某个文本被视作什么意思，被如何进行了解读，即被如何重新定义、重新解读，这些才是问题。成了"古典"的文本，其意思绝不是一成不变，而是被按照各个时代的要求重新建构。因此，文学史上围绕《伊势物语》这样的文本的问题，不是某种解读是否正确的问题。确切地说，是在某个时代为何进行了那种解读的问题。在本篇中我将考察，作为近代国家的日本产生以后，《伊势物语》的意义被如何进行了建构。近代国民国家这一架构在这部宫廷文学作品的解读上是如何产生作用的？同时对于十九世纪以后的日本的时代变化，《伊势物语》的解读是如何不断进行呼应的？下面希望着眼于以上这两点进行探讨。

1　近代国民国家构建以前的《伊势物语》

近代学者一致认可的是，被认为是由在原业平（825—880）的歌集发展而来的《伊势物语》可能曾有复杂的形成期。今天流传的数个传本通常认为是十世纪中期的本子，但一般作为定本使用的写本是藤原定家（1162—1241）书写的被称为天福本（1234）的本子。但是，不管是何种形式，《伊势物语》在十世纪末至十一世纪初已经建立了某种作为"古典"的地位。这一事实在《源氏物语》中随处有所呈现。最为人熟知的一处是在有名的"赛画"场面中，《伊势物语》与当时流行的作品《正三位物语》

（现已不存）一竞高下。左方推出当代的流行作品，与此相对右方则推出《伊势物语》，拥戴已有定评的古典作品。在这样的比赛中，《伊势物语》负责古典作品阵营的殿后任务。正如今西祐一郎（以下省略敬称）所指出的那样，《伊势物语》在其文学魅力这一点上败给了《正三位物语》。它只有一个自卫的手段，就是极力主张它是拥有作为歌人不朽名声的业平所留下的遗产。换句话说，《伊势物语》只能依靠文学以外的价值守护自己[1]。尽管如此，正如《源氏物语》或平安时代所绘绘卷的摹本中所表现的那样，平安至镰仓时代的贵族社会中，《伊势物语》的受欢迎程度不容置疑。

《伊势物语》现存最古的注释书，甚至上溯至镰仓时代。该书由定家的子孙所写，书中将业平解读为菩萨，通过在《伊势物语》中发现某种神秘含意，将作品解读为一种宗教寓言。按照苏珊·克莱恩的观点，这一解读不是发生在古都京都，而是发生在伴随镰仓幕府的成立而政治权力东移后的新兴歌坛[2]。

到了室町时代，这种宗教性的解读被最早将《伊势物语》视为创作文本的注释者们所否定，兴趣被转向了其中的和歌。这种解读一直持续到江户时代，他们的注释书成为解读的依据，《伊势物语》的故事和绘画都广为流行，甚至出现了戏仿之作。之后，在国学的语言文献学的原理上，所谓"新释"被建构。荷田春满（1669—1736）等对于细川幽斋（1534—1610）《伊势物语阙疑抄》之类此前的注释书进行了直接攻击，而国学的《伊势物语》注释进展到了贺茂真渊（1697—1769）的《伊势物语考意》（1753前后）之类的研究，按照理查德·鲍林的说法，这是"至今

仍然通用"的性质的研究[3]。这一现代性的感觉为什么产生则值得考察。鲍林指出,

> 　　真渊的注释首先不会明确论及此前的解读或注释者,这一点引人注意。由此产生了托马斯·哈珀针对《源氏物语新释》指出的"沉稳的论调"。就是说,真渊没有试图反对过去特定的一个人而推出自己的想法。但如果改变一下看问题的角度,则可以理解为似乎此前那些人根本不值一瞥,也可以理解为采取了充满自信的挑战性态度。并且,这正是今天我们所认为的注释书这种书籍的开端。它不是文献学的考证,而是将难以理解之处用现代的语法重新说明,以考量让作品对于一般读者而言简明易懂为宗旨[4]。

鲍林所说的这一"现代性的"研究方法的真正含义太容易被忽略了。注释者对于历史的、过去的争论点予以消除,把让文本具有意义作为第一要务。注释与文本成为一体,文本的多义性由此被消解。与此同时,注释书不言自明地发挥着文本的代言者的作用,如同在新批评派那里总会出现的那样,制造出神圣的文本、天才的作家、作为高僧的批评家等原型。而且,与新批评派相同,这种形式的注释试图将其自身放在比论争的平台更高的位置。就是说,对于此前被提出的所有解读,与其讨论倒不如完全无视,以这种方式将试图讨论的尝试定性为"好争论"而进行非难。而且,真渊与新批评派即便乍看完全不同,也都具有来自"近代"这一共通条件的类似点。就是说,二者都不是面向贵族、文化上的特权者,而是面向新兴的、本质上是中产阶级的"一般

读者"而写。

这一近代性的基础之一，是出版的急速发展。在江户时代《伊势物语》的木版印刷本开始普及，从幽斋的学问性注释版，到《伊势物语平言叶》（1679）这种更简明的大众版，都得到了广泛的传播。这些书大多是插画本。江户时代出版的《伊势物语》中，年代确切而距离现在最近的有一本《伊势物语图绘》。这是法桥玉山的插画本，日期为一八二三年并附有市冈猛彦的序文[5]。由于出版的扩大，十八世纪初日本的出版业界已经产生了分别针对男性和女性的市场[6]。比如业平的"东下"中，浅间山画成了文人画类型的山水画，《图绘》中多处可见中国的绘画样式。可以想见，相较于女性，《图绘》主要是以男性读者为对象。同样地，"芥川"一段中，女主人公完全藏在夸示男人气概的业平的身后，武道被突出强调。在江户时代末期之前，出现了基于不同社会性别和教育水准的、对应多种市场的各种《伊势物语》。这种多样性，伴随着近代国民国家的构建而被规范化为相对受限定的规范性解读。

2 明治时代的《伊势物语》与平安时代

弗里茨·沃斯指出，"在明治、大正时代古典文学出版了大量的活字印刷版，但几乎没有关于《伊势物语》的真正研究"[7]。根据沃斯的考察，整个明治、大正时期唯一的重要研究著作，是一九一九年出版的镰田正宪的《考证伊势物语详解》。《源氏物语》在进入明治之后于一八七六年出现了最早的研究，一八八二年出版了英文选译，并于一八八五年在坪内逍遥的《小说神髓》中被提及并得到了肯定。但是，提及《伊势物语》的文章，被发现的则主要都与女性教育相关。我发现的最早期的资料中，有一八八七年（明治二十年）十月八日出版的《女学杂志》上刊载的《女子与写作——写作适合女性之处》。作者对未来进行预测，认为女性将具有与男性完全同等的可能性，将有可能在家庭之外竞争相同的工作，并对此展开了颇有趣味的讨论，但最终结论却认为，那样的女性依然是例外。作为最适于家庭中妻子、母亲们有限自由时间的职业，作者推荐了写作，认为她们可以据此推进文明发展。根据这样的内容，作者从日本过去和相对较近的欧洲历史这两方面给读者举出了先例："（前略）紫式部的《源氏物语》、小野于通的《净瑠璃物语》，或是清少纳言的《枕草子》、赤染右卫门的《荣花物语》、伊势的《伊势物语》（后略）。"[8]

　　至少在政治方面，一八九〇年制定了《集会及政社法》，禁止女子参加政治集会、加入政治结社等已成为法律条文，由此女性可与男性竞争的可能性被堵住了。并且在这一年，出版了第一部日本文学史，由三上参次和高津锹三郎共同撰写的《日本文学史》。在这本书中，平安时代被赋予了作为用于阐明"近代日本"的"他者"的作用。就是说，平安时代被描述成在"中国风"的影响下而女性化的、颓废的贵族社会，被定位成了与男性性质的近代产业社会完全相反的时代[9]。实际上，按照三上和高津的记述，平安时代被批判为不过是对于唐文化的模仿，藤原氏被指责篡夺了皇族的权力[10]。书中视为理想的时代，是奈良时代或之前即中国文化传入以前的时代。日本人原本的男性气质（"日本男儿之勇壮风气")的堕落，被认为是直接起因于唐文化，尤其是佛教及其附带理念"无常观"，即人生无常的意识。书中说明道，这种意识让肉体和精神变得胆怯，变得女性化。

男性与女性的区别，即三上和高津所称的"男女两性间的正确规则"被认为具有根源性，之所以认为在平安时代出现恶化，也正是由于这一两性间区别的混乱或欠缺（大概是由于全部都"女性化"的缘故，如果要是全部都"男性化"，著者们或不会发出任何不满）。这种对于男女区别的混乱或欠缺的指责，还反映在对于平安时代的另一看法上，即，贵族对于佛教的佛和本土的神不加区别[11]。支配三上和高津记述的原理显然是"分离"，即作为明治政府初期实行的"神佛分离"而为人所熟知的原理[12]。在这里，神佛分离与所谓的王政复古之间被建立了无法消除的关联，这一意识形态被上溯至过去而深入解读，神佛区别的欠缺被定位成王政衰退的原因。换句话说，三上和高津认为，平安贵族的神佛融合是藤原一族从皇族手中席卷政治权力的必要条件。这与如下的观点其实是完全相同的原理，即对于明治"维新"而言，神佛的倾力分离是必要条件。而且，只是这样似乎还是不够，甚至还与男性性与女性性的分离相关联，进而与一夫一妻制的自然正当性相关联，这一"分离"的原理得到了进一步的强调。按照这样一种原理，平安时代被描述成了这样的时代：被能言善辩的僧侣带入了歧途，由于女性化的道德及智力低下而不辨神佛，彻底变成了软弱的一夫多妻者的时代。这样一种本应明确的二者之间的区别或分离的欠缺，还被认为反映在三上和高津称之为藤原一族对于皇族权力的掠夺上，即统治者与被统治者之间的混乱上。

但是，尽管这个时代脆弱、好色、懈怠，但平安时代由于和歌和散文都相当发达，对于"国文学"而言是文学史上的重要时期，三上和高津对这一点也不能否定。他们将这一时期的文学分成六大类别进行论述。应当关注的是，与传统的顺序相反，"物语即小说类文章"被放在最开始，"和歌、歌序及词书"被放在最后，中间举出了"日记及纪行文""草子即随笔""历史体文章"（传统的顺序中，和歌被定位于最上层的类别，物语则不被认真考虑而被放在了下层）。

《日本文学史》将"物语"分成了三种类型。第一种类型，是根据实际发生的过往事实或某人的实际体验，由作者进行润色的作品。第二种类型，是全部都是根据作者的想象而诞生的故事。第三种类型则是过往事实的记录，即某种历史性记述。第一分类令人有引用《源氏物语》中出现的"物语论"的感觉，但举了《伊势物语》和《大和物语》作为例子。另一方面，《源氏物语》被与《竹取物语》《住吉物语》《宇津保物语》《浜松中纳言物语》一同放入了第二分类。第三分类则举了《荣花物语》作为例子。尽管各有类别之差，但书中将"物语"的作用明确定性为表现社会描写、心理描写等方面的日本固有传统，另一方面又与新兴中产阶级的（近代）"小说"相比较，将其定位成以脆弱贵族为对象的、较为低劣的文学类型[13]。

《竹取物语》与《伊势物语》，虽然两者之间的时间顺序并无定论，但都被定位为最早时期的"物语"[14]。书中虽在重复《伊势物语》的作者是业平和伊势这一传统的说法，但同时指出作品明显不是出自一位作者，最终结论则认为，《伊势物语》无疑是以业平的日记和和歌为基础，由后世的校订者进行增补而成。

关于《伊势物语》的内容方面，三上和高津被认为是以寥寥数行，进行了彻底的指责[15]。并且，按照他们的说法，这部作品与其说是被视为小说，倒不如说是被视作近乎和歌序文。如同前面所考察的那样，这两个文学类别在他们创造的评价体系中构成两极。总而言之，《伊势物语》被认为是通过主人公业平的行为，充分暴露了平安时代的缺点。并且，在三上和高津的眼中，似乎只有其古代性和文体是唯一可取之处。

《伊势物语》进入明治时期之后的最早版本，在这一年（1890）的四月出现在了落合直文、池边义象、萩野由之编纂的二十四卷本《日本文学全书》的第一卷中。落合是一八八二年设立于东京大学的古典讲习科的首届毕业生。池边和萩野于一八八七年出版《国学和歌改良论》，在该书中二人造出了"古典学"这一新词以取代之前的"国学"（三上于一八八五年在东京大学的和汉文学科分成两个学科之后毕业，将用"国语"撰写的作品定义为"日本文学"[16]）。

在《日本文学全书》中，《伊势物语》的正文登载在三页长的短小序文之后。这篇序文中首先引人注目的是称主人公为"在原业平朝臣"这一点，是只称之为业平的《日本文学史》中完全看不到的尊敬程度。序文中说明道，《伊势物语》是以业平的和歌和日记为基础，被后世添加相当多的内容而形成。接着序文引用《三代实录》和贯之所作的《古今集》假名序，添加了记载业平在宫廷中身份、地位等的短小传记。实际上，在这篇传记中特别强调了他作为武官的身份，另外还提及他有两个儿子，其中一位被认为是《大和物语》的作者。

编者们对于《伊势物语》的拥戴虽然稍占篇幅，但值得在此引用：

> 抑当文德天皇时，藤原良房大臣有威权。帝乃定第一皇子惟乔亲王于储位之御心，然惮大臣，未遂本意，染殿后之腹二之宫惟仁亲王遂立。此即清和天皇，藤氏之势由此盛。惟乔亲王，潜龙失云，伺候之人亦稀，唯朝臣，于皇室志深，每往来，忧时悲世，值此时密合谋，欲抑外戚恢复皇威，而大厦之倾时，非一木之支，遂秽德玩世，盖韬迹也。"思之不言之，未有同路人"之歌，以见其志。然，二条后为常人时私通事，乃妨其入内之谋；东下之艰难，乃纠合东国有志徒之策亦不可知。斯思之，此物语非唯文章尤妙，亦可知有宜补史阙之事。而此朝臣，非唯好色游冶一贵公子，乃尽诚爱国一忠臣亦未见知。藤原定家卿曰，咏歌人宜继《古今和歌集》而玩之书也，虽非确言，然非唯咏歌人之模范也[17]。

编者们将江户时代后半期出现的理论在这里进行了复活。这一说法由上田秋成、本居内远、加纳诸平等国学者提出，认为《伊势物语》是记述业平的政治遗恨之作[18]。在明治国家新体制的背景下，这一说法将业平打造成爱国者，暗示他在道义上应当指责的各种行为实际上也或许是对于藤原霸权的抵抗。在这一解读中，倒数第二的第一百二十四段内容尤其具有重要性，被解读成表现了业平除压抑内心之外别无他法的心情。与对于上述第一百二十四段的重视形成对照，如同后面将要考察的那样，二十世纪的学者们则将第一段作为理解《伊势物语》全篇的关键，尤其是在 "MIYABI" 一词的用法上。饶有趣味的是，在这一明治时期最早版本中，对于 "MIYABI" 一词不光是在序文中未被提及，在正文注释的任何地方也都未作解说。

在明治前半期，与《伊势物语》相关而最为人熟知的大概是短篇小说《青梅竹马》，后者作为樋口一叶的杰作而名声颇高。作品的第一回刊载在《文学界》一八九五年一月号上，《文学界》是日本浪漫主义运动的机关杂志，在此两年之前由《女学杂志》分家而成。一叶师从中岛歌子，作为桂园派和歌学习的一环，估计听过与《伊势物语》原文有关的授课。当然，在这篇小说中《伊势物语》不过是被使用了题目[19]。就像这样，尤其是在能剧中被使用的《伊势物语》的数段逸事已为一般人所知，但文本本身的具体情况貌似在当时几乎不为人知。

不过，正如铃木登美在本论集中所说明的那样，日本人对于平安时代的态度在日俄战争之后，特别是由于藤冈作太郎的研究，发生了显著的变化。藤冈在其论著《国文学全史　平安朝篇》中，在《伊势物语》上花费了两页的笔墨。他从粗略梳理《伊势物语》在紫式部、清少纳言时代的上流儿女到中世的歌人文人中的长期人气开始，指出《伊势物语》与《古今集》和《源氏物语》共同建立了中世国文学的基础[20]。

接着，藤冈从藤原清辅（1104—1177）的《袋草子》开始，对于《伊势物语》的注释历史进行了较为详细的考察。继而，他针对围绕《伊势物语》作者和时代的四个具体问题展开考察，试图在十六、十七世纪的幽斋、季吟等学者的"旧说"，与相对文献学性质的国学流派的"新说"之间进行裁定。饶有趣味的是，最终藤冈认同了认为《伊势物语》是成于业平自身之手的一方。例如，旧说认为，对于主人公的批判包含在文本中，这件事本身正是文本由主人公自身所写——藤冈将此视为业平果敢大胆的明证——的证明，藤冈对此表示同意[21]。

不过，不只是作者，藤冈还以文体为依据在推定文本的成立时期上倾注了大半精力。藤冈将《伊势物语》的成书放在延喜年间（901—923）以前，据此将这部作品与《竹取物语》一同定位为奈良时代的质朴之作与平安时代的名作之间的重要桥梁，主张其完全未受外来文学的影响[22]。藤冈认为，《伊势物语》处于神异故事《竹取物语》与故事结构巧妙的《源氏物语》之间的位置。并且，《伊势物语》一章的结尾指出，文本的叙述部分表现了与业平的和歌相同的特征，即"时而如儿童之言般"[23]率真与不谙人情世故。藤冈认为，传至后世的业平的名声将他打造成了一种伟人，但这一名声不光是由于他的和歌，而主要是来自《伊势物语》，正是这一文本成为了"后世国文"的样本。实际上，藤冈将光源氏视为业平的直系。但是，从《伊势物语》相关章节的结尾文章可以窥知，藤冈明显对于这一遗产并非只是肯定地看待。"如此思于后世之影响，时至平安朝中再移至末，风俗益发流于轻靡，至于和歌亦唯恋歌尚可用，如此，业平亦不可不任其责乎。"[24]

3 大正时代的《伊势物语》

在出现"私小说"和"女流文学"这一文学概念的大正时代，

管见所及共有三本关于《伊势物语》的研究书籍[25]。关于《伊势物语》的近代研究中被视为最早的重要书籍的，是一九一九年出版的镰田正宪《考证伊势物语详解》。大正时代末期，出版了吉川秀雄的《新注伊势物语》（1926）和小林荣子的《伊势物语活释》（1926）。镰田的《考证伊势物语详解》基本上是一条兼良（1402—1481）的《愚见抄》（1460）到藤井高尚（1765—1841）的《伊势物语新释》（1818）等以往注释书的总览性著作，几乎是按照北村季吟的《拾穗抄》（1680年出版）撰写。在其序文中，镰田遵从藤冈的见解将《伊势物语》与《源氏物语》和《古今集》一同定位成重要文本，强烈主张《源氏物语》是由《伊势物语》发展而来的观点[26]。

小林荣子的著书则为《伊势物语》普及版定家本加入了汉字，在书眉附注，并在各段（不加序号，以不作区分的形式书写）附上了现代语译文。在正文之前写有作者名、书名，以及考察"东下"相关各问题的序文。关于作者方面，小林从始于后光明天皇（在位1643—1654）《仙洞御讲话》的德川时代注释书中广泛引用，得出结论认为是业平本人写了物语全篇作品，而主要理由则举出了第一百二十四段的"思之不言之"的和歌 [27]。就是说，在这里《伊势物语》的作者未能平易明确地表达，这件事本身正说明作者是处于与业平一样境遇的某人。由于业平对于皇室的忠诚和对于藤原家的抵抗，需要采用迂回的写法。也就是说，小林认为，业平在都城之所以生活不幸，基本上是政治上的原因。而且，小林为第七段的"在京都住不下去"附上注释，指出是由于文德天皇无法彻底抵抗藤原氏的专制政治而未能立惟乔亲王为皇太子，以及业平与二条后的恋情[28]。

但是，小林对于业平东下的可信性予以否定，主张他的和歌只是基于想象。如此一来，《伊势物语》的意义就被认为是表现了业平对于这些地方的憧憬[29]。小林的序文用以下的内容结束了全文："但是，抱着这种憧憬之念，由于周围的事情和自己的宿命的原因，而未曾碰上实现这种憧憬的机会，最终在懊恼中去世，是多么痛心的事。这么想着，当口中吟诵物语结尾处'早闻有终道'的歌作时，千年后的今天也依然感到心痛。斗胆记下了所感。望谅妄言。"[30]

换句话说，《伊势物语》被认为是业平基于想象的纪行文，是对于他希望从都城生活逃离，造访东国美丽土地的内心奢望的记录。倘若斗胆妄言，大正时代的人们通过照片、电影等看到外国的影像，因而希望造访已经是都市大众文化一部分的外国土地，而当时这种不易实现的愿望，或也对小林的解读产生了某种影响[31]。

最后是吉川秀雄的《新注伊势物语》。这本书中最显著的是再次关注和歌，再次强调了《伊势物语》对于和歌史的重要性，以及和歌在日本的重要性。同时，《伊势物语》从这时开始作为"和歌物语"被赋予了牢固的地位[32]（这一分类范畴的重要性将在后面详细论述）。另外，该书被认为是强调"风流"的近代最早著作：

> 古事记、日本纪中所见恋歌的大部分，是赠答歌。……年轻男女以歌暗诉衷情，是多么优美的风俗。此风进入万叶集时代也未衰。进入平安朝，虽然只是

限于贵族阶级，但此风益盛，其余势波及近古时代。
以歌通思，古今东西或不是未见先例，但成为如此普
遍的习俗，是除我国之外不得见的不可思议现象。咏
歌是优美的事情。心有邪念，则不能作出优美的歌。
在尚无形式上的道德束缚、自由恋爱的时代，年轻男
女从彻底沦为肉欲奴隶的情形中得救，或应当说是和
歌的余德。伊势物语是在这种社会背景下产生出来的
和歌物语。……伊势物语全篇是和歌物语，其中大部
分是恋爱物语。而且，恋爱这件事对于作者而言是人
生中最严肃的事情，大概被认为是比忠孝之德等更为
重大的事情。……恋爱之道以情深为贵。因而，首先
情深是人之所以为人的第一要件。……恋爱之道于这
个时代的人则是风流。和歌之道也自然是风流。因
而，在恋爱之道中赏玩和歌，或即是风流之极致。伊
势物语是记录这种风流之极致的作品，其中可见由于
一首和歌之故恋爱男女的命运被支配的故事，则不足
为怪。……由这些故事或可推知，和歌支配这个时代
人心之事或颇多[33]。

在吉川的历史观的背后存在着这样一种认知，即在古代日
本，和歌是会话的主要手段，而这似乎至少在二十世纪二十年代
已经成为了一种共识[34]。并且，创作和歌在民众中间也广为普及，
进入近代之后也可以见到，这被视作是日本固有的现象。

从二十世纪二十年代日语英语两种著作可以窥知，作为这个
时代的共识，优美的诗歌被认为是美好心灵的证明。这一主张，
美国翻译家柯蒂斯·希登·佩奇（Curtis Hidden Page）在一九二三
年也曾提出。佩奇大力主张，正如大正天皇和裕仁皇太子的和歌
所展现的那样，"完全没有必要恐惧日本人会无理由地攻击世界

和平"[35]。

吉川的解读果真在大正时代以外的时代会存在吗？"恋爱"一词本身在明治时代之前根本不存在，却将《伊势物语》称作"恋爱物语"，这里可以看到漫不经心的时代错误。并且，作者尽管对于这种"爱"赋予比孝顺、忠诚更高的价值（明治时代、二十世纪三十年代、二十世纪四十年代或难以想象），但他显然是在以日本的和歌为对象寻求从西方颓废主义中解救国家。他是说，对于仍然生活在"自由恋爱"时代的平安时代年轻人而言，唯有和歌才能令他们免于成为粗鄙肉欲的俘虏。吉川所暗示的或许是，对于这个时代出现的摩登女和摩登男（令世人联想到了"自由恋爱"的实践），和歌应当会发挥同样的作用，或者是，正因为摩登女和摩登男不创作和歌，才会只成为肉体欲望的俘虏。与此相对照，恋爱与和歌的组合被视为"风流"的关键要素。饶有趣味的是，到二十世纪七十年代，秋山虔同样强调《伊势物语》中和歌的重要性，片桐洋一则再次介绍"和歌之德"的观点。

4 昭和初期至战争期间的《伊势物语》

战败前的昭和时期《伊势物语》主要研究，是池田龟鉴的《关于伊势物语的研究》（1933—1936）和新井无二郎的《评释伊势物语大成》（1939）这两部著作。

池田进行了庞大的文献学研究，调查包含真名本在内的异本，明确各本的系统关系，提出了原文发展的相关理论。在这超大研究工作的最后池田虽然提出了价值问题，但这里完全是从文学的观点论述了"《伊势物语》的文学史地位"[36]。池田为了表明《伊势物语》是极为重要的作品，首先讲述了其在后世整个日本文学中的广泛影响，接着叙述称，数量庞大的注释书和研究从相当早的古代就一直在涌现。上述两个观点的依据，毫无疑问都是近代的文献。

例如，池田在说明《伊势物语》的普及程度时，论述了它与其后出现的文学文本相互之间具有很深的相关性（互文本性），这可以与细川幽斋在《阙疑抄》中频繁引用后世的和歌相比较。虽然多少有些类似点，但这两部著作在围绕《伊势物语》的文本相互关系（互文本性）的态度上具有根本的差异。对于幽斋而言，《伊势物语》的价值早已经确定，后世的定家或其他歌人们对于其中和歌的引用，不是为了修辞性目的，而是出于教育性目的。就是说，幽斋明白这种引用的前提在于，他的读者非常清楚地预先知道与其他文本之间相互关系的真正价值，并且现在由读者自身参与这种相互关系。但是，对于这种相互关系进行说明不是为了"证明"《伊势物语》的重要性，重要性是既定的事实。

另一方面，对于池田而言，阐述文本的相互关系是用于证明《伊势物语》重要性的论证过程的一部分，这个讨论又是以幽斋所不具备的国文学的"古典"等理念为前提。这在最根本上是由于，池田是为了证明日本文学的整体价值而在将《伊势物语》用作例子。就是说，在池田的论述中，《伊势物语》是作为近代以前的日本固有的文本，被与近代的西方文学暗暗进行比较。

幽斋将《伊势物语》的文本或其和歌与其他和歌进行关联，

如前所述，首要意义是用作歌人参与会话之中或自己创作和歌时的实践性教育。就是说，《伊势物语》的文本相互关系上的重要性是基于和歌的实践，与其他文学文本（汉文古典是例外）的关联大都未成为问题。对于幽斋这样的学者而言，《伊势物语》成为能剧、西鹤等的互文本这一事实不会带来任何意义。就是说，幽斋感兴趣的只是伟大的歌人如何引用《伊势物语》，以及权威汉文古典的间接影响如何在《伊势物语》中发现。与此相对照，池田所希望的是展示如今被作为日本文学"古典"的《伊势物语》的广泛深远影响，就这样（与汉文的关系自然未被论述而被故意忽略）被从物语（当然尤其是《源氏物语》）、日记、谣曲、连歌，以及近松作品中大量引用。

对于池田而言，《伊势物语》的重要性又来自于它在日本文学史发展谱系中的位置，它是现在被称为"和歌物语"的这一固有文学类别的最早作品。而且，其重要性还被认为在于鼓舞了许多研究、考证等[37]。就是说，这部作品在相当长时期都作为"古典"受到了尊重。实际上，池田将《伊势物语》与《万叶集》《古今集》《源氏物语》一同列入了近年确立的"四大作品"之一[38]。这里我们再次看到与近代以前完全相反的想法。就是说，不是因为《伊势物语》重要所以存在这样的研究，反倒是被认为正因为存在这样的研究所以《伊势物语》必定重要。古典这种不证自明的价值的丧失，正是由于在近代与近代以前之间出现的裂痕。

池田对于《伊势物语》的价值说明只限于文学上，他未曾根据《伊势物语》针对日本的自然、日本的文化或日本人进行一般性的推断。对于在三年后出版的新井无二郎的《评释伊势物语大成》则不能使用相同的说法。新井的著作极为保守。首先，著作中放了东京帝国大学名誉教授、《国文学与日本精神》（1936）的作者藤村作等三位名人撰写的三篇序文。第二篇序文出自作为禅宗研究者而颇为知名的忽滑谷怪天，甚至或可以冠以《备战的〈伊势物语〉》的题目。

新井自身的研究手段是首先强调《伊势物语》比较古老，论述称其中相当于最古层的部分比《竹取物语》《土佐日记》等甚至更古老，是"纯日本思想，纯国文。丝毫未见外来影响"，以此而主张作品的重要性[39]。接着，虽然远比池田克制，他还是满怀敬意地详细讲述了《伊势物语》如何在日本整个历史中获得高度评价。由于这第二种研究视角，最终变成一个饶有趣味的结果：新井不得不论述《伊势物语》为何在明治时代被蔑视。在新井的说明中，对于《伊势物语》评价的突然下跌，只被归因于围绕男女关系的主题被描绘得过于直率。鉴于男女关系的描绘方式，《伊势物语》被认为不适合用于教科书，因而最终被轻视。按照这样的逻辑，新井在著作中重复着煞有其事般的说法："物语"是反映其时代的镜子，如果认为有不合适之处，则是时代的问题，而不是物语的问题。如果是认为某一作品由于针对"性"在进行论述而不得不被排除，则《源氏物语》《万叶集》和《古事记》也都全应当被排除，云云。

对于新井而言，《伊势物语》成为了某种民俗学的宝库（折口学风的）[40]。实际上新井称，《伊势物语》所涉及的与其说是贵族问题，不如说是庶民问题，与其说是中央不如说是周边，其范围之广和作为"语言、方法、名特产及古代习俗等的"记录，无与伦比[41]。明确地说,《伊势物语》的真正价值被认为在于其作为古代记录的价值。

将《伊势物语》与"MIYABI"这一概念相结合,进而甚至将"MIYABI"的概念提升到"日本美学"这一范畴的近代研究,最早是一九四三年十一月发行的《文学》杂志特集"'MIYABI'的传统"。与藤冈和新井热衷于《伊势物语》的纯粹日本性形成对照,在上述特集中学者们强调,"MIYABI"起源于大陆,而这表现在《万叶集》中"风流"这一写法上。至于作为美学范畴的"MIYABI"概念如何发展,将借其他机会阐述[42],这里针对上述特集只简单论述《伊势物语》所发挥的作用。

《文学》的这一特集中,我想关注其中三篇论文。首先是卷首论文,研究日本文化的著名美学学者冈崎义惠的论文。冈崎明确指出,"MIYABI"作为"风流"来自中国,甚至在《万叶集》时代还在相当程度上含有外来的要素,到平安时代,从《伊势物语》前后开始完全变成日本固有的概念:

> 进入平安时代,"MIYABI"的用例也非常日本化。物语中的用例等基本是似乎全无中国痕迹的概念。首先,伊势物语的"即兴表现MIYABI"这一表达,是指从墙缝中窥看"年轻貌美女子"的男子从草染猎装上撕下一片布,并以此布为素材赠送了和歌,所以狭义解读则是做了恰合时宜的文雅事,广义解读则或也是深谙好色之道、审美趣味。这也是继承了石川女郎与大伴田主赠答歌的传统,又以中国而言,被推定或也有文选中《登徒子好色赋》的间接影响,但伊势物语中表现的"MIYABI",被认为是某种日本固有的、即

　　记纪时代以来发展而来的作为爱的表现的相关的行
为。"MIYABI"意味着以爱和美为基础的日本文化样
式，这从上述的例子也可以想到[43]。

　　冈崎在这里似乎在"MIYABI"的概念上拼命试图发现日本固
有的某种要素，即不是来自中国文化的某种要素。他主张那种固
有的要素在《伊势物语》中会被发现，并且比起奈良时代反倒是
在平安时代会被发现。但是，这种特殊性究竟是什么样的性质则
相当模糊。对于冈崎而言，所谓"MIYABI"被视为是某种浪漫，
或是被看作"相关的"某种行为，与罗曼蒂克的恋爱有关系的某
种行为。就是说，它好像至少多少是基于女性的积极参与的某种
行为。将女性作为恋爱中的对等对象予以尊重，可以上溯至十九
世纪八十年代岩本善治那样的日本基督教徒、十九世纪九十年代
的浪漫主义思潮。以围绕卖春（被认为与将女性对等对待的恋爱
是对立关系）的是与非而展开的论争为契机，在相当长时间，由
于西方各国、许多日本思想家们等的作用，对于女性的态度成了
衡量这个国家"进步"程度的标尺。

　　实际上，在这个特集的最后一篇论文《平安时代的女流文学
与"MIYABI"》中，池田勉将女性视为"MIYABI"的主要媒介。
池田将"MIYABI"与"神游"相关联，认为在被视作神的天皇
的后宫中，由女官主导的后宫之游也包含在"MIYABI"中，而
后宫之游则始于《古事记》所记载的将天照大神诱出岩屋的舞
蹈。池田特别着眼于小野小町，对于《古今集》中记述她歌咏了
衣通姬流和歌颇为关注。衣通姬是允恭天皇的皇后之妹，虽深
受天皇宠爱，但过于畏惧姐姐的嫉妒之心而未入宫，在内宫外

边的别宫（"衣通"）等待天皇远道而来。这种献身之爱，池田认为是"MIYABI"，称在这里与"MISAO（操守）"是同义词。池田特别举出《伊势物语》的"河内"段（女主人公担心前往其他女人处的夫君的安危而作歌）作为这种操守的另一例；但又称，"MIYABI"通过和歌将"WABI"（接下来的苦痛）变成美，将其"浪漫化"。在这里业平被提及，池田详细讲述了他在政治上的挫折，认为业平对于皇室的忠诚为他带来了苦痛，但与有操守的妻子们一样，他将苦痛变成了优美的和歌[44]。

　　最后想谈一下莲田善明的随笔。他同样也将"MIYABI"与天皇相结合，但这里是将其与战时的皇室崇拜相关联[45]。对于这一神圣的"MIYABI"，莲田拒绝任何历史性和性别的不同，实际上也不直接提及《伊势物语》。尽管如此，将其与冈崎和池田的论文相关联时，我们可以感受到战时的皇室崇拜，以及莲田所属的日本浪漫派在此状况下的《伊势物语》接受情况。《伊势物语》在这里成为了"MIYABI"世界的一部分，所谓"MIYABI"是"宫（MIYA）BI"，意味着"宫廷"即天皇。应当感到震惊的是，我们将看到二十世纪七十年代再次出现与此相同的等式（《伊势物语》=天皇）。

5　战后的《伊势物语》

　　战争结束后的数年间，关于《伊势物语》几乎看不到值得一提的研究。小学馆"日本古典文学全集"《伊势物语》的参考文献中，也没有一九四三年至一九五四年间的重要研究。一九五四年大津有一的《伊势物语古注释研究》刊行，由此重新开始了研究著作的出版。大津还负责了一九五八年刊行的"角川日本古典鉴赏讲座"《伊势物语》，此书内容可以与该出版社于十七年后出版的同类系列"鉴赏日本古典文学"中的文本（1975；后面将会论及）相比较，作为资料相当方便。在大津的解读中，《伊势物语》基本上是"业平物语"。"总之《伊势物语》是描绘人生之感动、人生之美的小故事集，当然虚构的恋爱故事也不少。但提供主要资料的是在原业平。因此，将初冠置于卷首而将辞世歌置于卷尾的构想，具有如同业平生平传记般的意味。"[46]

大津提出的"业平物语"由"恋爱诸相"和"右马头物语"两部分组成。后者针对惟乔亲王等作品出场人物全部作了论述，对于出场人物相互间的政治关系则一概未论及。换句话说，《伊势物语》主要是被作为传记和恋爱故事进行解读。因此，比如第一段，"MIYABI"被视作与恋爱是相同意思，最后一句则被意译为"过去的人就是这样迅速地坠入情网"。而且，大津的解读多少有其可爱的一面，第一段被解读为初恋的故事：

> 这个故事中重要的一点是，主人公虽说举行了成年礼，但还是少年。平安朝与如今不同，成年礼较早，大体在十二岁至十五六岁期间举行。这个时候，会剪短头发、结上发髻、戴冠、穿大人服装。……因此服装上虽已是大人模样，但心身都可能仍然是孩子，就是这样的主人公赠咏了这首精彩之作。可以说是名符其实的初恋。就差那么一点儿就令人会有无比美好、清纯的感觉[47]。

　　对于这种被健康化、被视为面向青少年的《伊势物语》，渡边实在进入二十世纪七十年代后加以反驳。饶有趣味的是，在将平安时代几乎完全构建为女性时代这一点上，战后打了头阵的是池田龟鉴。一九五三年，池田出版了《平安朝的生活与文学》。尽管标题是总括性质，但池田自己论述称，这个研究始于与"日记文学和宫廷生活"有关的一系列授课，着眼于"文学和女性生活"，尤其是"后宫生活一般状况"。但是，这里应当关注的是，"宫廷"在此处只具有后宫的意思，已经完全不再有男性行使政治公务的"公"或正式场所的意思。一九六四年刊行的伊万·莫里斯（Ivan Morris）的 *The World of the Shining Prince*（《光源氏的世界》）主要就是依据池田的研究，实际上标题改为 *The World of the Shining Prince's Women*（《光源氏女人们的世界》）或更确切。换句话说，"男性性"的一面几乎被从平安时代完全消除了。

　　一九七二年刊行的论文《源融与伊势物语》中，渡边实对于这种女性化的《伊势物语》进行了最早的反击。文中他认为，《伊势物语》起源于以纪、在原、嵯峨源氏为中心的"风流歌人"这一排他性的男性沙龙。建构这种起源的背后所隐藏的含意，在一九七六年由新潮社出版的《伊势物语》中得到更明确的说明。"MIYABI"的概念在这里的使用，乍看或与吉川秀雄将《伊势物语》视为罗曼蒂克的恋爱物语类一样，但渡边的《伊势物语》解读实际上通过使用这一概念将女性几乎完全从物语中排除出去。就是说，如同他自身明确论述的那样，《伊势物语》被认为不是在写恋爱，而是在写业平这样的男性的"MIYABI"，在这里女性的作用被大幅缩小，被置于与藤冈、冈崎等研究者所赞赏的"作为恋爱中的对等对象"的女性完全对立的位置：

> 《伊势物语》被说成是恋爱故事，但不是说《伊势物语》是为恋爱故事而描写登场人物。事情正相反，恋爱变成了题材，是将恋爱题材中的言行，特意用作从第一段开始的MIYABI男士的恋爱，用作最为MIYABI的言行[48]。

上述解读最显著地表现在渡边对于第一段的解说上。与大津一样，渡边的主张是，"读时不可忽略的或是这样一点：……刚刚终于加入大人行列的少年贵族是这段故事的主人公"。不过渡边所大力主张的是，少年的"春日野"和歌不是关于恋爱也不是关于结婚，而是赞美异性的和歌。渡边论述道，如果作者的趣味是在于恋爱、结婚，必定会包含二姐妹的返歌，而文中对此却完全未曾提及，"这或意味着，男子与二姐妹之间的事情不是第一段故事的关键问题，而是男子对于二姐妹的行动才是第一段故事的关键问题"（渡边加点[49]）。

战后一段时间，《伊势物语》的解读一度曾有会被掩埋于"王朝女流文学"这一概括性分类中之忧，对此渡边试图将《伊势物语》定位成与女流日记完全相反而形成对照关系的作品（当然，与女性撰写的物语进行对比才会让人觉得更合逻辑）。他对《伊势物语》与《紫式部日记》之类"日记"这两类作品中使用的个体描写方法进行了对比。渡边主张，后者凝缩了长时间的观察，是对于个体人物的绝对性描写，因而实际上个人的行为基本上未成为描写对象。与此形成对照，《伊势物语》中，比起他们的整体性格，每个人的行为才是作者主要关心的事情。他特别引用《伊势物语》的第一段故事论述称，见于最后一句"过去的人，就是这样急于表现MIYABI"中的这种明确的人物品评，在《伊势物语》中是极端稀少的例子[50]。总之，按照渡边的观点，女流日记展示了对于个体整体性格的、基于持续性观察的判断，而《伊势物语》重视某一特定的行为，行为本身具有意义，并对此几乎不进行明确的评说。他将这种不同看作是缘于性差[51]。

在渡边的解读中，第一段故事是对于从中国文化占主导地位的情形下新独立的日本"精神"加以寓言化，所以他的分析并非离开了文化认同问题。按照渡边的观点，奈良时代国家与律令制已经形成，由此开始了平安时代。七九四年花费大量的时间和精力进行了迁都，度过迁都所伴随的大混乱，平安京的贵族无疑意识到了自己生活在崭新的时代。并且，作为这一势头的另一指标，渡边指出不久之后遣唐使被废止这一事件，并在此基础上进行了如下的论述：

> 从这一摸索中产生的、既非中国的也非奈良的平安贵族美学，那就是"MIYABI"，《伊势物语》正是"MIYABI"的发现和宣言之书。发现和宣言与年轻和气盛相伴。对于"粗鄙"的否定、对于"半风流"的激烈攻击，无疑都是由此而产生。……《伊势物语》真是与第一段故事的男子一样，是"急于表现MIYABI"的文学[52]。

渡边对于"MIYABI"的理解似乎只限于《伊势物语》,《万

叶集》中出现的"MIYABI"，以及与"风流"的关系等一概未曾
提及。实际上如同前面的引用所显示的那样，对于渡边而言，
"MIYABI"纯粹是日本的概念。在"MIYABI"的定义上，与上
述只关注《伊势物语》的渡边形成对照，小西甚一、秋山虔、片
桐洋一等研究者们，如同冈崎义惠所做的那样，一直在探求
"MIYABI"的概念如何从中国六朝时代（222—589）的"风流"
发展而来[53]。

　　一九七五年由角川书店出版的"鉴赏日本古典文学"系列被
广泛阅读，这个系列所收的片桐洋一的《伊势物语》解读中，看
起来接受了渡边的几乎所有论点（第一段故事的状况设定，被与
最终导致业平父亲流放的药子之乱相关联，论述了此设定的政治
含意，强调"MIYABI"意味着对于藤原政权的拒绝）。但是，片
桐并未接受渡边的结论，而是重视恋爱和女性对于《伊势物语》
的意义。"鉴赏日本古典文学"系列《伊势物语》的短篇序文中，
片桐进行了如下的论述：

　　　　日本文学的根本观念是抒情，处于中心地位的文
　　学类别还是和歌。将和歌放在最核心位置而存立的
　　"和歌物语"，由于是讲述以和歌为抒情手段的主人公
　　的爱情生活，所以真正是日本式文学的代表。特别是
　　《伊势物语》，一直受到人们的喜爱，并成了人们的
　　文学规范。再没有其他像这样被后代阅读的作品。无
　　论是在中世还是在近世，它一直都是最畅销的作品。
　　恕我赘言，那是因为《伊势物语》真正是日本式抒情
　　的文学，是爱的物语[54]。

　　某一事物通常因为普遍存在，反而会变得看不清楚，我们要发现这一点，大概只有通过重复。片桐所反复主张的就是，《伊势物语》是日本的、国民的文本。这一国民性的一面，与比如相当于"鉴赏日本古典文学"系列旧版的"日本古典鉴赏讲座"中的大津有一的解说相比，被突出强调的程度要高得多。并且，片桐以类似的手法再次引入女性，特别是日本的女性，作为表现日本独特美的存在。他对第一段故事加以引用，对于"非常NAMAMEITARU 的女性"这一近代注释书中未太进行解说的一节予以关注：

　　　　形容词"NAMAMEKASHI"一般认为是年轻、清纯、文静、优雅，而且同时又是日常的、心身合一的风格美……我认为"NAMAMEITARU"也可以解释为相近的、类似的风格。不是"URUWASHI"所代表的中国的、华丽的、成熟的美，是在说透着这样一种优雅的女性，令人思念的、令人心动的优雅，令人无法忘怀的、高贵的、优美的优雅。……我觉得也可以看到它显示了这才是《伊势物语》的女性的理想[55]。

　　关于女性的相同主张，片桐在第二段等其他段故事中也在重复。我们在这里看到的是这样一种现象的一环：日本的"传统的"过去在战败后被作为女性性的存在而重新分类，而一般认为这或受到了两方面的影响，一是战败后对于更加和平的日本历史的探求，二是通过二十世纪七十年代的经济高速增长而展现出来的以女性为主体的文化消费主义。片桐显然在试图提出"MIYABI"的女性版。实际上，对于第二段故事中出场的女性，他这样写道，"是由于被那女子无比美好的内心、无与伦比的感觉所吸引，就是说是由于追求'MIYABI'（后略）"[56]。

实际上，与许多国家的情况一样，日本的高等教育被快速推向了市场化。在日本，大概是由于面向中间知识阶层或面向大众的教养书市场的发达，以及营利性文化中心的发达，这一点变得更为显著。片桐将《伊势物语》视为"畅销书"，称之为大众文化。实际上当时存在着这样一种事态，从人口统计学的角度来说，在大学学习日本古典文学的学生大多数是女性：思考这一时期的学术性解读的倾向时，无视这一事实或并不妥当[57]。或许可以解释为，片桐在文本中发现了某种"女训"的一面，并面向男性和女性双方提出了社会性别固有的各自的"MIYABI"形态。

一九七九年，秋山虔在《国文学》"《伊势物语》"特集的卷首论文中甚至明确指出，"伊势物语的主题一直被认为是'MIYABI'"[58]。秋山的《伊势物语——"MIYABI"论》中，针对"MIYABI"和《伊势物语》对于包括渡边和片桐在内的数名研究者的研究进行了严谨的归纳，而作为秋山自身的主要"MIYABI"论则有一九八四年刊行的《"MIYABI"的结构》，后收入"讲座日本思想"系列中的合编著作《美》卷。在这篇论文中，战后第一次"MIYABI"被提升为与"幽玄""粹"等同等的美学范畴。虽说是从"完全不同的立场"提出主张[59]，秋山数次提及冈崎和莲田的一九四三年论文，对于后者甚至在肯定的基础上加以引用。秋山认为，《伊势物语》中出现的"MIYABI"，可以在《源氏物语》出场人物中发现最好的体现者，这里包含着"对于天皇的赞仰"和"对于政治世界的背反与超越"[60]。实际上，正是由于天皇这一象征性的存在看起来超越了政治现实，才被作为日本文化传统的保证人：

以上再次确认了，这种"MIYABI"行为的创造者、维护者是"如果生逢其时"则也应当登上皇位的皇族贵胄，而不是这部物语成书时代独霸权势的体制领导者藤原氏。前面对于成为《伊势物语》"MIYABI"主人公的在原业平或者"业平似的人物形象"，试图将重点放在其皇亲贵胄的身份上进行把握，而这部《源氏物语》的主人公光源氏的行为，则更必须解读为皇子源氏这一贵胄身份的文化能力的明证。光源氏将这部物语成书时代的有权势者的一切，自如自在且最高级地夺取并总揽在自己的身上，成为了以此为基石而又对此实现超越的、美的文化的完成者。《源氏物语》的出现令物语史、文学史焕然一新，抓住了贵族社会的贵绅淑女的心，这从作者自己写的《紫式部日记》所述内容也可略知一二，但不限于作品成书的时代，《源氏物语》在远离这个时代后仍得以保有君临后世的规范性，关于这一点可以从各种角度进行说明。或可以说，对于各个时代的思想、审美意识，《源氏物语》甚至发挥了镜鉴的作用，但或应当注意一点：主人公光源氏是以深深根植于视皇族为神圣存在的这一日本人宗教心性的形式而被理想化，他的行为在这里被进行了最大限度的追求。以备万一再添一句：这种对于天皇的尊崇，难以说是将天皇作为现实体制的统治者、领导者而加以绝对化的思想，反而是作为试图从重叠的现实枷锁下实现超越的鲜活样式，或是作为创新美学样式的根本依据，"强大文化传统的维护者和体现者天皇"这一可以说是理念性的存在，如规范一般君临此时的天下[61]。

从中可以读出，或可称之为"宪法下的'MIYABI'"或者是"作为国民象征的'MIYABI'"之类的意思。就是说，如同天皇被认为处于"超越"政治的位置，承担作为国民"象征"的作用一样，"MIYABI"也在成为皇室的文化特权的同时，变成"象征"国民的美学范畴。"MIYABI"是皇室的特权，同时是"民族"（Volk）的一部分，是平安时代的特征，同时又成为现代日本的要素。就是这样，《伊势物语》作为"MIYABI"理念的"起源"，成为了战后的象征性天皇制的重要部分。恐怕再也没有比这更符合"正典（canon）"这一地位的作品。

6　《伊势物语》与近代日本

在日本这一近代国民国家建设的开始，《伊势物语》的地位较为暧昧。一些人将其视为用本国语撰写的文学传统的一部分，而这一传统构成培养近代化所需的新女性的教育基础。另外一些人则将其作为皇国的爱国者的自传。考虑到新型国家形态的草创期所出现的政治危机意识，这也不是多么令人震惊的解读。但是，这部物语的题材与帝国主义列强所要求的那种道德姿态并不相容。

当然，国家最重要的活动之一是奖励目的论性质的叙述，即对国家的诞生有所反映和加强的文学诞生的叙述。在十九世纪的话语中，这种目的论性质的世界观被称作"进步"，日本人立即接受了它。在这样的叙述中，《伊势物语》由于年代久远和对后世文学影响深远而受到了尊重。而且，重要的一点是，整个平安时代的最高点是《源氏物语》（这一观点至今都广为流行），而《伊势物语》被认为具有种子文本的价值，最终催开出《源氏物语》这朵绚丽之花。目的论性质的评价标准由于一种文学进化论而得到加强，《伊势物语》最终成为"和歌物语"这一独立文学类型（其中极端的研究过程是产生"一时代一类型"这一文学史的研究方法）的代表。但同时，由于吉川秀雄等研究者们的工作，《伊势物语》开始被解读为对于大正时代出现大众文化这一事态的对抗，逐渐地被当作了将日本与其他各近代国家相区别的代表。就是说，随着日本看起来变得更像"西方"，以《伊势物语》为代表的古典越来越被作为日本本来的"独自的"文化价值世界的代表。这一倾向在二十世纪三十年代至四十年代初期开花结果，《伊势物语》被视为古代的"纯粹"的日本价值的宝库，为新井无二郎等试图对"近代"即欧美近代化进行"超克"的人们所利用。《伊势物语》还被拉入了新抬头的唯我主义的民俗学研究[62]——这一研究后来与国家的关系具有多义性。

不过，在二十世纪四十年代，《伊势物语》比起作为日本固有的"纯粹性"的价值，反倒是通过"MIYABI"的概念被与大陆的文化遗产进行了紧密的结合。这种关联不是被当作模仿这种示弱的例子，而是基于这样一种自负：如今日本成为了大东亚传统的正统的继承者或保证人，同时让所继承的这些价值正统地、自然地结出了果实[63]。作为"MIYABI"的源泉，《伊势物语》成为了九鬼周造《"粹"的结构》（1930）中所见的本质主义的文献学操作对象。并且，如同九鬼的研究所显示的一样，随着战争拉长，其中的"断念"一面逐渐开始被强调。这一研究视点在一九四二年刊行的池田勉论文中较为显著。在这些研究中，业平尽管无法采取积极的行动，但因为天皇而受伤，并将自己的痛楚变成了和歌之美。

但另一方面，二十世纪三十年代在暴风雨前的寂静中，同时出现了纯粹的文献学研究的高潮。并且，随着战争结束而立刻重新开始的，也是这种乍看非政治性的研究视点。到战后，与《伊势物语》的文本（正文）发展相关的详细研究频频出现，近代以前的注释传统重新引起了研究者的兴趣[64]。具有讽刺意味的是，尽管是这样一种研究，在二十世纪七十年代"《伊势物语》等同于'MIYABI'"的《伊势物语》观在广泛范围内成为了研究者们的统一见解（即便关于"MIYABI"究竟是什么的争论依然在继续）。

战后《伊势物语》解读中的另一重要动向是，与日本浪漫派的"浪漫化"（见于一九四二年的莲田等）形成对照，存在与政治性解读（将《伊势物语》看作是业平明确表达抵抗藤原氏的政治遗恨的作品）完全不同的罗曼蒂克的解读，而政治性解读在数百年间一直都在持续进行，近年则见于二十世纪二十年代之前。正是这一浪漫解读为海伦·麦卡洛（Helen McCullough）这样的《伊势物语》英文版的译者所采纳。这与将平安时代描述为"女性性"的现象相对应。

关于战后的《伊势物语》解读或可以明确指出的一点是，无论是女性被接受（大津、片桐、秋山）还是被排除（渡边），女性都成为重要的坐标轴，文本是围绕女性这一坐标轴在被解读。并且，这个坐标轴被认为是近代这一时代的要素。换言之，在后发工业国，被东方主义、帝国主义等以一种女性化的视角所观察的该国的男性精英，一方面积极引入近代化，另一方面也有这样一种倾向：要让女性承担如今被视为"传统的"那些文化的保管者责任[65]。在二十世纪五十年代至六十年代初期的日本，由于美军占领的影响，以及基于社会性别的产业劳动新分工的结果，这种一般性倾向具有了更特别的含意。渡边实再度为《伊势物语》赋予政治性解读可以看作是对于这一倾向的反动，但不管怎样，以女性为中心进行文化调配的倾向已经不可逆转，战后女性不只是参与文化的消费，还越来越参与了产出。

这一基本上由消费主义所主导的倾向到二十世纪七十年代尤其引人注目，与此同时还出现了日本人论的文化热，王朝文化也开始重新被强调。这在某种程度上也与近代的"女流文学"被重新关注相符合，而这一"女流文学"的原点又往往被视为是"王朝女流文学"。秋山虔是王朝女流文学研究的权威，但我们看到了他又如何将《伊势物语》引入了战后的象征性天皇制之下的"国民美"的范畴。天皇作为"日本国民的象征"，以及作为日本"传统"的假想的源泉及保证人，今后会在多大程度上被日本的思想家、研究者们作为研究对象，还是未决的问题。至少在二十世纪八十年代，对于日本人的自我认同建构而言，《伊势物语》被认为为构建上述的"作为文化的天皇"这一路径发挥了重要的作用。那么，在二十一世纪，究竟会承担什么样的任务呢？

注

1　今西祐一郎編『通俗伊勢物語』東洋文庫、平凡社、一九九一年、pp. 377－379（向提示我参照本书的劳伦斯·马索 [Lawrence Marceau] 先生表示谢意）。另外，"赛画"的首次比赛中，与其说是竞赛物语的"文学性"，不如说是比较物语的主人公们。Joshua Mostow, *Uta-e and Interrelations between Poetry and Painting in the Heian Era* (Unpublished Ph. D. dissertation, University of Pennsylvania, 1988), pp.60-65.

2　Susan Blakeley Klein, *Allegories of Desire: Kamakura Commentaries and the Noh* (Unpublished Ph. D. dissertation, Cornell University, 1994), pp.182, 187-209.

3　Richard Bowring, "The *Ise Monogatari*: A Short Cultural History," *Harvard Journal of Asiatic Studies* (Winter 1992), p.474.

4　Ibid., pp.475-476.

5　Fritz Vos, *A Study of the Ise—Monogatari with the Text according to the Den—Teika—Hippon and an Annotated Translation* (The Hague: Mouton & Co., 1957), I, p.113.

6　Joshua Mostow, *Pictures of the Heart: The Hyakunin Isshu in Word and Image* (Honolulu: University of Hawaii Press, 1996).

7　Vos, op. cit, I, p.115.

8　『女学雑誌』七九号、一八八七年十月、p. 163。实际上在此以前，关于《伊势物语》还有发表于一八八五年十二月二十日和翌年一月十五日《女学杂志》的由两部分构成的论文。前半部分作者将《伊势物语》比作中国的《诗经》，采用与《诗经》相关的传统注释手法，认为《伊势物语》的许多和歌与《诗经》中一样，乍看似乎是以男女关系为题材，实际上根据儒教五德表现了治国、治家，云云。论文的后半部分则展开颇有趣味的论述，在强调夫妇和合之道在儒教中重要性的基础上，作者主张《伊势物语》是在斥责"淫"之恶，并对"淫"进行了猛烈的批判。最终这篇论文将《伊势物语》用作了鼓励以夫妇为单位的小家庭化的例子，而与《女学杂志》有关的基督教思想家们一致认为小家庭化对于日本的近代化至关重要。

9　Reina Lewis, *Gendering Orientalism: Race, Femininity, and Representation* (London: Routledge, 1996), ch.2.

10　三上参次・高津鍬三郎『日本文学史』上巻、金港堂、一八九〇年、pp. 201－202。

11　同注（10）、pp. 205－207。

12　望参照James Edward Ketelaar, *Of Heretics and Martyrs in Meiji Japan* (Princeton, New Jersey: Princeton University Press, 1990)。

13　同注（10）、pp. 219－220。

14　同注（10）、pp. 221－222。

15　同注（10）、p. 227。

16　Michael C. Brownstein, "From Kokugaku to Kokubungaku: Canon-Formation in the Meiji Period," *Harvard Journal of Asiatic Studies*, vol.47, no.2 (1987), pp.436-444.

17　落合直文・池辺義象・萩野由之編『日本文学全書』第一巻、博文館、一八九〇年、p. 2－3。

18　参照Vos, op. cit., I, pp.114-115。

19　塩田良平『樋口一葉研究』中央公論社、一九六八年、p. 629。

20　藤岡作太郎『国文学全史　平安朝篇』東京開成館、一九〇五年、p. 170。

21　同上、p. 176。

22　同上、p. 186。

23　同上、p. 189。

24　同上、p. 190。

25　关于这些理念及其发展，望参照Tomi Suzuki, *Narrating the Self:*

Fictions of Japanese Modernity (Stanford: Stanford University Press, 1996)、Joan E. Ericson, "The Origins of the Concept of 'Women's Literature,'" in Paul Gordon Schalow & Janet A. Walker, eds., *The Woman's Hand: Gender and Theory in Japanese Women's Writing* (Stanford: Stanford University Press, 1996)。

26　鎌田正憲『考証伊勢物語詳解』南北出版部、一九一九年。

27　小林栄子『伊勢物語活釈』大同館書店、一九二六年、p. 5－6。

28　同上、p. 14。

29　同上、pp. 22－26。

30　同上、pp. 28－29。

31　小林荣子多次主张，业平的和歌是为名胜画作而写（『伊勢物語活釈』pp. 26－28），据我所知，小林的这一主张成为了此说在近代的嚆矢。关于此说之后的发展情况，望参照中野幸一編『平安文学と絵画』論集平安文学第五巻（勉誠社、近刊）所收的拙稿「屏風歌と歌語りと伊勢物語と」。

32　吉川秀雄『新注伊勢物語』精文館書店、一九二六年、p. 22。

33　同上、pp. 19－24。

34　关于此点，望参照拙著 *Pictures of the Heart: The Hyakunin Isshu in Word and Image*, pp.71-72 提及的关于 T. Wakamed 所译（1922）《古今集》的论考。

35　Curtis Hidden Page, *Japanese Poetry: An Historical Essay with Two Hundred and Fifty Translations* (Folcroft, PA: Folcroft Library Editions, 1976 [orig. published 1923]), p.169. 另，参照拙著 *Pictures of the Heart*, pp.72-73。

36　池田亀鑑『伊勢物語に就きての研究　校本篇・研究篇』大岡山書店、一九三三－三四年。

37　同上、p. 839。

38　同上、p. 843。另请参照本论文集中的品田悦一论文。

39　新井無二郎『評釈伊勢物語大成』代々木書院、一九三九年、p. 13。

40　折口信夫于一九三八年至一九三九年进行了《伊势物语》的授课，由
　　此时学生编写的授课笔记收录于《折口信夫全集笔记篇》(『折口信夫
　　全集ノート編』第一三卷、中央公論社、一九七〇年)。折口的研究
　　方法显然是民俗学的，却承认《伊势物语》中外来性的作用。第一段
　　故事的最后一行，他译为"过去的人，常做这种盲目模仿外国风的
　　事儿"。

41　同注(39)、pp. 2—10。

42　关于此点，参照预定近期刊行的托马斯·瑞默(Thomas Rimer)主编
　　的近代日本美学相关论文集所收的拙稿。

43　岡崎義恵「みやびの伝統」『文学』特集=「『みやび』の伝統」一九四三
　　年十一月、pp. 354—355。

44　池田勉「平安時代の女流文学と『みやび』」『文学』特集=「『みやび』
　　の伝統」pp. 394—395、p. 397。

45　蓮田善明「みやび」『文学』特集=「『みやび』の伝統」p. 387。

46　三谷栄一·大津有一『竹取物語·伊勢物語』角川日本古典鑑賞講座5、
　　角川書店、一九五八年、p. 170。

47　同上、pp. 172—173。

48　渡辺実『伊勢物語』新潮日本古典集成、新潮社、一九七六年、p. 146。

49　同上、pp. 141—142。

50　同上、p. 143。

51　渡边的比较依据被认为并不充分。《紫式部日记》这样的作品另外还
　　有几部呢？比如，《枕草子》中个人评价要少得多，而是记录了许多
　　逸闻片段。这在后来的《弁内侍日记》这样的女官日记中更是如此。
　　将文学史上《伊势物语》这样时代较早的作品，与《紫式部日记》这
　　种后来的作品进行比较，原本是不是妥当呢？实际上，如果将《伊势
　　物语》与同时代的《伊势集》进行比较，渡边提出的所有观点都难以
　　说恰当。

52　同注（48），p. 154。

53　本稿着眼于以"MIYABI"概念为中心进行《伊势物语》解读的近代研究者，所以在这里不论及三谷邦明的研究。三谷的《伊势物语》相关研究，在注（31）提及的拙稿「屏風歌と歌語りと伊勢物語と」中有所论及。

54　片桐洋一『伊勢物語・大和物語』鑑賞日本古典文学第五巻、角川書店、一九七五年、p. 2。

55　同上，p. 43。

56　同上、p. 48。

57　同时参照片桐洋一『恋に生き、歌に生き ——伊勢』日本の作家7、新典社、一九八五年。

58　秋山虔「伊勢物語——『みやび』の論」『国文学　解釈と教材の研究』一九七九年一月、p. 6。

59　相良亨・尾藤正英・秋山虔編『講座日本思想第五巻　美』東京大学出版会、一九八四年、p. 7。

60　同上、pp. 14－24。

61　同上、pp. 31－32。

62　日本民俗学的英语相关书籍包括J. Victor Koschmann, et al., eds., *International Perspectives on Yanagita Kunio and Japanese Folklore Studies*, Cornell University East Asian Papers, no.1937 (1985); Mariko Asano Tamanoi, "Gender, Nationalism, and Japanese Native Ethnology," *Positions* 4:1 (Spring 1996), pp.59-86; Marilyn Ivy, *Discourses of the Vanishing: Modernity, Phantasm, Japan* (Chicago, 1995)。

63　这可见于二十世纪四十年代日本知识阶层对于冈仓天心工作的移用。关于作为美术馆或博物馆的日本，请参照本论文集中的柄谷论文，以及Stefan Tanaka, "Imaging History: Inscribing Belief in the Nation," *The Journal of Asian Studies* 53, no.1 (February 1994), pp.24-44。

64　福井貞助『伊勢物語生成論』（有精堂、一九六五年）是具有代表性的
　　传本研究。近代以前的注释传统的相关研究，当然是片桐洋一『伊勢
　　物語の研究』（明治書院、一九六八年）及伊藤正义有关伊势和能剧的
　　一系列研究。

65　望参照预定刊载在《思想》上的诺曼·布赖森（Norman Bryson）"Yoga
　　and Structure of Exchange"（大桥洋一译），以及池田忍「地方風俗
　　へのまなざし」『日本絵画の女性像——ジェンダー美術史の視点か
　　ら』（筑摩書房、一九九八年）。

IX

俳圣芭蕉形象的诞生及其变迁

堀切　实

俳谐这一文艺形式，是十七世纪开始兴盛的新兴庶民文艺，与传统的和歌、连歌等相比，当初只不过是小文艺。芭蕉（1644—1694）在十七世纪后半叶的元禄时期俳坛飒爽登场，但芭蕉和蕉门一派的地位绝不是那种称霸于当代俳坛的存在。

芭蕉在俳谐史中成为绝对性存在，蕉门的创作风格在俳坛取得决定性的领导地位，或可视为十八世纪后半叶之后，就是说中兴期的芭蕉复兴运动时期之后。并且在那以后，芭蕉越来越成为象征性的存在，在十八世纪末最终被不断神格化。对于芭蕉形象变迁史的这一过程，将首先在被视为芭蕉代表句的"古池"句的解读变迁史中进行探索。

1 古池之蛙传说

芭蕉的名句"古池蛙轻跃，忽闻入水声"，通过静寂中点缀着青蛙跃入水中声音的描述，静寂得到进一步加深——在相当长时期，都是被赏读为吟咏这样一种幽玄、闲寂境界的名句。并且，一般认为这才是芭蕉开辟蕉风的应当纪念的诗句。但是，如果从叙述此句成立背景的支考《葛松原》[1]（元禄五年刊）的记述，以及此句被发表的深川芭蕉庵"咏蛙"[2]句会的性质等推察，诗句本是这样一种解读：在水暖的春日午后，可以听到从冬眠中醒来的青蛙在轻轻地划水，时而听到跃入池中的声音——在春日迟迟的季节感中，作者芭蕉感受到了某种永远的时光流逝[3]。并且，诗句排斥主观的直接表达，通过呈现对象的"姿（景）"的原貌，对于声景世界进行了完美的形象化呈现。作为这样的诗句，此句确实可以评价为名符其实的"蕉风开山"之句。

　　如果是那样的话，为什么"古池"句"变身"成了表现幽玄、寂寥之美的名句，进而又成了表示禅悟境界的名句呢？——以下希望对这一点进行历史考证。首先是芭蕉的高徒之一土芳所撰写的俳论书《三册子》[4]（元禄十五年完成）。土芳评道，"放言水中之蛙，跃入古池之水声，比之荒于草中，蛙跃入水之回响可闻俳谐"，明确认定此句具有基于自由的俳谐精神的蛙姿发现，而自由的俳谐精神就是从传统歌学的感受性中获得解放。或不只是蛙鸣声的发现，也是水声衬托下的闲寂的发现。并且，相同时期，门人惟然为倡导芭蕉的俳谐，口称"风罗念佛"，唱念着"古池蛙轻跃，忽闻入水声，南无阿弥陀，南无阿弥陀"而行脚于西国[5]。最终此句不断被加入宗教性。之后，蕉门首屈一指的论客、将蕉风俳谐普及至全国的大功臣支考，进而在正德五年（1715）刊行的《发愿文》[6]中，从该句发现了作为余韵的"寂寥之情"，将此句解读为蕴含"幽玄"之作，并且在享保四年（1719）刊行的《俳谐十论》中评价称，芭蕉"在古池之蛙上为自己开眼，发现了风雅之正道"，就是说它是自悟自证之句。支考继而在享保十年刊行的《十论为弁抄》[7]中，将此句定位为"寂寥"之句，还提及了"古池传"这一传书的存在。在这里或可看到，在"古池"句的古典化、正典化上，支考发挥了决定性的作用。

"古池"这种趣向的俳句，作为芭蕉的代表句首先在表面上被模仿，这一倾向可从元文元年（1736）刊行的不角的《江户菅笠》中窥知，之后还包括：晓台的《蛙啼集》（宝历十三年刊）将此句视为"道有腊八晓"之句——就是说可与十二月八日释尊成道日一比的"蕉风开山"之句；吞吐的《芭蕉句解》（明和六年刊）认为"和歌有三鸟，俳谐有池蛙"，将此句视为是拥有与和歌的三鸟传[8]相匹敌的秘传的作品；加兴的《俳谐本来道》[9]（明和七年刊）中可见将芭蕉称作"古池翁"的记述；芭蕉百年祭奠之作紫晓编《百千鸟》[10]（宽政五年刊）也将此句定位为"蕉风开山"之句；白雄的俳论书《俳谐寂栞》[11]（文化九年刊）中则将其评为"蕉风之奥义也"。文化三年（1806），终于芭蕉被朝廷赐予"飞音明神"的称号，也正是因为此句；在改元明治的庆应四年（1868）刊行的春湖著《芭蕉翁古池真传》中，"古池"句被与禅机问答相结合进行了解读；继而，对这一解读予以批判的春秋庵干雄，则于明治三十四年（1901）重新设立了"古池教会"。

感受到暖阳春日的时光流逝而吟咏的"古池"句，作为芭蕉的代表句在蕉门这一结社的体制中被正典化，关于这一点显然存在着该句作为文本的解读变迁。当然，由该句所具有的多义性而引出的种种新解读，受到了门下、一般读者等的支持，这是上述古典化、正典化的主要原因。在此句多义多解的解读史中，也有别出心裁的解读，比如《师走囊》（明和元年刊）将其看作是"造访他人之所"的寒暄句——就是说将拜访旧友家的自己比作入池之蛙，但这些另当别论，总体上可以说具有如下的解读系列：

①　视作幽玄、寂寥之句的解读——首先始于前文论及的支考的《发愿文》，中兴期的康工的《俳谐百一集》（明和二年刊）评其为"唱则寂寥之情自然涌现"之句，此外注释书类著作中《金花传》（安永二年刊）认为是"寂寞之情"，《朱紫》（天明四年刊）认为是"寂寞心地"，近代的解读也有很多以此为准。

②　视作表示意义深远的宗教境界之句的解读——惟然的"风罗念佛"以来，一音的《左比志远理》（安永五年刊）、枕山的《古池蛙句解》（同上）都说其含有"深意"，《俳谐古池风》（文政五年刊）在其中发现了佛教的解脱境界，前面论及的《芭蕉翁古池真传》将其假托为与佛顶尊的禅机问答而加以解读，注释书类著作中同样也有此类解读，《过去种》（安永五年刊）认为是顿悟成佛之句，《新卷》（宽政五年刊）认为是呈示"神境"之句，《笈之底》（同七年刊）则认为是"观想之吟"。

③　视作"姿先情后"之句——象征蕉风中"景（姿）"之发现、形象丰富且蕴含余韵之句的解读——这类解读完全接受极力推崇"姿先情后"表现手法的支考《俳谐十论》[12]（享保四年刊）中"古池之蛙现其姿……寂寥之情含其中"的阐释，之后更进一步将其彻底化，五竹坊的《十二夜话》评其为"眼前景色之句"，

而这一解读方式为浒虹《俳谐十论众议》（明和三年刊）、白雄《抄录》（同五年完成）、二柳《短绠录》（宽政年间完成）等所接受和继承。

④ 视作吟咏景物之句、别无任何他意的解读——明治时期的子规在《俳谐大要》（明治三十二年刊）、《古池句弁》（《獭祭书屋俳话》[13]）中提出的见解，与近年的白石悌三先生的说法[14]也颇为相通。

另外，成为蕉门正典的"古池"句，当然会产生以此为本歌，即以此句为古典范本而致敬芭蕉的作品，比如"古池水澄净，黄枯芦苇花"（《时雨会》，宝历十三年刊），并且在川柳中还成为了戏作的素材，比如"噗通声一响，芭蕉翁驻足"（《柳多留》十七篇，天明二年刊）。

2 传统之中的芭蕉、始于芭蕉的传统

如上所述，"古池"句在芭蕉俳谐的古典化上，几乎具有象征性的意义，下面希望具体探究芭蕉这个诗人终于在江户时代登场，不久即在俳谐史上占据不可撼动的地位，最终以神格化的形式而被崇拜的过程。

关原合战（1600）之后已过数十年的宽文十二年（1672），芭蕉期待作为俳谐师发挥作用而从家乡伊贺来到了江户。无战乱的和平时代、教育（读写）的普及、出版文化的勃兴等，在这些文化条件都具备的背景下，才有了芭蕉的诞生。芭蕉一方面凝视着时代的现实，观察日常的生活空间，另一方面在作为教养的文学

的传统中汲取吸收，不断产出自己的诗。但是，这不是对于传统的盲目继承，而是对于传统的批判性摄取。这个时代，如同契冲的古学、仁斋的古义学所代表的那样，打破中世以来的旧习、偶像，革新文化和教养的风气已经逐渐高涨。芭蕉自身也是一直抱持着"不求古人之迹，而求古人之所求"（《许六离别词》）[15]、"决勿舐古人之涎"（《三册子》）的进取精神，与时代的精神相一致。这与T. S.艾略特在《传统与个人才能》中所主张的姿态相暗合，即传统不是要继承的，而是要重新创造的。那么，具体地对于芭蕉而言，所谓传统是什么？——这从"遥探定家之骨，循西行之筋，涤乐天之肠，杜子如方寸……"（《曲水宛书简》[16]）等言行上可以窥知，中国是白乐天、杜甫、李白，日本则是西行、定家的精神继承。

　　对于芭蕉，定家与西行一样是最应当崇拜的诗歌之道的达人，是样本。他还论述称，"和歌在定家、西行则趣味一新……"（《忘梅》[17]序），认为探求定家的神髓会成为俳句创作上的修行。不过，在《去来抄》[18]中，对于其角的"刀砍手腕梦，原是蚤咬痕"一句，芭蕉批评称"然，彼（其角）乃定家之卿也。与所闻之评'琐碎事，如大事般列而言之'颇似"，由此可知，对于追求巧妙结构的定家的创作风格，芭蕉对其局限性也有所认识。户田茂睡所代表的、当时对于堂上歌学的批判之声，大概也已传到了芭蕉的耳边。

　　与此相对，芭蕉对于西行的全身心的倾倒之情终生未变。那种倾倒与其说是对于肉身西行本人，不如说是对于被传说化的西行人物形象的倾倒。正如其得偿宿愿"愿于花下春季死，阴历二月望月时"这一戏剧化的入寂所象征的那样，中世以来，西行的人物形象被塑造成了真正理想化的存在。出于纯粹的无常观而发心，追求佛道修行而非风雅，居无定所而到处云游，为行脚而巡回全国，这一形象由于《西行物语》而不断被虚像化。对于这种被虚像化、被偶像化的西行形象，芭蕉将自身与之贴合，一直表演着自己。根据《山家集》记载的西行和歌而创作的数个发句，《猿蓑》[19]连句中所见的芭蕉付句"草庵暂居处，行前打破之"，以及《笈之小文》《奥之细道》等作品中沿着漂泊者西行的虚实相交的足迹而行脚的身姿——这些都是芭蕉的西行崇拜实践。

西行与芭蕉具有这样的共通点：都是在追求生活化的风雅、风雅化的生活，在恬淡寡欲地求"道"。但是，芭蕉的生存方式与西行不同之处首先在于，芭蕉的"我"终究是共同体中的"我"，吟咏"此道无行人，秋日暮光下"的芭蕉，他的"道"不是孤独一人的道，而是与众共行的道。并且，对西行的理想化形象怀着憧憬而度过人生的芭蕉自身，也由众多作为"连众"的门人弟子之手，即将开始被打造为作为"俳圣"的理想化形象。

3 蕉门一派的成立、芜村与芭蕉复兴运动

芭蕉开始受崇拜、被神格化，首先主要是因为芭蕉门下实力派俳人辈出，尽管分成数个团体，但形成了强大的蕉门一派。

蕉门的兴盛不只是由于芭蕉个人的力量，很大一方面也是由于杰出门人们的作用。门人去来所传的《去来抄》中，可以窥知芭蕉与门人之间的这种交流情况，其中效仿《论语》之风进行讨

论的场面的叙述，甚至令人感受到戏剧化的发展。

所谓"蕉门十哲"，是以孔子的"孔门十哲"、释迦的"十大弟子"为样本。并且，芜村所绘的"芭蕉画像"、巢兆所绘的"芭蕉像"都以中国风服装进行描绘，也仍然是因为有将其比拟为孔子像的意识。关于"十哲"的选定，由许六最早在《师之说》中记述"继其道十哲门人"，较早是以其角、岚雪、去来、丈草这四哲为中心，其他则在杉风、支考、许六、野坡、凡兆、惟然、曾良、北枝等之间有所变动，有时十人的名字并不一定，这些或是同门之间各种交涉的反映。北溟编《续雨夜稿》（宝历十二年刊）的跋文中称，"蕉门十哲中，口称某某之门，伪称某某之流，卖蕉翁之名"者颇多，也间接反映了这期间的背景。芜村放言"俳谐无门户"（《春泥句集》[20]序），或也包含着对于这种门流之争的批判。如果反过来看，这种选定"十哲"的目的，即便在广义上是为了弘扬蕉门，直接目的则是为了树立本派的权威。当然，这正是将芭蕉作为"掌门人"的蕉门各派的芭蕉崇拜史的象征之一，这一点毫无疑问。

从芭蕉一生的作品集中选取代表性作品，将其作为蕉门龟鉴、典范的动作，最早也是始于去来、许六等门人。并且，具体选取《冬日》《春日》《旷野》《瓢》《猿蓑》《炭俵》《续猿蓑》七部书，定为"芭蕉七部集"，则是享保十七、十八年（1732—1733）的事情，选定者是参与"五色墨"运动的佐久间柳居。芭蕉死后，蕉门分裂，创作风格混乱，上述确定代表作的举动意在对此进行纠正。七部作品集的选取原则，如同柳居门的门瑟所述，"柳居，为示芭蕉俳风之渐变"（《俳谐丛语草稿》[21]），在于令门人知晓芭蕉一生创作风格的变化情况。柳居所参照的，大概是蕉门论客支考的俳论书中的记述。在柳居主导下，作为俳道正典的七部书最终被确定，不久在元文时期（1736—1740）前后还作为《芭蕉七部集》合册出版。之后，七部集以多种形式数次印刷流通。

另外，因为解说芭蕉教义的规范而在蕉门中格外受尊重的传书《二十五条》等，作为意在树立芭蕉一派权威的著作，也发挥了很大的作用。

在十八世纪前半叶扎实形成的蕉门的功力，不久开始引导以芜村为中心的十八世纪后半叶中兴期的芭蕉复兴运动。出发点是享保时期（1716—1735）由祗空、柳居等发起的"五色墨"运动。该运动是小型运动，景仰芭蕉的人格与创作风格，旨在恢复应有的创作风格"正风"。中兴期的芭蕉复兴运动，不久在芭蕉五十年忌的宽保三年（1743）左右开始，在明和五年（1768）晓台一派仰慕芭蕉的《冬日》而编写宣称回归祖翁之魂的《秋日》前后达到高潮，一直到天明三年（1783）芭蕉百年祭奠提前追荐时同样由晓台刊行《风罗念佛》前后，在大约四十年间不断展开。这是与京都的芜村、蝶梦，江户的蓼太、白雄，尾张的晓台，加贺的麦水、阑更，伊势的樗良等东西呼应的运动，但不能忘记，这一运动也存在两大潮流，即尊重《虚栗》《冬日》等芭蕉初期创作风格的系统（麦水、晓台等），和尊重《炭俵》等后期蕉风的系统（阑更、白雄、蓼太等）。对于芭蕉文本的评价，存在着相互对立的观点。

那么，这样的话，上述的芭蕉复兴运动为何会发生？其主要原因在于当时已停滞不前的俳坛状况。就是说，以江户为中心的都市俳坛盛行着操弄新奇的调侃、比喻、语言游戏等的赛诗性俳谐，而另一方面在地方俳坛流行着美浓派、伊势派等平俗调俳谐——二者都失去了俳谐的诗精神，而试图寻回俳谐的诗精神，对于芭蕉的诗精神进行重新认识，成为了这一运动的根据。

成为这一复兴运动的核心性存在的，还是芜村。芜村说，"三日不唱翁之句，口或生茨"（《芭蕉翁付合集》[22]序），是对于芭蕉的敬爱之情如此之强的人，但芜村对于芭蕉的倾倒，与其说是对其人格，不如说是对其作品——特别是对于其连句的创作风格的倾倒，不是对于被俳圣化的芭蕉形象的盲目崇拜。

还必须注意，中兴期芭蕉复兴运动的时代背景还有一点：当时的思想界徂徕学派古文辞学、真渊和宣长等国学的复古主义盛行。首先，对于宋明儒学、元禄时期仁斋的古义学，徂徕学派试图通过探明古说的意义、返回古代的文辞进行解读，这一徂徕学的影响从以下论述也可窥知：祇德的《俳谐句选》[23]（享保二十年刊）称，"俳谐亦宜用古文辞。……若然，元禄时，宜将芭蕉流俳集作古文辞"。尊重人的自然情感、立足于宽大人性观的徂徕学，对时代思潮发挥了很大的引领作用。并且，在这一徂徕学的强烈影响下，国学流派也取得了不断的发展，以契冲用实证主义方法探明"古道"为发端，真渊通过《万叶集》的情感词对于"雄浑风"这一古代精神全力求索，继而是宣长对于尊崇人的自然情感的"物哀"进行彻底探究，他曾咏歌"无双之翁，若说此道有翁，则此翁也"，表达对于芭蕉的敬爱之情。

4 蝶梦与《芭蕉翁绘词传》、芭蕉神格化之路

中兴期的芭蕉复兴运动中，被认为特别对后世产生很大影响的，有俳僧蝶梦为弘扬芭蕉的功绩而制作的《芭蕉翁绘词传》。

明和七年（1770），仰仗各地的寄赠，蝶梦在近江义仲寺修复和重建了芭蕉堂。倾其一生不断弘扬"正风俳谐"祖师芭蕉功绩的蝶梦，为纪念芭蕉百年祭奠于宽政四年（1792）十月十二日编写了蝶梦撰文、狩野正荣作画的《芭蕉翁绘词传》，供奉在了义仲寺。这可以说是最早的正式的芭蕉传，之后还刻成木版传播，从江户时期至明治时期屡次再版，因而为将芭蕉传正典（canon）化做出了很大的贡献。另外还有之前的《芭蕉翁头陀物语》（宽延四年刊）、《俳谐世说》（天明五年刊）等的影响，芭蕉形象迅速地被不断传说化、偶像化。

《芭蕉翁绘词传》是以佛教各宗派祖师传之一《一遍圣绘》为范本而规划的传记，后者为身为时宗净土僧的蝶梦将芭蕉作为宗祖的芭蕉信仰带来了灵感[24]。或者可能也有《西行物语绘卷》等的影响。《绘词传》由三部构成，第一部是芭蕉的出身到从伊贺的出走，第二部是以作品为底本的作为俳人的芭蕉一生，第三部则是临终、送葬的场面。贯穿全书的是蝶梦的如下芭蕉观，即将芭蕉视为有情有义之人以及彻底求道之人，并且，特别是将芭蕉的一生作为旅途的连续而加以描绘的姿态，与西行形象等也颇为呼应，有些地方对于"旅人芭蕉"的形象塑造起到了决定性的作用，在芭蕉形象变迁史上不可忽略。事实上，芭蕉的一生，与中世的连歌师等相比，他在旅途上的总天数要少得非常多。而且，

另外应当关注的一点是，书中将芭蕉向"旅人"转换的动机求诸基于无常观的"发心"，宗教性的芭蕉形象由此被鲜明地打造了出来。正是这一形象确定了芭蕉作为"俳圣"的形象。《绘词传》在其临终场面，特别将歌颂芭蕉大彻大悟的其角《芭蕉翁终焉记》(《枯尾花》) 作为重点进行叙述也是出于同样的目的。在手法上以净土宗的方式描绘"俳圣"之死，构图上也显然有《一遍圣绘》的投影，将芭蕉进行宗祖化的意图相当明显[25]。

　　不过，在上述俳圣化、偶像化的反面，或是当代国学中文献学实证主义的反映：《芭蕉翁绘词传》没有像西行形象那样被极端虚构化、传说化。蝶梦在描述芭蕉的出身、终焉时，除《枯尾花》之外，对于支考《笈日记》等元禄时期的传记资料以及其他具有古典价值的资料也都抱持尊重的态度，并且还以自己编纂的《芭蕉翁文集》《芭蕉翁发句集》以及《奥之细道》等文本为底本进行叙述。蝶梦彻底地贯彻尊重原典主义，在跋文中也明确记述了这一宗旨。对于芭蕉传记，他还委托当时住在伊贺的俳人进行调查，自己也进行了彻底的调查和验证，这一点也是上述蝶梦尊重文献学实证性的表现。

　　中兴期芭蕉复兴运动的巨大潮流，之后也在化政时期（1804—1829）至天保时期（1830—1843）俳谐进一步大众化的过程中，彻底推动了芭蕉崇拜的风潮。

　　宽政三年（1791）由神祇伯（京城神祇官长官）白川家授予芭蕉以"桃青灵神"的神号，文化三年由朝廷授予了"飞音明神"的神号。莺笠的《芭蕉叶舟》[26]（文化十四年刊）等文中对于上述的芭蕉神格化予以肯定，最终发展到甚至模仿释迦入寂涅槃图制作"芭蕉涅槃图"。并且，与上述神格化互为表里，模仿芭蕉、以芭蕉的心境外出行脚的俳谐师不在少数，这从三马的《浮世床》（文化八年刊）等文也可窥知一二。树立句碑、出版追荐集等也进一步盛行。江户的道彦力陈表达必须讲究，将以"捻"句的感觉创作俳句视为最佳态度，尾张的士朗因平明调获得支持，一茶则对俗谈调得心应手，另外成美则倾慕芭蕉的风雅之心，芭蕉的继承方式可以说是多种多样。

天保十四年（1843）迎来芭蕉一百五十年祭奠，各地举办了法事，而芭蕉从二条家获得了"花之本大明神"的神号，愈发被神格化。被称作所谓"天保三大家"的苍虬、凤朗、梅室即便另当别论，以江户为代表，宗匠、结社之类在各地急增，创作风格终于走向了《炭俵》的平明调。它实际上与在《炭俵》中到达顶峰的芭蕉的"轻明"风有所不同，是似是而非的平俗调。正如梅通的《舍利风语》[27]（弘化二年刊）中所述，"天保虽以《炭俵》为标，而非同于《炭俵》……天保乃天保之风调也"，《炭俵》[28]这一文本被误读成了天保调。当然也有这样的一面，认为芭蕉的蕉风是具有权威的正典，"贞享、元禄年间，乃人情淳素、文运盛也"（《嘉永五百题》一具序），所以作为将此种古之俳谐心传于今世的手段，颇为盛行以"题咏"（根据预先出的题目咏句）的形式创作俳句。但是，这种题咏形式的每月句会，与川柳、杂俳一样，在多数结社中不得不风格主义化。结社的宗匠倡导"由易行而入至大道之教"，引导了易懂易作的俳句风格。

芭蕉为何需要神格化？——一般认为原因在于，俳谐变成大众性娱乐之一，俳谐人口急增，在以他们为对象的帮闲宗匠横行的世风中，指导者和被指导者总之都需要传统的权威。通过仰仗于被神格化的芭蕉这一权威，在表面上还是要试图保持风雅的传统。作品本身在某种意义上不断形式化的过程中，各派为了夸示本派系谱的正统性，全都尊重"庵号""堂号"，其价值跳升也是因为需要树立权威。这种结社体系在不少方面，与江户中期起花道、茶道等方面确立的掌门人制度具有共通之处。掌门人会给予教授权的许可证，但绝不给予许可证的传授权。即便不是掌门人的那种绝对地位，尽管各派的俳风几乎不存在差异，俳谐的结社也是渐渐变得一边夸示各自的权威，一边相互争夺势力。

5 近代的芭蕉崇拜、子规以后的芭蕉观

迎来日本向近代出发的明治时期之后，芭蕉崇拜进一步扩展到一般国民中间，其神格化的态势也出现了新的发展。明治元年（1868）颁布神佛分离令后，发生了"排佛毁释"运动，在这一背景下，芭蕉崇拜变成与神道相结合的一个社会运动。

以明治初期的东京为中心的俳坛形势，由前代以来的旧派宗匠们形成了江户座、雪门系等。俳谐无论怎么说都脱离不了游离于社会的"游民"文学的性格，但即便如此，在地方上渗透的那些蕉风俳谐，迎着崭新的社会体制在一点点开始呈现变化。当然，明治二年在室之八岛（栃木县）的土地上建立了翁冢句碑，芭蕉崇拜的历史并未改变。

不过，明治六年（1873）四月，相当于如今文部省的教部省在国民教化运动引领者"教导职"的人选上录用了俳谐师，以此为契机，他们的社会地位发生很大变化。俳谐师们不再是社会"游民"性质的被剥夺法律保护的存在，而是开始具有作为行走于世间大道的知识分子的自觉。在这样的社会状况变化中，芭蕉再次成为了俳人们的精神寄托。

教导职本身的启动是在前一年的明治五年，最初是由神官、僧侣等担任，但由于当时的永平寺管长建言称，"……唱芭蕉派者，专寄心于道学，正人心，明今日之事务者亦不为少"，首先是三森干雄、铃木月彦通过教导职考试担任该职，接着是为山、春湖、等栽即所谓旧派三大家被免试推举出任了该职[29]。由此开始了通过俳谐对国民进行思想善导、引导天理人道的社会教化运动。教导职于明治八年五月被移至内务省的管辖之下，直到明治十七年一直存在，但正如前文提及的，对于一直只会以反体制方式生存的俳人，将他们的社会地位如此提升，这对于俳谐、俳句的文学本质多少会带来变化。

在明治时期对芭蕉进一步神格化，推崇芭蕉俳谐的深奥义理，并将其定位为文学活动之规范（canon）的，首先是明治七年（1874）八月结成的"俳谐明伦讲社"。通过考试而成为教导职的首任代表干雄、月彦是结社的核心。其内规规定了"以祖翁（芭蕉）之言行为旨，明物理，正俗谈，以和为专务"的宗旨，顺应神道优先的时代潮流，在将芭蕉尊崇为"桃青灵神"的同时，还把握时宜论述了俳人的社会连带感的必要性。这一派不久在明治十三年创刊了《俳谐明伦杂志》，卷首作品表达了将芭蕉视为教导职最高位的"大教正"的主旨，同年还举办"花下大明神"祭典，继而在明治十八年（1885）取名"神道芭蕉派"，作为芭蕉二百年祭奠的纪念还创设"古池教会"，在江户深川建立了芭蕉神社。

另一个引领此时代的结社，是由被推荐担任教导职的首任社长为山、第二任社长春湖等组织的"俳谐教林盟社"。这一结社也在明治十三年（1880）举行"时雨祭"，在芭蕉二百年祭奠的明治二十年由其角堂永机主持举行了大法会。两派之中明伦讲社稍稍进步，教林盟社相对保守，虽然略有差异，但共同推进了明治时期的芭蕉神格化运动。

相对于上述这种江户时代以来的传统旧派的芭蕉神格化运动，以新的西方文明的教养为背景开展俳句、和歌革新运动的核心人物是正冈子规。子规虽然严厉地批判了对芭蕉的盲目崇拜，但另一方面，也开始从全新角度重新审视俳谐史中芭蕉的存在价值。

近代发生的子规对于芭蕉偶像化的批判[30]，直接动机是对于当时俳坛领袖们的批判，他们认为"疑（芭蕉）者，难究其奥仪"（《明伦杂志》，明治二十五年五月）。这种批判与所谓"对于每月俳谐例会的批判"也有相通之处，试图以此赢得新时代人们的共鸣。子规首先在《獭祭书屋俳话》（明治二十六年刊）中根据自己的"俳句分类"的工作成果，陈述自己的俳谐史观；他指出，文学也是随着时代而变迁，"作为大文学家而出现者，盖必拔古文学之粹，亦并采今日新文学之所长者也"（《延宝、天和、贞享

之文学》)。当然，上述发言的背后既有他对于芜村的发现，也
有他的"写生说"主张，这一主张以西欧绘画的素描理论为灵
感，力陈客观描写自然、人物、事物等对象的必要性。并且，他
在载于该书的题为《芭蕉翁之一惊》的戏谑文中还评论道，"正
风不解芭蕉句"。《芭蕉杂谈》(《日本》，明治二十六、二十七
年)一文也对于芭蕉俳句的晦涩难懂进行批判，认为对于作为俳
句家鼻祖的芭蕉抱持信仰性的倾倒是一种错误，主张确立"作为
文学家的芭蕉的正确形象"是重要的紧迫课题。

　　子规还在《芭蕉杂谈》中具体举出芭蕉的俳句，认为虽说是
名人芭蕉，其过半都是恶句："古池蛙跳跃，忽闻入水声""凝望
道边彩，马食木槿花"等是"晦涩"句，"二日不再错，如同花之
春""黄梅五月雨，未朽唯光堂"等是"无风流"句，大概是将其
视为从观念出发的观念句、不解风雅的义理句在进行责难。子
规举出的芭蕉秀句是"夏日草木深，功名梦留痕""黄梅五月雨，
湍急最上川""海浪滔天涌，佐渡横天河"等十首俳句，评这些
为"雄壮之句"；而且，作为芭蕉的佳句，首先"幽玄"之句举
出了"人老牙亦衰，海苔齿留沙"等，"纤巧"之句举出了"秋至
秋又行，栗毯亦张手"，"华丽"之句举出了"雪间薄紫透，独活
萌芽早"，"滑稽"之句举出了"蜗居虽小破，夏蚊小珍馐"，"蕴
雅"之句则举出了"山里年戏迟，梅花开时来"等句。这里反映
了子规自身的"俳句分类"的作业经验，并且或可看出所用的评
语模仿了当时的汉诗批评方法。不过，对于这种以"写生（写
实）"性为基准的判断，子规自身在后来也以自我修正的形式对
芭蕉进行了重新评价。

　　从明治时期到大正、昭和时期，在以《杜鹃》为中心的俳坛动向之外，芭蕉影响史在近代作家、诗人们中也在继续。特别引人关注的是，西欧教养有所加深的文学研究者们，逐渐重新发现作为本国古典的芭蕉作品的诗歌精神，显示出回归本国古典的姿态。英国文学学者内田鲁庵进入近代创作了最早的芭蕉传《芭蕉庵桃青传》(《太阳》，明治三十五年)，在海外度过青春期并进行英诗创作的野口米次郎撰写了作为日本诗歌源泉的《芭蕉论》(大正十四年)。另外，岛崎藤村固然如此，在芭蕉的感性中发现了与象征诗相通之处的蒲原有明、三木露风，以及接受子规的观点在《芭蕉杂记》中尝试打破芭蕉偶像化的芥川龙之介等，在推进芭蕉作品在近代的新古典化上，可以说都发挥了很大的作用。从之后的俳坛史的发展来说，在昭和时期力图复兴芭蕉、提倡"新蕉风"立场的《新蕉风俳句读本》[31]的著者山下文珠兰等，或也可以看作是将芭蕉作为关键要素而思考俳句革新的人士之一[32]。

　　关于芭蕉在现代的古典意义，一般会立刻想到，比如太平洋战争战败后不久，桑原武夫所倡导的"俳句第二艺术论"认为俳谐、俳句作为文学、艺术相对低俗，而山本健吉的《纯粹俳句》(昭和二十七年)则通过"滑稽""寒暄"和"即兴"三大要素概括了俳谐文学的本质特性。并且，毋庸赘言，这里所说的"俳谐性"的依据主要是芭蕉的俳谐。俳谐一方面具备作为诗的普遍性质，另一方面应当认识到它首先是"座的文学"，这一观点后来由尾形仂正式提出[33]。笔者自身也在上述观点的基础上，针对芭蕉发句中向他者寒暄式的表现手法，以及与近代的"写实"性质迥异的"姿先情后"的表现手法等进行了反复论证[34]。

6 《奥之细道》与经典化之路

以上回顾了江户时代至近现代的芭蕉形象的建构过程、芭蕉作品的古典化经过，在芭蕉的经典化上，最后还有一个无论如何不能忘却的，是名作《奥之细道》的存在。《奥之细道》从江户时代开始以俳人为中心被广泛阅读，但最重要的是它作为近代国语教育的代表性篇目被固定下来，因而在一般国民中产生很大的渗透力，这一点具有不可估量的意义。

《奥之细道》由素龙清书本在元禄十五年（1702）刊行以来，使用这一元禄版木刻印版的明和版、同一印版进行重刻的宽政版以及与此不同印版的其他版本等，在江户时期都多次再版，在近代则以活版向社会提供了多个文本。其注释书以安永七年（1778）《奥细道菅菰抄》为代表，出版的数目也是多如星辰。另外，追慕芭蕉而体验奥羽行脚的所谓"后之细道"，以芭蕉生前的门人支考、路通等为代表，还包括沾德、北华、千梅、芜村、蝶梦、晓台、白雄、大江丸、诸九尼、一茶等，很长时间都一直在持续。在今天，它甚至成为了代表日本的观光路线。

这部作品为众多人所喜爱，不久即获得与《源氏物语》等相比肩的日本代表性古典的地位，当然是得益于上述所出版的文本的普及。在近代，作为学校教育中的国语教育篇目，几乎为全体国民所喜爱和诵读。

在近代，《奥之细道》首次登场成为国民教育指针的国语教科书，在中学是明治二十八年（1895）刊行的《新编国文读本》（藤井乙男编）中[35]。此次调查的明治二十一年（1888）至明治三十五年（1902）出版的三十二种教科书中，收录《奥之细道》的只不过四种，但明治三十六年（1903）的《中等教科国语汉文读本》（育英舍编辑所编）以后，从大正时期到昭和时期，男子中等教育版、女子高等学校版都是以松岛和平泉章段为中心，再加上开篇部分，《奥之细道》成为了古典教材的必选篇目。这部作品的华彩部分，至少为接受中等以上教育的所有受教育者所学。

关于《奥之细道》在古典教育上所承担的职责，这里姑且根据太平洋战争以前出版的教师指导用书中的"采择旨趣"进行整理，可分类如下：

（1）令领悟俳文的妙味，在作文上助一臂之力。

（2）令体味精妙纪行文的叙述之精、构思之妙。

（3）令接触芭蕉的高迈诗境，通过感动于诗境而培养学生的诗情。

（4）令关注芭蕉克己的高尚精神、对旅途的渴望、对艺术的精益求精。

另一方面，又对于战前的古典教育的目的进行广泛探查，根据"教学要求"等的方针整理如下：

（a）培养实用的读写能力（在依据昭和十二年的"教学要求修订"改为"将中古文、上代文章等作为文章的模范并不妥当"之前，包含古文在内的"讲读"材料一直被作为作文的范文）。

（b）培养文学兴趣。

（c）以资智德的启发和培养。

（d）涵养国民精神，珍惜皇国传统，创造皇国文化。

对照上述的方针，《奥之细道》采择旨趣（1）相当于（a），（2）（3）相当于（b），（4）则相当于（c）。关于《奥之细道》被用作作文范文的情况，从以下实例也可窥知一二。例如，《芭蕉翁文集详解》（佐藤进一，大学馆，明治四十三年）序中写道，"要做优艳文章，不可不读国文。要做刚健文章，不可不读汉文。而要做洒脱文章，则定不可不读俳文也"，作文实用书《美文韵文作文辞书》（石田道太郎，郁文社，明治四十一年）则从《奥之细道》中引用了发句，《作文讲话及文范》（芳贺矢一等，富山房，明治四十五年）也刊载了芭蕉的俳文。

并且，《奥之细道》的魅力由于对于芭蕉人生观的共鸣而进一步增大，这一点也引人关注。采择旨趣的（4）着眼于芭蕉其人的人生观、人格魅力。芭蕉的生活与艺术一体化的人生观、"厌倦昨日的自己"的求道精神以及芭蕉所散发的宗教气息，与明治三十年（1897）以后的修养热潮相得益彰，促进了《奥之细道》成为国语教育的固定篇目。"将全部生涯奉献于风雅大道，不断旅行而充实诗囊，芭蕉的这种认真态度，才是他创作俳句的最大强项"（《国民文学读本》，昭和十四年），"通过可谓纪行文之精要的本文，一令解俳文为何，一令感悟和共鸣于芭蕉的生活和人格"（《新制国语读本》，昭和十一年），"令触接俳圣芭蕉的心境"（《最新女子国文》，昭和三年），等等，写有此类内容的指导用书不在少数。

另一方面，作为传达（d）的"国体之精华""民族之美风"，鼓吹国家主义之手段的职责，主要是由《太平记》《神皇正统记》《平家物语》等历史或军记物语承担。在向第二次世界大战不断倾斜的昭和前期发行的教科书《国语》（岩波书店）中，也有许多古典篇目被定位为"国民教材"，在这种环境中《奥之细道》最多被定性为"文艺性教材"。正如在国定教科书《中等国文》（昭和十八年—昭和十九年）中所看到的，"从逍遥于非人情的天地之间的诗境眺望自然与人事"（《国语》采择旨趣·摘要），作为具有高迈的诗歌精神的、纯粹的文学教材的定位，是《奥之细道》在《源氏物语》等众多古典篇目消失殆尽的战争期间，仍被一直采择的原因。相反，也是在战后许多篇目被畏惧与皇民意识形态的关联而被敬而远之的环境中，《奥之细道》仍继续幸存的原因。另外，关于战后至今的国语教育中的《奥之细道》的解读，在继承上述的一直以来的基本路线的同时，或可认为在解读方向上正在发生急转，受到伴随旅行实录《曾良旅日记》的发现而在研究上取得飞跃性发展的影响，正试图将作品作为被虚构化的文学作品进行解读。

注

1　今栄蔵校注『校本芭蕉全集七』富士見書房、一九八九年、p. 239。

2　阿部喜三雄校注『古典俳文学大系六』集英社、一九七二年、pp. 54－60。

3　白石悌三「蛙－滑稽と新しみ」『俳句のすすめ』有斐閣、一九七六年。

4　宮本三郎校注『校本芭蕉全集七』富士見書房、一九八九年、p. 153。

5　元禄一五年十二月六日付潘川宛丈草書簡(飯田正一編『蕉門俳人書簡集』桜楓社、一九七二年、p. 318)。

6　其角堂機一編『俳諧文庫八』博文館、一八九八年、p. 225。

7　大磯義雄校注『古典俳文学大系六』集英社、一九七二年、p. 549。

8　《古今集》的秘传书。正式书名《古今三鸟剪纸传授》。参照横井金男『古今伝授の史的研究』（臨川書店、一九八〇年) 等。

9　中村俊定編『近世俳諧資料集成四』講談社、一九七六年、p. 269。

10　藤井紫影編『古俳書文庫一七』天青堂、一九三八年、p. 43。

11　松尾靖秋校注『古典俳文学大系一四』集英社、一九七二年、p. 339。

12　勝峰晋風編『日本俳書大系九』春秋社、一九二九年、p. 49。

13　正岡子規著、日本新聞社、一八九三年。

14　同注（3）。

15　尾形仂ほか校注『校本芭蕉全集六』富士見書房、一九八九年、p. 511。

16　今栄蔵ほか校注『校本芭蕉全集八』富士見書房、一九八九年、p. 170。

17　尾形仂ほか校注『校本芭蕉全集六』富士見書房、一九八九年、p. 492。

18　宮本三郎校注『校本芭蕉全集七』富士見書房、一九八九年、p. 65。

19　白石悌三校注『新日本古典文学大系七〇』岩波書店、一九九〇年、p. 259。

20　大谷篤蔵ほか校注『古典俳文学大系一二』集英社、一九七二年、p. 313。

21　宝暦七年刊。

22　大谷篤蔵ほか校注『古典俳文学大系一二』集英社、一九七二年、
　　p. 313。

23　白石悌三校注『古典俳文学大系一一』集英社、一九七二年、p. 244。

24　田中道雄「『芭蕉翁絵詞伝』の性格」『鹿児島大学教育学部研究紀
　　要』二九・三〇号、一九七八年三月、一九七九年三月。

25　同注（24）。

26　勝峰晋風編『日本俳書大系四』春秋社、一九二九年、pp. 141−174。

27　其角堂機一編『俳諧文庫一八』博文館、一九〇一年、p. 301。

28　白石悌三校注『新日本古典文学大系七〇』岩波書店、一九九〇年、
　　pp. 359−453。

29　市川一男『近代俳句のあけぼの』第一部、三元社、一九七九年、
　　pp. 59−102。

30　即便在江户时代，有时也有批判芭蕉偶像化的声音。凉袋在《片歌二
　　夜问答》(宝历十三年刊；《建部绫足全集三》)中写道，"……后人醉，
　　中芭蕉之毒也"，对其权威提出了疑问；秋成虽是俳坛之外的人物，但
　　在《俳调义论》（文化六年完成；《上田秋成全集一五》)中对于用秘
　　传书《二十五条》树立权威相当排斥，而在《去年之枝折》（安永九年
　　完成）中，虽然看似与自负为 "狂荡之子" 的秋成言行不符，对于以
　　"栖旅" 为生活方式的芭蕉人生从根本上表示了疑义。另外，国学者
　　斋藤彦麻吕在《正风俳谐论》《醉中五论》，文政十年完成）中将芭蕉
　　评为 "失俳之本意，唯拘幽玄" 的俳人，大坂儒者田宫仲宜也在《愚
　　杂俎》（天保四年完成）中指责自比李白的芭蕉妄自尊大。

31　六合書院、一九四二年刊。

32　与此相通而对芭蕉崇拜历史持批判态度的评论，另外还有明治四十五
　　年（1911）沼波琼音发表的《芭蕉曾有妾》(《俳味》三卷一号)、大正
　　时期的芥川龙之介将芭蕉称为 "大山师" 的《芭蕉杂记》（大正十二年
　　[1923]）等。

33 尾形仂『座の文学』角川書店、一九七四年。

34 堀切実『表現としての俳諧』ぺりかん社、一九八八年、など。

35 以下关于近代国语教育中的《奥之细道》的记述内容，主要依据堀切实、藤原真理子共同执笔的《国语科教科书中的〈奥之细道〉》中的论述（堀切実・藤原マリ子「国語科教科書にみる『おくのほそ道』」『早稲田大学大学院教育学研究科紀要』第八号、一九九八年二月、堀切実編『おくのほそ道と古典教育』早稲田教育叢書、学文社、一九九八年）。详细论述望参照该论文。另，藤原真理子的《〈奥之细道〉教育史——其指导法的变迁》（「『おくのほそ道』教育史——その指導法の変遷」『おくのほそ道と古典教育』）针对《奥之细道》在近代学校教育中的鉴赏方法进行了详细的分析。

附记：关于"古池"句，最近还出现了深泽真二《蛙为何跃入——"古池"句的成立与解读》（深沢眞二「蛙はなぜ飛びこんだか——『古池』の句の成立と解釈」『雅俗』六号、一九九九年一月）这样的新解，期待今后的论考。

◆

第四部分

教育制度与经典

X

与课程体系的历史变迁相竞合的经典

白根治夫

（转译自衣笠正晃日文译文）

　　T. S. 艾略特在《何谓古典》中描绘出单一的、铁板一块的经典，就是说似乎是我们可以由此进行加减的文本与著者的集合，但实际上，那种单一的经典从未存在过。取而代之的是性质、地位、功能相异的，相互竞合的数个经典。本稿将对这些相互竞合的经典——特别是汉学经典、佛教经典（内典）以及某个时候被编入国学经典的和学经典的性质进行探讨，由此希望在历史视野下探讨今天被称为"国文学"或"日本文学"的经典所占据的相对位置。

　　正如迄今所看到的，近代文学史中日本文学的范围，在以日语撰写的文学史中和在用英语撰写的文学史中，都是基于近代的"文学"概念，特别是基于以想象力进行创作这一文学观，并且是以最近的国家主义产物——日语以及日本国家认同的建构概念为基础。在十八世纪中叶以前的欧洲，所谓文学是指在社会上被认为具有较高价值的文章的总体，诗自不必说，哲学、历史、神学、随笔，甚至自然科学领域的文章也包含在其中。将某一文本作为"文学"，不是它是否是虚构作品（在十八世纪，小说尚未定位为文学），而是它是不是具有知识、道德、美学或政治的价值的文章[1]。同样在日本，奈良时代以来至江户时期，作为有价值的文章的文学，包含涉及历史、哲学、宗教、政治、诗歌等广泛范围的文本，完全也没有特别强调虚构作品。实际上，由于儒教和佛教双方面的影响，虚构作品一般被认为具有负面的特征，其结果是，维护物语文学需要费时费力。如上所述，以假名为基石、以想象力进行创作这一近代的日本文学概念，只代表了在日本曾被认为是有意义的著作的一方面。

本稿的前半部分，将探讨和学经典在课程体系内部复杂且富于历史变化的定位，探求在近代以前它如何相对于汉学及佛教的经典而处于从属关系；进而，将探讨现在的日本文学经典如何通过近代的初高中教科书而被建构。在这里成为问题焦点的，与其说是文本的解读本身，不如说是文本的社会政治功能、教育功能。正如以下将要考察的，现在的日本文学的经典，不只是由大学这种高等教育制度和机关以及将文本作为考证和解读对象的学者、批评家所决定，也由在初等、中等教育中的必要性所决定，而后者并不逊于前者。在这一初等、中等教育中，经典的主要功能是读写教育，以及灌输道德和社会行为的基本指针。而且，概观经典建构的一千多年历史，我们或可以理解，在伴随着本尼迪克特·安德森称之为"想象的共同体"的（尽管在现实中是以迥异的社会、文化为背景）统一的国民、语言、文学意识的登场而于十九世纪以后形成或消失之前，各种课程在现实中是如何多种多样和各不相同，它们之间是如何相互作用，并且不只是随着时间的推移出现变化，还由于共同体或社会阶层的不同而呈现相当程度的戏剧性变化[2]。

在我称之为"读者性"经典与"作者性"经典的两者之间，我希望加以功能上的区别，前者即以道德、宗教、社会或政治的教育为主要目的而被阅读的权威文本的集合，而后者就是说是这样一种权威文本的集合：在近代以前的整个时期，其主要目的都是学习对于社会和文化实践至关重要的散文、诗歌等的写法[3]。在关于欧洲经典的叙述中，约翰·吉约里（John Guillory）这样写道，"我们称之为经典建构的过程，最早出现在古代的学校中，与扩充读写方法的相关知识这一社会功能有关，这一点从很早以前就为文学史家所知晓。文本的选择是实现这一功能的手段，它本身不是目的"。尤其是关于和学的经典，可以说是同样的情况。它首先是由中世的宫廷歌人们，主要为了和歌读写这一实践行为而打造。甚至是《源氏物语》《伊势物语》的经典化，当初也是为了确立作歌的范本或典据这一目的。与此相对照，汉学尽管其部分文本也被用作撰写汉诗文时的教科书或范本，但其核心则在"读者性"经典。但与所有的经典一样，和学的经典也逐渐被用于佛教、神道等其他的目的。并且在十八世纪，它被用于了国学。国学公然与汉学、佛学等相互竞争，为了建立日语的"读者性"经典，试图与当时的儒教古典一样，将和学的文本用于道德、宗教、政治和社会的目的。

1 奈良平安时期——课程体系与家传

在奈良、平安时期，学问这一用语一般指汉学。汉学是学习和研究用汉语撰写的文章，其焦点主要分为三个领域，即儒教古典、中国史、汉语美文（特别是汉诗）。为训练政府的官僚，七世纪后半期根据律令最早设置的大学寮开有两门课程，明经道（儒学，学生数约四百人）和算道（数学，约三十人）。根据七〇一年设定的规则，明经道的课程由《论语》和《孝经》这两门课和另一门自选课组成[5]。七三〇年大学寮扩大规模，开始开设研究律令的法学类课程（明法道），以及将焦点放在《文选》和辞书《尔雅》上的、社会地位更低的文学类课程（纪传道、文章道）。后来，"三史"（司马迁的《史记》以及《汉书》《后汉书》）被加入了文章道的课程。在八、九世纪期间，文章道的规模出现了戏剧性的扩张，反映了中国的历史和文学的重要性在增强，兴趣面也在扩大。但是，在大学寮到达其顶峰的九世纪之前，望门豪族（特别是藤原北家）开始逐渐占有官僚职位，官位开始世袭，因此高级贵族大都失去了将其子弟送入大学寮的动机。结果，高级贵族的教育大都变成了以私人家教的方式进行。

贵族的初等教育从使用以下的书籍开始：唐代的初等教科书《蒙求》，用五百九十六句四字句描写历史上的著名人物；六朝时代的书籍《千字文》，用于书法练习的二百五十句四字句选集；由中国唐代诗人李峤撰写的《百廿咏》[6]，关于天地诸相的一百二十联五言诗；同样是用于书法练习的《和汉朗咏集》（1012，藤原公任撰），五百八十八句汉诗名句，配上二百一十六首和歌；

等等。为了更为实际的用途，贵族开始使用收录各种书简范例的《明衡往来》（十一世纪末，藤原明衡的书简集）之类的"往来物"，话题包括金钱借贷、升迁、佛事，甚至和歌创作。学习再进一步，则继续学习明经道、文章道课程中的高级文本，特别是司马迁的《史记》以及《文选》等，还有《老子》《庄子》《白氏文集》等儒教以外的汉文文本。

对于未被允许进入大学寮学习，而在家庭接受教育的平安时代贵族女性而言，书法、和歌、弹琴（和琴、筝或琵琶的演奏）这三项是作为教养应当掌握的最重要才能。书法与和歌的练习同时开始，一般是从摘抄《古今集》假名序中的著名和歌开始。由《枕草子》第二十三段中的一节可以知道，对于贵族女性，所谓学问则意味着和歌的学习，特别是《古今集》的学习，而且常常是将其全部背诵。紫式部、清少纳言这种接受最高教育的女性，大概都从身为汉学学者的父亲那里接受了个人指导，但也阅读了《白氏文集》《文选》等汉学经典文本。

平安中期以后，随着官府设立的大学寮制度逐渐衰退，高等教育和学问被私有化而变成了"家学"，就是说变成了对于特定领域的知识、文本等进行继承的特定世家、姓氏的职业或特权。即便是在官府设立的大学寮系统的内部，可以进入某一领域，升至该领域"博士"之位的，只是有限的几个姓氏。比如，文章道的课程，只限于菅原氏、大江氏以及藤原氏的特定分支，另一方面，明经道的课程则限于中原氏和清原氏。大学寮内的特定地位，很多是由两个或两个以上的家族轮流占据，结果在家族之间引起激烈的竞争，各家族都发展了独自的被严密遵守的解读、研究。

2 中世的课程体系——僧侣·武士·"公家"

中世的学问研究主要由两大集团进行，即属于不同宗派的僧侣，以及属于不同世家的贵族。近江国的天台宗、奈良的南都六宗、高野山和东寺等的真言宗及室町时代的禅宗等主要佛教宗派，分别都发展了复杂形式的学问研究。平安、镰仓时代出现的从文章道和明经道的学者世家到和歌世家，这些"公家"身份的学者世家可以说是相同的情况。他们分别拥有某一特定的文本以及自成体系的知识和研究方法，并被代代相传。学问一般都意味着对于"道"的求索，但它具有抽象的（比如佛道等）道，以及由特定家族实行的"家职"这两种含意。歌道在十二世纪末确立，成为了和学的核心，而学习歌道则意味着在六条、御子左等某一世袭的和歌世家进行学习，这些家族既拥有文本又拥有文本的相关知识。这种学问的垄断或私有化，最终导致了对于秘本或秘传的强调，而这在从武艺到艺能的中世其他几乎所有领域也都在发生。这些经典，不是由其受欢迎程度、广泛的读者或听众的共识决定，而是由特定的家族针对特定的职业或专业可以确立的权威决定。

作为上述过程的结果之一，和歌经典的形态直接反映了代代传承的和歌世家之间的权力争斗。十二世纪末，主要的和歌世家之一六条家对于和歌经典采取了折中主义的态度，包括《万叶集》（759）等广泛的范围。与此相对照，在藤原俊成及其子定家率领之下，最终凌驾于六条家之上的御子左家，喜欢将所有的歌语、和歌的典范限定在始于《古今集》的三代集。俊成、定家以平安中期的文本即三代集和《伊势物语》《源氏物语》为中心，再加上《和汉朗咏集》和《白氏文集》，将它们视为和歌创作的"根本"。在他们看来，和歌创作在《古今集》之后的两百年间水平大幅下降。他们的理想在一二〇五年由定家等人编纂的《新古今集》的和歌中得到了实现，该书成为了御子左家的最高成就。其结果之一是，至少在作为"堂上歌人"而为一般人所熟知的、形成于朝廷周边的和歌团体中，三代集以及《伊势物语》《源氏物语》在此后八百年间成为了歌学的核心经典。御子左家将编纂《古今集》的醍醐天皇治世（897—930）到撰写《源氏物语》的一条天皇治世（986—1011）之间的一百年间，视作文化上的黄金时代，而这一形象定位直至十九世纪都未曾变化。这一将中心置于《源氏物语》的历史范型，其影响力极为强大。因此，在接下来的数个世纪中，这一特定时期的语法、假名用法都被视为正确的和文语法、假名用法。但在现实中，语法和假名用法都偏离了这一范型。

　　在至平安末期之前，原本以汉学为中心的学问和专业教育的概念逐渐扩充，在其起源上包含了更为日本的领域，包括和歌、习字、管弦等。这些领域全都发展了同样的私家传统和家族风格（家样）。伴随贵族命运的衰落，他们开始紧紧抓住平安宫廷文化的遗产，即拥有实物写本以及文本知识的特权，将它们作为维护自己身份认同和权威的手段。如上所述，将和歌的研究置于其核心地位的和学的登场，以及平安假名文本在十二、十三世纪的经典化，与其说是单纯的歌学问题，不如说是与濒于急速灭亡危机的某一阶级的存亡密切相关。

尽管与朝廷关系密切的"公家"各大家族所垄断的和学蓬勃发展，但对于贵族阶级而言，处于核心地位的经典依然是汉学以及佛教的经典。正如在本书的总论中所论及的，在僧人澄宪的《源氏一品经》（1176）中，平安末期至中世初期所存在的经典等级划分，从上向下大致是如下所示：（一）佛教经典；（二）儒教经典；（三）（《史记》类中国史的）史书；（四）《文选》类汉诗文；（五）和歌；（六）和文撰写的物语和草子，即用假名撰写的日记等文章。文类的等级划分虽然基本上是遵照中国的模式，儒教经典、史书、汉诗处于最高位置，虚构作品被放在最下层，但至少从僧侣的立场而言，这里被视为最高等级的课程是佛教的经典，接下来是儒教的经典。其次的位置则是在中国受到重视的两种文学类别，即史书和诗。被放在最下边的是用假名撰写的、起源于日本的两个文学类别，即和歌与物语。其中的和歌，拥有比散文类虚构作品高得多的社会地位。甚至对于神道与国学思想的先驱者北畠亲房（1293—1354）这样的镰仓时代学者而言，和文的文本也不比汉学及佛教的文本更为优先。

但是，在十五世纪末的东山时代之前，状况发生了很大的变化，在贵族的课程体系中，和文的文本明显变得比汉文的文本地位更高，并且在佛教的经典中，重点从密宗的文本转向了净土宗的文本[7]。贵族的这一和文课程体系，压倒性地以平安宫廷的文本，特别是《源氏物语》《伊势物语》《狭衣物语》《和汉朗咏集》以及敕撰集为中心。贵族还阅读《古语拾遗》（807），以及一条兼良（1402—1481）、吉田兼俱（1435—1511）等室町时期学者视作宗教文本的《日本书纪》"神代记"之类的上代汉文日本史，另一方面，也被藤原氏的历史《大镜》（1025）之类用假名撰写的历史书所吸引。同样，中世贵族由于被幕府缩小了其公务上的权限，被限制在朝廷的仪式活动上，所以兴趣的焦点放在了用汉文撰写的日记、朝廷记录等上。一个例子是北畠亲房撰写的政务记录《职原抄》，这些文本中保存了平安宫廷的官位和仪式的知识。

即使在室町时期，贵族阶级也依然认为汉学对于自己的文化和教育等是不可或缺的一部分。主要是长期的明经道传统的结果，"公家"在汉学之中压倒性地注重儒教文本。最一般性的文本是《孝经》，此书在日本作为适于儿童道德教育的简明初学教科书获得了高度评价，然后是《论语》，接下来是《大学》《中庸》。《大学》《中庸》这两本书被用作入门教科书，这反映了转向（强调"四书"的）宋代朱子学的新倾向。五山禅僧积极引入朱子学，成为了室町时期思想上、文化上的新势力，他们发起新儒学，最终与清原氏共同成为了汉学的核心学者集团。五山禅僧在佛教的经典（天台宗、华严宗以及净土宗各派的经典）之外，同时对于《老子》《庄子》《荀子》以及中国史、中国文学（特别是《三体诗》和《古文真宝》）等广泛的汉籍进行了研究。尤其饶有意味的是，除既是和歌宗匠又是定家信奉者的正彻（1381—1459）之外，这些禅僧对于以《源氏物语》《古今集》为代表的假名文学只显示了比较小的兴趣。

在中世，武士的头领们在家中开设被称为"学问所"的私人教室和图书馆，邀请优秀的儒学者、和学者等讲授《论语》《源氏物语》《伊势物语》以及其他文本。精英武士阶级为了与高层次文化相接触，或是开设高等教育机构，或是为此类机构提供援助。其中最显著的例子是金泽文库。这是金泽（现在的横滨）的寺院学校所附设的图书馆，由当时的武家头领北条实时（1224—1276）在镰仓末期开设。另一个例子是足利学校。这是由足利幕府创建的学校，由僧侣负责教育，在战国时代（1477—1573）活动达到了顶点。足利学校的课程体系当初由佛教和汉学两方面组成，但在十五世纪以后，按照一四三二年重振该校的关东管领上杉宪实（1410—1466）所制定的指导方针，正规的课程体系变成了更易为初学者接受、只由汉文组成的严密课程体系，并且由以下的阶梯所组成：（一）《千字文》《蒙求》等用于习字的课本的入门解说[8]；（二）从“四书”（特别是《大学》《中庸》）开始，接下来是更难的“五经”这类儒教的古典；（三）《列子》《庄子》《老子》等哲学书；并且，最后是（四）中国文学，即《史记》和《文选》。据某一计算，足利学校的藏书中百分之七十六是汉籍，最常使用的教科书是四书五经，其次是中国史、中国文学。战场上的武士们所尊重的学问领域易学也很受重视，是课程体系的核心部分。并且，对于武士而言属于实践性领域的军事学（使用《六韬》《三略》等中国的军事教材）、医学、天文学等，也都有教授。然后全部图书的百分之十六是佛教书，和书则是百分之七。和书包含《和名类字抄》《和汉朗咏集》《吾妻镜》《御成败式目注》以及北畠亲房的《职原抄》（1340），这些全部都在通常的课程体系之外[9]。这所学校从整个日本招收了包括年轻武士在内的许多学生，将其毕业生送往日本各地，他们又成为教师，为整个国家提供了教育。

考察足利学校的课程体系可以知道，精英武士对于汉学、儒教的经典显示出了压倒性的兴趣。但另一方面还有这样一个事实：战国时期的各地大名热心追求和学，特别是平安宫廷的传统，成为和学的保护者，嗜好各种需要和学古典知识的艺能，特别是和歌、连歌。越前的朝仓氏、能登的畠山氏、周防的大内氏、若狭的竹田氏、骏河的今川氏这样的守护（或守护大名）及其重臣们，在属于"公家"核心经典的《源氏物语》《伊势物语》《古今集》等文本之外，还对其他的假名文本《狭衣物语》《荣花物语》等进行了收集和学习[10]。最为广泛使用的和歌文本是藤原定家的《咏歌大概》（1241）、顿阿的《愚问贤注》（1363），以及定家的《百人一首》（1235），这反映了藤原定家（1162—1241）以及二条派的顿阿法师（1289—1372）在当时所获得的地位。这些文本主要是作为和歌创作练习的一部分，作为"作者性"经典的一部分而被阅读，但对于这些地方大名而言，平安古典的文本特别是还制成绘本的《源氏物语》，是他们无论如何都希望得到的一种象征，即与宫廷文化的关联性、与天皇的关联性的象征。地方大名还收集了特别是《碧严录》《临济录》《法华经》等佛典，以及从儒教基本文本到白居易、黄庭坚汉诗等诗文作品的广泛汉籍[11]。

精英武士在家庭中接受"公家"身份的学者、连歌师或僧侣的授课，或是成为足利学校之类教育设施的赞助者。与此形成对照，武士初等教育的一般状况是在家中练习武艺，在当地的寺院学校学习读写。《身自镜》（1617）是安艺国大名毛利元就的家臣玉木善保的自传，详细记录了十三岁（1564）以来他在学校所接受的教育[12]。第一年的课程，从早上读经特别是《般若心经》和《法华经》开始，然后是学习假名字母、假名文、真名文的书简体入门书《庭训往来》（十四世纪末），阅读式目（式条），学习《童子教》（用于日常生活，三百二十句五言句组成的格言选集）和《实语教》（讲述智慧比金钱更有价值，九十六句五言句集），这两本书是对中世和江户时期的伦理教育影响很大的道德教本。到第二年，重点放在实际的儒教文本（四书五经）加上朗咏（大概是《和汉朗咏集》），以及中国的两本古典军事书《六韬》和《三略》。第三年的课程则集中于日本的文本，《古今集》《万叶集》《伊势物语》《源氏物语》以及八代集等，另外还包含这样一些内容，比如听其他和歌文本的相关授课，练习和歌之道，探访与人麻吕、赤人有渊源的地方，以及掌握定家和家隆的和歌风格[13]。书法则从"草""行"开始，三年时间达到"真"，对于课程体系而言构成了不可或缺的一部分。

中世末期的道德书《世镜抄》记录了某寺院学校的每日功课[14]。上午六时—九时（读经），上午十时—正午（书法），下午一时—三时（讲读教科书），下午四时—六时（各种游戏与艺能），下午七时—九时（和歌与物语、乐器演奏），九时—十一时（自由时间）。歌谣之类各种艺能，相扑、蹴鞠、弓、将棋等游戏，以及（和歌、物语等）轻松作品的阅读是作为休闲娱乐，在下午三点主要课程（佛经、读写）结束之后进行。从这一学校日程可以知道，十五世纪以后普及的寺院学校对于佛教、汉学、和学的所有文本都进行教授，并且还给予掌握各种艺能的机会，这些都反映了战国大名在文化上的兴趣。正如米原正义所指出的，天神（菅原道真、学问神）、人麻吕（和歌圣人）、宗祇（连歌祖师）的肖像画在各地都被大量制作，反映了武士对于儒教式教育，以及和歌、连歌等的练习这两方面都抱有兴趣[15]。《身自镜》的玉木善保在寺院所接受的教育，在年轻武士只能在作战间隙进行学习的战国时代，或可以说是理想的模式。根据某记录，在长达二十一个月的出云国尼子城攻城战（1563—1565）中，安艺国大名毛利元就之子吉川元春抄写了室町时期撰写的假名军记《太平记》（1338）四十卷，《太平记》在中世末期、江户时期成为了武士的教育入门书[16]。

中世初期，处于权力宝座的武士、拥有众多文本的"公家"、从事庶民教育的僧侣，这三者之间存在着很大的分歧。并且，这三大统治集团（"公家"、精英武士、僧侣）都分别与特定的经典，按照顺序说，与和学，汉学和儒教，佛教的文本进行了结合，而这种结合对于今天我们所知道的日本经典的建构产生了巨大的影响。但是，更重要的是这三者之间可以看到相当多的重合。比如室町时期的禅僧，他们对佛教和汉学两方面的文本（特别是中国史和汉诗）都进行了研究。并且说到"公家"，不只是和学的文本，他们也一直将儒教的文本作为自己的专业。还有武士，则是一方面按照儒教的课程体系正规学习军事史，另一方面还进行了和歌、连歌等的深度学习。寺院的学校采用令人吃惊的系统方法进行了上述所有文化领域的基础训练。教育是通过"作者性"经典和"读者性"经典这两方面而实现，前者是用于学习如何进行汉诗、和歌等创作的文本，后者主要是儒教、佛教的文本，教授的意图在于促进伦理和宗教意识，以及社会和政治技能这两方面的发展。

3 江户时期的课程体系——从寺子屋到藩校

江户时期存在许多不同种类的有影响力的学校，其种类在多数情况下按照社会阶层划分：（一）从事庶民初等教育的寺子屋；（二）由俳谐、连歌、茶道、香道、能剧等各种艺能组织、团体主办的各种形式的教育，这类教育通常面向所有的阶层；（三）面向更高层次学生的私学，专业领域、学生的社会出身等各种各样；（四）由德川幕府设立的面向幕府家臣及其他武士的官方教育机构昌平黉，以及由各地大名为教育自己的家臣而设立的藩校。

寺子屋是将重点放在"读写算"这种实用性技能训练的私立初等学校，由原武士、町人，或僧侣、神官、医师、村吏等这些人以营利为目的进行运营。与在地方上由僧侣运营的中世的寺院学校不同，寺子屋于十八世纪初在大城市最早出现，之后数十年间在小城市普及，十九世纪三十年代、四十年代普及到了地方上的各个村落[17]。典型的课程体系从平假名、片假名、数字的写法和习字的练习开始（通常使用《伊吕波歌》），接下来是看着"地名歌谣"等用于增加语汇的"往来物"（书信体形式的初级教科书——译者注）进行地名的抄写，进而是汉字学习的入门书《千字文》。读法的练习在多数情况下与写法的练习无法区别，但通常重点放在了《实语教》、"四书"道德教育，以及《庭训往

来》（1350）、《今川状》（今川了俊书简集，1326—1414）之类的
中世"往来物"，或者是（町人最广泛使用的）《商卖往来》《农业
往来》之类按照学习者的社会阶层、职业等编写而成的江户时期
新"往来物"等。《商卖往来》教人如何恰当地对待商客，强调
欲望的危险，提醒不要将金钱用于饮酒、玩乐、衣服及其他物
质上的奢侈。颇受欢迎的地理类"往来物"的例子，是用七五调
描述"东海道五十三次"的《东海道往来》。虽然极为罕见，但
高水平的学生也在阅读《唐诗选》《百人一首》《源氏物语》的选
粹，《古今集》的假名序，（同时用于习字练习的）《和汉朗咏集》
等文学文本[18]。文本的选择在很大程度上取决于教授方的社会阶
层、场所性质、职业或趣味等，所以范围相当广泛。如果教师是
原武士，则多数情况下进行汉学（例如赖山阳《日本外史》之类
的武士历史）的教育，神官教授和学，僧侣解说佛经的含义，医
师教授医学知识，村吏则进行法令（法度）的解读。

　　寺子屋一般按照性别分别实施教育，教室、设备等男女有
别，女子们接受的课程体系以基于儒教的道德教育类文本为中
心，比如内容相当贫乏的、面向女性的《女今川》（1687）、《女大
学》（十八世纪初）之类，这些还同时用作习字的范本。与此同
时，《百人一首》《源氏物语》之类的和文文本也有使用，有时还
由寺子屋教师的妻子或女教师教授裁缝、礼仪规范、茶道、插花
等辅助科目，这些在当时被认为是年轻女性教育的一部分。庶民
家的女子们前往寺子屋就学，但其数量比较有限（据某一计算，
不过寺子屋学生中的一成多）。另一方面，富裕家庭或精英武士
家的女子们则继续在家庭接受教育。《源氏物语》实际上从中世

以来，一直是作为"女训"即年轻女性的教育入门书而被阅读[19]。就是这样通过女子教育，宫廷和文学中的相当部分进入了庶民的生活圈，进入了她们的想象力的世界。

十七世纪后半叶到十八世纪中叶，上层町人的财富实现了令人震惊的增长，他们开始将闲暇时光和剩余资本用于谣曲、茶道、插花、（太鼓等）各种乐器演奏、俳谐等艺能。《商卖往来》中的一节写道，"歌、连歌、俳谐、插花、蹴鞠、煎茶、谣、舞、鼓、太鼓、笛、琵琶、琴等练习之仪，家业有余力者可时而费心以其为嗜"[20]。发展和教授某一艺能的是特定的门派（流派），但各门都由一位掌门所统合，只有为其门所属且被授予资格者才可以教授规定的课程。儒学的林家、连歌的里村家、和歌的二条家等，这些都与将军家或朝廷关系密切，但俳谐、茶道、插花、谣曲等各门则大都向庶民开放，众多庶民成群结队地蜂拥而至。本书所收录的堀切实的论考显示，这些门中的一位掌门松尾芭蕉（1644—1694）最终被抬上了神坛，而这是在日本各地创设支部或支流的弟子们费心费力开展活动的结果。贞门俳谐的祖师松永贞德（1571—1653）这样的俳谐宗匠所关注的主要是我称之为"作者性"经典的文本，即进行特定的创作实践所必需的文本群，但他们同时也为"读者性"经典的建构做出了贡献。这些俳谐作者主要是町人，他们通过探究《枕草子》《徒然草》而将这两本书树立成了和文经典中的两大文本，而这两本书在以往大都为贵族出身的歌人们所忽略，因而一直未受到秘传书、"公家"的家学传统等的限制。实际上《徒然草》成了江户时期最为广泛出版的日本古典作品，确立了"日本的《论语》"这一地位。

　　在江户时期，不同的学问领域分别拥有各自的课程和经典，开设和发展了相当于今天中学到大学的、面向更高水平学生的私塾。这种私塾招收学生一般（只要缴纳学费）不考虑社会背景和性别，往往提供与藩校或幕府学校所教内容完全不同的意识形态视点。一般认为江户时期存在的多达约一千五百所私塾中，占数最多的是儒学塾，其次是国学塾，接下来是洋学塾。伊藤仁斋（1627—1705）的古义堂（堀川学校，一六六二年设立于京都）作为汉学塾是最著名的私塾之一，据说来自日本全国的三千名学生（包含武士、"公家"、町人）在此学习。江户时期末，不光是长崎、大坂，光是江户就有一百零七所洋学塾。

　　江户时期，和学的管理者"堂上歌人"逐渐被国学者所取代。国学者们主要是町人出身，对于古代的文本采用更合理的语言学的研究方法，拒绝（以家系为基础的）秘传书这种中世理念。伊势国松坂的铃舍是国学私塾中最知名的学校之一，本居宣长（1730—1801）在此多年坚持进行（由宣长以前的国学者将其变成国学主要文本的）《万叶集》《古今集》《伊势物语》《源氏物语》以及《古事记》等的讲授。《古事记》在此之前被认为作为史书不太重要，宣长则将其放入国学经典的中心位置，之后最终达到远高于《日本书纪》之上的地位。虽然并不系统和连续，宣长还教授了《新古今集》《土佐日记》《枕草子》、定家的《百人一首》《荣花物语》《狭衣物语》以及《职原抄》等。应当大加着墨的是，国学经典主要以奈良、平安时期的文本为基础，未包含（包括《徒然草》等）中世、江户时期的以假名为基干的文本。原因大概在于，从国学者来看那些文本中佛教的（外来的）影响太过明显。中世的和学的经典是以歌咏和歌为目的而为中世歌人们所创作的文本，主要是"作者性"经典。与此形成对照，国学者们尽管对于作为和歌创作关键素养的和学经典继续保持关注，并将《万叶集》纳入和歌的经典中，但对于这些和学文本中的大多数都进行了再定义，使之成为儒教和佛教经典所具有的道德、宗教、社会和政治功能的替代品，大部分都是建构了"读者性"经典。俊成、定家、宗祇等和学的主要经典建构者们都是第一流的歌人，而本居宣长以后的国学者与其说是歌人，不如说其实是学者，这一点颇具意味。

国学的学派至少在部分程度上可以看作是主要由町人组成的集团的一种尝试，他们试图与在中世一直掌控学问世界的"公家"出身的"堂上歌人"、僧侣及身兼儒学者的汉学者等人开展竞争。但是，正如现代的研究者小高道子所指出的，前代的学问和教育形式，特别是"堂上歌人"的秘传书，即便是在德川时期也仍然继续存在[21]。其中最典型的例子"古今传授"，由细川幽斋（1534—1610）传至八条宫智仁亲王，并且再由成为"堂上歌人"集团核心的后水尾天皇（1596—1680）所继承。"古今传授"与由国学者所建构的经典具有很大的不同，是将中心放在"作者性"经典，在御所一直进行到了一八四〇年。通过将自己与天皇和朝廷相结合，"堂上流派"得以将其作为和歌世界最高代表的权威保持到了江户时期的终结。

藩校的课程体系因学校不同而具有很大的差异，取决于作为统治阶级的武士的教育观，但当初大都只是聚焦于汉学特别是儒学，以四书五经和史书为中心[22]。十八世纪末，随着更拥有实用性技能的必要性越来越明显，出现了少数将习字、和学、算术、天文学加入课程体系的藩校。十九世纪二十年代到三十年代期间，特别是在与荷兰有交涉或为西方列强的军事力量所威吓的地区（九州北部、西部的诸藩等），藩校开始将包含科学、医学、军事、造船、西方语言（荷兰语、英语）等实用性门类的新学科领域"洋学"纳入其课程体系。明治维新之前，五百九十二所藩校中有六十八所开设了洋学课程，九十二所开设了和学课程，后者在有的学校则是以"皇学"即作为天皇之国的日本的学问这一形式出现[23]。一般而言，藩校的课程体系中原本不存在日本史，但伴随江户末期的社会危机发生了变化。举例而言，松本藩（长野）的"和汉"课程中包含了《本朝通鉴》（林罗山等编）、《国史略》（1826）、《皇朝史略》（1823），以及赖山阳的《日本外史》（1829）等汉文撰写的日本史。一七一三年由纪州（纪伊）藩创立的学习馆中，其课程体系最初只限于汉学，但在十九世纪六十年代末之前变成了以国学、兰学、军学为三大支柱的课程体系。此后，一八七一年（明治四年）设立县制之后，洋学被以英语、法语、德语的形式加入课程体系，另一方面，尽管数量有限，《古事记》《职原抄》《日本书纪》、《令义解》（834）、《万叶集》《古今集》等国学的文本也在继续教授[24]。总之，当时存在的不是单一的支配性经典，而是相互关联的不同类型的数种经典。汉文撰写的日本史虽然是从对中国历史记述的模仿开始，但逐渐进入了国学的领域，并且国学被编入了藩校的课程体系。这种混编状态对于理解明治初期课程体系的性质极为重要。

4　近代的课程体系——国语教育与国民塑造

按照一八七二年（明治五年）的学制，当时制定了遍及日本全国的由小学、中学、大学组成的教育制度，但学制的实际完成是在此数年之后的事情。一八八六年的《中学校令》，将旨在为男子提供高等教育的中学分成了两个层次：一个是五年制的府县立普通中学，另一个是两年制的官立（国立）高等中学。另外，同是在一八八六年，明治政府设立了帝国大学的制度；最终开设了九所大学用以开展高等教育和研究，分别设置了法、医、工、文、理五个学科门类。一八九九年，按照《高等女学校令》，正式设立了高等女子学校的制度，开始对女子进行（通常四年的）中等教育，被视作是与男子中学同等资格的学校。

学童在升学至普通中学之前，不管是日语古文还是汉文，都不再读明治以前的文本原文。到第二次世界大战后，古文和汉文变得更为生疏，在进入高中之前不再教授。在官方教育制度中教科书具有最大的影响力，通过考察战前的中学教科书（相当于战后的高中以及大学一、二年级教养课程的教科书）和战后的高中教科书，可以对于古典日本文学如何通过官方教育制度而在近代实现经典化进行最好的概览[25]。这些旧制中学、新制高中的教科书，尽管不一定是反映了当时的一般嗜好或当时最新的学问研究，但多数情况下都是由帝国大学的指导教授们所编纂，如实体现了经典如何通过制度的权力和权威而建构。

一八七二年学制公布后的数年间，中学的语言课程一直保持着与江户时期的藩校几乎同样的状况。课程分成了三个门类，即

"国语学"("国语"一词首次出现)、"习字""古言学",时常是由以前在原藩校的汉学者授课,但他们将《文章轨范》《左传》等传统的汉学文本,以及《日本外史》这种用汉文撰写的江户末期的国学文本一并使用。一八八〇年,国语学和古言学被"和汉文"的课程所置换,这意味着处于汉文仍占据最高地位、教学是为了学习写作这一实用性目的的时期,并且以假名为基础的文本从此时开始占据与汉文文本同等重要的位置。《源平盛衰记》(十四世纪)、《平家物语》《徒然草》《土佐日记》以及江户时期的学者和歌人所撰写的"雅文"等文本,也在这个时期为了进行日语写作的教学而被加入了课程体系[26]。

　　一八八六年的《中学校令》将中学的课程体系定为文部省的直管事项,规定只能使用文部省审定后的教科书。并且,语言教育的课程更名为"国语乃至汉文",这一名称在整个战前几乎未曾变更。一八九〇年发布《教育敕语》确立了以儒教伦理为基础的"忠君爱国"这一国民伦理。同样是在一八九〇年,以芳贺矢一与立花铣三郎合编的《国文学读本》为代表,近代最早期的文学史以及日本古典文学的选文集相继出版,建立了以欧洲文学类别模式(戏剧、小说、叙事诗等)为基础的、历史的、国民的文学新范式。通过国家规模的教育政策与近代性质的文学史选文集这二者之间的结合,一方面在方向性上具有高度的儒教性,但同时又受到起源于西方的文学新范式的影响,"以假名为基础的国语"这一新理念引导下的中学课程体系得以完成。

　　芳贺矢一与立花铣三郎的《国文学读本》是划时代的选文集,在简洁的日本文学史概说之后,刊载了从主要历史时代分别选取的具有代表性的、以假名为主的文本。其中包含了诗歌(《万叶集》《古今集》《新古今集》、俳句等)、戏剧(能剧、狂言、净瑠璃)、散文类虚构作品(《源氏物语》《平家物语》《神皇正统记》《太平记》等),以及江户时期文人学者(本居宣长、新井白石、室鸠巢等)撰写的多篇随笔。在此之前的课程体系将重点放在了汉文文本,与此形成对照,接受政府审定的十九世纪九十年代以后的中学教科书,明显受到了芳贺、立花等国文学者建立的国文学新范式、新文学史等的启发,刊载了许多以和文为基础的文本的节选,而这些文本在此时才终于被认可为日本古典文学经典的组成部分。举例而言,《中等国语读本》(中村秋香编,1893)收入了《万叶集》《伊势物语》《竹取物语》《土佐日记》《古今集》《枕草子》《源氏物语》《更级日记》《大镜》《荣花物语》《今昔物语》《方丈记》《平治物语》《保元物语》《宇治拾遗物语》《十训抄》《十六夜日记》《徒然草》《神皇正统记》《平家物语》《增镜》以及《太平记》。江户时期国学的经典几乎只限于古代和平安时期的文本,与此形成对照,这些教科书收录了主要时代的所有文本,特别是《平家物语》《太平记》等中世的军记物语,《今昔物语》《宇治拾遗物语》等中世的说话文学集,《方丈记》《徒然草》等中世的随笔。这些文本全都从未成为过江户时期国学经典的组成部分,这大概是由于与几乎所有中世的说话文学一样,这些文本全都可以看到佛教的极大影响。中世和学的经典是将中心放在和歌以及和歌相关文本上,与此相对照,上述的课程体系在很大程度上将重心放在了包含平安时期文本在内的用假名撰写的历史书上。最早的日本文学史著作《日本文学史》（上下两卷，1890）中，三上参次和高津锹三郎认为，以前的汉文日本史不是用"国语"撰写，所以不能视为国文学，而《大镜》《荣花物语》等平安时期的历史书不光是使用假名撰写，在文章和表达上与如今被视为最高文学类别的"小说"近似，所以是国文学的最好例子[27]。

　　十九世纪九十年代以后的国语教科书，是出于用作国语写作的范例这一实用性的目的而选定文本。当时最为广泛使用的中学教科书之一《中等国文读本》（明治书院，1896）中，编者落合直文（1861—1903）写道，"第一学年为明治时代的文章，第二学年为德川时代的文章，第三学年以上为中古的文章以及中古体的文章，皆选择流丽正雅、足以为学生作文之轨范者"[28]。按照这一方针，最初的两卷收入了同时代明治作家们（其中多为文言文撰写）的五十篇作品，第三卷至第六卷收录了江户时期的拟古文随笔大约五十篇左右。并且，第七卷至第十卷合计收录了共十五篇中世和平安时期的文本[29]。以上各卷总体上是按照难易程度的顺序排列，从明治时期的文章开始，进入江户时期的文章，而将中世、平安时期的文本放在最高水平的阶段。这些当时的明治教科书编纂者认为，中世、江户时期的文章，特别是将汉文书写与和文语法相组合的和汉混用文，作为明治时期的文章规范最为适宜。实际上，芳贺矢一赞赏其"和文之悲哀交以汉文之雄壮"的《源平盛衰记》（《平家物语》的异本）在明治时期被经典化，与其被视为和汉混用文的典范具有很大的关联[30]。

　　十九世纪九十年代中学教科书最为显著的特征之一是，实际上相当多地采用了（将古典和文的语法与汉文书写相组合的）

拟古文撰写的江户时期的随笔。其作者包括汉学者兼汉诗人
（室鸠巢、菅茶山、汤浅常山、新井白石）、国学者兼歌人（本
居宣长、贺茂真渊、伴蒿蹊）及其他文人（柳泽淇园、松平定
信、三浦梅园、橘南溪）。据统计，明治时期的教科书采用了
多达一百七十篇的江户时期拟古文，其中五十一篇被采用了两
次以上[31]。这些随笔中最常被采用的包括据传为柳泽淇园所作的
《云萍杂志》（1843）、菅茶山（1748—1827）的《笔之游》、伴蒿
蹊（1733—1806）的《近世畸人传》（1790）、新井白石（1657—
1725）的《折焚柴记》（1716）和《读史余论》（1712）、松平定信
的《花月双纸》（1818）、橘南溪（1753—1805）的《西游记》和
《东游记》、汤浅常山（1708—1781）的《常山纪谈》（1739）、室
鸠巢（1658—1734）的《骏台杂话》（1750）、本居宣长的《玉胜
间》（1795—1812）及三浦梅园（1723—1789）的《梅园丛书》等。
在同样大量采用江户时期知识分子随笔的《国文学读本》中，芳
贺对于新井白石等汉学者颇为赞赏，认为他们发展了让儒教思
想"令普通士人或妇女亦易了解"的和汉混用文，并认为这些汉
学者用和汉混用文撰写的随笔文体，比国学者撰写的词汇受限的
（几乎只依赖于假名）纯和文拟古文更令人赏心悦目[32]。这一看法
带来的结果是，汉学者、历史学家新井白石撰写的《折焚柴记》
《读史余论》等成为了明治时期中学教科书中最为广泛使用的文
本之一。出自儒学者的这些随笔，与出自国学者的其他和汉混用
文一同，不只是成为文学写作的范本，还成为了道德层面的、极
为儒教性质的教育材料，并（以明治时期的启蒙教育方式）提供
了各个不同领域的必要知识。这三者是十九世纪九十年代国语教

育课程的核心功能。

　　试图创造以古典和歌文本为基础的新和文体的文体实验在明治初期有了尝试，之后由于森鸥外（1862—1922）、幸田露伴（1867—1947）等作家的尝试，以古文文法为基础的、更为实用的明治古文得到了发展。接着，这种明治古文作为一种雅文逐渐被"言文一致体"所取代。这种言文一致体最终令明治的雅文被废弃，令古典的课程失去了直接的、实用性的功能。言文一致运动最早成果的出现是二叶亭四迷的《浮云》（1887—1889）、山田美妙的《武藏野》（1887），而开始以明确的形式被教科书所采用是一九〇八年至一九一〇年以后的事情，完全渗透则是大正末期的事情[33]。随着文学的文体逐渐为言文一致体所置换，古文失去其实用性的功能，古典的文本渐渐开始发挥伦理的、意识形态性质的功能。

　　《实语教》《童子教》等中世、江户时期的道德教科书，将"孝"和"忠"作为孩子向双亲报"恩"的手段进行了强调。通过在江户时期作为儒教的教科书被广泛使用的《孝经》，这一教诲进而被引申为这样一种思想，即同样的"孝"和"忠"也必须适用于臣下对统治者的关系。一八九〇年发布的《教育敕语》将这一传统的儒教道德内容，与以家族为基础的国家意识相结合，强调"忠君爱国"，试图以这样一种方式实现通过全国的学校将人民变成"臣民"的明治政府目标。国语概念构建的指导者上田万年（1867—1937）在一八九四年论述称，"忠君爱国的大和魂"与"日本国语"是将日本作为国家加以统合的两大力量，"国体"体现在"国语"之中[34]。这里的前提是，如同一九一一年朝鲜总督府令所体现的，"国语是国民精神之所宿"[35]，国文学的古典要成为认识国体的关键要素。按照这一政策，明治时期的教科书较多采用了强调自我牺牲、忠义等美德的中世和江户时期的假名军记。比如，教科书从《太平记》中引用了后醍醐天皇遭遇北条高时的背叛时，楠木正成迅速前往救助天皇的故事，以此作为忠君的范例。当时教科书中的《太平记》其他故事，比如"楠木正行之母"，描绘了压抑自己的感情，为天皇奉献吾子的母亲形象。换言之，理想的母亲是不光为了家人，还会为了国家而牺牲自己的母亲[36]。

到了二十世纪三十年代，汉文也逐渐开始发挥意识形态性质的功能。明治初期以来，国语在与起源于外国的汉文的对比中得到了确立和认定。明治初期在（讲学所的）国学者们与（昌平黉、藩校的）汉学者们之间，关于国语教育课程中国学与汉学文本所应有的平衡关系曾发生长期的抗争，最终国学者们令汉学从属于了国学。但是，尽管在此后也以各种形式尝试将汉文降格或排除汉文，但汉文作为国语教育课程中不可或缺的部分还是保留了下来。理由主要是，汉字书写被认为对于国语而言不可或缺，加上中国的（特别是儒教的）古典在国语教育课程的核心功能之一道德教育方面必不可少。随着古文逐渐与现代文偏离，现代文成为国语教育课程的核心语言，古文和汉文双方都被一并概括在"古典"这一名称之下，开始共享相同的意识形态功能、伦理功能。一九四三年中学国定教科书的教师指导用书中解释道，"应通过作为古典之国文，令体会皇国之传统与其表现，以培育国民生活之发展与皇国文化之创造。应通过作为古典之汉文，令体会皇国及东亚之思想、文化与其表现，以资于国民精神之涵养"[37]。以一九四三年出版的汉文国定教科书为例，其中引用了在藩校使用的、以汉文撰写的武士历史书赖山阳的《日本外史》，用以展现国体、忠诚、勇武。就是这样，日本和中国两国撰写的汉文都成为了包含"大东亚共荣圈"意识在内的"国民精神之涵养"的重要手段。

5 战后的课程体系——经典的非军事化

太平洋战争后不久，日本处于占领军的指挥下之后，文部省发布宣言称，战后教育的目的是建设和平国家，下令对于涉及战斗行为、国家主义意识形态等的内容全部从教科书中删除。"俱利伽罗峠""鹎越""弓流"等《平家物语》中描写勇猛武士行为的片段，全被从教科书中删除[38]。国家神道被解体，文部省发出从课程体系中删除修身内容的指令，禁止在正式场合讨论"国体本义""臣民之道"等理念。结果，包括几乎全部的军记物语、与神道相关的历史书，以及与勇敢的武将或伟人等有关的许多江户时期雅文随笔等在内，战时课程体系的一半以上都消失了。

汉学尽管已经被从明治时期的国语经典中排除，但它在近代的课程体系中，在政府向小学和中学教科书所要求的、极为儒教性质的道德教育中保留了痕迹。正如已经考察的，江户时期汉学者所撰写的文章以及中世军记、史书，提供了将儒教伦理进行"国产化"（日本化）的重要手段。与此相对照，作为对于战前的军国主义的、极端国家主义的国语文本利用方式的对抗，战后的教科书放弃了儒教意识形态和许多伦理，建构了"和平的""民主的"日本经典，但在其方向性上它主要是民众主义的性质，明显削弱了通过明治教科书而被纳入经典之中的武士文化的作用[39]。芭蕉、兼好等与武士的历史和天皇家族的历史都不存在特别关联的作者，继续保有战前以来的较高地位；另一方面，课程体系在整体上实现了从武士文化向庶民文化，特别是民众文学的转换。与此同时，对于幽默、非统治阶级，以及说话文学、狂言、俳谐、净瑠璃等文学类别的关注度明显提高了。歌咏大自然、素朴的人类情感等（而不是天皇）的和歌、歌谣等，也被加入了经典。

《神皇正统记》（1339—1343）原本是北畠亲房为了证明后醍醐天皇建武中兴的正当性而撰写，在明治时期、战前的教科书中是主要文本，但被从战后经典中排除了。战前的国语教科书在二十世纪三十年代以后，开始引入将日本视为神国的理念，将天皇视作"现人神"，把焦点放在了《神皇正统记》中的"三种神器""臣民之务""人臣之道""大大和乃神之国也"等章节片段上，就是说通过强调神代以来连绵不绝的皇统而树立天皇制权威的那些内容上。与此相对，今天《神皇正统记》由于与以往天皇制意识形态的关联，尽管对于认识中世的宗教融合思想相当重要，也基本上未被任何古典文学选集或全集类所收录[40]。

比这更具戏剧性的命运在等待着《太平记》。《太平记》大概可以说在整个战前时期，都是与《徒然草》《平家物语》相比肩的最重要文本。在江户时期，为明治维新的意识形态建设做出直接贡献的水户学派，将楠木正成用于证明后醍醐天皇的南朝的正统性。并且，正如兵藤裕己所指出的，长州出身的吉田松荫等尊皇派则将正成看作是反抗德川武家政权的模范[41]。战前教科书中的《太平记》节选片段大多是将其焦点放在楠木正成及其子正行等身上，即以孝行、献身天皇等形式而体现忠义美德的人物身上。以"樱井宿"（第十六卷）为例，即将死去的楠木正成向将满十一岁的儿子正行告别，教导他在父亲死后也要为父亲及一族尽忠义。这一片段被选载在修身的教科书上，成为著名的"忠孝"范例，并因为落合直文作词的歌曲《青叶繁茂之樱井》而更加地广为人知[42]。但是，战后天皇制失去效力，《太平记》即刻变成二流文本，最近十年都未被高中教科书所采用。

　　《曾我物语》是兄弟讨杀父亲仇敌的忠义与复仇的故事，在战前的教科书中尤其会被作为展示战争中勇猛行为的最好范例而频繁使用，但在第二次世界大战后，这一作品也被从经典中完全删除。更应当震惊的是在战前极受欢迎的《义经记》的删除。《义经记》描写了义经从幼年到悲壮赴死的一生，其中塑造的义经是国民英雄，比其他任何人都更为频繁地在明治时期小学教科书中登场。如同唐泽富太郎所论述的，牛若丸的物语不光是童话，在读者眼中则是被其兄长赖朝所追讨的悲剧英雄。在二十世纪四十年代的军国主义时代，小学教科书特别关注的焦点是作为勇敢士兵的义经。举例来说，在一之谷合战中，义经在鹎越作为源氏大将从悬崖上以闪击作战的方式全歼了平家的军队，在战时的某小学教科书的教师指导用书中，这一战斗被自豪地与日军空袭珍珠港相提并论[43]。这种相提并论严重歪曲了民众对于义经的关注点，在结果上为事实上将《义经记》从战后教科书中抹去起到了作用。但是，作为历史上、传说中的人物，义经在《平家物语》等各种文本中登场，作为颇受欢迎的人物至今依然不断在电视节目、电影等中登场。

军记物语中唯一在战后幸存的是《平家物语》（1243）。正如戴维·比亚洛克在本书收录的论文中所论述的，《平家物语》一直保有经典的地位，或至少部分原因是这部作品被作为以无常为中心主题的、悲剧或丧失的故事而进行了经典化。在"重盛的谏言"中，重盛向父亲清盛谏言称其对上皇缺少敬意，表现了敬意与忠义这一儒教德行的要项。并且，在被教科书所采用的节选中，还包括了反映新兴武士阶级的勇猛（"宇治川先锋"）、他们的勇气与用弓之术（"那须与一"）、家臣对主人的忠诚（"木曾之死"）等主题的选文。但是，选文中压倒性多数还是反映无常这一主题，基调则极为抒情性、宗教性，有时或是细致描述贵族的优雅、优雅的丧失等内容的文章（"忠度""旧都之月"之类），或是采用王朝物语的手法慨叹流放、遗弃等命运逆转的文章（例如俊宽的逸闻）。《平家物语》与《源平盛衰记》一同在近代以前被认为是一种历史书，但尤其是在战后则作为悲剧性叙事诗登场，反映了近代欧洲的文学概念的影响。

应当大加着墨的事情是，明治时期中学教科书中唯一登场的能剧是《钵木》。故事内容是，沦落为浪人的武士为了让苦行僧在雪夜中过夜，牺牲了自己珍贵的盆栽木，结果实际上那位僧人是镰仓幕府的执权北条时赖，后来则赐予其领地以报答贫穷武士的献身[44]。在大正、昭和初期，教科书中的能剧剧目相当广泛，还包括其他文本如《安宅》《俊宽》《羽衣》《七骑落》等。到了战后，《钵木》《七骑落》被撤下，能剧开始被《松风》《井筒》《熊野》《忠度》等许多包含女性角色的作品所代表，反映了从武士美德向家人亲情、家庭价值的转换。战后教科书中最受欢迎的能剧，是与天女恋人天各一方的故事《羽衣》。这部作品被用于多达三十种不同教科书中。另外，《隅田川》的剧情是讲述母亲对亡子之爱，它在近九十种教科书中登场[45]。

在近代，尽管由于坪内逍遥（1859—1935）及其他人的作用，近松门左卫门的净瑠璃被作为写实主义戏剧文学加入了经典，但它在教科书上明确出现则是战后的事情。尽管在整个战前近松门左卫门的歌舞伎、净瑠璃在社会上都颇受欢迎，但他的文本中，在战前中学教科书登场的只有强调武士美德（忠义、牺牲）与日本精神的剧目《国姓爷合战》（1715）。《国姓爷合战》在大正时期被与竹田出云（1691—1756）创作的净瑠璃《菅原传授手习鉴》（1746）的"寺子屋"片段合成一场。这场戏在军国主义时代上演得尤其多，剧中父亲为了表示对主人的忠诚，牺牲了自己孩子的生命。这些剧目全部都被从战后教科书中删除，或并不令人吃惊[46]。取而代之的是近松作为"现实题材剧"的剧作家再次登场，此类剧作以町人为主人公，《冥土急脚》是其中的代表作。尽管未达到《冥土急脚》的程度，高中教科书中采用率较高的作品还包括《丹波与作待夜之小室节》《天网岛情死》《曾根崎情死》《女杀油地狱》等[47]。

井原西鹤（1642—1693）在战前的中学教科书中几乎完全被无视，但在战后的课程体系中占据着与芭蕉、《枕草子》《源氏物语》等相比肩的重要位置[48]。如同在总论中所叙述的，江户末期已经被遗忘的西鹤，伴随小说门类地位的上升，其地位突然上升，迎来了应当大加着墨的再次流行。他的作品为砚友社以及樋口一叶（1872—1896），甚至自然主义作家们带来了灵感，但正如前文已经考察的，明治时期的中学课程体系与藩校、寺子屋等相同，在方向性上多数是儒教性质的，大多采用代表江户时期文学经典的汉学者、国学者的文章，而与此形成对照的江户时期虚构作品、戏剧等则被认为是大众娱乐，在教科书上一般都被予以回避。三上参次与高津锹三郎在他们影响力颇大的著作《日本文学史》中，就江户时期的作品而言，比起戏剧、虚构作品等，尤其是被他们认为"淫靡猥亵"的德川末期戏作类作品，更为推崇出自学者、文人之手的随笔类。这一态度大概反映了战前教育者们对于西鹤以及其他江户时期假名文虚构作品作者的心理。三上、高津给出的唯一重要的例外是儒教性质的、说教因素较强的"读本"的作者泷泽马琴（1767—1848）。马琴的《南总里见八犬传》（1814—1842），特别是其中的芳流阁之战的场面，在战前的中学教科书中屡屡被采用（与西鹤在战后地位上升相反，整个十九世纪极受欢迎的马琴的《南总里见八犬传》，除一九五七年至一九五八年出版的某一教科书系列之外，几乎从战后的课程体系中完全消失）。大概是由于作品内容多涉情色之事，《好色一代男》（1682）、《好色一代女》（1686）、《好色五人女》（1686）等西鹤的"好色物"都未在战后高中教科书中出现[49]，另一方面，作为其代表作，《西鹤诸国咄》（1685）、《日本永代藏》（1688）、《世间胸算用》（1692）等作品则有大量节选被教科书所采用。这大概也是因为战后消费主义经济不断发展、作品与高速增长期的社会焦点高度吻合的缘故。

　　与西鹤、近松等不同，松尾芭蕉（1644—1694）的发句和俳文，特别是作为模范俳文而用作写作范本的《奥之细道》，正如堀切实在其本书所收论文中论述的那样，在明治时期的教科书中反复登场。但是在战后，芭蕉的伟大程度放大到了战前的数倍，成为了大概是日本文学史上最有名的人物。不光是《奥之细道》成为高中教育课程不可缺少的教学材料，《笈之小文》（1687）、《幻住庵记》（1690）、《野曝纪行》（1684）等在战前甚至几乎从未登场的其他多部俳文，都成了高中教科书的经典作品的一部分。由弟子记录芭蕉教导的笔记《去来抄》和《三册子》被极为广泛地采用，由此也可窥知战后经典中芭蕉的社会地位之高。在这里饶有趣味的事实是，在"读者性"的国文学教育课程中，在作为实践性文学类别一直极受欢迎的俳句和俳文的"作者性"世界中，芭蕉都被进行了经典化。

　　以战争结束为界，战时被抹杀的平安时期文学特别是《源氏物语》恢复了以往的地位。明治时期的教科书中，《源氏物语》只被赋予了极小的作用，只极为罕见地偶尔出现，这大概是由于作品对于道德、政治、历史等教育无法直接发挥作用。并且到了大正时期，《源氏物语》几乎从中学教科书中完全消失（只出现一次）。与此形成对照，《平家物语》《义经记》《太平记》等军记物语的篇幅在明治中期以后陡然急速增加，这些文本开始被用于中学国语教育的初级阶段。二十世纪三十年代，在由于国家主义而强调民族认同的背景下，《源氏物语》中的多处内容特别是"若紫"中的小麻雀片段被小学教科书所采用，有的中学教科

书则采用了"须磨"中寂寥秋天的水边情景。但是,《源氏物语》
与《枕草子》一样,在战前的教科书中只发挥了有限的作用。在
战时《源氏物语》则被严格回避,而这主要是因为主人公光源氏
与藤壶女御的不伦关系。今天则与此形成对照,《源氏物语》不
光是日本古典的巅峰之作,还被认为是伟大的"小说",大概完
全不存在不节选《源氏物语》的高中教科书。

　　今天,平安时期的文本特别是《竹取物语》《枕草子》《伊势
物语》以及《源氏物语》构成了高中国语教育课程的核心,接下
来是中世时期的许多文本。江户时期的文本一般而言被关注得极
少。在文本选用上发生这种向平安时期的转换,是因为平安时
期的语法被认为是古文语法的历史基础。与此相对照,江户时
期的文本最为偏离这一范例,而且较多采用用典、戏仿、隐喻
等手法,所以晦涩难读。战后课程体系中平安时期文学的作用
极度放大,显然在很大程度上是由于发生了从军国主义文本向
和平主义文本的转换,这一作用的放大在《伊势物语》(957)上
可以清楚地看出。《伊势物语》在战前的中学教育课程中只被赋
予了次要的有限的作用,一直是拜《太平记》等历史类文本以及
出自新井白石及其他作家之手的江户时期雅文随笔的后尘。与
此相对,到了战后,《伊势物语》成了古典文本中最被广泛使用
的文本。而且,在战后的课程体系中可以看出对于平安时期女
流日记的关注度越来越高。正如铃木登美在本书所收论文中所
阐明的,到二十世纪二十年代,由于近代的国文学者对于作品
中内在自我的探求大为赞赏,这些女流日记才第一次成为了经
典。纪贯之的《土佐日记》(935)、阿佛尼撰写的中世时期纪行

日记《十六夜日记》（1279），两部作品都是早在中世时期就已经因为与和歌权威的关联性而被经典化，在明治时期的教科书中也频繁登场，而《蜻蛉日记》（974）、《更级日记》（1059）等平安时期女流日记在进入战后之前，在教科书中实质上从未出现过[50]。《更级日记》在明治时期的中学教科书中几乎未被采用，在女校的课程体系中也未出现，但在战后的高中教科书中却成为了主要的古典作品。《竹取物语》由于几乎不含和歌而在中世时期几乎被遗忘，虽然在战前的几种教科书中曾经出现过，但开始发挥重要作用则是在战后。与此形成对照，在平安时期、中世时期大概最为广泛使用的文本《和汉朗咏集》（1012）则从近代的经典中几乎完全消失。

《竹取物语》这样的平安时期的文本地位上升，而《和汉朗咏集》完全消失，反映了和学经典的定位与功能在近代发生了质变。这一质变是以这样一种形式发生：《和汉朗咏集》等文本从主要是"作者性"的近代以前的课程体系，变成了一半是"作者性"一半是"读者性"的明治时期的课程体系，进而变成了几乎完全是"读者性"的战后的学校课程体系；近代以前的课程体系中古典文本作为学习（特别是和歌的）读写的重要手段而发挥功能，而在战后的课程体系中古典文本不是为了作为范本进行模仿，而是成为了阅读的对象。（与此同时，俳句、短歌等表演性[performative]或"作者性"的文学类别在公办教育的外部一直在被实践，即使在战后也保有活力，这一侧面至今仍是经典化过程中的要素，也可以说反映了与政府管理的课程体系相抗衡的民众嗜好。）

　　但是，战后的国语教育课程最显著的特征是，近代的（多数情况下是以欧洲为基础的）各种文学概念特别是"小说（novel）"对于经典的建构发挥了支配性的作用。作为学问领域的文学在近代与历史、政治学、哲学等出现分离，在大学教育阶段发生在明治中期，而在中等教育阶段在制度上完全实现则是在进入战后之后。与在此之前的国学、汉学一样，战前的中学课程体系具有很强的历史、哲学、伦理、政治、语言教育的性质，而与此相对照，战后的高中国语教育课程则强调"文学""艺术"。"古典"一词作为西方语言classic的翻译而被使用，后来变成了"古典文学"的意思。这里的"文学"基本上是依据近代的、极为西方的（十九世纪欧洲浪漫主义的）文学概念，即主要是作为表现内在自我的手段而由想象力创造的文学。另一方面，对于史书则不再强调，而后者曾是藩校、国学的课程体系中的核心内容。一直被作为史书或宗教性文本对待的《古事记》《日本书纪》开始被当作"古典文学"，被当作神话、民间传说等的源泉。并且同样地，一直被认为是一种历史记录的《今昔物语》被重新分类成了"说话文学"。曾经一直被当作史书的《平家物语》，在战后被许多研究者作为叙事诗进行了研究。由想象力创造的文学及其作为艺术的特征被赋予了价值，加上集中关注哲学、政治、历史等的汉学课程几乎被完全排除，从而带来了古典文学经典的明显转换，从史书、（以儒教性质的方法）记述公共事务的文本等，转向强调私人性和抒情性的文本，并且转向强调十九世纪欧洲的三大文学类别，即散文类虚构作品、戏剧、诗歌（其结果之一是，在西方造成了错误的印象，认为日本尽管产生诗人、小说家等，但甚少出现哲学家、历史学家等）。这一现象大概最明显地反映在这样一个变化上：在战后，元禄时期的"三巨人"（西鹤、近松、芭蕉）取代明治时期经典的核心人物新井白石等汉学者或历史学者而完全实现了经典化。如此一来，具有讽刺意味的是，今天被认为最为"日本的"，被认为代表日本文学精髓的，实际上至少相当大的部分是以十九世纪欧洲文学类别以及"文学""国民"等概念为基础的、近代的建构物。

注

1 Terry Eagleton, *Literary Theory* (Minnesota, 1983), p.17. 〔テリー・イーグルトン『文学とは何か』大橋洋一訳、岩波書店、一九八五年〕

2 Benedict Anderson, *Imagined Communities: Reflections on the Origins and Spread of Nationalism* (Revised Edition; London and New York: Verso, 1991). 〔ベネディクト・アンダーソン『想像の共同体』白石隆・白石さや訳、リブロポート、一九八七年〕

3 本稿中的"作者性"及"读者性"用语的用法，与罗兰·巴特(Roland Barthes)《S/Z》中的用法有所不同。

4 John Guillory, "Canon," in Frank Lentricchia and Thomas McLaughlin, eds., *Critical Terms for Literary Study* (Chicago: University of Chicago Press, 1995; Second Edition), p.240.

5 学生从以下三组中选取两组：(一)《礼记》《左传》及《春秋》注；(二)《诗经》《周礼》《仪礼》；(三)《周易》(同《易经》)、《尚书》(同《书经》)。

6 这一文本的原本在中国已经失传，以别名《李峤杂咏》《李峤百廿咏》或《李峤百咏》而为后人所知。这一文本、这里提及的其他文本等用于教育目的的证据，散见于《日本三代实录》(858—887)、《日本纪略》(1036)、《江家次第》(大江匡房编，新订增补古述丛书)、《扶桑略记》(十二世纪末，延历寺僧皇圆著，国史大系)，以及源为宪为了向贵族子弟教授天文学、地理、历史等而撰写的百科事典式教科书《口游》(970)之类的文本。桃裕行『上代学制の研究』(思文閣出版一九九四年)、pp. 401－405、竹内明編『日本教育史』(仏教大学通信教育部、一九八九年)、pp. 86－94。

7 芳賀幸四郎『東山文化の研究』思文閣出版、一九八一年、pp. 381－382。

8　《咏史诗》《千字文》《蒙求》分别存在三种注释。和島芳男『中世の儒学』吉川弘文館、一九六五年、p. 240。

9　結城陸郎「戦国時代の足利学校」講座日本教育史編集委員会編『講座日本教育史第一巻　原始・古代・中世』第一法規出版、一九八四年、p. 362、p. 364。

10　河合正治「戦国武士の教養と宗教」『中世武家社会の研究』吉川弘文館、一九七三年、pp. 262-290。

11　米原正義『戦国武士と文芸の研究』桜楓社、一九七六年、pp. 930-931。

12　依据《身自镜》活字本。『国史学』第六九巻、一九五七年九月、pp. 66-88，第七〇巻、一九五八年十月、pp. 49-78。

13　《身自镜》中出现的学习课程，在略去汉诗、汉文这一点上偏离了传统的汉学课程，在不触及典章考证、国史等这一点上偏离了和学专业的课程。石川謙『日本学校史の研究』pp. 129-130。

14　『続群書類従』所収。石川謙『日本学校史の研究』pp. 128-129。

15　米原正義『戦国武士と文芸の研究』pp. 934-935。

16　同上、p. 936。

17　利根啓三郎「民衆の教育需要の増大と寺子屋」講座日本教育史編集委員会編『講座日本教育史第二巻　近世一、近世二、近代一』第一法規出版、一九八四年、p. 181。

18　唐澤富太郎『教科書の歴史』創文社、一九五六年、pp. 34-35。依据《爱媛县教育史》第454页的资料。

19　多賀秋五郎『学校の歴史』中央大学生協出版局、一九七四年、p. 45。

20　唐澤富太郎『教科書の歴史』p. 31。

21　小高道子「和学」『元禄文学の流れ』勉誠社、一九九二年、pp. 207-221。

22　一七一〇年只有十所藩校，而在一七八〇年之前藩校普及到全国，数目增加至七十八。

23   石川謙『日本学校史の研究』pp. 444−445。

24   唐澤富太郎『教科書の歴史』p. 24。

25   战前中学教科书的资料主要参照田坂文穂編『旧制中等教育　国語科
     教科書内容索引』教科書研究センター、一九八三年。关于战后高中
     国语教育课程的内容依据阿武泉「高等学校国語科教科書データベー
     ス欄」（一九九五年十一月、第八十九回全国大学国語教育学会にお
     ける発表。未刊）。在这些资料的收集上得到了早稻田大学藤原真理
     子女士的极大帮助，在此表示感谢。

26   飛田多喜雄・井上敏夫「国語」教科書研究センター編『旧制中学校教
     科内容の変遷』ぎょうせい、一九八四年、pp. 116−117。

27   三上参次・高津鍬三郎『日本文学史　上巻』金港堂、一八九〇年、
     p. 338。

28   『旧制中学校教科内容の変遷』p. 125。

29   『神皇正統記』『吉野拾遺集』（一三八四）『太平記』(以上、『中等国文
     読本』第七巻)。『保元物語』『平治物語』『源平盛衰記』『今昔物
     語』『宇治拾遺物語』（第八巻)。『徒然草』『方丈記』『十六夜日記』
     『土佐日記』（第九巻)。『増鏡』『大鏡』『栄花物語』（第十巻)。

30   芳賀矢一「国文学読本」『芳賀矢一選集第二巻　国文学史編』国学
     院大学、一九八三年、p. 73。

31   田坂文穂『明治時代の国語科教育』pp. 107−108。

32   「国文学読本」『芳賀矢一選集第二巻　国文学史編』pp. 23−24。

33   藤原マリ子『古典教育意義論』未刊修士論文、早稲田大学、p. 42。

34   上田万年「国語と国家と」（一八九四年）『落合直文・上田万年・芳
     賀矢一・藤岡作太郎』明治文学全集44、筑摩書房、一九六八年、
     p. 110。

35   田坂文穂『明治時代の国語科教育』p. 4。

36   山村賢明『日本人と母』東洋館、一九七一年、p. 228。

37   『旧制中学校教科内容の変遷』pp. 154−155。

38　高森邦明『近代国語教育史』鳩の森書房、一九七九年、p. 328。

39　饶有趣味的是，战后的高中国语教育课程包含了明治时期教科书一次都未采用的道元的《正法眼藏》（及《正法眼藏随闻记》）、亲鸾的《叹异抄》等假名佛法入门书。

40　《神皇正统记》在芳贺矢一的《国文学读本》之外，在最早的中学教科书《近体国文教科书》（1888年刊）中已经被采用。但在今天，"日本古典文学全集"（小学馆）和"新潮古典文学集成"（新潮社）中都未收入。

41　兵藤裕己『太平記〈読み〉の可能性』講談社、一九九五年。

42　『日本架空伝承人名事典』平凡社、一九八六年、p. 186。

43　唐澤富太郎『教科書の歴史』p. 698。

44　《钵木》根据《太平记》中的片段创作，在芳贺矢一的《国文学读本》中也有登场。

45　狂言在战前教科书中（《萩大名》的有限例子除外）几乎未出现，但在战后明显增加。代表例子是《附子》《盗瓜人》，其他还有《萩大名》《武恶》《雷》《狐冢》等被采用。

46　战后，《国姓爷合战》只在两本演剧专业的教科书中出现过：《古典剧的世界》（1963；1970年发行）及《近世的演剧》（1957）。

47　近松在战后的名声之高从记录近松演剧观的穗积以贯《难波土产》被教科书广泛采用也可以窥知。战后对于近松的好评集中于"世话物（现实题材剧）"，少数的例外是一九五六年两次被教科书采用的"时代物（历史题材剧）"《倾城反魂香》。

48　战前教科书中采用的唯一的西鹤文本是《世间胸算用》中的一节"老鼠传书"，昭和初期在数种教科书中登场。

49　《好色一代男》只于一九五七年在高中教科书中出现了一次。

50　《和泉式部日记》在战前教科书中未出现过，《蜻蛉日记》被采用则只有一次（1893）。即便是《紫式部日记》虽然由于《源氏物语》的关系很早就被认可价值，但也只出现了三次。但战后，《蜻蛉日记》与

《紫式部日记》都相当频繁地登场,《和泉式部日记》与前面二者相比虽然次数有限但也被采用。《土佐日记》在战后,除《更级日记》之外,比任何一部女流日记的登场次数都多得多。

结　语

铃木登美

　　本书是一九九七年三月末在美国哥伦比亚大学举办的国际学术研讨会Canon Formation: Gender, National Identity, and Japanese Literature（"经典建构：社会性别·国家认同·日本文学"）的成果结集。今天在日本国内外被一般人认为最具代表性的日本文学（或"日本"）的古典作品，是通过怎样的历史进程作为有价值的重要文本即经典（被视为正典、古典的规范性文本群）而被选定、被制度化？并且这一进程在今天要呈现的会是什么？围绕着上述这些问题，在此次国际学术研讨会上，日美加的研究者（涉及古代文学、平安文学、中世文学、近世文学、近代文学、比较文学、思想史、文化史、批评等多个专业）各自带着为此次会议而准备的论文汇聚一堂，再加上其他参会者，历时三天进行研究成果的宣读并展开了讨论。之后在吸收研讨会成果的基础上而分别完成的论文，即是本书所收录的文章。

在介绍本书结构和全书概要之前，想先简明扼要地说一下背景，即为什么会想到经典建构这一问题，为什么会围绕这一问题召开学术研讨会。

本书的两位编者自二十世纪八十年代以来一直在美国的大学用英语教授日本文学，但这十年来每天都在切实思考与"日本文学"的经典、课程体系等有关的各种问题。在美国二十世纪八十年代中叶以后，取代一直以来的西欧一边倒的文化价值、强调文化多元性的所谓多元文化主义动向对于大学的一般课程体系产生了很大的冲击。以女性主义者为核心的女性、非裔美国人、拉丁裔美国人、亚裔美国人等少数群体，对于迄今为止的西欧中心主义、白人男性中心主义的文学经典、课程体系加以批判，力图建构新的文学亚经典，作为主张和确立自己身份认同的手段。

上述动向具有显著的身份政治色彩，通过这一动向变得明确的是，不只限于少数群体的亚经典，包括乍看一成不变的古典在内，所有的文学经典实际上都是在极具政治性属性的话语斗争中建构而成。并且，即便看似与美国内部的身份政治不存在直接关系，在将"日本文学"作为美国大学教育的课程体系的一环提出时，它也不得不以某种形式伴随着在与"西方"或"东方"的关系中象征或代表（represent）"日本"的行为。

关于近现代文学，在选择什么进行英译这种事情上，可以比较明显地看到各种文化政治学发生作用，而且即便是在日本绝对不证自明的经典等作品也并不是地位不可撼动，所以什么样的文本如何进行组合、如何提出等，教师有意识地进行自主选择或展示这种姿态都并不是那么困难。不过，事情到了古典文学则完全不同，日本古典文学自战后二十世纪五十年代以来陆续被英译，还被收入了诗文集，其中的经典作品、文学史结构图等反映了在日本本国的状况，到现在为止总的来说非常稳定，而像这样的"日本文学的传统"总容易被认为似乎作为自然的实体从古至今一直在存续。并且，大家都认为日本文化的本来精髓正是在这样的文学传统中可以看到，这样一种日本文学观、文化观根深蒂固。反过来想，这一倾向在今天的日本不也相当常见吗？

但是，如果关注经典建构的历史过程可以明白，今天为人所知的"日本文学"形象，构成其最核心的"日本古典"的经典建构，首先与近代国民国家"日本"的构建过程具有无法切断的关系。而且，进入近代才被作为国民经典重编、统合的诸多作品，在此之前都以复杂的形式在相互竞合的数个经典中，各自拥有过其意义、过程等都各不相同的某种古典化的历史。对于这样一种"日本古典"的建构过程，为了超越各个作品的阅读史的层次，从经典建构的动态过程这一视点在更广的历史视野中重新把握，我们认为一定需要超越狭义的以时代划分专业的传统方式，由不同领域的研究者共同开展研究。有赖于赞同这一课题设想的日美加诸位一线研究者的积极参与，高质量的国际学术研讨会最终得以实现。

在上述背景下，本论集意图通过对于经典建构的原动力进行历史的、理论性的探讨这一新研究路径，同时将近代以前的各种状况也纳入视野，从各种不同的角度阐明这样一个问题，即一直以来看似是不证自明的实体的"日本文学"这一"传统"，或者是

“文学”“日本”等，是如何作为相互之间构成密切补完关系的近代话语机制而在历史上被创造出来的。

首先，由白根治夫撰写的总论部分围绕如何进行经典建构的探究提出了一些主要问题，而这些问题成为本书的整体基调。经典建构是不断地反复进行变形和重编的极为动态的过程，其主体、手段、目的、功能等多种多样。总论部分以迄今为止的日本历史中各种不同经典的建构过程为中心，介绍了参与经典建构的各种媒介、制度、机构等的各种情况，考察了在其中发挥作用的原动力的主要因素。文中特别指出在经典建构和重编中文类排序的政治性，即文本的分类以及排序和阶层化的政治性，其中特别就十九世纪西欧的学问体系和文类排序对于今天的日本文学的经典建构所带来的决定性影响进行了纵览；进而，以文化认同相关话语与社会性别机制之间的紧密关系为中心，以通过经典建构而逐渐明晰的国民国家构建中国家主导的国家主义与民众国家主义之间的互补性等问题为中心，对于本书的各篇论文进行了定位。

在总论部分之后，本书由关系相对松散的四部分构成。

日本在十九世纪后半叶以后加入了作为世界体系的国家主义近代国民国家体制。与日本视为典范的西方列强的情形一样，在日本，national language以及national literature即“国语”和“国文学”或“国民文学”的打造是构建作为“想象的共同体”的“国民”“国家”的关键，是紧迫的课题。第一部分“近代国民国家与文学类别的构建”聚焦于这样一个问题：在十九世纪西方文学概念，特别是文学类别及文学史这一近代西欧文化制度的强大影响下，自古以来连绵不绝、永续发展的"日本文学"这一传统形象到底是如何被打造出来，它又是如何深度参与作为近代国家"日本"的支柱的"国民"的塑造过程。

Ⅰ的品田悦一论文指出，《万叶集》被称为日本古典中的古典、"日本人的心灵故乡""国民古典"。论文将这样一种定位的《万叶集》作为用于"国民"塑造的经典在近代被发明的最典型事例对其进行了探讨。《万叶集》在明治时代中期之前几乎不为一般人所知，但在明治中期以后被打造成了"国民歌集"，不仅象征着天皇到庶民都同是"国民"，而且表现了"国民"自古以来的永续性。论文对于《万叶集》如何被打造成"国民歌集"的历史进程进行了详细的分析，并对在此进程中发挥作用的"国民性"以及"民族性/民众性"这些互补性观念进行了详细的分析。

Ⅱ的铃木登美论文指出，平安贵族女性的自传回忆类假名日记是在进入二十世纪之后才开始被承认具有高度的文学价值。论文对于此类假名日记如何伴随着"女流日记文学"这一文类概念的登场而一跃登上日本古典核心位置的历史进程进行了分析，同时以此为切入点在新的视角下对于以下两方面进行了考察：一是十九世纪八十年代末以来为了描述"日本"国民传统的发展进程而被打造出来的"日本文学史"这一历史记述体系，一是从根底上支撑了"文学"这一话语细分的、文学类别与社会性别的价值结构。

Ⅲ的戴维·比亚洛克论文对于近代日本经典建构中的"国民"及"民族/民众"这些互补性观念的作用，围绕着《平家物语》进行了进一步的探究。江户时代末期之前主要是被作为"历史"看待的《平家物语》，以十九世纪八十年代近代学问领域的建构为界，作为"文学"而获得了新生，强调作品抒情性和悲剧性的美学视角《平家物语》观变成了主流。这在军国主义占统治地位的战前时期也在持续，但另一方面，明治时期以来在数个语境中出现的《平家物语》叙事诗（epic）论，在战后伴随对于中世文学的再评价而开始占据主导地位，战后直至最近《平家物语》都只是被当成了"国民叙事诗"。论文阐明了这一价值定位的历史变迁，以及文学、历史、美学、伦理等近代的话语细分化所蕴含的意识形态含意。

经典的建构必然要求对于自身传统的正统性和起源进行叙述，并创造出相关叙述。从中国大陆接受文字文化的日本，在近代以前处于多样性话语中心位置的往往是广义的汉文、汉学，而在十九世纪末以后，作为近代国民国家建设的基石，一国国民的语言"国语"或"日语"这一理念制度在西方语音中心主义思想的影响下被逐渐建构。在上述建构过程中，与文字相对的口承（orality）问题围绕着"日本"国家认同的起源和永续性问题变成了中心。第二部分"文字·口承·起源叙述"，对于上述问题从三个不同的角度在很大程度上进行了重新把握。

Ⅳ的神野志隆光论文对于《古事记》《日本书纪》被经典化的如下历程进行了考察：八世纪初古代律令制国家确立期作为保障天皇正统性的神话而被创作的《古事记》《日本书纪》，之后在天皇持续存在的过程中被数次更新其意义，被从不同的角度进行一元化，不久在近代，在采用天皇制形式的近代国民国家建设中，作为"日本民族""日本国民"的文化原点、文化根源而被制度化直至今天。古代律令制国家、中世、近代国民国家，论文在以上三大历史阶段中纵览《古事记》《日本书纪》，对于"日本神话"作为现代"古典"的制度性、经典性的特质，在历史视野中重新进行了客观考察。

Ⅴ的黑住真论文在广阔的历史视野中纵览了汉学的作用及其定位变迁，同时阐明了在汉字、汉文基础上出现假名、假名文以来的二者之间的相互关系，指出汉学从根本上决定了日本语言文化传统的架构，孕育了复合性或融合性的语言文化结合体，同时往往处于这一结合体的中枢位置。文章阐明，随着明治中期以来建构的"国语""国文学"这一理念制度变得不证自明，特别是在现代，上述的汉学在历史上所具有的中心性作用变得模糊，但是近世末期起在政治和伦理意义上利用汉学统合各地各阶层的人们为国民国家的建设打造声势，以及将汉学用作快速吸收欧美知识和制度的手段，都在很大程度上受益于汉学的普及。并且，即使在明治中期以后，如同在《教育敕语》中所看到的，汉学、儒教作为统合"国民"的伦理纽带在整个战前时期都承担了崭新的近代性质的功能。

Ⅵ的村井纪论文考察认为，位于"国语"这一理念制度核心的"言文一致"意识形态是被作为"国民"塑造的基石创造出来的。它认为"言"或者说口头语言才是根植于内心的根本性语言，文章应当统一于"言"。这一近代的语音中心主义思想与斯宾塞的社会进化论相结合，不只是涵养了文学改革或语言改革，以由柳田国男创设、由折口信夫发展的"日本民俗学"为代表，还在广泛的范围内涵养了近代日本的学问、文化、政治方面的实践。村井在文中特别关注一九一〇年前后从日本周边各民族一直到短歌等多方面出现的一连串的"灭亡"话语，指出柳田、折口等所追求的"口承"世界与其非政治性的、反权力性的外观相反，与向帝国主义国家不断发展的、近代日本的政治性国民意识和国民想象力的基底形成具有很深的关系。

另外，美学、文学等专门领域乍看似乎是非政治的领域，但在试图通过文化认同实现"国民"统合的近代国民国家的构建过程中，这些话语领域并不逊于政治制度、法律制度等，其建构完全带有政治性。第三部分"美学·国家主义·传统构建"则探讨这样一个问题：经典在本质上是为了将本国作为历史的和社会的统一体区别于其他各国而加以强调的"固有"的国民文化传统，而这样一种经典在实际状况中究竟是如何与作为世界体系的国家主义国民国家体制，以及以西方为中心的艺术表现体系相呼应而被创造出来的。

Ⅶ的柄谷行人论文指出，上述的世界体系的背景下，在明治日本的近代化中，政治制度、学问体制全部被西方化，只是在"美术"这一领域由"传统派"占据近代制度的中枢。论文聚焦于东京美术学校的创设者费诺略萨与冈仓天心，对于这一历史事实的含意即明治时期日本的美术及其相关话语的特殊意义进行了探究。论文认为，冈仓洞察到"美术馆"意味着超越时空（以西方为中心）俯瞰和排列世界的主导权，在作为主导权话语装置的"美术馆"或"（作为美术馆的）世界史"这一象征系统中，唯有"美术"（以及与其相关的话语）可以象征/代表（represent）"日本"。论文对于冈仓的这一话语斗争实践进行了考察。

在近代日本被经典化的"日本古典",当然不是凭空捏造的产物。许多情况下,近代以前在完全不同的数个语境中已经被不同的社会集团以某种形式加以古典化的各种作品,在近代国民国家建设的新架构中很大程度上被赋予新的含意,而最终被排列在了统合性的经典中。Ⅷ的乔舒亚·莫斯托论文探讨了在近代以前拥有漫长古典化历史的《伊势物语》,明治以后直至战后现代如何与时代的变化相呼应而作为近代的、现代的古典被再建构、被再古典化的过程。文章特别关注并进行探究的是,对《伊势物语》作为古典的含意不断进行更新的文本解读话语,如何反映近代的与社会性别机制联动的社会变化、对于变化的反动等,而且如何与天皇制近代国家,以及战后象征性天皇制国家中的国民文化认同相关话语发生关联。

近代的经典建构是在十九世纪西方的文学类别、艺术表现体系等的压倒性影响下完成,但它相反也有这样一个侧面:近代以前在不同语境中发挥力量的经典建构的推动力在明治时期以后也继续顽强地存在着。Ⅸ的堀切实论文阐明,芭蕉及其流派在十七世纪后半叶登场时绝不是那个时代的代表性存在,但通过十八世纪后半叶的芭蕉复兴运动开始称霸俳坛,而始于十八世纪末的芭蕉神格化在那之后也继续扩大,对于近代全国性的芭蕉崇拜、俳句经典化等在很大程度上起到了决定性的作用。而且,这一神格化或宗教化的倾向是中世以来各学问、各艺能流派等正统化的共通过程,如同芭蕉自身引为典范的西行人物形象的流传所显示的那样,还与民间的宗教活动进行了深度的结合。

作为近代国民国家建设的一环而被创造的"日本文学"的经

典，是近代以前由各种不同集团分别建构的功能和性质等各异的数个经典，被用新的力学重新编制的复合体，绝不是所谓铁板一块的"日本文学"那种单一的经典从以前一直存续下来。并且，经典建构的过程、媒介、规模、功能等也各种各样。第四部分"教育制度与经典"中的白根治夫论文，通过探讨近代以前建构的互相竞合的数个经典的功能、性质等，对于今天的"日本文学"经典的特质、历史建构过程等在新的视野下进行了客观考察。前半部分主要探讨奈良、平安时期到中世及江户时期的整个历史时期，用于学习掌握汉学、佛学、和学，之后是洋学这些学问的经典，在贵族、僧侣、武士、町人等各种社会集团、组织机构中以竞合形式所发挥的功能，以及伴随这些集团的政治社会地位、关系等的变化而发生的各个经典的重编、相互关系的变化等；继而，对于明治以后从战前至战后的近现代初等、中等教育的课程体系、教科书的时代变迁进行探讨，考察现在的日本文学经典不只是在学者、高等机构等层次，甚至在国民层次上如何被制度化，以及这些经典在社会上、政治上发挥了怎样的功能。

综上所述，本书所涉及的题材、切入点等尽管相当广泛，但各个论考围绕着共通的问题点相互紧密关联。整体上我相信，对于今天的我们在何处与日本古典产生关联，本书将开拓新的历史性视界。各位在阅读总论之后，任何一章都可以独立阅读，所以希望各位在继续阅读时不必拘泥于章节、顺序等。

本书旨在考察经典建构的历史过程，基本研究路径尽管与以往文学研究中的"受容史"研究具有重合部分，但关注焦点和问题意识完全不同。在这里成为我们关注焦点的，不是通览某一作品的解读历史而对解读的对错、发展等进行评定，而是以下面的问题为中心从历史上探明话语建构的原动力，特别是对于将现在我们所知的这种文学经典打造成为日本文化传统之"圣像"的、近代国家主义的历史发展从多方面进行探究和阐明：在特定的历史时点特定的文本或文本群作为有价值的经典被特权化是出于怎样的理由？由怎样的集团（个人）以怎样的目的怎样生产和传达怎样的价值？它反映、规定、产出或者是改变了怎样的社会、政治、经济和文化的关系？

在本书刊行之际，向各位撰稿者表示诚挚的谢意，他们各自在百忙之中完成了内容充实的论考。

在哥伦比亚大学的国际研讨会上，除本论集的撰稿者之外许多参会者都通过发言、讨论等提供了有益的视点。在此特别向阿部龙一、保罗·安德雷尔、川平钧、刘易斯·库克、高桥亨、棚木惠子、琳达·钱斯、麦克·霍顿、三谷邦明、三田村雅子、百川敬仁、威廉·李等诸位表示深深的谢意。并且，为了在研讨会上可以在所有参会者之间展开深入的讨论，事先将会议论文中原文为日语的翻译成了英语，原文为英语的翻译成了日语，向承担翻译工作的哥伦比亚大学研究生院博士课程在读生及毕业生岩谷干子、衣笠正晃、谢里尔·克劳利、安妮·康芒斯、凯文·柯林斯、上甲伊织、杰米·纽哈德、福森尚美、彼得·弗吕基格、赫舍尔·米勒、戴维·卢里等各位表示感谢。在会议运营方面得到了哥伦比亚大学的事务负责人扬波尔斯基·武田维子先生的全面协助，再次表示衷心的感谢。

国际研讨会成功举办获得了致力于振兴国际学术交流的伊藤谢恩育英财团的运营资金赞助，在此再次表示感谢之意。

所收论文和各论文结构均有异同的英文版单行本，将于近期由斯坦福大学出版社出版发行，而此次得以用此种形式在日本出版，则仰仗于东京大学川本皓嗣教授的深深的理解和温暖的支持。全体撰稿者在此表示由衷的感谢。同时，向通览全书论文并爽快承诺出版的新曜社社长堀江洪先生、提供宝贵建议并认真进行编辑作业的编辑部涡冈谦一先生表示深深的感谢。

一九九九年一月　于纽约

译者简介

岩谷干子（Iwaya Mikiko）

　　东京大学研究生院博士课程、哥伦比亚大学研究生院博士课程在读。比较文学（日本近代文学，美国文学）。

冈野佐和（Okano Sawa）

　　哥伦比亚大学研究生院硕士课程在读。日本古典文学。

衣笠正晃（Kinugasa Masaaki）

　　东京大学研究生院博士课程、哥伦比亚大学研究生院博士课程修完。帝京平成大学信息学系专任讲师。比较文学（比较诗学、诗论）。主要著作：「詠むことと読むことの距離——斎藤茂吉『作歌五十年』を読む」『テクストの発見』（中央公論社）。

撰稿者简介

（日语五十音顺序）

柄谷行人（Karatani Kojin）

东京大学研究生院硕士课程修完。近畿大学文艺系教授，哥伦比亚大学教授。文艺评论。主要著作：『日本近代文学の起原』（講談社，英文版 *Origins of Modern Japanese Literature*, Duke University Press），『探究 I·Ⅱ』（講談社）等。

黑住　真（Kurozumi Makoto）

东京大学研究生院博士课程修完。东京大学研究生院综合文化研究科教授。德川思想史。主要著作：「儒学と近世日本社会」『日本通史第13巻 近世3』（岩波書店），"The Nature of Early Tokugawa Confucianism," *Journal of Japanese Studies* (Vol.20 No.2)等。

神野志隆光（Kounoshi Takamitsu）

东京大学研究生院博士课程未修完。东京大学研究生院综合文化研究科教授。日本古代文学。主要著作：『古事記の達成』（東京大学出版会），『柿本人麻呂研究』（塙書房）等。

品田悦一（Shinada Yoshikazu）

　东京大学研究生院博士课程修完。圣心女子大学文学系副教授。上代日本文学。主要著作：『〈うた〉をよむ　三十一字の詩学』（共編著，三省堂），「民族の声——〈口誦文学〉の一面」『声と文字』（塙書房）等。

戴维·比亚洛克（David Bialock）

　哥伦比亚大学研究生院取得博士学位。南加利福尼亚大学副教授。日本中世文学，比较文学。主要著作："Voice, Text and the Question of Poetic Borrowing in Late Classical Japanese Poetry," *Harvard Journal of Asiatic Studies* (Vol.54 No.1)等。

堀切　实（Horikiri Minoru）

　早稻田大学研究生院硕士课程修完。文学博士（早大）。早稻田大学教育学系教授。日本近世文学，俳文学。主要著作：『蕉風俳論の研究』（明治書院），『芭蕉の音風景』（ぺりかん社）等。

乔舒亚·莫斯托（Joshua Mostow）

　宾夕法尼亚大学研究生院取得博士学位。不列颠哥伦比亚大学教授。日本古典文学，日本美术史，比较文学。主要著作：*Pictures of the Heart: The Hyakunin Isshu in Word and Image* (University of Hawaii Press)，「視線のポリティックス——平安時代女性の物語絵の読み方」『美術とジェンダー——非対称の視線』（ブリュッケ）等。

村井　纪（Murai Osamu）

　立正大学研究生院硕士课程修完。和光大学人文学系教授。日本文化史。主要著作：『文字の抑圧——国学イデオロギーの成立』（青弓社），『増補改訂　南島イデオロギーの発生——柳田国男と植民地主義』（太田出版）等。

编者简介

————————

白根治夫（Haruo Shirane）

哥伦比亚大学研究生院取得博士学位。哥伦比亚大学东亚语言文化系教授。日本文学，比较文学。主要著作：*The Bridge of Dreams: A Poetics of the Tale of Genji*（Stanford University Press，日文版『夢の浮橋——源氏物語の詩学』中央公論社，角川源义奖获奖作品），*Traces of Dreams: Landscape, Cultural Memory, and the Poetry of Basho*（Stanford University Press，日文版由角川书店出版发行）等。

铃木登美（Suzuki Tomi）

东京大学研究生院博士课程修完。耶鲁大学研究生院取得博士学位。哥伦比亚大学东亚语言文化系教授。比较文学，日本近代文学。主要著作：*Narrating the Self: Fictions of Japanese Modernity*（Stanford University Press，日文版由岩波书店出版发行）等。